ullstein

Das Buch

Miriam ist Ende zwanzig und hat ihr Leben voll im Griff – wenn sie nicht allzu lang drüber nachdenkt. Sie hängt schon viel zu lange in der Uni fest, es lässt sich kein einziger attraktiver junger Mann auf eine Beziehung ein, und ihr WG-Kumpel geht ihr manchmal auch ganz schön auf die Nerven. Zum Verhängnis wird ihr all das, als sie zum fünfundfünfzigsten Geburtstag ihrer Mutter nach Jahren zurück ins heimatliche Wismar fahren soll: Ihr Vater hat ihr noch immer nicht verziehen, dass sie die Familienbäckerei nicht übernehmen will, und überhaupt denken Familie und Freunde, dass sie in Hannover längst Karriere gemacht hat und nun mit dem Schwiegersohn in spe vor der Tür stehen wird. Was liegt da näher, als sich kurzerhand in eine Notlüge nach der anderen zu verstricken und zusätzlich noch einen jungen Mann zu engagieren, der den glücklichen Verlobten mimen soll? Nichts. Eben. Dass das in ein Chaos ganz anderer Größenordnung führen kann, merkt Miriam schneller, als ihr lieb ist.

Die Autorin

Anica Schriever, Jahrgang 1983, wollte bereits mit 14 Jahren Schriftstellerin werden. Trotzdem studierte sie nach dem Abitur erst einmal Geschichte und Germanistik in Hannover. Heute lebt sie mit ihrer Familie in ihrer Geburtsstadt Wismar und schreibt bereits an ihrem nächsten Roman.

Anica Schriever

ZUCKER-
guss

Roman

Ullstein

Besuchen Sie uns im Internet:
www.ullstein-taschenbuch.de

Meiner Mutter,
in Liebe und Dankbarkeit

Originalausgabe im Ullstein Taschenbuch
1. Auflage Dezember 2012

Umschlaggestaltung: ZERO Werbeagentur, München
Titelabbildung: Blumenmuster: Finepic®, München;
Hamster: Getty Images / © Dragan Todorovic
Satz: LVD GmbH, Berlin
Gesetzt aus der Dante und Existence
Papier: Pamo Super von Arctic Paper Mochenwangen GmbH
Druck und Bindearbeiten: CPI – Ebner & Spiegel, Ulm
Printed in Germany
ISBN 978-3-548-28414-9

prolog

Bis zum heutigen Tag habe ich mir nie viele Gedanken über Klischees gemacht. Dabei laufen sie einem fast täglich über den Weg. In der U-Bahn. Im Park. In Seifenopern. In schlechten Fernsehfilmen. Und, ach ja, seit heute auch in meinem Leben. Ich bin quasi die Reinkarnation eines Klischees. Sozusagen ein wandelndes Klischee auf zwei Beinen.

Und weshalb?

Wegen eines Mannes. Natürlich. Warum sonst?

Immerhin habe ich dem Kerl keine Träne nachgeweint. Ob ich mich damit nun brüsten sollte, sei dahingestellt. Aber wenigstens bin ich einen Schritt weiter als die Heldinnen in romantischen Komödien, die eine halbe Stunde vor Filmende das große Heulen anfangen, weil sie urplötzlich gemerkt haben, dass er und sie doch nicht zusammenpassen. Und das wiederum nur, um kurz vor Schluss zu erkennen, dass sie sich geirrt haben, er sie keineswegs mit der besten Freundin betrogen hat, alles ein blödes Missverständnis war und er sie unendlich liebt.

Was für ein Schwachsinn!

Meine Güte, wie oft habe ich mich über diese Frauen schon aufgeregt?

Dabei bin ich gerade nicht besser. Ehrlich gesagt könnte ich die Hauptrolle in einem dieser Filme spielen. Denn auch ich wurde betrogen. Okay, nicht im üblichen Sinne. Sie fragen sich jetzt bestimmt, wie das geht. Ganz einfach. Ich wurde betrogen, obwohl er und ich kein Paar waren. Klingt absurd? Sie glauben, ich mache Scherze? Wenn es doch nur so wäre …

Aber eines kann ich Ihnen sagen: Im Gegensatz zu meinen Geschlechtsgenossinnen werde ich mich am Ende nicht wieder von seinem Geschwätz einlullen lassen. Ich bleibe standhaft!

Die Männerwelt und ich? Wir sind fertig!

Obwohl …

1

Geschafft! Endlich.

Mit einem breiten Lächeln blicke ich auf das unscheinbare Blatt Papier in meinen Fingern. In großen Lettern leuchtet mir das Wort Seminarschein entgegen, darunter die krakelige Unterschrift meines Literaturdozenten Prof. Dr. Hartmann-Steinfeldt. Seines Zeichens Experte auf dem Gebiet der Romantik und eifrig darum bemüht, dieses gequälte Geseufze Studenten wie mir schmackhaft zu machen. Was mich angeht: ein aussichtsloser Kampf. »Frau Behrens, Sie haben noch weniger Ahnung von dieser Epoche, als Sie es ohnehin schon gekonnt zu verbergen wissen.«

Was soll's?! Ich habe meinen allerletzten Leistungsnachweis trotzdem bekommen, zwar mit Ach und Krach, aber danach fragt am Ende niemand mehr.

Mit ausgestreckten Armen drehe ich mich im Kreis. Ich fühle mich wie Kate Winslet in *Titanic*, als sie gemeinsam mit Leonardo DiCaprio vorne auf dem Schiffsbug steht, der Wind durch ihr rotes Haar fährt und sie ruft: »Ich fliege, Jack!«

»Miriam, was treibst du da?«

Ich zucke zusammen und unterdrücke in letzter Sekunde einen panischen Aufschrei. Moritz, mein Mitbewohner, mustert mich mit hochgezogenen Augenbrauen.

»Nichts.« Mit hochrotem Kopf zwänge ich mich an ihm vorbei in die Küche.

Moritz setzt sich in einen der beiden Rattansessel und grinst wissend. »Träumst du wieder im Stehen?«

»Nee«, entgegne ich knapp, darauf bedacht, nicht noch röter anzulaufen. »Wie kommst du darauf?« Ich setze Wasser auf und fülle ein Tee-Ei mit einer penetrant riechenden Granatapfel-Melonen-Mischung, die ich vor ein paar Tagen im Tee-Kontor entdeckt habe.

»Du glotzt so verträumt in die Gegend, wie du es sonst nur beim Anblick von Mr. Darcy tust«, sagt Moritz mit einem dramatischen Seufzen in der Stimme.

»Blödmann!«

Ich lächele still in mich hinein. Für einen Augenblick stelle ich mir tatsächlich vor, wie Mr. Darcy, der attraktive und gebildete Held aus Jane Austens Roman *Stolz und Vorurteil* (den ich schätzungsweise einhundertachtzehn Mal gelesen habe), vor mir steht, meine Hand ergreift, mir dabei tief in die Augen schaut und …

»Du tust es schon wieder«, gluckst Moritz.

»Pfff.«

»Was findet ihr Frauen bloß an dem Kerl?« Er schüttelt missbilligend den Kopf. »Darcy stolziert durch die Gegend, als hätte er einen Stock verschluckt, schnauzt permanent seine Angebetete voll und ist eitel bis zu den überlangen Koteletten.«

»Das verstehst du nicht!«

»Offensichtlich.«

Männer! Und da wundert Moritz sich, wenn ich mich in eine Phantasiewelt flüchte, wo es noch echte Mr. Darcys gibt. Höfliche, edelmütige und leidenschaftliche Helden, die eine Dame auf Händen tragen und ihr jeden Wunsch von den Augen ablesen, weil sie die Einzige für ihn ist. Leider scheint diese Gattung Mann heutzutage ausgestorben zu sein. Im einundzwanzigsten Jahrhundert bleiben einer Frau nur ihre Tagträume. Und die sechsteilige BBC-Filmadaption von *Stolz und Vorurteil*. Mit Colin Firth. Schmacht.

»Wieso bist du überhaupt wach?« Ich werfe einen Kontrollblick auf die Digitalanzeige der Mikrowelle. 11:09 Uhr. »Das ist doch noch gar nicht deine Zeit.« Wie auf Kommando gähnt Moritz herzhaft. »Lange Nacht gehabt?«

»Woher weißt du das?«

Bei dem Versuch, mit der Teetasse in der Hand über Moritz' ausgestreckte Beine zu steigen, stoße ich mir den Zeh an einer Schrankecke. Lautstark jaule ich auf und verfluche zum tausendsten Mal unsere Miniküche, die mich früher oder später zum Totalinvaliden machen wird. Winziger als eine Sardinendose, dafür genauso vollgestopft. Die Küchentür geht nur bis zur Hälfte auf, weil rechts die massive Einbauküche steht und in der anderen Ecke ein potthässliches Regal aus den Fünfzigern, das neben einer Holzwurmfamilie auch Moritz' kompletter Brockhaus-Sammlung Asyl bietet. Fein säuberlich eingestaubt. Ich könnte jedes Mal heulen, wenn ich darüber nachdenke, was das für verschwendete Ressourcen sind.

Mit schmerzverzerrtem Gesicht plumpse ich in den Korbsessel und reibe meinen malträtierten Zeh. »Dein Rotkehlchen hat heute früh über eine Stunde das Badezimmer blockiert. Ich bin deswegen fast zu spät zur Uni gekommen!«

»Gib ihnen nicht immer solche Namen.«

»Du kennst ihren nicht einmal!«, weise ich ihn sauertöpfisch zurecht.

Moritz hebt gleichgültig die Schultern. »Wozu sich mit Belanglosigkeiten aufhalten? Für die Art von Konversation, die mir vorschwebt, sind Namen überflüssig.« Er zeigt sein Haifischgrinsen.

Ich verdrehe entnervt die Augen. Moritz' Frauenverschleiß bietet nicht zum ersten Mal Diskussionsstoff. Normalerweise reagiere ich auf den ausgeprägten männlichen Jagdinstinkt meines Mitbewohners relativ gelassen. Frei nach dem Motto: leben und leben lassen. Ich habe mich inzwischen sogar weitestgehend damit arrangiert, jeden Morgen einer neuen Eroberung vor der Badezimmertür zu begegnen. Was bleibt einem auch anderes übrig, wenn man mit jemandem wie Moritz zusammenwohnt, der es sich zur Aufgabe gemacht hat, jede Nacht ein anderes Betthäschen abzuschleppen? Das heißt jedoch nicht, dass ich es gutheiße. Im Gegenteil. An Tagen wie diesen möchte ich Moritz schütteln.

»Du musst zugeben, sie sah scharf aus. Diese endlos langen Beine. Dieser süße rote Pagenkopf …«

Instinktiv halte ich mir die Ohren zu. Zu viel Information. »Wegen eurem lautstarken Matratzensport musste ich mich heute Nacht wiederholt mit Linkin Park beschallen.«

»Du übertreibst maßlos.«

Mir liegt bereits der Satz »Beim nächsten Mal mache ich einen Livemitschnitt« auf der Zunge, verkneife ihn mir aber rechtzeitig. Wer weiß, auf was für Ideen ich meinen Mitbewohner damit bringe. Am Ende steht er mit einer Videokamera in der Dusche und filmt mich und meinen grausamen Singsang. Und schickt es womöglich zum nächsten DSDS-Casting. Ogottogott.

»Dann schmeiß sie beim nächsten Mal selber raus!«

»Wo du gerade wach warst …« Moritz grinst spitzbübisch. Er findet das wie so oft wahnsinnig komisch.

»Wer bin ich? Deine Mutter?« Ich werfe die obligatorischen vier Stück Zucker in meinen Tee. »Wenn du ein Date anschleppst, befördere es morgens gefälligst auch alleine aus unserer Wohnung. Oder verabrede dich zur Abwechslung ein zweites Mal mit der Frau.«

»Warum?«

Ich hole tief Luft. »Um eine emotionale Bindung aufzubauen.«

Moritz lehnt sich zurück und verschränkt die Arme hinter dem Kopf. »Wo hast du denn den Blödsinn her? Aus einer deiner *Frauenzeitschriften*?« Er verzieht angewidert das Gesicht.

»Der überwiegende Teil der menschlichen Bevölkerung findet es durchaus anziehend, wenn –«

»Wohl eher der weibliche Teil«, korrigiert mich Moritz verächtlich, »denn welcher Mann will eine *emotionale Bindung*, wenn er auch so seinen Spaß haben kann. Und bevor du dich jetzt über meine chauvinistische Ader aufregst: Beschwert hat sich bei mir bisher keine deiner Geschlechtsgenossinnen. Glaub mir, Sex ohne Verpflichtungen kann befreiend sein. Solltest du zur Abwechslung vielleicht mal probieren.«

»Mensch, Moritz, du bist manchmal echt ein selbstverliebtes Arschloch!«

»Ich bevorzuge die Bezeichnung Realist.«

In Momenten wie diesen frage ich mich, wieso ich mit jemandem wie Moritz befreundet bin. Zugegeben, er hat nicht ganz unrecht. Ich bin ohnehin die Letzte, die fundierte Kenntnisse im Bereich One-Night-Stand vorweisen kann. Aber unverbindlicher Sex und am nächsten Morgen dann *bye-bye* kann auf Dauer doch nicht das Nonplusultra sein.

Na ja, möglicherweise habe ich schlicht total veraltete Spießeransichten. Schließlich zwingt Moritz weder die Frauen zum Sex noch macht er ihnen irgendwelche Versprechungen. Sie wollen es, ohne Rücksicht auf Verluste. Schmeißen sich ihm an den Hals, schwirren um ihn herum wie die Motten ums Licht. Alles nur, um ein einziges Mal in den Genuss zu kommen, mit Moritz Sex zu haben. In ganz Hannover dürfte es außer mir bald kein weibliches Wesen mehr geben, mit dem er noch nicht im Bett war. Nicht, dass ich das Verlangen danach hätte. Um Himmels willen, nein!

Moritz runzelt die Stirn. »Bist du jetzt sauer?«

»Quatsch!«

»Wieso werde ich das Gefühl nicht los, dass dem nicht so ist? Ach richtig, das ist bei euch genetisch veranlagt.«

»Haha.« Ich versuche nicht zu lächeln, aber es gelingt mir nicht ganz. Irgendwie kann ich Moritz nie lange böse sein. Schon gar nicht, wenn er diesen treudoofen Hundeblick aufsetzt.

Er gießt sich eine Tasse seines eigenhändig aufgebrühten Kaffees ein. Das tiefschwarze Gesöff steht beinahe in der Tasse. Herzanfälle garantiert. »Apropos, wie ist es gelaufen mit – wie heißt dein Prof noch?«

»Eberhard Hartmann-Steinfeldt.«

»Mit dem Namen könnte er –«

»Moritz, ich will es nicht wissen!«, fahre ich ihn scharf an.

»Wie auch immer«, winkt Moritz ab. »Deinem Gesichtsausdruck nach scheint alles glattgegangen zu sein.«

»Stimmt.« Ich grinse übers ganze Gesicht. »Vorhin habe ich meinen letzten Schein abgeholt.«

»Herzlichen Glückwunsch.«

»Rein theoretisch könnte ich mich nun für die Magisterprüfung anmelden«, sage ich mit unverkennbarem Stolz in der Stimme.

»Bedeutet das, dass du erwachsen und pflichtbewusst wirst? Ich wäre untröstlich.« Theatralisch legt Moritz sich seine Hand auf die Brust und verdreht die Augen wie ein sterbender Schwan.

Lachend knuffe ich ihn in den Arm. Bei seinen Worten wird mir jedoch schlagartig bewusst, dass das Ende meines vermeintlich nicht enden wollenden Studiums tatsächlich naht. Daran hatte ich, zugegebenermaßen, bisher keinen einzigen Gedanken verschwendet.

»Wird ja auch Zeit, dass du endlich fertig wirst.«

»Das sagt der Richtige«, erwidere ich kopfschüttelnd. »Ich bin nach neun Semestern scheinfrei. Kannst du dasselbe von dir nach dreizehn Semestern BWL behaupten?«

Mein Mitbewohner hat nicht annähernd seine benötigten Scheine zusammen, davon bin ich felsenfest überzeugt. Wie soll das auch funktionieren, wenn er regelmäßig bis um eins im Bett liegt, weil er sich in der Nacht zuvor matratzentechnisch verausgabt hat? Ein besseres Leben als jetzt kann es für ihn sowieso nicht geben. Ab und an in der Uni auftauchen, nebenbei jede Menge Frauen aufreißen und daheim jemanden, der hinter ihm herräumt. Letzteres tue ich allerdings eher unfreiwillig. In allen haushaltstechnischen Belangen ist Moritz eine absolute Niete. Seit ich mit ihm zusammenwohne, hat er den Herd bestenfalls fünfmal benutzt. Aus gutem Grund. Selbst mit der Zubereitung einer Tütensuppe ist er heillos überfordert. Einmal habe ich ihn dabei erwischt, wie er eine Packung Fertig-Lasagne in den Backofen schob, ohne vorher die Aromaschutzfolie zu entfernen. Die Schweinerei hatte er beseitigen dürfen. Seitdem ist Moritz auf Pizzadienste umgestiegen, zu unserem beiderseitigen Vorteil. Er muss nicht kochen, ich nicht das Schlachtfeld beseitigen. Dafür trete ich ihm regelmäßig in den Hintern, damit er die leeren Kartons entsorgt. Ansonsten stünde bei uns im Flur eine moderne Version des schiefen Turms von Pisa.

»Autsch! Das kränkt mich jetzt«, meint er mit todernster Miene. »Wo ich augenscheinlich gewillt bin, mein Studium vor meinem dreißigsten Geburtstag abzuschließen.«

»Dann hast du noch« – ich nehme die Finger meiner linken Hand zum Zählen zur Hilfe – »genau acht Monate Zeit.«

Im letzten Augenblick kann ich meine Teetasse in Sicherheit bringen, bevor Moritz mir das Geschirrhandtuch an den Kopf wirft. Wir lachen beide und hören die Türklingel erst, als der Störenfried die Nerven verliert und seinen Finger nicht mehr vom Klingelknopf nimmt.

»Du gehst. Ich muss duschen.«

»Ich hab mich schon gewundert, was hier so streng riecht«, ziehe ich ihn auf, woraufhin Moritz mich in den Schwitzkasten nimmt und mich praktisch von oben bis unten durchkitzelt. Ich kreische los wie eine kaputte Kettensäge. Er lacht fies, und ich muss um Gnade winseln, damit er endlich damit aufhört.

Während Moritz im Bad verschwindet, hechte ich zur Tür. Schwungvoll reiße ich sie auf. Das vorbereitete Lächeln gefriert augenblicklich zu einer Grimasse.

»Eva?«

»Hallo, Schwesterherz.«

»Was machst du denn hier?«, platze ich heraus, ehe ich mich auf meine guten Manieren besinne und sie höflich hereinbitte. »Willst du etwas trinken?«

»Kaffee, wenn du hast.«

Ich fülle Wasser in die Maschine und zähle fünf Löffel Kaffee ab. Die schwarze Brühe von Moritz will ich ihr nicht zumuten.

Verstohlen schiele ich in Evas Richtung. Sie hat sich in einem der Rattansessel niedergelassen und sieht sich neugierig in der Küche um. Unter ihrem prüfenden Blick fühle ich mich reichlich unwohl und würde mich am liebsten in Luft auflösen. Meine Schwester wirkt komplett fehl am Platz. Sie trägt einen maßgeschneiderten schwarzen Hosenanzug, der bereits von weitem schreit: »Bitte nicht kleckern! Ich war teuer!« Der modische Kurzhaarschnitt, der ihr Gesicht formvollendet umrahmt, unterstreicht ihre elegante Erscheinung. In ihrer Gegenwart komme ich mir vor wie ein Bauerntrampel. Meine blonden Haare sind leicht strähnig, der letzte Haarschnitt ist lange her. Die Jeans sind ausgebeult, und der Schriftzug PROKRASTINATOR auf meinem grauen T-Shirt trägt nicht unbedingt zu meiner Seriosität bei.

Ich lehne mich gegen die Spüle, verschränke die Arme vor der Brust und harre der Dinge, die da kommen. Aus purer Sehnsucht ist Eva jedenfalls nicht hier, ich kenne meine Schwester.

»Was führt dich zu mir?« Meine Frage klingt biestiger als beabsichtigt.

Eva zuckt unweigerlich zusammen. Sie fühlt sich ertappt. Ein leichter Rotschimmer überzieht ihren Porzellanteint. »Mamas Geburtstag«, rückt sie schließlich mit der Sprache heraus. »Am Samstag wird sie fünfundfünfzig, und ich dachte, dass …«

»Vergiss es!«

»Miriam, du musst kommen. Es ist Mamas Geburtstag!«

»Ja und? Ich wette, weder Papa noch Mama sind scharf auf meine Anwesenheit. Das Gleiche gilt für meine Wenigkeit!«

»Sie würden sich freuen«, beteuert Eva enthusiastisch, beide Daumen nach oben gestreckt.

»Sicher.« Meine Stimme trieft vor Sarkasmus. Ich liebe meine Schwester, ehrlich, aber den Gefallen tue ich ihr nicht.

Unter gar keinen Umständen! Und wenn sie sich auf den Kopf stellt.

»Du bist schrecklich nachtragend.«

»Ich bin nachtragend?« Ich speie die Worte förmlich aus. »Muss ich dich erst daran erinnern, was bei meinem letzten Besuch vorgefallen ist?«

Eva rollt mit den Augen. »Du machst aus einer Mücke einen Elefanten.«

Die Kaffeemaschine kommt mit einem finalen Gurgeln zum Stillstand. Ich hole einen Becher aus dem Schrank und stelle ihn vor Eva hin. Beim Eingießen schwappt etwas von der Flüssigkeit auf das Tischtuch. Ich fluche leise. Mit einem Stück Küchenpapier versuche ich, den Schaden einzudämmen. Es gelingt mir nicht ganz.

Trotzig setze ich mich Eva gegenüber in den Korbstuhl. Vom Frühstück ist ein Brötchen übrig geblieben, und da ich dringend meine Finger beschäftigen muss, beginne ich, es zu zerpflücken. Eva sagt kein Wort. Schweigend trinkt sie ihren Kaffee.

Ich kann nicht glauben, dass Eva ausgerechnet mit dieser Bitte zu mir kommt. Sie weiß ganz genau, wie ich zu der Angelegenheit stehe. Auch nach fünf Jahren hat sich meine Meinung nicht geändert. Meine Schwester hat vielleicht die bösen Worte vergessen. Ich nicht.

Tatsache ist: Mein Vater und ich können nicht vernünftig miteinander reden, ohne uns gegenseitig Vorwürfe zu machen. Und das wird auch so bleiben, solange er mir nicht verzeiht, dass ich seine geliebte Bäckerei nicht übernehmen will. Eine Entscheidung, die ihm bis heute völlig unverständlich ist, schließlich besitze ich großes Talent, das könne ich doch nicht einfach wegwerfen. Dass ich nach dem Abitur eine Bäckerlehre beginnen würde, war für ihn daher seit ich denken kann sonnenklar. Dumm nur, dass ich keine große Lust dazu hatte. Auch wenn ich gerne stundenlang und in hingebungsvoller Kleinarbeit Torten verziert habe, meine berufliche Zukunft stellte ich mir dann doch anders vor.

Backen ist und bleibt für mich ein nettes Hobby – nicht mehr und nicht weniger. Wenn ich umgeben bin von Rührbesen und Teigschabern, garniert mit Resten von Zuckerguss und Sahne an den Fingerspitzen und die Finger tief im Teig vergraben, dann vergesse ich für einen kurzen Augenblick die Welt um mich herum. Aber Backen ist nichts, womit ich später meinen Lebensunterhalt verdienen will. Und das liegt ganz sicher nicht am frühen Aufstehen. Die Familienbäckerei zu übernehmen ist mir folglich nie in den Sinn gekommen. Begabung und Spaß hin oder her. Doch auf dem Ohr ist mein Vater ja von jeher taub. »Was für ein Unsinn, natürlich wirst du Bäckerin. Ende der Diskussion!«

Aber nicht mit mir!

Kurz darauf brach ich Hals über Kopf meine Lehre ab. Mein Vater hat getobt, als er das rausbekam. Mit tomatenrotem Gesicht saß er am Tisch, schnaufte wie ein Stier und haute im Sekundentakt mit der Faust auf den Tisch. Meine Mutter hockte schweigend daneben und fuhr ihm beruhigend über die andere Hand, während ich betreten in der Ecke stand. Am liebsten hätte ich mir ein Loch gegraben. Mama schlug dann vor, dass ich doch BWL studieren könnte. Vielleicht würde mir das mehr liegen. Äh, sicher nicht. Um des lieben Friedens willen gab ich allerdings nach und begann, dieses staubtrockene Fach zu studieren. Ich hab's bereits nach einer Woche bereut, aber ich hielt trotzdem tapfer zwei Semester durch. Dann hatte ich die Schnauze voll. Den entsetzten Gesichtsausdruck meines Vaters werde ich nie vergessen, als ich ihm gestand, dass ich das Studium ebenfalls hingeschmissen hatte. »Du bist eine einzige Enttäuschung, Miriam.« Ja, vielen Dank auch. Ich warf einen hilfesuchenden Blick zu meiner Mutter, doch die saß nur schweigend da und wich meinen Augen aus. »Alles klar. Dann will ich euch mit meiner Anwesenheit nicht länger belasten.« Ohne ein weiteres Wort ging ich in mein Zimmer und packte meinen Koffer. Keine Minute länger wollte ich in diesem Haus bleiben. »Wenn du jetzt gehst, glaube nicht, dass ich dich in Zukunft finanziell unterstütze, Fräulein.«

»Ist angekommen.« Ich warf die Tür hinter mir ins Schloss, ging zum Bahnhof und setzte mich in den nächsten Zug. Bloß weg von hier. Von meinen Eltern. Von ihren Erwartungen. Von dieser kleinstädtischen Enge.

Das ist jetzt fünf Jahre her. Seitdem herrscht zwischen meinen Eltern und mir Funkstille. Was wahrscheinlich auch besser so ist. Denn als mein Vater von Eva erfahren hat, dass ich angefangen hatte, Germanistik und Soziologie zu studieren, hat er das als persönlichen Affront verstanden. Was mich in meiner Entscheidung nur bestätigt hat, das Richtige getan zu haben. Daher werde ich einen Teufel tun und meine Prinzipien über Bord werfen, nur weil meine Mutter zufällig fünfundfünfzig Jahre alt wird. Das kann meine Schwester knicken. Nicht umsonst habe ich mir geschworen, nie wieder nach Hause zurückzukehren. Davon lasse ich mich nicht abbringen. Auch nicht von Eva. Basta!

»Meinst du nicht, dass es Zeit wird, sich mit Papa zu versöhnen?«

»Sag das nicht mir, sondern ihm.« Ich klinge wie ein bockiges Kind, dem der Sandeimer zur Strafe weggenommen wurde, aber das ist mir egal.

»Sei einmal die Klügere, Miriam«, beschwört mich Eva

eindringlich. Fehlt nur noch, dass sie mich wie die Schlange Kaa aus dem *Dschungelbuch* mit ihren Augen hypnotisiert, damit sie ihren Willen kriegt. »Mach den ersten Schritt und fahr mit mir nach Wismar.«

»Nein!«

Eva seufzt. Mein Starrsinn geht ihr spürbar gegen den Strich. Ist das etwa meine Schuld? Ich habe mit dem Thema nicht angefangen!

»Wenn du es nicht Mama zuliebe tust, dann wenigstens um meinetwillen.« Meine Schwester ahnt, dass sie mit der Tour nicht weiterkommt, also versucht sie es mit der Schmeicheltour, klimpert mit den Wimpern und guckt mich lammfromm an. Ich hasse das. Sie weiß genau, dass ich ihr dann schwer etwas abschlagen kann. Diesmal bleibe ich allerdings hart. Es ist einfach zu viel vorgefallen, als dass ich mit fliegenden Fahnen nach Wismar zurückkehre. Und sei es nur für ein paar Stunden. In meiner alten Heimat fühle ich mich nicht mehr willkommen. Und bin es auch nicht.

»Eva, ich hab dich wirklich gern. Ich freue mich sehr, dass du hier bist«, versichere ich so überzeugend wie möglich, »aber das kannst du nicht von mir verlangen.«

»Über die Sache von damals ist längst Gras gewachsen. Falls es das ist, worüber du dir den Kopf zerbrichst«, wischt sie meine Einwände rigoros mit der Hand weg. »Papa hat sich beruhigt. Er freut sich bestimmt wahnsinnig, dich zu sehen. Jetzt, wo du die Uni beendet hast und Karriere machst.« Sie zwinkert mir fröhlich zu.

Ich rutsche tiefer in die Sitzpolster und versuche, meinen Kopf hinter der Tischplatte zu verbergen. Was mit einer Körpergröße von einem Meter siebzig nicht so leicht wie angenommen ist.

Eva beobachtet mich misstrauisch. Ihr Gesichtsausdruck

schwankt zwischen Verwirrung und Belustigung. Mir rauscht das Blut in den Ohren, und ich spüre, wie ich knallrot im Gesicht werde. Warum habe ich nicht meine vorlaute Klappe gehalten? Warum, warum, warum? Das habe ich jetzt davon! Wie heißt es doch so schön? Lügen haben kurze Beine. Meine schrumpfen gerade sekündlich.

»Gibt es da etwas, das ich wissen sollte?«, fragt Eva mit skeptischer Miene und ihrem speziellen Röntgenblick.

»NEIN!« Die Antwort kommt mir viel zu hastig über die Lippen.

Eva lehnt sich in ihrem Stuhl vor und kneift die Augen zusammen. Sie studiert mich wie ein extrem seltenes Exemplar unter dem Mikroskop. »Du hast dein Studium abgebrochen.« Eine Feststellung, keine Frage.

Ich schüttele den Kopf. Zu mehr bin ich nicht imstande.

»Sondern?«

»Ich arbeite noch dran«, gestehe ich kleinlaut.

Meine Schwester reißt die Augen weit auf. Der Mund klappt ihr herunter. Ich erkenne, wie die Rädchen in ihrem Kopf diese Aussage zu verarbeiten beginnen. Zweifellos kommt gleich das Riesendonnerwetter.

»Du hast Tante Gloria gesagt, dass du fertig bist.«

»Ja.«

»Kannst du deutlicher werden? Lass dir nicht alles aus der Nase ziehen!«

»Es ist mir rausgerutscht!«, rechtfertige ich mich mit zitternder Stimme.

»Wie bitte?«

»Tante Gloria hielt mir wieder einmal vor, was für eine Niete ich wäre. Fast dreißig, und nichts im Leben erreicht. ›Was soll nur später aus dir werden, Kind‹«, äffe ich sie nach und wedele aufgeregt mit den Händen in der Luft umher.

»Als sie dann mit ihren Lieblingsthemen Heiraten und Kinderkriegen anfing, ist mir die Sicherung durchgebrannt.«

»Und da hast du behauptet, dein Studium beendet zu haben«, schlussfolgert Eva in bester Sherlock-Holmes-Manier. »Mensch, Schwesterchen!«

»Immerhin gab sie Ruhe.« Zu meiner Verteidigung muss gesagt werden, dass Tante Gloria mir bei unserem letzten Telefongespräch wie so oft ihre furchtbar perfekte Tochter Luisa unter die Nase gerieben hat. Meine Cousine hat ihr Studium selbstredend in der vorgesehenen Zeit abgeschlossen. Mit Auszeichnung und allem Pipapo. Vor kurzem hat Luisa eine Stelle als Lehrerin in einer Grundschule angetreten, wo sie natürlich von Kollegen, Eltern und Kindern gleichermaßen vergöttert wird – sagt Tante Gloria. Und ich? Laut meiner Tante blamiere ich mit meinem Desinteresse für eine Karriere nicht nur meine Eltern, sondern auch sie. Das schwarze Schaf der Familie. Und damit ich das auch ja nicht vergesse, ruft sie mich zweimal im Jahr an. Angeblich weil sie sich um mich sorgt und sich bemüßigt fühlt, nachzufragen, ob ich noch lebe. Wenn ich schon keinen Kontakt zu meinen Eltern habe. In Wahrheit will sie bloß mit ihrer Tochter prahlen. Wenn es nach Gloria geht, bekommt Luisa in drei Jahren den Nobelpreis. »Und was hast du bis dahin erreicht, Miriam?«, hatte sie mich spitz gefragt. Ich hatte den Telefonhörer nicht aufgelegt. Leider.

Eva sitzt stumm da, die Sprache ist ihr abhandengekommen. Sie fährt sich nervös mit allen zehn Fingern durch die Haare und schluckt und schluckt und schluckt.

»Ach du dickes Ei!«, fasst sie die ganze verfahrene Kiste in vier niederschmetternden Worten zusammen.

Ich senke schuldbewusst den Kopf. »Wenn Papa erfährt, dass ich nach wie vor an der Uni rumhänge, flippt er aus.«

»Ich bin sicher, er wird dich verstehen, wenn du mit ihm redest. Er ist nicht aus Stein«, beteuert Eva, richtig zuversichtlich klingt sie allerdings nicht.

Ich kräusele die Lippen. Meine ach so vernünftige Schwester kann sich über mangelnde elterliche Liebe ja auch nicht beklagen. Sie hat einen gutbezahlten Job in einer Anwaltskanzlei und einen liebenden Ehemann zu Hause. Noch ein, zwei Kinderchen, und das Märchen ist perfekt. Da gibt es selbstverständlich keinen Grund zur Klage. Ganz anders sieht das bei mir aus. Abgebrochene Bäckerlehre, abgebrochenes BWL-Studium, zahlreiche Gelegenheitsjobs und neun Semester Germanistik und Soziologie. Abschluss ausstehend. Karriereknick auf der ganzen Linie.

»Kann ich nun mit deinem Besuch rechnen?«, drängelt Eva, was mich noch misstrauischer macht.

»Nein!« Das fehlt mir gerade noch.

»Mensch, Miriam. Stell dich nicht so an«, fordert meine Schwester energisch. »Irgendwann musst du dich mit Papa aussprechen.«

Ich verschränke trotzig die Arme vor der Brust. »Ich muss gar nichts!«

»Du benimmst dich wirklich kindisch.«

Bevor ich Eva eine gepfefferte Antwort geben kann, fügt sie triumphierend hinzu: »Du brauchst ja nicht alleine zu kommen, bring Stephan als seelischen Beistand mit.«

Mit großen Augen glotze ich meine Schwester an.

»Wir hätten sonst womöglich eine ungerade Zahl an Tischgästen. Du weißt, wie Mama in dieser Beziehung ist.«

Das kann jetzt nicht ihr Ernst sein! Nur weil meine Mutter glaubt, dass eine ungerade Anzahl an Tischgästen Unglück bringt, soll ich nun zu ihrem Geburtstag kommen? Mit Stephan? Meine Schwester hat sie ja wohl nicht mehr alle!

»Also, was ist jetzt?«, will Eva wissen und streicht sich einen nicht vorhandenen Fussel von ihrer Hose.

»Äh, also eigentlich …«, beginne ich zaghaft, hektisch nach Worten suchend, wie ich mich aus der Affäre ziehen kann, als Eva über beide Backen strahlt. Heiliger Bimbam! Hat sie das etwa als Zusage aufgefasst? Anscheinend, denn sie schließt mich stürmisch in die Arme. Ich ergebe mich seufzend in mein Schicksal. Was bleibt mir auch anderes übrig? Aus der Nummer komme ich nicht mehr raus.

»Toll!«, jubelt Eva und klatscht freudig in die Hände. »Mama und Papa werden staunen, wenn du plötzlich vor der Tür stehst!«

Ich presse die Lippen aufeinander. Die werden noch was ganz anderes als erstaunt sein.

»In drei Tagen erwarte ich dich in Wismar, ansonsten gnade dir Gott!«, droht meine Schwester mit erhobenem Zeigefinger. Ich habe mich nie vor ihr gefürchtet, aber gerade rutscht mir das Herz in die Hose. Eva hat einen eisernen Willen. Und wenn sie sich etwas in den Kopf gesetzt hat, bringt sie so schnell nichts davon ab. Wenn es sein muss, würde sie mich sogar in Ketten nach Wismar schleifen. Das Wort Niederlage existiert nicht in ihrem Wortschatz.

»Hallo, Schönheit.« Moritz steht im Türrahmen und betrachtet meine Schwester – wie könnte es anders sein? – mit anerkennendem Blick von oben bis unten.

Ich verdrehe innerlich die Augen. Wenn er mit so platten Sprüchen tatsächlich Frauen aufgerissen bekommt, verstehe ich wirklich die Welt nicht mehr.

»Wer ist das?«, will Eva flüsternd wissen und deutet in Moritz' Richtung, der sich gerade die Haare mit einem Handtuch trocken rubbelt.

»Mein Mitbewohner. Einfach ignorieren.«

Plötzlich hat Eva es eilig. Geschäftstermin. *Very important*. Nicht aufschiebbar. Küsschen links, Küsschen rechts, winke winke und ab durch die Tür.

»Wer war das denn?«, erkundigt sich mein frisch geduschter Mitbewohner und knöpft sich die untersten Knöpfe seines weißen Hemdes zu.

»Eva«, antworte ich lapidar.

»Heißer Feger. Kriege ich ihre Telefonnummer?«

»Sie ist meine Schwester.«

»Seit wann bist du deswegen so kleinlich?«

»Sie ist verheiratet.«

»Tragisch. Bekomme ich trotzdem ihre Nummer?«

»Moritz!«

»Bleib locker.« Er grinst verschmitzt, gießt sich den restlichen kalten Kaffee in einen Becher und trinkt ihn in einem Zug aus. Mich schüttelt es insgeheim.

»Ist was passiert?«, fragt Moritz, auf den Besuch meiner Schwester zurückkommend. Sein Gesicht drückt ehrliche Besorgnis aus.

»Eva hat mich überredet – falsch, überrumpelt trifft es eher –, am Samstag auf der Geburtstagsparty meiner Mutter aufzutauchen.«

»Ich denke, du hast keinen Kontakt mehr zu deiner Familie«, wundert er sich.

»Richtig.« Bis auf die besagten Telefonanrufe von Tante Gloria. Und auf die kann ich wirklich verzichten! »Der Besuch daheim wäre nicht einmal das Schlimmste«, räume ich ein und ziehe eine Grimasse.

Moritz guckt mich erwartungsvoll an.

»Eva denkt, ich komme mit Stephan.«

Er verschluckt sich an dem Donut, den er gerade angefangen hat zu verzehren. »Hattest du nicht Schluss gemacht?«, hustet Moritz.

Ich nicke. Stephan und ich haben uns vor knapp acht Monaten getrennt. Er fand die beste Freundin seiner Schwester schlicht interessanter als mich. Ein Klischee wie aus einem Groschenroman. Herrlich. Die Trennung kam am Ende nicht wirklich überraschend, sie deutete sich lange vorher an. Als ich ihn dann mit seiner Neuen im Bett erwischte, zog ich die Konsequenzen. Wortlos packte ich meine Sachen und ging.

»Und wieso glaubt deine Schwester, dass du mit Stephan nach Wismar fährst?«

»Weil sie mich wie üblich nicht zu Wort hat kommen lassen«, poltere ich los. »Wie stehe ich denn jetzt vor meiner Familie da? Nicht nur beruflich, sondern auch privat eine einzige Katastrophe.« Mit einem Seufzen berichte ich Moritz von meiner Tatsachenverdrehung.

»Stephan soll dich hoffentlich nicht wirklich als dein Freund begleiten, oder?« Ich blicke scheinbar interessiert auf das Tischtuch, um Moritz' durchdringendem Blick auszuweichen. »Du ziehst das ernsthaft in Erwägung?« Seine Empörung ist nicht zu überhören.

Ich kann mir auch etwas Besseres vorstellen, als mit meinem Ex-Freund auf der Behrens'schen Familienfeier aufzukreuzen. Stephan wird von meinem Überfall sicher alles andere als begeistert sein. Aber eine Alternative habe ich nicht. Zur Not bettele ich eben. Nützt nichts. Stephan schuldet mir das. Für ein paar Stunden meinen Freund zu mimen kann ja nicht so wahnsinnig schwierig sein. Im Scharadespielen hat er immerhin Übung. Je länger ich darüber nachdenke, desto überzeugter bin ich von dieser Idee. Alles ist besser, als alleine nach Wismar zu fahren.

»Tu es nicht, Miriam!«

»Hast du einen besseren Vorschlag?«, entgegne ich, von dem Gelingen meines Plans felsenfest überzeugt.

»Das ist schwachsinnig!«, regt Moritz sich auf. Fast habe ich den Eindruck, dass sich Schaum vor seinem Mund bildet. »Du bist eine junge, selbstbewusste Frau und nicht verpflichtet, deinen Freund mitzubringen, nur um vor deiner Familie nicht als Versagerin dazustehen.«

»Du bist so süß, Moritz! Ehrlich, die Frau, die dich mal heiratet, beneide ich jetzt schon«, antworte ich mit schwärmerischer Stimme und leicht benebeltem Ausdruck.

»Das Thema hatten wir schon.«

Ich stöhne laut auf. »Pah, ich freue mich unheimlich auf den Tag, an dem du dich wegen einer Frau komplett zum Idioten machst.«

»Ich brauche keine Beziehung, um mich gut zu fühlen.«

Meine Nasenflügel blähen sich auf. »Aber ich, oder wie?«

»Frauen ticken anders«, meint Moritz. Ich ziehe erstaunt die Brauen hoch, und er fügt grinsend hinzu: »Oder warum betreibst du sonst so einen Aufwand?«

Touché.

»Ich rufe Stephan an«, erkläre ich bestimmt, bevor ich möglicherweise kneife.

»Du machst einen Fehler.«

Moritz' Einwand prallt komplett an mir ab. Er meint es nur gut, klar, aber darauf kann ich keine Rücksicht nehmen.

Überrascht stelle ich fest, dass Stephans Nummer nach wie vor im Adressbuch meines Handys gespeichert ist. Sollte mir das zu denken geben?

»Miriam? Bist du das?«, meldet er sich nach einer halben Ewigkeit. Ich wollte bereits auflegen.

»Äh, ja. Störe ich?« Ich werde zunehmend unsicherer. Vielleicht ist das doch keine so gute Idee gewesen.

»Nein, gar nicht. Ich bin nur erstaunt«, gesteht er lachend. »Wie geht es dir?«

»Gut. Ausgezeichnet. Könnte nicht besser sein«, plappere ich aufgesetzt drauflos. Moritz, der am Fenster steht und eine Zigarette raucht, verdreht die Augen. Ich schaue schnell weg, bloß nicht entmutigen lassen. Na los, Miriam, frag Stephan!

Ich räuspere mich. »Ich würde dich gerne um einen Gefallen bitten.«

»Spuck's aus.«

»Würdest-du-am-Samstag-mit-mir-auf-die-Geburtstagsfeier-meiner-Mutter-gehen?«, sprudele ich in Maschinenpistolengeschwindigkeit hervor. Im nächsten Moment möchte ich mich selbst ohrfeigen. Einen Touch subtiler ging es eventuell nicht, oder? Nein, lieber die gute alte Holzhammer-Methode. Super. Stephan hält mich nun garantiert für total beschränkt. Und verzweifelt. Möchte nicht wissen, was schlimmer ist.

»Was?«

Es *war* ein Fehler, ihn anzurufen.

Definitiv.

»Ach nichts«, krächze ich. Angestrengt überlege ich, wie ich am besten aus dieser Zwickmühle herauskomme. So leicht macht Stephan es mir natürlich nicht. Stattdessen fragt er mich erneut, was am Samstag ist. So viel hat er verstanden. Großartig. Eingeschüchtert erzähle ich ihm von der Geburtstagsfeier meiner Mutter.

»Du möchtest, dass wir zusammen als Paar hingehen. Habe ich das richtig verstanden?«

Tapfer bejahe ich seine Frage.

»Prinzipiell würde ich dir gerne helfen. Du kennst mich, wenn eine Frau meine Hilfe braucht, springe ich gerne ein.«

Ja, wie seine Hilfe in dieser Beziehung aussieht, weiß ich wirklich nur *zu gut*.

»Samstag habe ich allerdings bereits andere Pläne. Anne will nämlich mit mir in diesen neuen Babyshop in der Innenstadt.«

Bei seinen letzten Worten klappt mir der Mund sperrangelweit auf. Bitte was? »Anne ... Anne ist ... ist schwanger?«

»Ja. Im fünften Monat. Ist das nicht toll? Ich werde Vater!«

Mir droht das Handy aus der Hand zu gleiten. Meine Finger fühlen sich ganz schwitzig und steif zugleich an. Anne ist schwanger. Von Stephan. Meine Gedanken fahren Achterbahn. Aber das kann nicht sein. Das geht nicht. Anne kann nicht von *meinem* Stephan ein Baby erwarten!

Mooooment.

Ruhig Blut, Miriam.

Er ist nicht mehr *dein* Stephan! Schon lange nicht mehr, finde dich damit ab. Überhaupt, ich will den Typen gar nicht mehr. Meinetwegen kann Anne ihn sich sauer einwecken.

»Wow. Herzlichen Glückwunsch!«, sage ich mit bebender Stimme. Ich habe Mühe, geradeaus zu gucken. In meinem Kopf dreht sich alles.

Am anderen Ende scheint Stephan nichts von meinem Zustand mitzubekommen. Wenigstens das beruhigt mich einigermaßen.

»Danke«, erwidert er fröhlich. »In drei Wochen wird geheiratet.«

Heiraten? Ich muss mich gleich übergeben. Das kann unmöglich derselbe Stephan sein, der einst steif und fest behauptet hat, nie heiraten zu wollen. Dass er nun sowohl Vater als auch heiraten wird, ist der Hammer schlechthin. Wo kommt bitte dieser Sinneswandel her? Ich war zwei verdammte Jahre mit dem Kerl zusammen, von Kindern und Hochzeit war nie die Rede gewesen. Mit keinem einzigen Scheißwort!

»Du bist natürlich eingeladen«, sagt mein Ex-Freund jovial. »Ich schicke dir eine Einladung.«

Die kannst du dir sonst wohin schieben, möchte ich ihm um die Ohren hauen, tue ich aber natürlich nicht. Ich bin viel zu gelähmt, um schlagfertig reagieren zu können. Stephan wertet mein Schweigen als Zusage. Wie üblich geht er davon aus, dass jeder seiner Meinung ist.

»Miriam, warte mal, mir kommt da gerade eine Idee. Was hältst du davon, wenn dich mein Kumpel Thorsten begleiten würde?«

»Was bitte?« Ich bin wie vor den Kopf geschlagen. Das hat Stephan nicht ernsthaft vorgeschlagen. Ich muss mich verhört haben!

»Du fährst statt mit mir mit Thorsten nach Wismar. Er tut das sicher gerne, wenn ich ihn darum bitte.«

Er *hat* das ernst gemeint!

Mir fehlen die Worte. Selbst wenn ich noch so erbärmlich klinge, doch so nötig habe ich es echt nicht. »Danke für das überaus nette Angebot«, beginne ich zuckersüß, »aber weißt du was, Stephan? Das kannst du dir mitsamt deiner beschissenen Hochzeitseinladung in deinen beschissenen Arsch schieben! Schönen Tag noch.« Zornentbrannt kappe ich die Verbindung und werfe das Handy auf den Küchentisch. Ich bin von Stephan einiges gewohnt, das allerdings setzt dem Ganzen wirklich die Krone auf. Mich einfach an den Erstbesten weiterzureichen wie ein angegessenes Butterbrot. Der Kerl hat sie ja nicht mehr alle!

Ich kenne Thorsten nur vom Sehen. Vermutlich ist er ein netter Kerl. Kann ja sein. Trotzdem. Allein die Idee! Da kann ich mir ja gleich einen Callboy mieten. Ts. Und wenn ich einfach Moritz mitnehme?

Unauffällig linse ich zu meinem Mitbewohner, dessen Kopf im Kühlschrank steckt, und betrachte eingehend seinen Hintern in der schwarzen Jeanshose. Definitiv knackig. Nicht unlecker. Wie der Rest von ihm. Optisch macht Moritz in jedem Fall etwas her.

»Macht Stephan mit?«, kommt es nuschelnd aus dem Kühlschrank.

»Nein. Er will lieber heiraten und mit Anne am Samstag in einen Babyladen gehen. Weil er aber solch ein Wahnsinnstyp ist, hat er mir vorgeschlagen, mit seinem Kumpel Thorsten zu fahren. Das ließe sich ganz easy arrangieren«, erwidere ich sarkastisch. Wenn die Situation nicht so absurd wäre, müsste ich lachen.

Moritz sieht mich ungläubig an. Wahrscheinlich denkt er, dass ich ihn verscheißere. Er will etwas sagen, aber ich winke ab. Über diesen Schwachkopf will ich kein Wort mehr verlieren. Es hätte mir zu denken geben müssen, dass wir seit unserer Trennung nicht mehr miteinander gesprochen haben. Vor allem hätte ich auf Moritz hören sollen, der meinen Plan von Anfang an idiotisch fand. Wenigstens um diese Erkenntnis bin ich klüger.

»Sag mal, Moritz«, beginne ich vorsichtig, »wieso fährst du nicht mit mir zur Geburtstagsfeier meiner Mutter?«

»Ich?«

Ich strahle Moritz zwecks meines kongenialen Gedankens selbstsicher an.

»Das ist nicht dein Ernst?!«

Ich nage an meiner Unterlippe. Mit etwas mehr Enthusiasmus habe ich dann doch gerechnet. »Wäre das so schlimm? Es ist nur für einen Tag. Kannst du dich da sexmäßig nicht in Enthaltsamkeit üben und stattdessen so tun, als ob du wahnsinnig in mich verliebt wärst?« Ich lächele ihn flehentlich an.

Moritz zeigt mir einen Vogel.

Ich ziehe mein letztes Ass aus dem Ärmel. »Es gibt mit Sicherheit ein großes Buffet«, appelliere ich an seinen stets hungrigen Magen.

»Vergiss es!«

»Och, komm. Für ein paar Stunden kannst du ja wohl meinen Freund mimen! So furchtbar sehe ich nun auch nicht aus.« Ich mache einen Schmollmund.

»Darum geht es gar nicht!«, blafft er mich vorwurfsvoll an. Er steckt sich eine weitere Zigarette an und dreht mir demonstrativ den Rücken zu.

»Sondern?«

»Ich spiele nicht deinen Freund! Das geht über meine Schmerzgrenze.«

»Seit wann besitzt du eine Schmerzgrenze?«, entfährt es mir mit einem amüsierten Zucken um die Mundwinkel.

Er guckt mich mit zusammengekniffenen Augen an. Oh, oh, er sieht richtig böse aus. »Nur über meine Leiche!«

»Meine Familie ist wirklich in Ordnung. Das wird bestimmt ganz lustig«, lüge ich dreist drauflos und setze mein gewinnbringendstes Lächeln auf. Innerlich haue ich mir vor Lachen auf die Schenkel. Wem will ich hier eigentlich was vormachen? Von Tante Gloria gelöchert zu werden und sich in den familiären Kleinkrieg mit meinem Vater hineinziehen zu lassen, versteht wohl niemand unter gepflegter Wochenendunterhaltung.

»Bitte, Moritz. Du bist meine letzte Rettung«, jammere ich mit weinerlicher Stimme.

»Du bettelst.«

Ich verziehe das Gesicht zu einer Schnute. Das weiß ich selber, du Klugscheißer. Aber wenn es hilft …

»Miriam, selbst wenn ich *rein theoretisch* auf der Party mit dir auftauchen würde und du deiner Schwester die Angelegenheit mit Stephan erklärst, wie um alles in der Welt willst du ihr weismachen, dass du urplötzlich mit mir zusammen bist? Für sie bin ich dein Mitbewohner und mehr nicht!«

Mit einer Handbewegung wische ich seinen Einwand weg. »Dein Auftritt nach dem Duschen lässt allerhand Spielraum zu«, erinnere ich ihn schmunzelnd. »Glaubst du nicht daran, dass man sich innerhalb von drei Tagen ineinander verlieben kann?«

Er schüttelt fassungslos den Kopf. Es ist offensichtlich, dass er an meinem Geisteszustand zweifelt. »Das ist kompletter Schwachsinn!«

»Heißt das, du machst mit?«, frage ich, der Drang loszuquietschen ist beinahe übermächtig.

»Habe ich eine andere Wahl?«, seufzt Moritz ergeben. Ich falle ihm um den Hals und drücke ihm einen dicken Schmatzer auf die frisch rasierte Wange.

»Dafür schuldest du mir was!«

»Jaha«, antworte ich entnervt, obwohl mir tausend Mühlensteine vom Herzen fallen. Ich muss nicht alleine in die Höhle des Löwen. Halleluja.

»Ich gehe recherchieren.«

Hä? Fragend blicke ich Moritz an.

»Internet«, hilft er mir auf die Sprünge.

Ich verstehe nur Bahnhof. »Du willst googeln, wie man der Familie am besten eine Schmierenkomödie vorspielt?«, frage ich leicht dümmlich.

Moritz stöhnt. »Wie man ihr am überzeugendsten verklickert, dass man ineinander verliebt ist. Dafür gibt es bestimmt eine Seite. ›Zehn Dinge, woran Ihre Umgebung erkennt, dass Sie verliebt sind‹, vielleicht.«

»Ich könnte dir meine Frauenzeitschriften borgen«, gackere ich. Ich hoffe wirklich, dass er sich einen Scherz mit mir erlaubt.

Moritz blickt mich streng an. »Du musst das schon ein wenig ernst nehmen, *Schatz*!«

Oha.

2

Auf dem Bahnhofsgelände in Wismar geht es zu wie in einem Bienenstock. Ein heilloses Durcheinander aus Koffern, Menschen und einem bemüht ruhig aussehenden Schaffner, der die bunte Menge wie ein Verkehrspolizist zu koordinieren versucht.

Es ist Freitagnachmittag. Kurz nach drei Uhr. Die Sonne scheint von einem strahlend blauen Junihimmel auf mich herab. Postkartenwetter. Regen wäre mir lieber. Würde ohnehin besser zu meiner Stimmung passen. Aber nicht mal auf Petrus kann man sich heutzutage verlassen.

Nach Abfahrt des Zuges von Gleis 1 in Richtung Ludwigsfelde leert sich der Bahnsteig rasant. Wo eben noch das Leben pulsierte, herrscht nun gähnende Langeweile. Einsam und verlassen stehe ich da, den Koffer in der einen Hand, meine Sonnenbrille in der anderen, und gönne mir den wohlverdienten tiefen Seufzer.

Welcome home!

Zum wiederholten Male frage ich mich, was ich eigentlich hier mache. Bin ich denn von allen guten Geistern verlassen? Wie konnte ich mich bloß von meiner Schwester bequatschen lassen, nach Jahren wieder in meine Heimatstadt zurückzukehren? Das muss unweigerlich in einer Katastrophe enden. Nicht umsonst habe ich mir geschworen, nie wieder einen Fuß hierher zu setzen. Wismar und ich, das verhält sich wie Schwefelsäure mit Wasser. Knall. Puff. Peng.

Mit dem Trolley im Schlepptau steuere ich auf den Ausgang zu. Meine ohnehin schlechte Laune sinkt mit jedem Schritt. Diese ganze Reise ist eine einzige Lachnummer! Noch gestern früh war keine Rede davon, dass ich mutterseelenallein und mit der Bahn nach Wismar reisen würde. Moritz hatte eingewilligt, uns mit seinem Panda an die Ostsee zu kutschieren. Ganz gentlemanlike. Dazu kam es jedoch gar nicht erst, denn der Volltrottel hat sich bei bizarren Sexspielchen mit seinem neuesten Betthäschen den Knöchel verstaucht. Statt mit mir nach Wismar zu fahren, tuckerte ich mit ihm heute Nacht um drei Uhr in die Notaufnahme. Was bereits schlimm genug war (meine Augenränder sprechen Bände!), doch auf dem Weg dorthin wollte mir mein Lieblingsmitbewohner äußerst anschaulich erklären, wie es genau zu diesem artistischen Zwischenfall kam. Ich hielt mir sicherheitshalber die Ohren zu, ich muss das echt nicht wissen! Das anzügliche Grinsen des Taxifahrers genügte vollkommen.

Zuerst habe ich überlegt, Eva anzurufen und meinen Besuch abzublasen. Den Telefonhörer hatte ich bereits in der Hand, aber dann verließ mich der Mut. Eva hätte mit Sicherheit nachgehakt. Und die Wahrheit konnte ich ihr schlecht sagen. Am Telefon schon dreimal nicht. Meine Schwester hätte mich gevierteilt. Mindestens. Was mich zu meinem Ausgangsproblem zurückbringt: Woher zaubere ich nach Moritz' Ausfall auf die Schnelle einen passenden Ersatz-Schwiegersohn?

Mal ganz realistisch betrachtet: Ich spreche von Wismar – das 45 000-Seelen-Kaff in Mecklenburg-Vorpommern ist nicht gerade berühmt für seine tolle Männerauswahl. Interessante Männer unter vierzig halten sich leider nicht in der

Provinz auf, sondern in Großstädten wie Hamburg und Berlin. In Wismar einen halbwegs anständigen Mann kennenzulernen ist wie ein Sechser im Lotto. Oft genug entpuppen sich die anfangs so toll geglaubten Kerle bei näherer Betrachtung als bereits vergeben, schwul, oder sie sind schlichte Vollidioten. Oder alles zusammen. Ich habe jahrelange Studien geführt. Und auch wenn meine Mutter anderer Ansicht ist, ich besitze *keine* astronomisch hohen Ansprüche an die männliche Erdbevölkerung. Höchstens Prinzipien.

Bleibt die Frage, wie ich aus dieser Ich-bringe-meinen-Freund-mit-Nummer herauskomme. Notfalls muss ich wohl improvisieren. Ich verstehe davon zwar ungefähr so viel wie ein Kaninchen von Algebra, aber für alles gibt es ein erstes Mal. Wenn es nach Moritz' unqualifizierter Meinung geht, wäre es sowieso das Beste, meiner Familie reinen Wein einzuschenken. Sowohl was das Studium als auch was Stephan betrifft. »Den Kopf werden sie dir schon nicht abreißen«, versuchte er mir beim Abschied altklug weiszumachen. Ich sparte mir eine bissige Bemerkung und packte stillschweigend meinen Koffer zu Ende.

Eine halbe Stunde später stehe ich verschwitzt und abgekämpft vor meinem Elternhaus. Ich lasse den Blick über die Vorderfront des zweistöckigen Hauses im Klassizismus-Stil gleiten. Die Fassade mit dem Gesims ist neu verputzt worden und hat einen cremefarbenen Anstrich erhalten, links und rechts neben der Eingangstür zur Wohnung und zum Verkaufsraum blühen die Rosensträucher in einem kräftigen Karmesinrot. Im Schaufenster funkelt das messingene Schild »Bäckerei & Konditorei Behrens – gegr. 1947« in der Nachmittagssonne.

Alles wie immer.

Schwungvoll betätige ich den Klingelknopf, bevor ich es mir anders überlege und ohne ein Wort abdampfe. Kurz darauf wird die Tür geöffnet, und meine Mutter steht im Türrahmen.

»Hallo, Mama.«

»Miriam? Was machst du denn hier?«

»Komme ich ungelegen?«, erkundige ich mich verunsichert. Ob ich doch vorher hätte anrufen sollen, um die Lage abzuchecken?

»Nein. Nein, natürlich nicht. Was für eine Überraschung!« Sie kommt auf mich zu und schließt mich heftig in die Arme. Erleichtert erwidere ich die Umarmung. Mir fallen mindestens drei Mühlensteine vom Herzen.

Das Verhältnis zu meiner Mutter war nicht immer einfach, oft genug brachte sie mich mit ihren Ansichten auf die Palme, wie Mütter eben sind. Aber sie bemühte sich, mich zu verstehen und meine Handlungen nachzuvollziehen. Im Gegensatz zu meinem Vater. Der schaltete grundsätzlich auf stur. Für gewöhnlich übernahm Mama dann die Rolle der Vermittlerin zwischen den verhärteten Fronten. Letzten Endes stellte sie sich jedoch auf die Seite meines Vaters. Das bockige Kind beruhigte sich schon wieder, im Unrecht war es sowieso.

»Ich freue mich, dass du da bist! Das ist das schönste Geschenk, das du mir machen konntest«, sagt sie glücklich und zieht mich mitsamt meinem Gepäck in den Flur.

Im Haus hat ein frischer Wind Einzug gehalten. Die hässliche alte Kommode ist einem neuen schnörkellosen Garderobenschrank aus Buche gewichen, der alte Teppichboden wurde entfernt und dafür helles Laminat verlegt. Als ich um die Ecke in den Ess- und Wohnbereich spähe, fängt Mama meinen Blick auf und lächelt sanft.

»Es hat sich einiges verändert.«

»Das sehe ich.«

»Du bist zu lange fort gewesen.« Der leicht vorwurfsvolle Ton ist nicht zu überhören. »Warum bist du nicht früher zurückgekommen?«

Augenblicklich versteife ich mich. »Ach, Mama, du weißt, wieso.«

Sie seufzt.

»Wie geht's Alex? Und – Papa?«, frage ich, um das bedrückende Schweigen zu überspielen.

»Gut. Es geht uns gut. Alexander hat seine Bäckerlehre erfolgreich abgeschlossen und ist inoffiziell in die Bäckerei eingestiegen. Zu mehr kann sich dein Vater nicht durchringen. Du kennst ihn ja. Bloß nicht die Verantwortung mit jemandem teilen, das würde ja einem Eingeständnis gleichkommen, dass er alt wird.« Meine Mutter verdreht die Augen zur Decke. »Ich habe ihn mehrmals gebeten, kürzerzutreten; Doktor Lange fordert das seit Jahren. Aber hört er auf uns? Natürlich nicht«, echauffiert sie sich.

Ich kichere hinter vorgehaltener Hand. Typisch Papa! Nimmt sich weder die Ratschläge von seiner Frau noch von seinem Arzt zu Herzen. »Der olle Dickkopf!«

Mama zuckt stoisch mit den Schultern. Nach dreiunddreißig Ehejahren weiß sie, wann es sinnlos ist, mit meinem Vater eine Grundsatzdiskussion zu führen. »Nun zu dir. Wie lange ist das her, seit du –«

»Beinahe fünf Jahre«, falle ich ihr ins Wort. »Lass uns jetzt nicht darüber reden.« Ich will mich nicht innerhalb der ersten Stunde mit meiner Mutter streiten. Das kommt früh genug.

»Na schön«, lenkt sie zu meinem Erstaunen ein, »willst du etwas trinken? Du musst komplett fertig sein, so wie du aussiehst.« Meine Mutter rümpft leicht die Nase und macht ein

Gesicht, als ob ich wie ein ganzer Kuhstall stinken würde. »Am besten gehst du dich erst einmal frisch machen.« Ihr Blick wandert von meinem ärmellosen braunen Rundhals-Shirt mit den aufgesetzten Strasssteinen zu den weißen Shorts, und bei den Cowboystiefeln angelangt, zieht sie pikiert die Augenbrauen hoch.

Mama hat noch nie einen Hehl daraus gemacht, wenn sie mein Outfit grauenvoll fand. In meiner Pubertät verging kaum ein Tag, an dem sie nicht etwas an meiner Kleiderauswahl zu beanstanden wusste. Einmal waren es die Sandaletten, die unmöglich zu der Jeanshose passten. Ein anderes Mal mokierte sie sich über die neue rote Bluse, die wegen des großzügigen Ausschnitts viel zu ordinär für eine Tochter aus gutem Hause war. Was sollten denn die Leute denken! Ich rebellierte von da an aus Prinzip gegen die Kleidervorstellungen meiner Mutter. Röcke und Kleider verbannte ich aus meinem Schrank, schwarze Jeans und Tops mit Totenkopfmotiven wurden zu meinen neuen Lieblingsstücken. Meinen Eltern standen die Haare zu Berge, und nicht selten startete das tägliche Frühstück mit dicker Luft.

»Du ziehst dir wohl besser etwas Bequemeres an«, schlägt Mama vor. Ich muss mir auf die Zunge beißen, um nicht loszuprusten. Der irritierte Gesichtsausdruck meiner Mutter ist wirklich zum Schreien. »Und danach solltest du zu deinem Vater gehen.«

»Hmhm.«

»Er ist nicht mehr böse auf dich, Miriam.« Mama tätschelt mir aufmunternd die Schulter.

Nachdenklich nage ich an meiner Unterlippe. So ganz kann ich das nicht glauben, dazu sind die Erinnerungen an das letzte Gespräch mit meinem Vater noch zu frisch. Aber wahrscheinlich hat sie recht, besser ich lasse die Vorwürfe gleich über mich ergehen. Dann können wir beim Abendessen zu unserem üblichen missbilligenden Schweigen übergehen.

Meine Mutter hasst Streit beim Essen, denn das belastet die harmonische Aura des Raumes, wie sie uns vor Jahren erläuterte. Bis zu diesem Zeitpunkt hatte ich nicht einmal gewusst, dass ein Raum eine Aura besaß! Nach Mamas Ansicht müssen böse Schwingungen am Tisch vermieden werden, da diese sich sonst auf die gesamte Familie übertragen und erst durch eine klärende, spirituelle Reinigung beseitigt werden können. Also durch Räucherkerzen, die die ganze Wohnung verpesten.

Seit meine Mutter diesen Esoterik-Kurs an der Volkshochschule besucht hat, redet sie an manchen Tagen seltsames Zeug. Immerhin findet mein Vater diesen Blödsinn genauso albern wie ich.

Mein Zimmer sieht noch genauso aus, wie ich es verlassen habe. Der Schreibtisch ist mit Krimskrams zugemüllt, in den Ecken stapeln sich abwechselnd CDs, Bücher und alte Zeitschriften bis an die Decke. An den Wänden hängen Poster von Audrey Hepburn und der Skyline von Manhattan.

Ich streife die Schuhe von meinen Füßen und bohre die nackten Zehen in den plüschigen lilafarbenen Teppich. Für einen kurzen Moment schließe ich die Augen, atme den vertrauten und zugleich fremden Duft aus Kindheitserinnerungen und den Lavendel-Mottenkugeln meiner Mutter ein. Irgendwie ein schönes Gefühl, wieder zu Hause zu sein.

Auf der Suche nach *bequemer Kleidung* durchforste ich meinen Koffer. Der Berg auf meinem Bett wächst und wächst, etwas Passendes zum Anziehen ist trotzdem nicht dabei. Zumindest nichts, das den Ansprüchen meiner Mutter genügt. Na, toll. Stöhnend lasse ich mich rückwärts in den Klamottenberg fallen. Scheiß auf Knitterfalten.

Nach einer erfrischenden Dusche entscheide ich mich letztlich wahllos für ein rotes Spaghettitop und eine weiße Baumwollhose. Recht machen kann ich es meiner Mutter sowieso nicht. Umso größer ist die Überraschung, als ich ihr in meinem neuen Outfit im Treppenflur begegne und sie wohlwollend nickt.

Das anerkennende Lob beflügelt mich für das bevorstehende Gespräch mit meinem Vater.

Voller Tatendrang mache ich mich auf den Weg in die Bäckerei. Das Glöckchen über dem Eingang hört gar nicht mehr auf zu klingen. Erst als ich es böse anstarre, gibt es Ruhe. Vielleicht sollte ich meine Meinung über Räume, Auren und deren Schwingungen ernsthaft revidieren.

Hinter dem langen verglasten Ladentisch steht Regine, die seit fast vierzig Jahren als Verkäuferin in unserer Bäckerei arbeitet und für mich eine Art Muttterersatz war, weil Mama früher ebenfalls im Laden mit anpacken musste und kaum Zeit hatte, sich nebenher mit einem schwierigen Kleinkind zu beschäftigen.

Als Regine mich erblickt, fällt ihr vor Schreck die Kuchenzange aus der Hand, mit der sie die Hanseaten gerade neu anordnen wollte. »Miriam?«

Ich breite die Arme aus und rufe: »Überraschung!«

»Nein, das glaube ich nicht!« Sie schüttelt den Kopf.

Ich trete näher an den Ladentisch. »Und jetzt rate mal, wonach mir der Sinn steht?«

Regine lacht lauthals, packt den letzten Windbeutel auf ein Pappblech und reicht ihn mir. »Lass ihn dir schmecken, Kleines.«

Genüsslich atme ich den Duft von Kirschen und Sahne

ein, ehe ich hineinbeiße. An den Seiten spritzt die Schlagsahne heraus, und ich spüre, wie meine Nasenspitze einen leichten Puderzuckerfilm abbekommt.

Regine schmunzelt bei meinem Anblick. »In dieser Hinsicht bist du wirklich die Alte. Rein äußerlich hast du dich hingegen zu deinem Vorteil verändert.«

»Meine Mutter sieht das nach wie vor anders«, erwidere ich zwischen zwei Bissen. »*Miriam, benimm dich bitte wie eine Dame*«, zitiere ich den Lieblingssatz meiner Mutter, den ich während meiner Pubertät gebetsmühlenartig zu hören bekam. Geholfen hat es alles nichts. Ich war und blieb eine Rebellin. Feine Dame sein fand ich ätzend. Damals wie heute.

»Sie will nur dein Bestes!«, wirft Regine versöhnlich ein.

»Ja, und wohin das geführt hat, wissen wir beide.«

»Schätzchen, ich wollte nicht ...«

»Schon gut.« Ich stecke mir das letzte Stück in den Mund und lecke mir hingebungsvoll die restliche Sahne von den Fingern. Allein dafür hat sich der Besuch gelohnt.

»Nun erzähl mal, was hast du in den letzten Jahren in der großen weiten Welt erlebt?« Regine guckt mich erwartungsvoll an. Sie scheint einen spannenden Abenteuerroman zu erwarten, gekrönt mit Mord und Totschlag.

»Da muss ich dich enttäuschen«, entgegne ich nüchtern und zucke mit den Achseln. »Landkreis Nix-Los beschreibt ziemlich genau mein momentanes Leben.« Von Geschichten wie der mit Stephan muss Regine nicht unbedingt erfahren. Ich schäme mich selbst genug für meinen Hirnaussetzer. Allein bei dem Gedanken schießt mir das Blut in den Kopf.

»Das kann ich schwer glauben!«

»Doch. Mein Leben ist öde«, nicke ich, ehe Regine Zweifel an meiner Glaubhaftigkeit kommen.

»Unsinn! Ich bin mir sicher, du verheimlichst mir was.

Besser gesagt jemanden. So einen hinreißenden Märchenprinzen vielleicht?«

»Regine!«

»Hab ich's doch gewusst!« Sie klatscht die Handflächen zusammen und blickt mich selbstzufrieden an.

Ich rolle mit den Augen. »Du liest zu viele Groschenromane.«

»Ich erkenne die Zeichen.«

»Soso«, kichere ich.

»Leugnen ist sinnlos, junge Dame«, meint Regine unbeirrt. Ich befürchte, dass ich sie so schnell nicht von dieser Schiene abbringen kann. Also gehe ich auf ihr Spielchen ein.

»Ach, Regine. Du hast mich durchschaut, aber mehr möchte ich nicht verraten. Es ist alles noch furchtbar frisch«, erwidere ich verträumt, selbst verwundert über meine Schauspielqualitäten. Bestimmt würde ich mit diesem Talent sofort eine Rolle in einer Seifenoper erhalten. Wo ich mich dann in den Tennislehrer meiner besten Freundin verliebe, ihn anschließend unwissentlich mit meinem eigenen Bruder betrüge und am Ende, einsam und mit einem gebrochenen Herzen, bei einem Flugzeugabsturz ums Leben komme …

»Muss Liebe schön sein«, seufzt Regine. Langsam kommen mir Zweifel, ob das dieselbe Regine ist, die mich früher in- und auswendig kannte. Aber wie es aussieht, setzt nicht nur bei meiner Mutter, sondern auch bei Regine mit zunehmendem Alter das Schwiegersohn-Phänomen ein: die Angst, dass das Kind (also ich) als alte Jungfer stirbt. Ab einem gewissen Alter (ab 25 Jahren) werden Mütter zu erbarmungslosen Verkuppelungsmaschinen. Da wird schnell mal eine Liebe angedichtet, wo gar keine vorhanden ist. Man meint es schließlich nur gut. Ächz.

»Wie dem auch sei«, entgegne ich, die Klappe der Ladentheke hochhebend, »ich sollte das Gespräch mit meinem Vater nicht länger aufschieben.«

»Wird schon werden«, sagt sie aufmunternd. Sie wischt mir den Rest Puderzucker von der Nase und schiebt mich in Richtung Backstube. Mit jedem Schritt, den ich meinem Vater näher komme, fühle ich mich elender. Mir ist speiübel. Eine ganze Turnmannschaft übt in meinem Bauch Saltos und Rollen rückwärts.

Ich luge vorsichtig in die Backstube. Ein langer, heller Raum, von oben bis unten mit beige gemusterten Kacheln gefliest und in der Mitte durch eine Arbeitsplatte in zwei Bereiche getrennt. Links stehen die Knetmaschine, die Rührmaschine und der Abwieger, rechts ein wuchtiger Backtrog, unter dem sich die Pressmaschine für die Brötchen befindet. Der Etagenbackofen ist versteckt in einer Ausbuchtung in der hinteren Wand, daneben der Gärschrank.

Mein Vater steht vor einem großen Teigbottich und füllt eine schmierige hellbraune Masse ein. Mit geübtem Blick erkenne ich, dass es sich um Sauerteig handelt. Als er den Luftzug im Raum bemerkt, dreht er sich zu mir um und presst bei meinem Anblick missmutig die Lippen zusammen.

»Hallo, Papa.«

»Traust du dich auch mal wieder her?«

»Wie du siehst.«

Er führt den Knethaken in die Teigschüssel und schaltet das Gerät ein. Das gleichmäßige Ruckeln der Maschine zerrt an meinen ohnehin angespannten Nerven. »Brauchst du Geld?«

Ich balle die Hände zu Fäusten. Natürlich kann es in seinen Augen nur darum gehen. Was könnte es sonst für einen Grund für meine Anwesenheit geben?

»Nein«, antworte ich betont gelassen, obwohl es in mir

zu brodeln beginnt. Ich werde mich nicht von ihm provozieren lassen. Am Ende fühlt er sich in seiner vorgefertigten Meinung nur bestätigt. Das ist das Letzte, was ich gebrauchen kann.

»Aus purer Sehnsucht bist du sicherlich nicht gekommen!«

»Eigentlich wollte ich nur Hallo sagen.«

»Was du nun getan hast!« Klatsch! Wie eine Ohrfeige fliegt mir die Antwort um die Ohren.

Aus zusammengekniffenen Augen fixiere ich ihn. Ich spüre, wie sich meine Wut still und heimlich in meinem Bauch ausbreitet. »Wenn du es genau wissen willst, ich bin wegen Mamas Geburtstag hier, aber das glaubst du mir wahrscheinlich sowieso nicht. Schließlich habe ich deiner Ansicht nach kein Rückgrat für solche Dinge.«

»Werd nicht patzig!« Ja klar, er schaltet wie immer auf stur, wenn es nicht nach seinem Kopf geht, aber ich bin patzig. Ideale Voraussetzungen für ein offenes und ehrliches Gespräch.

»Falls es dich beruhigt, meinen Besuch hast du Eva zu verdanken. Ich wäre sonst nie im Leben gekommen. Da hätte man mich schon an den Haaren herziehen müssen«, blaffe ich alles andere als diplomatisch zurück.

»Du bist noch genauso unreif wie damals«, schleudert er mir entgegen, das Gesicht hart wie Beton.

»Oh, vielen Dank«, presse ich bissig hervor. »Aber kannst du mir erklären, wieso ich früher hätte kommen sollen? Ich konnte es dir doch nie recht machen, egal was ich unternommen habe. In deinen Augen bin ich die ewige Träumerin, die nichts ernst nimmt. Jahrelang habe ich mir diese Vorwürfe von dir anhören dürfen. Und alles nur, weil du nicht einsehen wolltest, dass ich meinen eigenen Weg gehen musste. Eigene

Entscheidungen treffen wollte. Weil du der felsenfesten Überzeugung bist, genau zu wissen, was das Beste für mich ist. Ich hatte es so satt! Ich wollte – nein, ich musste! – weg. Um meinetwillen. Nicht um deinetwillen. Oder um dich zu ärgern. Höchstwahrscheinlich glaubst du das immer noch.«

»Das ist Blödsinn!«

Ich schüttele traurig den Kopf. »Nein, ist es nicht. Und das weißt du.«

»Du hast dich vor der Verantwortung gedrückt! Du warst schon immer großartig darin, wenn es darum ging zu rebellieren. Weiß der Kuckuck, woher du das hast. Aber damit musste Schluss sein! Du warst kein Baby mehr, Miriam. Du warst erwachsen und musstest endlich dein Leben in die Hand nehmen. Doch du wolltest dich ja partout nicht festlegen. Lehre, Studium, nichts hast du bis zum Schluss durchgezogen. Aus Angst, dass man dich einengt. Von Anfang an war klar, dass du eines Tages die Bäckerei übernimmst, Miriam – bei deinem Talent. Aber plötzlich hast du keine Lust mehr und führst dich auf wie ein bockiges Kind. Dabei haben wir es alle nur gut mit dir gemeint.«

»Seit ich klein bin, hieß es, dass ich die Bäckerei übernehmen soll. Aber hast du mich mal gefragt, ob ich das eigentlich will? Natürlich nicht. Ich habe nicht gegen das Erwachsenwerden rebelliert, sondern gegen das Leben, das ich für dich hätte führen sollen!«

Die Hauptschlagader am Hals meines Vaters pumpt verdächtig. Mir fällt plötzlich auf, wie alt er aussieht. Immer mehr graue Strähnen durchziehen sein schütteres Haar. Die Falten im Gesicht scheinen tiefer geworden zu sein, die Augen in den Höhlen wirken etwas verloren, und die einst sonnengegerbte Haut an den Armen ist käsig. Er wirkt abgezehrt von zu viel Arbeit, Stress und Sorgen. Ich weigere mich, mir einzugestehen, dass ich dafür mitverantwortlich bin. Mein Vater hat sich und anderen das Leben wahrlich nie leicht gemacht.

»Was macht dich eigentlich wütender, *Vater*?« Ich betone das Wort »Vater« überdeutlich. »Dass ich mich geweigert habe, in die Bäckerei einzusteigen, um mein eigenes Leben zu leben, oder dass ich angefangen habe, Geistes- und Sozialwissenschaften zu studieren?«

»Dein eigenes Leben!«, echot er zynisch. »Dass ich nicht lache! Du bist abgehauen. Hast mich und Alexander, der ohne zu zögern von heute auf morgen deinen Platz eingenommen hat, mit der Verantwortung sitzen gelassen. Weil dir scheißegal ist, was mit der Bäckerei geschieht. Wenn das dein Großvater sehen könnte. Er würde sich im Grabe umdrehen.«

Wenn meinem Vater die Argumente ausgehen, holt er sich grundsätzlich Hilfe von seinem Vater Fritz. Mein Großvater hat die Bäckerei 1947 gegründet. Vor gut achtzehn Jahren übernahm mein Vater sie. In der dritten Generation sollte eines seiner drei Kinder den Betrieb fortführen. Meine Geschwister und ich hatten jedoch andere Pläne. Eva ging nach dem Abitur nach Hamburg, studierte Jura und machte Karriere. Mein kleiner Bruder Alexander wollte in die Fußstapfen meines Großvaters mütterlicherseits treten und Arzt werden. Blieb folglich nur ich übrig. In Papas Augen war ich die geborene Bäckerin, waren meine Finger doch schon als Kleinkind ständig mit Teig beschmiert. Ich sah das allerdings anders und machte ihm einen dicken Strich durch die Rechnung. Das trägt er mir heute noch nach. Und ich glaube auch nicht, dass er mir je verzeihen kann. Dafür ist er zu stolz – und zu stur.

»Höchstwahrscheinlich hätte mich Großvater besser verstanden als du. Du warst dermaßen verbohrt, dass du gar nicht gemerkt hast, wie unglücklich ich war«, krächze ich.

Mein Vater verschränkt die Arme vor der mit Mehl bestäubten Bäckerschürze. »Im Leben muss man gewisse Opfer bringen.«

»Aber nicht um jeden Preis!«, kreische ich hysterisch. »Du hast mich erdrückt mit deinem Starrsinn! Wieso siehst du das nicht endlich ein?«

Mein Vater schnappt ärgerlich nach Luft. Seine Gesichtsfarbe hat immer mehr Ähnlichkeit mit der einer Tomate. »Willst du mir etwa vorwerfen, dass ich dich aus dem Haus getrieben habe? Dass ich dein Leben ruiniert habe?«

»Das habe ich nie gesagt!«

»Was dann?«

»Vielleicht habe ich damals nicht alles richtig gemacht. Das gebe ich im Gegensatz zu dir gerne zu. Aber verdammt – ich war erst neunzehn! Du wolltest, dass ich von einem Tag auf den anderen mein Leben wegschmeiße.«

Jetzt explodiert mein Vater. »*Wegschmeißen?*«

»Du weißt genau, wie ich das meine«, sage ich erschöpft. Ich fühle mich ausgelaugt von diesem Gespräch. Seit einer gefühlten Ewigkeit drehen wir uns im Kreis und kommen nicht weiter.

»Mit dieser von dir verabscheuten Bäckerei verdienen wir unseren Lebensunterhalt, Fräulein. Mach dir das endlich bewusst! Die Bäckerei ist unser Leben.«

»Nein. Sie ist dein Leben!«, schreie ich. »Das war sie schon immer. Du willst es nur nicht wahrhaben.«

»Was ich vor allem nicht wahrhaben mag«, greift mein Vater wutschnaubend meine letzten Worte auf, »ist, mit ansehen zu müssen, wie du bis heute nichts aus deinem Leben gemacht hast.«

Nun ist es an mir, ihn fassungslos anzusehen. Ich bin richtiggehend geplättet. Mein Vater hat sich keins meiner Worte zu Herzen genommen. Er glaubt immer noch, dass es mein Lebensplan ist, ihn zu ärgern. Den Kopf voller Flausen. Ziellos in der Gegend umherdümpeln. Alles andere als die Bäckerei zu übernehmen zählt in seinem Universum nicht.

»Du hast mich eben noch nie verstanden!« Lautstark knalle ich die Tür hinter mir zu.

*
* *

3

Also schön, im Nachhinein betrachtet zählt dieser Abgang nicht zu meinen ruhmreichsten. Aber spätestens als mir mein Vater einmal mehr vorwarf, mein Leben nicht auf die Reihe zu kriegen, riss mir der Geduldsfaden. Ich wusste von Anfang an, dass das Gespräch kein Zuckerschlecken werden würde, nicht nach den ganzen bösen Worten von einst. Allerdings nahm ich an, dass sich zumindest die Wogen halbwegs geglättet hatten. Fehlanzeige. Wir sind genau dort, wo wir vor fünf Jahren waren.

Am liebsten würde ich meinen Koffer packen und auf der Stelle zurück nach Hannover fahren. Den Triumph gönne ich meinem Vater jedoch nicht. Er glaubt dann nur, von Anfang an recht gehabt zu haben. Dass ich ein trotziges Kind bin, das vor der Verantwortung davonläuft, unfähig, eigene Entscheidungen zu treffen. Darauf verzichte ich dankend.

Heute fährt ohnehin kein Zug mehr. Fürs Erste sitze ich hier fest. Willkommen in der Provinz!

Da ich keine Lust verspüre, mir von meiner Mutter Vorwürfe anzuhören, weil ich bei dem Gespräch mit meinem Vater nicht diplomatisch genug vorgegangen bin, laufe ich ganz automatisch die Lübsche Straße hinauf in Richtung Markt, dem Zentrum von Wismar.

Der Wismarer Markt ist der größte in Norddeutschland. Zahlreiche historische Bauten wie der Alte Schwede und die

Wasserkunst, das Wahrzeichen Wismars, säumen den einen Hektar großen Marktplatz. Die Abendsonne scheint auf das kegelförmige Dach der im Renaissancestil gehaltenen Wasserkunst und lässt sie fast majestätisch wirken. Die zahlreichen Restaurants und Cafés sind gut besucht, Stimmengewirr und Lachen dringen an meine Ohren.

Ich setze mich auf die von der Sonne erwärmten Rathaustreppen und lehne mich zurück.

Ein lauer Sommerduft, gepaart mit dem salzigen Geruch des Meeres, liegt in der Luft. Ein Mann im grauen Businessanzug setzt sich neben mich. Er schlägt die Zeitung auf und vertieft sich in die Lektüre. Aus den Augenwinkeln mustere ich ihn unauffällig. Ich benötige nach wie vor einen Begleiter für morgen, und irgendwo muss ich ja anfangen. Auf den ersten Blick wirkt der Mann nicht wie ein Psychopath oder ein entlaufener Häftling. Er sieht sogar richtig gut aus. Ein bisschen wie George Clooney. Leider auch mindestens in dessen Alter – und am Ringfinger prangt ein dicker goldener Ehering. Drama, Baby.

»Wollen Sie vielleicht den Lokalteil lesen?«, will er wissen und entblößt eine Reihe makelloser weißer Zähne.

Ich fühle mich ertappt und laufe rot an. Hoffentlich hat er nicht gemerkt, dass ich ihn angestarrt habe. Sonst denkt er womöglich, ich bin ein Groupie. Oder noch schlimmer, ein Stalker!

»Äh, danke«, nuschele ich und verstecke schnell mein Gesicht hinter der Zeitung. Scheinbar interessiert überfliege ich die örtlichen Meldungen des *Wismarer Tageblatts*.

Das alljährliche Wismarer Hafenfest beginnt in einer Woche, die Aufbauarbeiten laufen auf Hochtouren. Die Verkehrsunfälle in der Hansestadt nahmen im Vormonat deutlich ab; und Oma Trude und Opa Wilhelm feierten gestern mit ihren fünf Kindern, vierzehn Enkeln und drei Urenkeln ihren sechzigsten Hochzeitstag. Herzlichen Glückwunsch. Genauso spannend geht es auf der nächsten Seite weiter. Der Bienenzüchterverein beging am Donnerstag seinen zehnten Jahrestag – muss ein Wahnsinnsereignis gewesen sein, denn der Artikel mit einem halben Dutzend Bildern nimmt fast die gesamte Seite ein. Lediglich das »sensationelle Knüllerangebot« einer Discount-Bäckerei sowie das Impressum des *Wismarer Tageblatts* finden noch Platz. Im Impressum springt mir ein Name ins Gesicht. Oliver Wegener. Ich blinzele überrascht. Olli? Tatsächlich. Da steht es. Schwarz auf weiß.

Ungläubig falte ich die Zeitung zusammen und gebe sie George Clooney zurück. Dann springe ich wie von der Tarantel gestochen auf und laufe quer über den gesamten Marktplatz. Vier Minuten später stehe ich vor einem neugebauten Bürogebäude mit einer imposanten Glasfront. Neben einer Rechtsanwaltskanzlei, einem Steuerberater und einem Friseur im Erdgeschoss beherbergt es unter anderem auch die Räume des *Wismarer Tageblatts*.

Mit klopfendem Herzen fahre ich mit dem Fahrstuhl in den dritten Stock. Meine Hände sind schweißnass, als ich aus dem Fahrstuhl trete und mich suchend umsehe. Wieso ich mich derartig verrückt mache, weiß ich selbst nicht. Das hier ist schließlich kein Vorstellungsgespräch!

Die Dame am Empfangstresen mit dem strengen Bob und dem nicht minder strengen Gesichtsausdruck beäugt mich argwöhnisch, sagt aber nichts. Ich drücke meinen Rücken durch und versuche, möglichst entspannt zu wirken. Einfach so tun, als ob ich die neue Praktikantin oder sonst wie wichtig wäre.

Unauffällig studiere ich die zahlreichen bordeauxfarbenen Holztüren. Ein Wegweiser wäre echt hilfreich. Die

Empfangsdame kann ich schlecht um Rat fragen, das macht mich ja erst recht verdächtig. Ich luge rückwärts über meine Schulter. Sie beobachtet mich immer noch misstrauisch.

Am Ende des langen Ganges bleibe ich vor der letzten Tür stehen. Oliver Wegener steht auf dem silbernen Schild.

Ich schüttele nervös meine Arme aus, hole tief Luft und klopfe an. Einmal. Zweimal. Nachdem keine Reaktion von innen zu vernehmen ist, öffne ich die Tür einen Spaltbreit.

Ein heilloses Chaos empfängt mich. In dem großzügig geschnittenen Raum sind überall Aktenordner, lose Seiten und Post-its verstreut. Auf dem Metallschreibtisch stapeln sich Ablageordner, Zeitschriften und Lexika, das Faxgerät summt. Vor dem Computer sitzt ein Mann mit verstrubbelten dunkelbraunen Haaren. Er beugt sich über seine Notizen, so dass sich das Hemd über seine ansehnlichen Schultern spannt. Laut fluchend rauft er sich die Haare.

»Klopf, klopf.«

Mit einem Ruck dreht er sich zu mir um. Die Schimpftirade bleibt ihm im Halse stecken. »Miriam?« Er mustert mich mit großen Augen.

»Eigentlich wollte ich zu Oliver Wegener. Können Sie mir da weiterhelfen?«, erkundige ich mich amüsiert. Sein entsetzter Gesichtsausdruck ist göttlich.

»Mensch, Miriam, lass den Unsinn!« Mit wenigen Schritten hat er die Distanz zwischen uns überwunden und schließt mich in die Arme. Mir entweicht ein befreiter Seufzer. Ich ziehe Olli zu mir herunter und atme tief diesen vertrauten Geruch ein. Es ist wie heimkommen.

»Seit wann bist du wieder in Wismar?«, will Olli sofort wissen. Die Verblüffung steht ihm nach wie vor ins Gesicht geschrieben.

»Seit knapp zwei Stunden.«

»Ich hätte nicht gedacht, dich je wieder hier zu sehen«, meint er, sich mit der Hand übers Kinn fahrend.

Ich ziehe eine Grimasse. »Ich hätte nicht gedacht, dass du noch mit mir redest.«

»Ich bin nicht nachtragend.«

»Das stimmt.«

»Wir waren jung und naiv. Da verliert man sich zwangsläufig aus den Augen.«

»Kann sein«, antworte ich leise.

Olli und ich kennen uns seit Sandkastentagen. Anfangs konnte ich ihn nicht ausstehen. Er zog regelmäßig an meinen geliebten Pippi-Langstrumpf-Zöpfen und ärgerte mich bei jeder sich bietenden Gelegenheit. Als er mich eines Tages eine »dumme Kuh« nannte, scheuerte ich ihm eine. Der Handabdruck verblasste nach einer Woche, unsere neue Freundschaft hielt. Die ganze Schulzeit über waren wir unzertrennlich. Wir teilten praktisch alles miteinander, sogar die gleichen Noten. Bei der Erinnerung an die verblüfften Gesichter unserer Lehrer muss ich lächeln, denn sie konnten uns nie nachweisen, dass wir voneinander abgeschrieben hatten.

Nach dem Abitur trennten sich unsere Wege. Ich blieb in Wismar und begann die von meinem Vater sehnsüchtig angestrebte Bäckerlehre, Olli zog es zum Studium nach Leipzig. Während wir früher jeden Tag zusammenhockten, sahen wir uns nun höchstens einmal im Monat. Selbst diese Zusammenkünfte bekamen mit der Zeit einen merkwürdigen Beigeschmack. Wir wurden, ohne es zu merken, erwachsen und entwickelten uns weiter. Entfremdeten uns. Die Treffen blieben eines Tages ganz aus. Später auch die Telefonanrufe.

»Tut mir leid, dass ich mich nicht mehr gemeldet habe.«

»Daran trage ich mindestens ebenso viel Schuld wie du«,

winkt Olli ab. »Das ist der Lauf der Dinge. Wir wollten unsere eigenen Erfahrungen machen, neue Leute kennenlernen und unsere Grenzen austesten. Dass dabei irgendetwas auf der Strecke bleibt, ist doch nur verständlich. Aber du bist und bleibst meine beste Freundin, egal was war. Wir sind durch dick und dünn gegangen, das verblasst nicht so leicht.«

»Ich habe dich gar nicht verdient«, wispere ich mit tränenerstickter Stimme.

»Wenn du mir den Boden vollheulst, wischst du ihn auf.« Olli grinst mich frech an. Die bedrückende Stimmung ist wie weggeblasen.

Ich strecke ihm die Zunge heraus. »Blödmann!«

Er lässt sich in seinen Drehstuhl plumpsen und nimmt einen Schluck aus der Wasserflasche. »Ich liebe deine Komplimente.«

»Die hast du vermisst.«

»Auf jeden Fall.«

Ich setze mich in einen der beiden Polsterstühle und stecke mir ein Schokoladentoffee in den Mund, das ich mir aus der randvoll gefüllten Schale vom Tisch gefischt habe. Wenn ich aufgeregt oder nervös bin, futtere ich immer Tonnen von Süßigkeiten in mich hinein. Dummerweise weiß das nicht nur meine Waage, sondern man sieht es mir leider auch an.

»Nun, da diese schmalzige Begrüßung nach all den Jahren hinter uns liegt – was führt dich nach Wismar? In der Gegend warst du sicher nicht.« Olli verschränkt die Arme im Nacken und guckt mich erwartungsvoll an.

»Nein«, bestätige ich und hole tief Luft. »Eigentlich wollte ich sogar nie mehr zurückkehren, aber vor drei Tagen stand aus heiterem Himmel meine Schwester vor der Tür und fuhr schweres Geschütz auf. Sie hat mich quasi genötigt, zum Geburtstag meiner Mutter zu kommen. Einspruch abgelehnt.«

»Ach richtig, die Party des Monats.«

Ungläubig reiße ich die Augen auf. »Wie bitte?« Ich verschlucke mich fast an dem Toffee.

»Die Worte meines Chefredakteurs«, sagt er schulterzuckend. Als ob das die Sache besser machen würde.

»Bitte sag mir nicht, dass halb Wismar kommt.«

»Bereite dich lieber darauf vor.«

»Oh Mann.«

Er sieht mich vielsagend an. »Du hast nicht wirklich geglaubt, dass die Geburtstagsfeier im engsten Familienkreis über die Bühne geht, oder?«

»Nein. Doch. Vielleicht. Was weiß ich!« Frustriert lasse ich mich in die Kissen zurückfallen. Ich darf mich also nicht nur mit der Klatschpresse in Person meiner Tante Gloria und ihrer ätzenden Tochter Luisa herumschlagen, sondern muss außerdem gut Wetter machen, weil ich nur ungern einen neuerlichen Eklat vom Zaun brechen will, wenn halb Wismar bei uns im Garten steht. Phantastisch.

Wie ich meine Mutter kenne, artet diese angeblich kleine Familienfeier zu einem Galaabend aus. Tante Gloria hat in dieser Hinsicht bereits mehrfach neue Maßstäbe gesetzt. Meine Mutter will sicher nicht hinter ihrer Schwester zurückstehen. Wie sähe das denn aus?

Allein wenn ich an Luisas achtzehnten Geburtstag zurückdenke, läuft es mir heiß und kalt den Rücken hinunter. Meine Tante hatte drei Fotografen engagiert, die ihre Prinzessin und die Gäste aus allen möglichen Blickwinkeln ablichten sollten. Egal wo man stand, irgendwo lauerte garantiert einer dieser lästigen »Paparazzi«. Als ich mich während Luisas Dankesrede unauffällig ans Buffet schlich, drückte einer dieser Dreckskerle auf seinen Auslöser. Ich habe mich dermaßen erschrocken, dass die Füllung der Frühlingsrolle hochkant auf meinem rosa Tüllkleid (fragen Sie lieber nicht!) landete. Wieso ich das immer noch weiß? Erstens gibt es davon das wunderbare Bild in unserem Familienfotoalbum – gleich neben der Fotografie, wo ich wie auf Drogen den Fleck anstarre. Und zweitens lässt es sich Tante Gloria nicht nehmen, aller Welt (auch denen, die es gar nicht hören wollen) bei jeder Gelegenheit von dieser »lustigen Geschichte« zu erzählen.

»So schlimm wird es schon nicht werden«, versucht Olli mich mit einem Augenzwinkern zu beruhigen.

»Hast du eine Ahnung. Mein Vater und ich führen Krieg, und meine restliche sensationslüsterne Verwandtschaft wird sich auf mich stürzen wie die Geier aufs Aas.« Ich deute Anführungsstriche an. »›Verlorene Tochter kehrt zum fünfundfünfzigsten Geburtstag der Mutter ins Nest zurück – und sorgt für Skandal!‹ – wäre doch eine tolle Schlagzeile.«

»Du übertreibst. Ich kenne deinen Vater. Trotz aller Differenzen wird er sich nicht die Blöße geben und sich vor versammelter Mannschaft mit dir streiten.«

Ollis sonniges Gemüt möchte ich haben. »Es hat keine fünf Minuten gedauert, da lagen mein Vater und ich uns in den Haaren.«

»Willst du reden?«

Eigentlich habe ich keine große Lust, Olli die Ohren mit meinen Problemen vollzujammern. Da er aber höchstwahrscheinlich sowieso erfährt, was los ist, lege ich die Karten auf den Tisch. »Mein Vater ist stinksauer auf mich. Er denkt, dass ich ziellos herumtreibe und nichts aus meinem Leben mache.« Ich seufze. »In Wahrheit trägt er mir bloß nach, dass ich die Bäckerei nicht übernehme, weil ich lieber mein eigenes Leben leben will.«

»Oh.«

Ich nicke vielsagend. »Ich habe die Pläne meines ehrgeizigen Vaters knallhart durchkreuzt. Unser Verhältnis war immer schwierig, das weißt du selber. Vor fünf Jahren sind wir dann richtig aneinandergeraten, als ich mein BWL-Studium – was mich obendrein null interessierte – nach zwei Semestern hinwarf. Nach dieser Eskapade, wie mein Vater es nannte, hat er mir jegliche finanzielle Unterstützung gestrichen. Daraufhin habe ich meine Siebensachen gepackt und bin gegangen«, erzähle ich die Kurzvariante, ohne die bösen Worte und die vielen gegenseitigen Vorwürfe. Mein bester Freund muss nicht alles wissen. »Um meinem Vater richtig eins reinzuwürgen, begann ich Germanistik und Soziologie in Hannover zu studieren. Ich wusste durch Eva, dass ihn diese ›sinnfreie Fächerkombination‹ zur Weißglut trieb.«

Olli schaukelt abwägend den Kopf hin und her. »Ziemlich kindisch, wenn du mich fragst.«

Mag sein. »Gutgetan hat es trotzdem.«

»Ihr seid zwei Kindsköpfe!«

»Ich nicht!«, erwidere ich schnippisch und verschränke die Arme vor der Brust.

»Du bist seine Tochter durch und durch«, setzt Olli noch eins drauf.

Beleidigt schiebe ich die Unterlippe vor. Das wird ja immer besser! »Vielen Dank auch!«

»Ach komm, sei keine Spielverderberin. Schließlich freue ich mich, dass du da bist.«

In diesem Moment steckt eine hochgewachsene Blondine ihren Kopf zur Tür herein. Als sie mich sieht, zuckt sie leicht zurück und nestelt an ihrer John-Lennon-Brille herum. »Oh, tut mir leid, ich wusste nicht, dass du Besuch hast. Ich wollte auch nur fragen, ob du mich noch brauchst.«

Olli verneint. »Mach ruhig Feierabend, Tina.«

Sie wünscht uns einen schönen Abend und stöckelt von dannen. Ich ziehe wissend die Augenbrauen hoch. »Tina?«

»Unsere Volontärin.«

»Aha.«

»Wag es ja nicht!«

»Was denn?«, frage ich unschuldig und klimpere mit den Wimpern.

»Solltest du mir eine Affäre mit Tina andichten, schreibe ich deine Schlagzeile.« Er droht mir mit erhobenem Finger.

Ich lache auf. »Das würdest du nicht wagen!«

»Wollen wir wetten?«

Er schiebt die Ärmel seines Hemdes hoch und lockert die Krawatte. Seit wann trägt Olli eigentlich Krawatten? Hasste er die nicht früher wie die Pest? Ich betrachte meinen besten Freund von oben bis unten. Er hat sich verändert, wirkt männlicher, richtiggehend attraktiv. Keine Spur mehr von dem einst ungelenken Jungen mit dürren Armen bis zu den Kniegelenken. Olli ist erwachsen geworden. Nicht nur äußerlich. Er tritt deutlich reifer und überlegter auf, hat sein Leben, wie es scheint, voll im Griff. Beruflich tut er genau das, was er schon mit zehn machen wollte. Und mit Sicherheit wartet daheim auch eine Tina auf ihn. Oder eine Simone. Mir wird schlagartig bewusst, dass ich praktisch keine Ahnung von Ollis Leben habe. Jahrelang hatten wir keinen Kontakt. Da kann eine Menge passieren. Ich muss mir ja bloß meine letzten drei Tage vor Augen führen.

»Also, ich weiß ja nicht, wie es dir geht, aber ich sterbe vor Hunger.«

»Musst du nicht den Artikel fertig schreiben?« Nickend deute ich zu dem hellerleuchteten Computerbildschirm, wo der Cursor mitten im Satz anklagend blinkt.

»Die Ausgabe für morgen steht und geht nachher in

Druck. Das hier …« – er deutet auf seinen Laptop – »ist erst für Montag vorgesehen.«

»Dann darfst du mich selbstredend zum Essen ausführen.«

»Prima. Ich hab da eine Idee«, sagt Olli mit einem geheimnisvollen Lächeln.

»Tatsächlich?«

Er reicht mir die Hand und zieht mich vom Sessel hoch. »Was ist, kommst du mit?«

Habe ich eine Wahl?

»Du hast nicht zu viel versprochen.«

Rückwärts lasse ich mich in den Sand fallen und lecke mir genüsslich mit der Zunge über die Lippen. Olli weiß, wie er mich verwöhnen kann. Erst ein superleckeres Abendessen mit Fischbrötchen und geräuchertem Heilbutt, und jetzt liegen wir an meinem Lieblingsplatz am Strand. Eine entlegene Ecke hinter den Dünen. Keine Touristen. Keine Eltern. Bloß das Meeresrauschen und das vereinzelte Kreischen der Möwen. Ein Traum. Ich seufze zufrieden.

»Das Meer hast du vermisst, oder?«, fragt Olli, den Blick in die Ferne gerichtet, wo der Himmel die Ostsee küsst, wie Eichendorff es ausgedrückt hätte.

Ich atme den salzigen Geruch des Meeres ein. »Sehr.« Für einen Moment schließe ich die Augen und lausche dem Wellenschlagen.

»Wohin der Wind dich tragen mag, du kehrst immer zu deinen Wurzeln zurück«, philosophiert Olli mit ungewohntem Ernst in der Stimme.

»War das jetzt das Wort zum Sonntag?«

»Überleg doch mal.« Er dreht sich auf die Seite und stützt sich auf seinem rechten Oberarm ab. »Schon als Kinder sind wir zu der alten Strandweide geflohen, wenn wir uns mit unseren Eltern gestritten haben. Sie war unser Versteck. Ein Ort, an dem wir uns unsere Geheimnisse anvertrauten, wo wir Freud und Leid miteinander teilten. Schau uns heute an, nach all den Jahren hat sich daran nichts geändert.«

»Du klingst reichlich pathetisch.«

»Möglich«, gibt er zögernd zu. »Aber als ich nach meinem Studium nach Wismar zurückgekehrt bin, war dies mein erster Anlaufpunkt. Ein idealer Platz, um abzuschalten. Ich habe oft an dich gedacht, Miriam.«

Die letzten Sonnenstrahlen scheinen durch das Blätterdach der alten Weide und lassen Ollis Haare golden aussehen. Ich setze mich auf und gucke ihn verdutzt an. Mein bester Freund verwirrt mich zusehends. Ist das wirklich noch der gleiche Olli, der früher mit mir Kirschen geklaut hat? Ist er bloß erwachsen geworden und hat sich verändert, oder bin ich in meiner Entwicklung stehen geblieben? Hat mein Vater am Ende recht? Bin ich zu naiv und träumerisch veranlagt, dass ich mein Leben nicht geregelt bekomme? Der Gedanke macht mir Angst.

»Weißt du, worüber ich mir Gedanken mache?«, versuche ich meine Bedenken herunterzuspielen. »Wer bist du, und was hast du mit meinem Freund gemacht?«

Olli lacht laut auf. »Ach, Miriam …« Er kichert in sich hinein.

Was ist so lustig? Und was soll dieser Ton? *»Ach, Miriam …«*, äffe ich ihn innerlich nach.

»Du wolltest immer in die große weite Welt hinaus.«

»Was hat das damit zu tun?«, fauche ich ihn an. Ja, ich wollte weg aus Wismar. Die Welt sehen. Abenteuer erleben. Davon träumte ich als Kind. Leider klopfen die aufregenden Geschichten selten an die eigene Haustür. Und zu meinem Leidwesen hatte das Schicksal andere Pläne mit mir. Ich bin zwar aus Wismar rausgekommen, aber um welchen Preis? Zumal man Hannover nicht gerade als die große weite Welt bezeichnen kann – drei Autostunden von Wismar entfernt.

Olli sieht mich aufmerksam an. »Hast du dich je in Wismar wohl gefühlt?«

»Früher mal«, gebe ich widerstrebend zu, »bevor sich mein Vater in den Kopf gesetzt hat, dass ich auf Teufel komm raus Bäckerin werden soll.« Natürlich gab es auch danach Momente, wo ich Wismar vollkommen okay fand. Aber die meiste Zeit war es mir zu eng. Zu klein. Zu beschaulich. Ich habe es gehasst und wollte einfach nur raus.

»Siehst du! Ich habe mich hier immer wohl gefühlt und wollte nie woandershin. Du glaubst gar nicht, wie sehr ich diese kleine Stadt während meines Studiums vermisst habe. Klar, es ist kein Vergleich mit Berlin, Hamburg oder Leipzig. An manchen Tagen sehne ich mich tatsächlich nach dem Trubel der Großstadt. Dann gehe ich an den Strand und weiß wieder, weswegen ich nirgendwo anders leben möchte.«

Super!

Schlagartig fühle ich mich noch deprimierter.

»Du hast leicht reden. Im Gegensatz zu mir wusstest du bereits in der Grundschule, was du aus deinem Leben machen wolltest. Zwanzig Jahre später hast du es geschafft. Du bist angekommen. Und glücklich.«

Ich kann weder das eine noch das andere von mir behaupten. Meine berufliche Zukunft verläuft planlos. Ich habe keine Ahnung, welchen beruflichen Weg ich nach meinem Abschluss einschlagen will. Privat sieht es nicht besser aus. Während in meinem Bekanntenkreis die Hochzeitsglocken läuten und die Wochenenden auf dem Spielplatz verbracht werden, wohne ich mit einem sexsüchtigen Kerl namens

Moritz zusammen, mit dem ich eine platonische Beziehung führe. Das muss mir ja zwangsläufig aufs Gemüt schlagen.

Olli stupst mit dem Finger gegen meine Nase. »Das kannst du auch haben. Du musst es nur wollen«, entgegnet er, als ob es nichts Einfacheres auf der Welt gäbe.

»Sehr witzig«, erwidere ich voller Hohn. »Mein Leben ist ein einziges Chaos. Mein Vater wirft mir vor, dass ich mein Leben nicht auf die Reihe kriege. Das Ziel meiner Mutter besteht darin, aus mir eine feine Dame zu machen. Und meine Schwester glaubt, dass ich mit Stephan morgen auf der Party auftauche. Als wenn das nicht schon schlimm genug wäre, nimmt alle Welt an, dass ich mein Studium längst abgeschlossen habe. Nenn mir einen Grund, annähernd glücklich zu sein!«

»Bei dir scheint einiges passiert zu sein.«

»Mehr fällt dir dazu nicht ein?«

»Na ja, die Situation mit deinem Vater war immer angespannt. Deine Mutter kenne ich nur als höchst liebenswürdige Person. Was mich viel mehr interessiert, wer ist Stephan?«

Gaaah!

»Mein Ex-Freund«, presse ich zwischen zusammengebissenen Zähnen hervor. Es war klar, dass Olli sich die peinlichste Geschichte zuallererst herauspickt.

»Und der steckt wo?«

»In Hannover. Hochzeitskutsche bestellen. Babysachen kaufen. *Whatever!*«

Auf Ollis Gesicht breitet sich ein dickes Fragezeichen aus. Ich ergebe mich in mein Schicksal und kläre ihn über diese ganze verfahrene Kiste mit Stephan, Moritz und der megapeinlichen Telefonaktion auf.

»Du hast wirklich ein Talent dafür, dich in Schwierigkeiten zu bringen«, sagt Olli nach einer Weile und schüttelt belustigt den Kopf. Ich scheine besser als jede Unterhaltungssendung im Fernsehen zu sein.

»Sag mir lieber, wo ich bis morgen einen Stephan herzaubere«, erinnere ich ihn an den Ernst der Lage. »An *It's raining men* glaube ich nämlich nicht mehr!«

»Ist das mein Problem?«

»Äh ... jaaaa?!«

Olli tippt sich an die Stirn. »Die Suppe hast du dir selbst eingebrockt, löffele sie also allein wieder aus.«

»Danke für deine Hilfe«, gebe ich verschnupft zurück.

»Was willst du eigentlich von mir hören? Dass ich dich mit einem meiner Freunde verkuppele, damit du deiner Familie einen Stephan präsentieren kannst?« Er klingt richtig genervt.

»Ich wäre dir ewig dankbar«, flöte ich mit Unschuldsmiene. Dass Olli meine Intention so gezielt durchschaut, wundert mich nicht. Er kennt mich zu gut. Leider. Was die Angelegenheit nicht gerade vereinfacht.

Olli fährt sich erschöpft mit der Hand über das Gesicht. »Ich mache mich nicht vor meinen Kumpels zum Affen, nur weil du zu feige bist, Klartext mit deinen Eltern zu reden«, empört er sich.

»Das ist nicht so leicht.«

»Mit noch mehr Lügen wird es jedenfalls nicht besser!«

Ich verdrehe die Augen. Pah, wenn Olli den vernünftigen Erwachsenen rauskehrt, möchte ich schreien. Das hat mich schon mit fünfzehn maßlos aufgeregt. Noch mehr ärgert es mich, dass er wahrscheinlich recht hat. Wie immer. Ich sollte meinen Eltern die Wahrheit sagen. Ihnen klipp und klar zu verstehen geben, dass es keinen Stephan gibt. Ich bin Single, fertig. Was sagte Moritz beim Abschied: »Du bist nicht verpflichtet, einen Freund mitzubringen.« Theoretisch klingt das überzeugend, schließlich bin ich alt genug, meine eigenen Entscheidungen zu treffen. Darauf lege ich viel Wert. Kein Mensch soll mir in meine Angelegenheiten reinreden. Ich kann auf mich selbst aufpassen. Aber möchte ich mir wirklich vor meiner Familie die Blöße geben, mit achtundzwanzig immer noch als Versagerin zu gelten, weil ich unfähig bin, Karriere zu machen und eine längerfristige Beziehung zu führen? Will ich mir wirklich zum hundertsten Mal von meiner Mutter anhören müssen, dass sie sich endlich Enkelkinder wünscht?

Nein, will ich nicht!

Und genau deswegen veranstalte ich dieses Theater. Weil ich genau weiß, was mich andernfalls erwartet. Lieber spiele ich meiner Familie eine Schmierenkomödie vor, als mich der Blamage auszusetzen und einzugestehen, dass der supertolle Stephan eine andere heiratet. Die obendrein schwanger von ihm ist. Ich sehe schon die Gesichter meiner Verwandtschaft vor mir. Meine Mutter bekommt einen Ohnmachtsanfall, Tante Gloria belächelt mich mitleidig, und Luisa lacht sich ins Fäustchen.

Letztlich spielt es ohnehin keine Rolle, was ich für einen zukünftigen Schwiegersohn anschleppe. Meine Eltern finden sowieso etwas an ihm auszusetzen, da mache ich mir keine Illusionen. Und wenn es die falsche Farbe des Jacketts ist. Für sie gibt es bei meiner Freundesauswahl nur zwei Kategorien:

1. den Adonis-Traumtyp, der laut meinem Vater nur hinter meinem (beziehungsweise seinem) Geld her ist und eigentlich viel zu gut aussieht für meine Verhältnisse, oder
2. den Loser-Typ, der im Leben noch weniger auf die Reihe kriegt als ich.

Sollte ich bis morgen nicht doch noch über ein männliches Prachtexemplar stolpern, muss ich wohl oder übel in den sauren Apfel beißen und zugeben, dass ich solo bin. Einen unsichtbaren Freund meinen Eltern vorzustellen wäre wohl keine gute Idee. Ich höre schon das Irrenhaus nach mir rufen.

Andererseits bliebe mir als Single meine vermeintliche Karriere. Das ist zwar die größte Lüge von allen, aber immerhin würde das Eindruck machen. Sogar auf meinen Vater. Und wie ich Tante Gloria kenne, weiß bereits die halbe Verwandtschaft, dass ich beruflich eine Granate bin. Wen interessiert da noch, dass ich keinen Mann habe? Pah! Eine Karrierefrau braucht niemanden, um glücklich zu sein.

Olli drückt sanft meinen Arm. »He, redest du nicht mehr mit mir?« Er blickt ziemlich schuldbewusst drein.

»Ich habe nachgedacht.«

»Lass mich raten, du bestehst auf einem Mann an deiner Seite. Selbst wenn er bloß ausgedacht ist, oder?« Er schüttelt den Kopf, die Antwort kennt er längst. »Du bringst dich in Teufels Küche. Nun ja, solange du dir keinen Callboy mietest.«

»Callboy?« Mir fallen vor Entsetzen beinahe die Augen aus dem Kopf. Ich weiß nicht, ob ich gekränkt sein oder mich totlachen soll. Callboy! Also wirklich.

»Das war kein ernstgemeinter Vorschlag!«, rudert Olli eilig zurück. Seine Ohren überzieht ein leichter Rotschimmer. Olli ist in manchen Dingen herrlich prüde. Niedlich.

Ich grinse still in mich hinein und meine trocken: »Mensch, das ist die Idee!«

Er starrt mich entgeistert an.

»Das war ein Scherz!«, pruste ich los.

»Haha«, brummt er, aber seine Erleichterung ist ihm deutlich anzumerken.

»Meine Idee war es nicht, möchte ich anmerken. Ich bin

ein anständiges Mädchen.« Ich deute einen Heiligenschein über meinem Kopf an.

Olli guckt mich bedeutungsvoll an. »So siehst du aus.«

Ich mache mein Sphinxgesicht.

»Über mein erbärmliches Liebesleben weißt du nun Bescheid«, fahre ich fort. »Wie ist die Lage bei dir?«

»Ich muss dich enttäuschen, da gibt es nichts zu erzählen«, wehrt Olli ab, darum bemüht, mir nicht in die Augen zu schauen. Das macht mich stutzig.

»Und was ist mit dieser Tina?«

»Hör endlich mit Tina auf!«, blafft er mich an. Ich zucke erschrocken zusammen. »Erstens ist sie nicht mein Typ, und zweitens ist sie verlobt.«

Hätte ich mir denken können, dass mich der Heiratswahn bis nach Wismar verfolgt. Ich beschließe, besser das Thema zu wechseln. »Wie geht es Lissy?«

»Wie kommst du denn plötzlich auf Lissy?«, fragt Olli eine Spur zu heftig, fieberhaft bemüht, die einzelnen Sandkörner zu zählen.

Unwillkürlich ziehe ich die Augenbrauen hoch. »Gibt es da etwas, das ich wissen sollte?«

»NEIN!«

Ich nicke beifällig. »Natürlich …«

Er blickt mich streng an. »Zwischen Lissy und mir ist nichts. Und wird nie etwas sein. Ende der Diskussion!«

Abwehrend hebe ich meine Hände. »Okay, okay.«

Ich glaube Olli kein Wort. Dafür behauptet er viel zu versessen, dass zwischen Lissy und ihm nicht mehr als Freundschaft ist. Dabei weiß ich es besser, denn Olli ist seit Schulzeiten in meine beste Freundin verliebt. Zu seinem Leidwesen sah sie in ihm immer nur einen Kumpel, selbst meine zahlreichen Verkupplungsversuche halfen nicht. Und das, obwohl die beiden beständig miteinander flirteten. Unabsichtlich, wie mir Lissy regelmäßig versichert hat. In meinen Augen sind sie seitdem füreinander bestimmt. Aber auf mich hört ja wie immer niemand.

»Hast du ihr irgendwann mal gesagt, dass du in sie verknallt bist – warst?«

»Ich bin nicht verknallt! Verknallt sind vierzehnjährige Teenager, die keine Ahnung von der Liebe haben!«

»Meine Güte, da ist aber jemand liebestechnisch frustriert«, necke ich ihn.

Olli wirft mir einen tödlichen Blick zu.

Ich weiß, dass ich auf dem Thema Lissy nicht weiter herumreiten sollte, aber ich bin zu neugierig. Und Ollis Rumdruckserei sagt mehr als tausend Worte. »Sie hat keinen Schimmer, habe ich recht?«

»Ich habe ihr jahrelang Hinweise gegeben«, verteidigt er sich aufgebracht. Er hat verblüffende Ähnlichkeit mit einem bockigen kleinen Jungen. Fehlt nur noch, dass er mit dem Fuß aufstampft.

»Hinweise? Meinst du diese dämliche Aktion mit dem Leberwurstbrot?«

»Zum Beispiel.«

Fassungslos verberge ich meinen Kopf in den Händen. Das kann er nicht ernst meinen! Olli hatte Lissy in der sechsten Klasse sein Leberwurstbrot gegeben, auf dessen Belag er mit dem Messer ein Herz eingeritzt hatte. Er glaubte damals wirklich, sie dadurch auf sich aufmerksam zu machen. Der Schuss ging selbstredend nach hinten los. Lissy biss in die Stulle, und die Angelegenheit war im wahrsten Sinne des Wortes gegessen. Wer fummelt auch sein zusammengeklapptes Pausenbrot auseinander, um dort geheime Botschaften zu entdecken?

»Deine angeblichen Liebesbekundungen verstand außer mir kein Mensch! Und ich war eingeweiht.« Von wegen erwachsen. Das ist der reinste Kindergarten.

»Lissy ist eben eine Nummer zu groß für mich.«

Ich wedele mit meiner Hand vor dem Gesicht herum. »Du spinnst!«

Olli verfällt in dumpfes Schweigen.

»Und, was macht Lissy sonst so?«, hake ich nach. Ich bemühe mich, mein schlechtes Gewissen zu überspielen, aber es gelingt mir nicht, zu groß sind die Vorwürfe, nichts unternommen zu haben, um unseren Kontakt nach dem Abi aufrechtzuerhalten. Aber mit einer Weltenbummlerin als Freundin ist das auch nicht ganz einfach, war sie doch meist unterwegs. Lissy hält es äußerst selten zwei Wochen an einem Ort aus. Das letzte Lebenszeichen war eine Postkarte aus einem Land, dessen Namen ich nicht annähernd richtig aussprechen konnte und in der mir meine Freundin mitteilte, dass sie gedachte, irgendwo Japanologie, Finnougristik, Psychologie oder Gender Studies zu studieren.

»Lissy geht's gut. Sie ist vor einem Jahr aus Köln zurück nach Wismar gezogen, hat sich dort nie wohl gefühlt. Ich glaube, es lag am Karneval«, meint Olli grinsend. »Momentan ist sie für eine Woche bei ihrer Schwester, um noch ein paar unbeschwerte Tage mit ihr zu genießen, ehe das Babygekreische losgeht.«

Ich kann nicht anders, als mit den Augen zu rollen. Haben die was ins Wasser getan, oder warum ist gerade scheinbar jeder schwanger?

»Kein Freund?« Wenn mir Olli nun gesteht, dass meine Freundin verlobt, verheiratet oder schwanger ist, dann bringe ich mich um.

»Nein.«

Ich atme erleichtert aus. »Worauf wartest du? Sag ihr endlich, was du für sie fühlst. Dein weinerliches Gesicht kann man ja nicht mit ansehen!«

»Es ist kompliziert.«

»Wann ist es das nicht?« Ich lege mitfühlend meinen Kopf auf seine Schulter. Olli streicht mir gedankenverloren über das Haar.

»Und dein Studium?«

Ich stöhne. »Daran arbeite ich. Ja, ich weiß, ich studiere schon viel zu lange. Warum bin ich noch nicht fertig. Blablabla …«, fahre ich ihn ungewohnt heftig an. Wenn Olli mich jetzt fragt, was ich mit diesen Studienfächern später machen will, dann garantiere ich für nichts. Das ist nämlich der Moment, wo jeder Magisterstudent zu einer Tötungsmaschine mutiert.

»Wenn man etwas richtig lernen will, braucht das eben seine Zeit.«

»Ansichtssache.« Nicht umsonst liegt die Regelstudienzeit bei neun Semestern, nicht zwanzig. Und Olli ist schließlich auch schon fertig mit dem Studium. Garantiert mit Auszeichnung, der Streber!

Er runzelt die Stirn. »Und wieso denkt deine Familie, dass du mit dem Studium fertig bist, wenn du eigentlich noch … ähm … mittendrin steckst?«

»Weil ich meiner Tante gegenüber den Mund nicht halten konnte«, erwidere ich und berichte Olli zähneknirschend von dem verhängnisvollen Telefonanruf. »Und bevor du mir wegen dieser Lüge die Hölle heißmachst, warte ab, bis du Gloria morgen kennenlernst.«

Olli wiegt den Kopf hin und her. »Miriam, Miriam.«

4

Lautes Türenknallen weckt mich am nächsten Morgen. Verschlafen angele ich nach dem Wecker auf meinem Nachttisch. Kurz vor neun Uhr. Och, nööö. Ich gähne herzhaft. Kann man denn in diesem Haus nicht mal am Wochenende ausschlafen?

Rums. Eine weitere Tür fällt ins Schloss, gefolgt von eifrigem Füßegetrampel. Sauer ziehe ich mir die Bettdecke über den Kopf. Ich muss Schlaf von gestern nachholen, verdammt. Ruhe da unten.

Erneutes Scheppern, gepaart mit lautem Stimmengewirr.

Ich reibe mir seufzend den restlichen Schlaf aus den Augen und strampele die Bettdecke weg, weiterschlafen kann ich nun eh vergessen.

Der Tag fängt genauso toll an, wie der gestrige aufhörte. Mein Fuß war noch nicht einmal halb über der Wohnzimmertürschwelle, als mein Vater aus seinem Sessel hochschoss und mich schlechtgelaunt ansah. »Wo kommst du jetzt her?«, donnerte er los. Der Versuch, ihm in ruhigem Ton von meinem Wiedersehen mit Olli zu erzählen, scheiterte kläglich, er ließ mich gar nicht erst zu Wort kommen. Solange ich hier wohnte und meine Füße unter seinen Tisch hielt, hätte ich mich gefälligst an die Hausregeln zu halten und mich an- und abzumelden. Mama und er würden sich schließlich Sorgen um mich machen. Ich verdrehte innerlich die Augen und stieg wortlos die Treppe zu meinem Zimmer hinauf. Mein Vater schien vergessen zu haben, dass ich erwachsen und keineswegs verpflichtet war, über jeden meiner Schritte Rechenschaft abzulegen. So weit kam es noch! Was sollte mir hier passieren? Dass ich Opfer des gelangweilten Kettensägenmonsters wurde? Lachhaft! Wismar war nun wirklich nicht mit Frankfurt oder Berlin zu vergleichen.

Der Krach draußen ebbt nicht ab. Grummelnd krieche ich aus dem Bett und spähe vom Fenster aus in den Garten. Erschrocken fahre ich zurück. In unserem Garten befindet sich ein gigantisches Partyzelt! Eine ganze Reihe von übereinandergestapelten Plastikstühlen sowie ein zehn Meter langer Tisch stehen unter dem Kirschbaum. Neben dem Zelt thront meine Mutter auf einem Hocker und kommandiert ein halbes Dutzend Männer in grauen Overalls herum. *Biggi's Partyservice* prangt auf dem Rücken von einem blonden Hünen. Mir kommen Ollis Worte von gestern in den Sinn, die halbe Stadt sei zur Geburtstagsparty eingeladen. Wenn ich mir das Theater da unten anschaue, habe ich daran keinen Zweifel. Das wird keine Familienfeier, sondern ein Staatsempfang!

Eilig ziehe ich mir etwas an. Ich muss hier sofort weg, bevor meine Mutter auf die Idee kommt, mich für ihre Partyplanung einzuspannen. Dabei weiß sie so gut wie ich, dass das zwangsläufig im Streit endet. Ich bin eine Chaotin auf zwei Beinen ohne Geschmackssinn. Meine Mutter dagegen die reinste Perfektionistin, bei ihr müssen sogar die Servietten geometrisch korrekt ausgerichtet sein.

Der Lärm ist mittlerweile so laut, dass ich das Gefühl habe, jeden Augenblick einen Hörsturz zu bekommen. Wenn ich es nicht besser wüsste, würde ich da unten eine Großbaustelle vermuten.

Vorsichtig spähe ich mit dem Kopf aus der Tür. Nichts. Die Luft ist rein. Auf Zehenspitzen schleiche ich mich aus dem Haus.

Eine Viertelstunde später erreiche ich den Strand, der einsam und verlassen vor mir liegt. Keine Menschenseele weit und breit.

Ich ziehe die Beine an und beobachte in der Ferne das Auslaufen eines Schiffes. Die Sonnenstrahlen kitzeln mich an der Nasenspitze. Ich beschließe, die Gunst der Stunde zu nutzen und ein morgendliches Bad zu nehmen. Zum Glück habe ich mir daheim bereits meinen Badeanzug angezogen.

Das Wasser ist überraschend warm. Ich schwimme eine ganze Weile und lasse mich dann träge auf dem Rücken treiben. Es ist herrlich! Das erfrischende Nass weckt meine Lebensgeister und lässt meine schlechte Laune verschwinden.

Als ich nach einer halben Ewigkeit aus dem Wasser wate, füllt sich der Strand allmählich mit den täglichen Badeurlaubern des nahe gelegenen Campingplatzes, die sich auf einen weiteren faulen und entspannenden Tag am Meer freuen. Handtücher werden ausgebreitet, Sonnenschirme aufgestellt. Kinder tollen mit Eimer und Schaufel bewaffnet zwischen den Sandburgen herum. Die morgendliche Ruhe ist vorbei. Spätestens in zwei Stunden brennt hier der Sand, und es gibt kein freies Fleckchen mehr.

In der Nähe meines Handtuchs steht ein junger Mann in Jeans und T-Shirt und sieht zu mir herüber. Um seinen Hals baumelt eine Kamera.

Einen Wimpernschlag später hat er das Kameraobjektiv plötzlich frontal auf mich gerichtet. Vor Schreck kreische ich los. Dabei verliere ich die Balance und beginne wild mit den

Armen zu rudern, um den unvermeidlichen Sturz irgendwie abzufangen. Zu spät. Mit einem lauten Platschen lande ich unsanft im flachen Wasser.

Aua!

Mühsam kämpfe ich mich hoch. Mir tut alles weh, würde mich nicht wundern, wenn mindestens drei Knochen gebrochen sind. Prüfend schaue ich an mir herunter. Meine Oberschenkel sind mit einer feinen Sandschicht überzogen, in meinen Haaren hängt eine halbe Tonne Seegras.

Wutschnaubend stampfe ich auf den Ursprung allen Übels zu. »Können Sie mir erklären, was das sollte?«

»Was denn?« Er schraubt gelassen das Objektiv ab und verstaut es in seiner Umhängetasche.

»Das wissen Sie ganz genau!«

»Nein, tut mir leid.«

Ich kneife die Augen zu Schlitzen zusammen. Wenn er mir dumm kommen will, dann soll er sich warm anziehen. Der Typ wird mich noch kennenlernen. »Sie haben mich fotografiert. Ohne mich zu fragen. Was sollte das?«, wiederhole ich meine Frage.

Er blickt auf und grinst mich anzüglich an. »Wie kommen Sie darauf, dass ich gerade *Sie* fotografiert habe?«

Bitte? Ich bin vielleicht blond, aber nicht blöd. »Na hören Sie mal! Sie haben Ihr Objektiv voll auf mich draufgehalten«, widerspreche ich, darum bemüht, sachlich und vernünftig zu bleiben. »Das war nicht zu übersehen.«

»Scheinbar schon. Ich habe lediglich diesen Strandabschnitt fotografiert.« Er macht eine ausladende Handbewegung. »Sie wollte ich nie im Leben ablichten. Selbst wenn, sind Sie mir höchstens ins Bild gelaufen.«

»Ich bin *was*?«, explodiere ich, mein Blutdruck auf dreihundert.

»Sie haben mir meine Aufnahme mit Ihrem Halle-Berry-Auftritt ruiniert. Dafür könnte ich Schadensersatz fordern.«

Er will mich wohl auf den Arm nehmen! Seit wann kann man wegen eigener Unfähigkeit Schadensersatz verlangen? Es ist ja wohl nicht mein Problem, wenn der Kerl nicht weiß, in welchem Moment er auf den Auslöser drücken muss. Ich habe vielmehr Grund, ihn zu verklagen. Ohne meine Einwilligung ein Foto von mir zu machen widerspricht mit Sicherheit den Menschenrechten, den Genfer Konventionen und was weiß ich nicht noch alles. Und dann dieser Schwachsinn mit dem Halle-Berry-Auftritt. Soll das ein verzweifelter Versuch sein, sich bei mir einzuschleimen? Missglückt auf ganzer Linie! Erstens ist meine Figur weit davon entfernt, wie die dieser Hollywoodschönheit auszusehen (leider), und zweitens sehe ich hier keinen Pierce Brosnan. Das wäre etwas anderes gewesen. Oh Gott, habe ich das gerade wirklich gedacht? Nee echt, Miriam!

»Sie sind der ungehobeltste Kerl, der mir seit langem über den Weg gelaufen ist.«

»Komplimente zu solch früher Stunde? Womit habe ich das verdient?«, fragt er grinsend, die Hände in den Hosentaschen vergraben.

Ich stoße die angehaltene Luft aus. Der Mann bringt mich zur Weißglut mit seinem Dauergrinsen. Wir sind hier nicht beim Verkaufsfernsehen! »Sie –«

»Sind charmant?«, hilft er aus und lächelt schon wieder.

Gleich verliere ich die Nerven. Wie kann man bloß so von sich eingenommen sein? Unglaublich!

»Sie sind lästig, wollte ich sagen.«

»Jetzt haben Sie mich getroffen.« Er legt die rechte Hand auf sein Herz und sieht mich an wie Bambi. Wenn er glaubt, dass mich das in irgendeiner Art besänftigen würde, irrt er sich gewaltig. Von jemandem wie ihm lasse ich mich nicht einlullen. Wäre ja noch schöner!

»Wie mir das leidtut«, höhne ich. »Hätten Sie nun die Güte und würden das Bild löschen? Wo ich Ihre Aufnahme ohnehin verdorben habe, können Sie darauf bestimmt verzichten.«

»Kommen Sie aus Wismar?«, will er wissen, während er tatsächlich an seiner Kamera herumzufummeln beginnt.

»Ich wüsste nicht, was Sie das angeht.«

»Ich versuche nur, Smalltalk zu machen«, antwortet er achselzuckend.

»Sehe ich aus, als ob ich Interesse hätte, mich mit nervigen Touristen wie Ihnen zu unterhalten?«

»Sie sehen vor allem aus, als ob Ihnen kalt wäre«, stellt er ungerührt mit einem Blick auf meine wachsende Gänsehaut fest. »Sie zittern ja förmlich.« Er legt mir seine Hand auf den Arm. Mit weit aufgerissenen Augen starre ich ihn an und ziehe blitzschnell meinen Arm weg, als ob ich mich verbrannt hätte. »Darf ich Sie vielleicht ein Stück mitnehmen? Mein Wagen steht dort vorne. Sie könnten mich als Entschädigung zu einem Kaffee einladen.«

Ich schnappe nach Luft wie ein Fisch auf dem Trockenen. »Sagen Sie mal, ist das Ihre Masche, wildfremde Frauen am Strand erst ohne ihre Erlaubnis zu fotografieren, um sie dann abzuschleppen?«

»Glauben Sie, dass ich das nötig habe?«

Ganz ehrlich? Nein. Dafür sieht er nämlich zu gut aus. Er ist bestimmt um die eins fünfundachtzig groß, seine kurzen, leicht gelockten hellbraunen Haare sind nach hinten gekämmt und reichen ihm bis in den Nacken. Der Dreitagebart lässt ihn verwegen aussehen, und unter seinem engen Shirt zeichnet sich ein muskulöser Oberkörper ab. Auf den zweiten Blick sieht er wirklich verboten attraktiv aus.

Das beweist aber gar nichts! Er könnte ebenso gut ein Psychopath sein, der sich als harmloser Hobbyfotograf tarnt. Nur weil er zugegebenermaßen ganz vertrauenswürdig wirkt, muss er das nicht sein. Psychopathen erkennt man selten an ihrem Aussehen. Und die allerwenigsten laufen mit einem Schild herum, das sie als solche kennzeichnet.

»Werfen Sie einen Blick in den Spiegel und beantworten sich diese Frage selbst«, entgegne ich schnippisch.

»Ah. Sie sind also nicht abgeneigt.«

»Das hätten Sie wohl gerne. Und damit Sie's wissen, ich werde weder heute noch in naher Zukunft mit Ihnen einen Kaffee trinken gehen.«

»Sie sind eine harte Nuss!«

»Wird das bald was?«, fahre ich ihn unwirsch an, weil er immer noch mit seinem dämlichen Fotoapparat beschäftigt ist. Ernsthaft, wie schwer kann es sein, ein Foto zu löschen?

»Immer mit der Ruhe, Schätzchen.«

Ich will ihn gerade darauf hinweisen, dass ich nicht sein Schätzchen bin, als er mir endlich das schwarze Display mit dem Hinweis »Kein Bild« unter die Nase hält. Na bitte, geht doch! Als ich mich abwenden will, hält er mich zurück.

»Sie haben mir meine Frage noch nicht beantwortet.« Erstaunt ziehe ich die linke Augenbraue hoch. »Wo Sie herkommen«, hilft er nach. »Und Ihren Namen wüsste ich auch gerne.«

Der Mann ist hartnäckig, das muss ich ihm lassen. »Finden Sie es heraus«, erwidere ich ausweichend, nur damit er Ruhe gibt.

»Das ist aber unfair! Sie können mich doch hier nicht stehen lassen.«

»Doch, das kann ich sehr wohl.«

Er seufzt dramatisch. »Sie sind stur.«

»Nein, nur gut erzogen«, berichtige ich ihn gespielt lächelnd. Dann schnappe ich mir mein Handtuch und gehe erhobenen Hauptes.

»Das werden wir noch sehen«, ruft er mir herausfordernd hinterher.

Ja, oder auch nicht.

In unserem Garten geht es hoch her. Überall liegen Kabel, unsere Obstbäume sind über und über mit bunten Lampions geschmückt (Weihnachten im Juni, hurra!), und der gesamte Garten ist mit weißen Klappstühlen zugepflastert. Mittendrin in diesem Wirrwarr steht meine Mutter wie ein Fels in der Brandung und scheucht die verzweifelt aussehenden Mitarbeiter von *Biggi's Partyservice* herum.

Ungläubig lehne ich mit verschränkten Armen an dem Verandageländer und sehe dem Schauspiel zu. Ich habe immer gewusst, dass Mama – neben Modestylistin – die geborene Gastgeberin ist. Aber das hier spottet wirklich jedweder Beschreibung und übertrifft alles bisher Dagewesene.

Mit einem Kopfschütteln gehe ich zu ihr. Dabei muss ich einem wuchtigen Kerl ausweichen, der gerade einen Lautsprecher in den Pavillon schleppt. Mit zwei Handgriffen verbindet er die Box mit dem Mischpult des DJs. Immerhin (und das muss ich meiner Mutter zugutehalten) hat sie kein Streichquartett bestellt.

»Herzlichen Glückwunsch zum Geburtstag, Mama.«

Meine Mutter strahlt mich an. »Danke, mein Schatz.« Ich umarme sie und will ihr mein Geschenk überreichen, als sie eilig abwinkt. »Nicht jetzt, Miriam! Das kommt zusammen mit den anderen auf den Tisch dort hinten.« Sie deutet auf einen Klapptisch in der Nähe des Buffets, auf dem bereits zwei Päckchen liegen. »Die Geschenke vorher auszupacken würde das Flair der Party zerstören.« Sie haucht das Wort »Flair« so hoheitsvoll, als ob wir uns am spanischen Königshof befänden und auf Etikette zu achten hätten.

Ich zucke mit den Schultern. Wenn meine Mutter meint, dass das wegen des »Flairs« sein muss, bitte.

»Und, was sagst du?« Mama macht eine weit ausholende Armbewegung und sieht mich neugierig an. Ich bin sicher, dass sie die Wahrheit nicht von mir hören will. Dieses Theater, das sie hier betreibt, ist sogar für ihre Verhältnisse *too much*.

»Ja … toll.« Ich versuche, begeistert zu klingen, aber es gelingt mir nicht ganz. Wie gut, dass das meiner Mutter in ihrem Wahn nicht weiter auffällt.

»Der Tipp mit dem Partyservice kam von Gloria. Als ich erwähnte, dass wir zu meinem Geburtstag nichts Großes planten, war sie ganz entsetzt. Das konnte ich natürlich nicht auf mir sitzen lassen. Noch am gleichen Tag habe ich *Biggi's Partyservice* angerufen, die kümmern sich um alles.«

Hätte ich mir gleich denken können, dass Tante Gloria hinter diesem ganzen Zirkus steckt. Vermutlich hat sie meine Mutter so lange bearbeitet, bis sie einlenkte. Klar, dass sich Susanne Behrens nicht von ihrer eigenen Schwester vorhalten lassen will, dass sie keine würdige Party zu ihrem fünfundfünfzigsten Geburtstag veranstaltet. Schließlich geht's da um die Ehre. Spieglein, Spieglein an der Wand, wer ist die größte Gastgeberin in diesem Land …

»Einen roten Teppich gibt es aber nicht, oder?«

»Sei nicht albern, Miriam.«

Ich hüstele vernehmlich. Wer von uns beiden macht denn aus dieser Geburtstagsfeier einen Staatsempfang? Nicht, dass ich sonderlich überrascht bin. Der Hang zum Übertreiben liegt in der Familie. Seit Tante Gloria zu Luisas einundzwanzigstem Geburtstag die Wendeltreppe mit rotem Teppich auslegen ließ, erschüttert mich praktisch nichts mehr. Getoppt wurde das Ganze übrigens nur durch ein Spalier aus Luisas Freunden; allerdings ohne Verbeugung oder Hofknicks. Erschütternd. Wo selbst das Diadem auf Luisas Kopf nicht fehlte. Ich fand das Getue meiner Tante absolut lächerlich. Im Gegensatz zu meiner Mutter, die zwischen Neid und Begeisterung schwankte. Zum Glück konnte ich ihr diesen Quatsch für meinen Geburtstag ausreden. (Es stellte sich nämlich heraus, dass die Freunde meiner Cousine mit Geld bestochen wurden, damit sie sich auf der Treppe zum Hanswurst machten.)

Schweigend schaue ich zwei Männern zu, die ein Sonnensegel über dem Buffettisch aufbauen. Wenn meine Mutter bei der Gestaltung schon solch ein Trara macht, dann möchte ich mir nicht ausmalen, was das bei dem Essen erst wird. Das müssen förmlich Gebirge in Himalajaform sein. Mit Köstlichkeiten aus der ganzen Welt. Hoffentlich bricht der Tisch nicht zusammen. Der sieht trotz seiner Länge nicht sonderlich stabil aus.

»Wo steckt eigentlich der Rest der Familie?«, erkundige ich mich beiläufig.

»Dein Vater und Alexander sind in der Bäckerei – obwohl sie mir versprochen haben, sie heute nicht zu öffnen«, ereifert sich meine Mutter aufgebracht.

Ich muss mir das Lachen verkneifen. Wenn ich in der Haut der beiden stecken würde, dann hätte ich auch alle Hebel in Bewegung gesetzt, um mich vor diesem Tohuwabohu zu drücken. »Und Eva? Wollte sie nicht gestern anreisen?«

Meine Mutter schüttelt nachsichtig den Kopf. »Deiner Schwester ist beruflich etwas dazwischengekommen. Sie ist erst heute früh eingetroffen, du hast da noch tief und fest geschlafen«, zwinkert sie und streicht mir mit dem Finger über die rechte Wange.

Tief und fest geschlafen? Bei dem Lärm? Sehr lustig, Mama.

»Aha«, meine ich einsilbig.

»Sie wollte heute Vormittag eine alte Schulfreundin in Grevesmühlen besuchen. Zur Feier ist sie aber wieder da«, beruhigt mich meine Mutter, als sie meinen leicht bestürzten Gesichtsausdruck bemerkt.

»Eva hat Fabrizio mit zu ihrer Freundin genommen?«

Meine Mutter lacht herzhaft. »Natürlich nicht! Fabrizio ist nicht mit nach Wismar gefahren. Er konnte sich in der Klinik nicht losreißen, da ist wohl gerade Not am Mann. Na ja, kann man nichts machen. Er hat vorhin angerufen und sich tausendmal entschuldigt, der Arme.«

Oh.

Wieso bin eigentlich ich nicht auf die Idee gekommen, meinen Beruf vorzuschieben? Ach ja richtig, ich habe keinen. Ich bin nur eine arme Studentin, die sich von ihrer Schwester zu diesem Unsinn hat überreden lassen.

Ganz große Klasse!

Bis zum frühen Nachmittag bin ich mit meiner Mutter also wohl oder übel alleine – abgesehen von den sechs herumwuselnden Partyservice-Mitarbeitern in unserem Garten. Natürlich gibt es bedeutend Schlimmeres. Beispielsweise eine Mutter, die ihre Party am liebsten nach Feng-Shui ausgerichtet hätte. Gott sei Dank funktionierte das nicht wie ursprünglich geplant, wie ein Angestellter von *Biggi's Partyservice* seinem Kollegen aufatmend zuraunt.

Meine Mutter und ich sehen dabei zu, wie das Sonnensegel über dem Buffettisch ausgerichtet wird. Im hinteren Teil des Gartens verteilen derweil zwei weitere Mitarbeiter mehrere Solarleuchten um die Hibiskus-Sträucher. »Das gibt der ganzen Feier einen romantischen Touch«, erklärt mir meine Mutter mit einem Augenzwinkern.

Ich habe schlichtweg keine Ahnung, was sie mir damit sagen will. Also zucke ich bloß mit den Achseln und lasse sie machen. Es hat ja doch keinen Sinn, gegen irgendeinen von ihren Plänen anzureden.

»Wann kommt eigentlich dein Freund Stephan, Schatz?«

Ähm.

Augenblicklich schrumpfe ich in mir zusammen und halte Ausschau nach dem nächsten Kaninchenloch. Oh Gott, wie erkläre ich meiner Mutter am schonendsten, dass es keinen Stephan in meinem Leben gibt? Mama, Stephan wird nicht kommen. Er heiratet Anne. Sie ist schwanger. Von ihm. Ach ja, und ich bin Single. Wieder einmal. Das Gesicht von meiner Mutter möchte ich sehen! Aber was wäre die Alternative? Ein imaginärer Freund? Angesichts meines Alters ziehe ich das eher nicht in Betracht. Und für einen Callboy ist es auch zu spät, oder? Steht diese Telefonnummer überhaupt in den Gelben Seiten? Und wenn ja, worunter?

Meine Mutter sieht mich erwartungsvoll an.

»Ach, Stephan. Ja … der … kommt später. Der musste noch … der musste noch … was Familiäres erledigen«, höre ich mich da bereits stammeln. Als es raus ist, schlage ich mir mit der Hand gegen die Stirn. *Stephan musste noch was Familiäres erledigen?* Himmel, Miriam! Erst denken, dann sprechen! Oje, wie komme ich denn da wieder raus? Wieso habe ich nicht gesagt, dass mein (nicht vorhandener) Freund ebenfalls beruflich zu sehr eingespannt ist? Das bot sich doch förmlich an! Stattdessen glaubt meine Mutter nun, dass Stephan jeden Moment durch die Terrassentür stolziert.

Argh!!!

Panisch drehe ich mich im Kreis. Mir bricht der kalte

Schweiß aus. Wenn ich Stephan jetzt anrufe, dann müsste er es noch rechtzeitig nach Wismar schaffen. Ach nein, der macht ja Babyshopping mit seiner Anne. Mist, Mist, Mist. Wobei, was ist eigentlich mit diesem Thorsten? Wenn ich den … Oder lieber einen anonymen Callboy? Wo sind die verfluchten Gelben Seiten?

»Ich freue mich sehr, deinen Freund kennenzulernen«, plappert meine Mutter fröhlich weiter. »Eva hat zwar schon einiges über Stephan erzählt, aber wenn man sich von Angesicht zu Angesicht gegenübersteht, ist das ja doch etwas anderes.«

Allerdings. Erst recht, wenn das Gegenüber gar nicht vorhanden ist.

Während ich insgeheim einem Nervenzusammenbruch nahe bin, klatscht meine Mutter verzückt die Hände zusammen. Die Aufbauarbeiten sind abgeschlossen. Die Lampions haben den Leuchttest überstanden, und aus den Boxen dröhnt spiritueller Singsang. Hoffentlich versteht meine Mutter das nicht unter Unterhaltungsmusik.

»Der Garten sieht wirklich hübsch aus«, findet sie hocherfreut.

Ich enthalte mich einer Meinung. Ohne das überdimensionale Zelt (das sogar eine Tanzbühne beherbergt!), die drei Millionen Kabel und die ganzen Stühle würde unser Garten weitestgehend wie immer aussehen.

»Willst du dich nicht langsam umziehen?«

Ich blinzele überrascht. »Wozu?«

Meine Mutter mustert mich mit diesem speziellen Blick, bei dem ich mir immer vorkomme, als würde ich wie Omas alter Mopp in der Besenkammer aussehen. »Du willst hoffentlich nicht in diesem Aufzug auf der Feier erscheinen?« Sie wedelt aufgeregt mit ihren Händen in der Luft herum.

Verwundert blicke ich an mir herunter. Zu einer dunkelblauen Jeans trage ich eine khakifarbene Tunika. Um die Hüften habe ich locker einen breiten Gürtel geschlungen, das noch leicht feuchte Haar zu einem Pferdeschwanz zusammengebunden. Meine Füße stecken in bequemen Flip Flops. Ich finde, ich sehe durchaus angemessen angezogen für eine Gartenparty aus. Aber natürlich sieht meine Mutter das gaaaaanz anders.

»So geht das nicht!«, wiegelt sie entschieden ab. »Du siehst aus wie dahergelaufen.«

Mit offenem Mund glotze ich meine Mutter an. Ich sehe bitte *wie* aus? Ich glaube, ich höre nicht richtig. »Was ist denn an diesem Outfit so furchtbar?«

Meine Mutter legt die Stirn in Falten. »Alles, Schatz. Du musst doch einsehen, dass du in diesen Freizeitklamotten nicht auf eine Party gehen kannst, zu der sogar der Bürgermeister kommt.«

»Der Bürgermeister?« Das ist der Moment, wo ich mich erschießen möchte. Der verdammte Bürgermeister kommt zum Geburtstag meiner Mutter? Warum? Wieso? Weshalb?

»Verstehst du jetzt, warum du etwas Angemessenes tragen solltest?«

Trotzig verschränke ich die Arme vor der Brust. »Das da wäre?«

»Ein Kleid und ein paar vernünftige Schuhe – und nicht diese Badelatschen«, antwortet meine Mutter ohne zu zögern.

Oh nein! Nein, nein, nein. Ich werde unter gar keinen Umständen ein Kleid anziehen. Kommt nicht in die Tüte. Das kann sie vergessen! »Seit meinem sechzehnten Lebensjahr habe ich kein Kleid mehr getragen!«

Mama nickt bedeutungsvoll. »Das erklärt deine zahlreichen Fehlgriffe bei den Männern. Ich verstehe bis heute nicht, wieso du nicht mit Heribert ausgehen wolltest. Der Mann war perfekt. Investmentbanker, stilvoll gekleidet, gutsituiert, und er besaß tadellose Manieren.«

Ich verdrehe die Augen gen Himmel. Meine Mutter hört sich an, als wollte sie mir einen Pudel verkaufen. »Mama, Heribert war erstens fünfzehn Jahre älter als ich und zweitens ein busengrapschender Vollidiot!«

»Manchmal bist du wirklich arrogant.«

Mir verschlägt es die Sprache. Ich stehe einfach nur da und gucke meine Mutter fassungslos an.

»Es wundert mich nicht, dass du jahrelang Single warst. Bei deinen Ansprüchen und deinem grässlichen Modegeschmack«, fährt sie ungerührt fort.

»MUTTER!«

»Ich sage dir lediglich die Wahrheit.«

»Ich. Ziehe. Kein. Kleid. An!«, presse ich zwischen zusammengebissenen Zähnen hervor.

»Natürlich tust du das, Schatz. Du gehst in die Stadt und suchst dir einen Traum von einem Kleid aus. Wir haben eine neue Boutique am Markt. Sehr elegant. *Très chic.* Es wird dir gefallen.«

Das bezweifele ich stark. Ich will weder ein Kleid tragen noch in diesem supertollen Laden shoppen gehen. Ich lasse mir von meiner Mutter doch nicht vorschreiben, was ich anzuziehen habe. Aus dem Alter bin ich nun wirklich raus. Mama will mir sowieso nur ein schlechtes Gewissen einreden, damit ich klein beigebe und sie ihren Willen bekommt. Aber nicht mit mir!

Meine Mutter drückt mir mit einem Lächeln ihre Kreditkarte in die Hand. Wo hat sie die denn auf einmal hergezaubert? »Komm mir nicht ohne ein hübsches Kleid zurück!« Dann ist sie im Haus verschwunden.

Ich stehe da wie vom Donner gerührt. Ich finde, jetzt ist der passende Moment, um eine Flasche Rotwein zu köpfen. Mindestens.

*
* *

5

Seit geschlagenen zwei Stunden laufe ich bereits durch die Wismarer Altstadt und suche nach einem passenden und vor allen Dingen hübschen Kleidchen. Fündig bin ich bisher nicht geworden. Könnte daran liegen, dass die Einkaufsmöglichkeiten in Wismar nach wie vor bescheiden sind. Am Ende stehe ich dann doch vor dem von meiner Mutter hochgelobten Modeladen am Markt. Meine Laune ist im Keller, ich will dieses Drama nur noch hinter mich bringen.

In der *Boutique Angélique* herrscht im Vergleich zu der Hitze draußen eine angenehme Kühle. Der recht kleine Verkaufsraum ist bis in die letzte Ecke mit Kleidern, Röcken, Blusen, Hosen, Accessoires und Schuhen vollgestopft. Ich muss mehrfach blinzeln, um diese Fülle an Glitzerkram und wahr gewordenen rosa Alpträumen zu verdauen. Dass ich hier bin, hat meine Mutter einzig meinem guten Willen zu verdanken. Und der Tatsache, dass in unserem Haus komischerweise nicht eine einzige Flasche Rotwein aufzutreiben war.

Seufzend steuere ich die erstbeste Kleiderstange an und wühle mich durch ein gutes Dutzend Abendkleider, die in meinen Augen allesamt grausam aussehen. Entweder ist die Farbe zu auffällig, der Schnitt zu gewagt oder das Muster hat eine verblüffende Ähnlichkeit mit einer alten Tapete aus den Siebzigern. Ich nehme ein unscheinbar wirkendes Kleid von der Stange, hellgrau, mit allerhand Perlen am Ausschnitt und Spitzeneinsatz am Saum. Sieht aus wie ein Nachthemd. Hilfe!

»Kann ich Ihnen behilflich sein?«, spricht mich eine Verkäuferin von der Seite an.

Ich hänge das Kleid zurück und schüttele den Kopf. »Nein, vielen Dank«, erwidere ich betont liebenswürdig. Aufdringliche Verkäufer sind echt eine Plage. Kaum betritt man einen Laden, stürzen sie sich wie die Hyänen auf einen. Dabei will man sich nur umsehen. Aber wenn man dann mal einen Verkäufer sucht, ist im Umkreis von drei Kilometern keiner zu finden.

Die Verkäuferin lässt sich nicht beirren. »Sie sehen aus, als ob Sie Hilfe bei Ihrer Entscheidungsfindung benötigten.«

Entscheidungsfindung ist gut. Erstens habe ich nicht ein einziges Kleid gefunden, das mir gefällt, und zweitens will ich mich gar nicht für eins dieser Kleidchen entscheiden, weil ich das verfluchte Teil nämlich nicht anziehen will. Ich hasse Kleider und Röcke! Darin sehe ich aus wie ein Klops.

»Was haben Sie sich denn vorgestellt?«

»Nichts Besonderes«, meine ich ausweichend. Ehrlich gesagt habe ich keine Ahnung, was sich meine Mutter unter einem hübschen und zugleich angemessenen Kleid vorstellt. Es ist ohnehin erschreckend, dass ich allein shoppen darf, wo ich doch keinen Geschmack besitze.

»Ich denke, da kann ich Ihnen weiterhelfen. Drehen Sie sich bitte –« Plötzlich stirbt ihr freundliches Reklamelächeln. »Miriam? Miriam Behrens?«

Ich nicke. »Kennen wir uns?«

Die dunkelblonde Verkäuferin schaut mich an, als ob sie soeben einem Geist begegnet wäre. »Miriam Behrens. Das habe ich mir gleich gedacht!«

Als sie mich verächtlich von oben bis unten mustert, macht es in meinem Gehirn *klick*. Cora Schneider. Na herrlich. Die Frau hat mir gerade noch gefehlt!

In der achten Klasse hat Cora mir meinen damaligen Freund Jo ausgespannt. Sie hatte null Interesse an ihm, sie wollte mir lediglich eins auswischen. Als ich jedoch nach einer Woche nicht auf das alberne Liebesgedöns der beiden ansprang, verlor Cora den Reiz an der Geschichte und schoss Jo wieder ab. Später posaunte sie herum, dass ich eine prüde Kuh wäre, die Jo nicht ranlassen wollte. Ein richtiges Goldstück.

»Cora, nein, was für ein Zufall. Wie geht's? Was macht das Modeln?«, zwitschere ich tussihaft, bemüht, mein spöttisches Grinsen zu verbergen.

Mit der Topmodel-Karriere von *Miss Ostseestrand 1999* scheint es tragischerweise nicht geklappt zu haben. Dabei war sich Cora so sicher, dass die Designer in Mailand, Paris und New York sich die Finger nach ihr lecken würden. Gegen eine Cora Schneider aus Wismar ist Gisele Bündchen schließlich ein Nobody.

»Was willst du hier?«, zischt sie, die Augen zu Schlitzen verengt.

Ich stemme die Hände in die Hüften und lehne mich herausfordernd nach vorne. »Wonach sieht es denn aus?«

»In deiner Größe haben wir nichts!«

Wie charmant. Neben dieser spindeldürren Bohnenstange komme ich mir ohnehin wie ein Walross vor. »Ach, weißt du, ich probiere das hier mal an«, sage ich betont gelangweilt und wedele ihr mit einem knallroten Kleid vor der Nase herum, das ich wahllos von der Kleiderstange gefischt habe. Im Nachhinein hätte ich mich vielleicht besser zurückgehalten, denn auf dem Kleiderbügel sieht das Teil praktisch nach nichts aus. Und diese Farbe. Wie eine Warnblinkleuchte. Immerhin hat es meine Größe. Na bitte. Ich halte es mir vor den Körper und betrachte mich im Spiegel. Ich sehe aus wie Po von den Teletubbies!

Cora guckt mich gehässig an. »Der Farbton steht dir überhaupt nicht«, kommentiert sie selbstzufrieden.

Jetzt probiere ich das Kleid aus Trotz an! Hocherhobenen Hauptes verschwinde ich in einer der beiden Ankleidekabinen.

Skeptisch betrachte ich mich anschließend im Spiegel. Mein Spiegelbild schockiert mich regelrecht. Das Kleid sitzt ausgezeichnet. Absolut perfekt. Der leicht ausgestellte Schnitt schwingt bei jeder Bewegung um meine Knie, und der tiefe V-Ausschnitt mit dem dekorativen Knotendetail hat etwas richtiggehend Verführerisches. Ich trete eingeschüchtert aus der Umkleidekabine. Dass ich in diesem Stück Stoff so gut aussehe, habe ich nicht erwartet. Ganz im Gegenteil. Verzückt drehe ich mich um meine Achse und strahle Cora an, die mich missmutig betrachtet. Wahrscheinlich würde sie mich am liebsten hochkant aus dem Laden schmeißen.

»Gibt es dazu passende Schuhe?«, erkundige ich mich mit einem gekonnten Augenaufschlag. Ich genieße meinen Auftritt zusehends.

Cora überreicht mir schnaubend ein Paar schwarze Riemchensandaletten mit bestimmt sechs Zentimeter Absatz. Ich verschwende keinen Gedanken daran, woher sie meine Schuhgröße weiß, sondern überlege vielmehr, wie ich es schaffen soll, mir in diesen Schuhen nicht die Beine zu brechen.

Vorsichtig wanke ich auf den hohen Absätzen durch den Laden. Ein Besenstiel auf Skiern. Wie ich in diesen Sandaletten den Tag überleben soll, ist mir schleierhaft.

Ich betrachte mein komplett neues Outfit im Spiegel und muss ehrlich zugeben, dass ich toll aussehe. Wenn mich meine Mutter jetzt sähe, würde sie höchstwahrscheinlich in Freudentränen ausbrechen. Zum ersten Mal seit zwölf Jahren trage ich wieder ein Kleid. Plus Stöckelschuhe. Wunder gibt es immer wieder.

»Entscheidest du dich bald?«, knurrt Cora. Sie hat die Arme vor der Brust verschränkt und guckt mich finster an.

Immer mit der Ruhe. Das hier ist ein weitreichender Einschnitt in meine bisherige Kleidungsphilosophie. Ich muss das gute Stück schließlich heute halb Wismar präsentieren. In dieser Knallfarbe. Von den Monsterschuhen will ich gar nicht erst reden. Doch es gefällt mir. Und wenn ich es nicht nehme, steckt mich meine Mutter womöglich in eines ihrer alten Kleider. Wie ich dann in einem von diesen komisch bedruckten Fetzen aussehe, will ich mir lieber nicht vorstellen. Das gibt am Ende den Ausschlag.

»Ich nehme beides.« Ich strahle wie ein Christbaum.

Cora atmet erleichtert auf. Wahrscheinlich ist sie froh, mich loszuwerden. Mir geht es ähnlich. Auf ein Zusammentreffen mit meiner Lieblingsfeindin hätte ich wahrlich verzichten können.

Ich schlüpfe wieder in meine alten Klamotten und trabe gemächlich zur Kasse. Natürlich könnte ich die Sachen gleich anbehalten, aber ich will nicht halbtot auf der Party erscheinen, weil meine Füße in diesen Schuhen unterwegs bereits abgestorben sind.

»Du wirst dich in diesem Kleid auf der Feier lächerlich machen«, antwortet Cora selbstgefällig. Wie ich diese Sticheleien in all den Jahren vermisst habe.

Will ich wissen, woher sie von der Party weiß? Besser nicht. »Darüber brauchst du dir ja zum Glück nicht dein hübsches Köpfchen zu zerbrechen, oder, Cora?«, zwitschere ich und gebe ihr die Kreditkarte meiner Mutter. Immerhin muss ich für diese neuen Sachen nicht selber in die Tasche greifen. Das hätte mein Konto ohnehin ins hoffnungslose Minus befördert. »Wie kommt es überhaupt, dass du ebenfalls eingeladen bist?«, erkundige ich mich so beiläufig wie möglich, obwohl mich das brennend interessiert.

Cora lächelt boshaft. »Ich habe Connections. Sehr gute Connections.«

Ah, sie hat Connections. Wow. »Na, jetzt bin ich beeindruckt.« Da freue ich mich doch gleich doppelt auf die Geburtstagsparty. Tante Gloria, Luisa, Cora, mein nicht vorhandener Freund ... Das verspricht Unterhaltung vom Allerfeinsten! Ich kann es kaum noch erwarten.

Grußlos drückt Cora mir die zwei Tüten in Hand.

»Also dann, auf Wiedersehen«, flöte ich.

»Darauf kannst du dich verlassen!« Aus Coras Augen schießen jeden Augenblick Blitze hervor. Wieso sie nach all den Jahren immer noch solch einen Hass auf mich hat, kapiere ich zwar nicht, muss ich aber auch nicht. Denn ich habe ihr nicht den Freund ausgespannt!

Na ja, auch egal, ich hab mich um wichtigere Dinge zu kümmern. Zum Beispiel, wie ich am besten diese Party überlebe.

6

Ich habe mich geirrt. Nicht halb Wismar befindet sich bei uns im Garten, sondern ganz Wismar. Sie glauben, ich scherze? Ja, schön wär's.

Dicht an dicht drängen sich die Gäste auf dem Rasen, der vermutlich morgen nur noch ein kümmerliches Etwas aus plattgewalzten grünen Halmen und braun-gelben Stellen ist. Die aufgebauten Stühle sind allesamt besetzt. Der Rest der Gästeschar steht in kleinen Grüppchen beieinander. Um meine neuen Schuhe zu retten, auf die mir ein älterer Herr mit Bierwampe beinahe seinen Whiskey gekippt hätte, habe ich mich in eine Ecke der Veranda verkrümelt. Außer Reichweite von dem Gewusel.

Meine Mutter ist jedenfalls glücklich. Die Party ist ein voller Erfolg, und ich trage ein Kleid, bei dem sich Mama vor Begeisterung nicht mehr in Worte fassen konnte.

Ich nippe an meinem Champagnerglas, als ich Eva auf mich zukommen sehe. In all dem Trubel konnten wir uns bisher noch gar nicht richtig begrüßen.

»Hallo, Schwesterherz.« Sie gibt mir links und rechts ein Küsschen auf die Wange. »Wow, du siehst umwerfend aus.«

»Danke. Du aber auch.« Bei Eva ist das nichts Außergewöhnliches, sie sieht immer topgestylt aus. Zu ihrem schwarzen Ballonkleid trägt sie das kinnlange Haar leicht gelockt, ihre Füße stecken in schwindelerregend hohen High Heels.

»Wie findest du die Party?« Sie trinkt einen großen Schluck Champagner aus meinem Glas.

»Da mich niemand weiter beachtet, großartig. Obwohl ich mich ernsthaft frage, was all diese fremden Leute bei uns im Garten suchen. Kennst du nur annähernd die Hälfte von ihnen?«

Eva grinst. »Vermutlich sind das alles wahnsinnig wichtige Leute mit noch wichtigeren Aufgaben. Wir haben bloß keine Ahnung.«

»Das wird es sein!«, antworte ich kichernd, werde jedoch sofort wieder ernst. »Eigentlich müsste ich sauer auf dich sein.«

»Wieso?«

»Ich kann mich dunkel an die Worte ›ungerade Personenanzahl‹ erinnern.«

Verlegen hustet meine Schwester. »Zu meiner Verteidigung muss gesagt werden, dass ich von diesem Ausmaß nichts wusste.«

Das glaube ich ihr sogar. »Soll ich dir verraten, wem wir das zu verdanken haben?«

Sie guckt mich neugierig an.

»Tante Gloria.«

Eva rollt mit den Augen und stöhnt leise. Manchmal ist es schön, eine Leidensgenossin zu haben. Tante Gloria und Eva sind wie Hund und Katze. Während ich laufend meine Cousine Luisa als leuchtendes Beispiel unter die Nase gerieben bekomme, hält Gloria meiner Schwester seit Jahren Vorträge darüber, dass sie endlich schwanger werden müsse. Die biologische Uhr ticke unaufhörlich. Außerdem habe Eva eine Verantwortung unserer Gesellschaft gegenüber.

»Hast du sie schon erspäht?« Eva klingt nervös, ihre Hand zittert unmerklich.

»Nein, aber ich kann auch gut darauf verzichten«, gebe ich freimütig zu.

In dem Moment taucht wie aus dem Nichts ein rotblonder Haarschopf vor uns auf. Tante Gloria. Natürlich. Wenn man vom Teufel spricht.

Meine Schwester fasst sich am schnellsten. »Hallo, Gloria«, sagt sie mit einem 1000-Watt-Lächeln. Es ist uns strengstens untersagt, Gloria »Tante« zu nennen, denn das würde sie älter erscheinen lassen, als sie eigentlich sei. Findet sie. Darum gibt es bei ihr auch nie eine Geburtstagstorte, wo die Anzahl der Kerzen womöglich ihr Alter verraten könnte.

»Miriam, wie schön, dass du den Weg nach Hause gefunden hast!«, empfängt sie mich freudestrahlend und kneift mir in die Wange wie einem Neugeborenen.

»Ein Hoch auf die heutigen Navigationsgeräte.«

Eva stupst mich in die Seite. »Was macht die Gesundheit?«, fragt sie meine Tante schnell.

»Hach, Kinder, wenn ihr wüsstet! Neuerdings zwickt mein rechtes Knie alle paar Stunden. So ein stechender Schmerz, das könnt ihr euch nicht vorstellen. Unerträglich. Und dann noch der Rücken. Man wird ja leider nicht jünger«, seufzt Gloria wehleidig.

Ich verdrehe innerlich die Augen. Tante Gloria ist mit Abstand der schlimmste Hypochonder, den es auf der Welt gibt.

»Wo ist denn dein Mann?«, will sie von Eva wissen, nachdem wir uns zehn Minuten ihre ausführliche Krankengeschichte angehört haben.

»Fabrizio konnte aus beruflichen Gründen nicht kommen.«

Gloria schaut richtiggehend bedröppelt aus der Wäsche. »Wie schade. Grüß ihn von mir!«

»Mach ich«, verspricht Eva.

»Wie sieht es eigentlich mittlerweile mit der Familienplanung aus?«

Womit wir beim Thema wären …

Evas Hand krallt sich fester um das Glas. »Wir arbeiten daran.« Sie sieht aus, als würde sie die Zähne fletschen.

Ich gluckse leise.

Tante Gloria wiegt bedächtig den Kopf hin und her. »In deinem Alter wird das allmählich Zeit, Kind.«

An Evas Stelle wäre ich vor Entrüstung geplatzt. Wie kann ein Mensch nur dermaßen dreist sein? Sie tut so, als ob meine Schwester schon hundert wäre. Dabei ist Tante Glorias tolle Tochter gerade einmal zweieinhalb Jahre jünger als Eva, aber der wird nie gesagt, dass sie sich gefälligst endlich schwängern lassen soll, von wegen Ticktack.

Manchmal frage ich mich, in welchem Jahrhundert Gloria lebt. Alles nach der frühen Neuzeit halte ich für zu optimistisch.

»Und, Miriam«, wendet sich meine Tante an mich, »was macht dein Liebesleben? Endlich den Richtigen gefunden?«

»Hat sie«, springt meine Schwester hastig ein. Ich wünschte, sie hätte es nicht getan. Es ist schön, dass sie mir beistehen will, aber in dieser Angelegenheit ist das nicht die beste Idee. Überhaupt nicht. Denn nun hat Gloria Lunte gerochen. Ihre Wangen verfärben sich aufgeregt, und sie starrt mich mit weit aufgerissenem Mund an. Ich ahne Böses.

»Tatsächlich?«

»Miriam hat ihn sogar mitgebracht«, beeilt sich Eva zu sagen.

Ich stehe wie zur Salzsäule erstarrt da. Meine große

Schwester nickt mir aufmunternd zu und erwartet wohl, dass ich ihr nun gratuliere. Weil sie mir hilfreich zur Seite steht. Ich würde sie dagegen viel lieber erdolchen.

»Du musst ihn mir unbedingt vorstellen, Miriam. Ihr könnt dann ja gemeinsam mit Luisa und Friedhelm etwas unternehmen«, schlägt Gloria begeistert vor.

Nicht, wenn ich es verhindern kann. Ich bin doch nicht bescheuert! Länger als fünf Minuten am Stück ertrage ich meine Cousine mit ihrem ständigen Geplapper nicht. Da gehe ich sicherlich nicht mit ihr und ihrem Verlobten aus und höre mir den ganzen Abend an, wie toll ihr Friedhelm ist. Ich hab den armen Kerl zwar noch nicht kennengelernt, aber Tante Glorias Schwärmerei am Telefon reichte aus, um zu wissen, dass das ein totaler Langweiler sein muss.

»Wo steckt unser Cousinchen?«, heuchele ich gespieltes Interesse vor. Hauptsache, ich kann von mir und meinem Liebesleben ablenken.

»Oh, die unterhält sich angeregt mit einem sehr charmanten und höflichen jungen Mann.« Tante Gloria deutet in die entsprechende Richtung, wo Luisa niemand Geringerem als Olli die Ohren abkaut. Neben den beiden steht ein langer schlaksiger Kerl mit Seitenscheitel, Hornbrille und Anzug. Das muss der sagenumwobene Friedhelm sein.

»Ich geh mal Hallo sagen.«

Eva sieht mich entsetzt an, als ich sie mit Tante Gloria allein lassen will. Rache ist süß. Wegen meiner Schwester habe ich schließlich den ganzen Schlamassel mit meinem angeblichen Freund am Hals.

Als Olli mich durch die Menge schlängeln sieht, stürmt er auf mich zu und umarmt mich erleichtert. »Du bist meine Rettung!«

»Wie schlimm ist es?«, frage ich ihn flüsternd.

Olli stöhnt leise. »Tu irgendwas, bitte!«, fleht er. Ich ziehe vielsagend die Augenbrauen hoch. Aber gestern noch behaupten wollen, dass es nicht so schlimm wird.

»Hallo, Luisa!«, begrüße ich meine Cousine überschwänglich.

»Miriam, wie schön, dich zu sehen.« Sie küsst mich links und rechts auf die Wange. »Darf ich dir meinen Verlobten Friedhelm vorstellen?«

Friedhelm nimmt meine Hand und deutet einen Handkuss an. Ich tausche bedeutungsvolle Blicke mit Olli aus. Junge, Junge, wo hat meine Cousine denn diese seltene Antiquität aufgegabelt? Es würde mich nicht im Entferntesten wundern, wenn sich der tolle Friedhelm als adeliger Bankierssohn von und zu entpuppt.

»Friedhelm Kunze, sehr erfreut.«

Ich muss mir auf die Unterlippe beißen, um nicht in schallendes Gelächter auszubrechen. »Ebenfalls.«

Luisa nimmt mich gleich in Beschlag. »Ich habe gehört, dass du dein Studium beendet hast, Miriam. Stimmt das? Na, wurde ja auch Zeit, oder? Also, ich bin schon mittendrin im Berufsleben. Ich unterrichte seit letztem Jahr an einer Grundschule in Rostock. Soooo stressig, aber gleichzeitig auch soooo supitoll. Ich möchte es nicht missen. Es ist eben doch was anderes als die staubtrockene Theorie an der Uni. Die Kinder … hach, die Kinder, die ich unterrichte, sind ein Traum. Ein Traum. Soooo supi. Sie kosten dich eine Menge Kraft, aber dann geben sie dir gleichzeitig supiviel zurück. Ich könnte mir keinen schöneren Beruf vorstellen, und ich …«

Blablabla. Ich drehe mich zu Olli um, aber der hat bereits das Weite gesucht.

»Wie schön«, bemerke ich lustlos, als mich Luisa nach ihrem minutenlangen Monolog erwartungsvoll ansieht. »Das ist ja alles supitoll!«

»Ja, momentan läuft alles supitoll nach Plan«, schnattert meine Cousine eifrig weiter. »Der Job ist phantastisch, und ich habe den Mann meines Lebens gefunden.« Sie wirft ihrem Friedhelm einen schmachtenden Blick zu. »Schau mal, Miriam, ist der Ring nicht der pure Wahnsinn?«

Als Wahnsinn bezeichne ich vor allem ihr Geplapper, ohne ein einziges Mal Luft zu holen. Mir dröhnt bereits der Kopf.

»Hier bist du, Schatz. Ich suche dich überall.« Meine Mutter eilt auf mich zu und zieht mich ohne ein weiteres Wort hinter sich her.

»Was ist denn, Mama?«

»Ich finde es schön, dass du dich so nett mit Luisa unterhältst, aber könntest du dich zur Abwechslung auch einmal um die anderen Gäste kümmern?«, bemerkt sie in einem Ton, der keinen Widerspruch duldet.

»Aber ich bin doch auf der Party. Ich trage sogar ein Kleid. Was soll ich denn noch tun?«, jammere ich.

»Präsent sein. Alle Welt fragt nach dir!«, sagt meine Mutter vorwurfsvoll.

Das bezweifele ich. Ich glaube kaum, dass sich jemand an das schwarze Schaf der Familie Behrens erinnert. Und selbst wenn, ich bin nicht scharf darauf, mich in Erinnerung zu bringen. Natürlich habe ich die Rechnung ohne meine Mutter gemacht, die mich geradewegs zu Papa und dem Bürgermeister zerrt.

Mein Vater winkt mich zu sich. »Claus Gerhardt, darf ich Ihnen meine Tochter Miriam vorstellen?«

Huch! Redet Papa wieder mit mir?

Der Bürgermeister schüttelt erfreut meine Hand. »Nett,

Sie kennenzulernen, junge Dame. Ihr Vater hat mir schon eine ganze Menge über Sie verraten.« Ich versuche ein Lächeln, aber es bleibt mir im Halse stecken. »Wie fühlt es sich an, wieder in seiner alten Heimatstadt zu sein?«, fährt er fort, mich neugierig von oben bis unten musternd.

»Ungewohnt«, antworte ich ehrlich. »Das Meer ist allerdings nach wie vor überwältigend.«

Der Bürgermeister lacht. »Die frische Meeresbrise hat Ihnen in Hannover gefehlt, was? Kann ich verstehen. Als Kind wollte ich auch immer raus aus Wismar und hinein ins Großstadtleben. Heute kann ich gar nicht mehr verstehen, was ich daran verlockend fand«, wendet er sich jovial an meinen Vater.

Papa schmunzelt pflichtbewusst. »Wem sagen Sie das«, bestätigt er, »zumal Miriam hier Perspektiven hat.«

Ich hole tief Luft. Nicht wieder diese Leier! Mein Vater schaut mich durchdringend an, als wollte er sagen: »Was denn? Ich habe doch recht!« Meinetwegen, wenn es ihm dann besser geht. Ich bereue meine Entscheidung von damals trotzdem nicht. Vielleicht hätte ich einiges geschickter anstellen können, aber es war der richtige Weg, den ich gegangen bin. Ob er das nun einsehen will oder nicht.

»Eigentlich sollte unsere Miriam später die Bäckerei übernehmen, und nicht mein Sohn Alexander. Sie bekam das Talent dazu praktisch in die Wiege gelegt. Dann fand sie zu meinem Leidwesen geistes- und sozialwissenschaftliche Studien spannender. Was für eine Verschwendung!«, entgegnet mein Vater mit gequältem Gesichtsausdruck.

»PAPA!«

Muss er wirklich vor dem Bürgermeister die ganze Sache von vor fünf Jahren ausdiskutieren? Langsam sollte das wirklich Schnee von gestern sein. Mein Vater muss langsam anfangen zu akzeptieren, dass nicht ich, sondern Alex die Bäckerei in Zukunft führen wird. Das kann doch nicht so schwierig sein! Denn mein Bruder macht seine Sache gut, wie Papa gerade seinem neuen Kumpel, dem Bürgermeister, verdeutlicht – obwohl das eigentlich nicht der ursprüngliche Plan gewesen ist. Wenigstens bleibt damit alles beim Alten. Alex ist der Held, der die Kohlen aus dem Feuer holt, und ich bin die Böse, die sich davongestohlen hat.

»Wo bleibt denn dein Freund, Miriam?« Meine Mutter sieht ganz aufgeregt aus. Ich wünschte, ich könnte ihre Begeisterung annähernd teilen.

»Der verspätet sich etwas«, murmele ich zögerlich, in der Hoffnung, dass sie das Thema schnell vergisst.

Sie nickt beruhigt.

Ich sollte mich vielmehr selbst beruhigen, dieses ganze Notlügenkonstrukt beginnt langsam in Arbeit auszuarten. Nachdem mein Vater sich aber sogar vor dem Bürgermeister über meine Unzulänglichkeiten auslässt, ist es wohl eher nicht ratsam, jetzt mit der Wahrheit herauszurücken.

Ich brauche dringend etwas zu trinken.

Was Hochprozentiges!

Ich entschuldige mich gestenreich beim Bürgermeister und schlängele mich zielsicher zur improvisierten Bar durch. Außer Champagner und Wein gibt es aber nur Whiskey und Brandy. Na schön, bleibe ich dem Sprudelzeug eben weiter treu. Hastig kippe ich mir den Schampus in den Rachen. Und gleich noch ein weiteres Glas, auf einem Bein kann man schließlich nicht stehen.

Wie ich leider erst zu spät bemerke, bin ich an der Bar den Blicken aller hilflos ausgeliefert. Einige Gäste schütteln pikiert mit dem Kopf. Es wird wild getuschelt. Ich betrachte die zwei leeren Champagnerflöten in meinen Händen.

Super. Morgen heißt es bestimmt, dass ich Alkoholikerin bin.

Der Barkeeper, der gerade erst den Windeln entschlüpft zu sein scheint, wirft mir einen fragenden Blick zu. Ich reiße ihm das neu gefüllte Champagnerglas förmlich aus den Händen, ehe ich mir einen dummen Kommentar anhören muss, und flüchte eilig durch das Haus nach draußen auf die Straße. Auf den Eingangsstufen zum Laden lasse ich mich keuchend nieder. Endlich allein. Endlich Ruhe. Ich lege den Kopf zwischen die Knie und beginne langsam, bis zehn zu zählen. 1, 2, 3, 4, …

»Hallo.«

Entnervt hebe ich den Kopf. Vor mir steht der aufdringliche Fotograf vom Strand und grinst mich frech an. »Sagen Sie mal, verfolgen Sie mich?«

»Genauso kratzbürstig wie heute früh. Hat das einen tieferen Grund?«, will er wissen und lässt sich neben mir auf der Treppe nieder, die Beine ausgestreckt.

Entrüstet schnappe ich nach Luft. »Habe ich Ihnen gestattet, sich zu mir zu setzen?«

»Innerlich vielleicht nicht, aber äußerlich haben Sie eindeutig Signale gesendet!«

»Habe ich nicht!«

Er winkt lässig ab. »Sie sollten aufhören, sich dagegen zu wehren.«

»Wogegen?«

»Dass Sie mich im Grunde charmant finden.«

»Sie sind wohl gar nicht von sich eingenommen.«

»Null.« Er lächelt mich sonnig an und deutet mit dem Daumen auf das Schild im Schaufenster. »Sind Sie mit der Familie Behrens bekannt?«

»Kann man so sagen«, seufze ich und ärgere mich, dass

ich ihm diese Information überhaupt habe zukommen lassen. Schließlich geht ihn das nichts an.

Er legt den Kopf schief und betrachtet mich eindringlich. »Und, wann gehen Sie mit mir einen Kaffee trinken?«, fragt er mit seinem Hollywoodlächeln und entblößt eine Reihe schneeweißer Zähne.

Ich verstehe nicht, warum er wegen des Kaffees so hartnäckig ist. Wahrscheinlich müsste er nur die Hand heben und fünf andere Frauen würden ihn liebend gerne zu einem Kaffee einladen. Garantiert auch zu mehr. Wieso hat er sich ausgerechnet mich ausgesucht? Sehe ich wirklich derartig bemitleidenswert aus, dass sich sogar Typen wie er im Urlaub meiner annehmen wollen? Oh Gott, gehöre ich damit in die Kategorie Sozialfall?

Während ich darüber nachdenke, wie ich diesen Touri-Schnösel schnellstmöglich loswerden kann, kommt mir die Idee bezüglich meines ›Freund-Problems‹. Die Idee ist dermaßen gaga, dass sie schon fast wieder genial ist. Warum bin ich darauf nicht eher gekommen?

»Ich schlage Ihnen einen Deal vor.«

»Da bin ich neugierig.«

Ich räuspere mich. Jetzt nur nicht die Nerven verlieren. Augen zu und durch. »Ich lade Sie statt eines Kaffees zu einem Glas Champagner ein, und Sie tun dafür so, als ob Sie mein Freund wären.«

Er zieht überrascht die rechte Augenbraue hoch. »Sie wollen, dass ich Ihr Freund bin?«

»Sie sollen ihn bloß *spielen.*« Als würde das die ganze Angelegenheit weniger absurd machen.

»Läuft das nicht auf dasselbe hinaus?«

Ich verdrehe die Augen. »Ja oder nein?«

Er fährt sich nachdenklich über seinen Dreitagebart. »Ihnen ist aber bewusst, dass Sie diesen Gefallen nicht mit einem lausigen Glas Schampus aufwiegen können?«

Wieso funktionieren solche Aktionen in blöden Romantikschnulzen, aber nie im wirklichen Leben? Dabei sollte ich es in meinem Alter wahrlich besser wissen – Märchenprinzen, Machos und angeblich schwule Männer, die sich am Ende trotz allem als Traummann herausstellen, gibt es eben nur in kitschigen Liebesfilmen.

»Was fordern Sie als Gegenleistung?«

»Lassen Sie mich nachdenken …«

»Gut, ich bezahle Sie dafür«, höre ich mich da bereits sagen. Sekunde, habe ich das gerade laut gesagt? Vorsichtig schiele ich zu ihm hinüber. Er starrt mich für einen Moment an, als ob mir soeben Hörner auf der Stirn gewachsen wären.

Anscheinend schon.

Heilige Scheiße!

»Sie wollen mich dafür bezahlen?« Er klingt nicht halb so entsetzt wie befürchtet. Immerhin würde ich ihn mit dieser bescheuerten Idee quasi zum Callboy machen. Das muss man sich mal vorstellen, ich flehe praktisch einen völlig Fremden an, meinen Freund zu spielen. Ich will ihn für seine Dienste sogar bezahlen. Das lässt nur einen Rückschluss zu: Ich muss den Verstand verloren haben!

»Vergessen Sie's!«, krächze ich mit knallrotem Kopf.

»Jetzt haben Sie mich neugierig gemacht.«

Ich habe es geahnt, aus der Nummer komme ich nicht wieder raus, hätte ich damit bloß nie angefangen. »War eine dumme Idee. Vergessen Sie einfach, was Sie gehört haben.«

»Dabei war ich fast gewillt, ja zu sagen.«

Mit weit aufgerissenen Augen gucke ich ihn an. »Wirklich?«

»Wenn die Bezahlung stimmt«, hält er todernst dagegen.

Ich kann mir nicht helfen, aber irgendwie habe ich das Gefühl, dass er mich auf den Arm nimmt. Wahrscheinlich würde es mir an seiner Stelle nicht anders gehen. Eine fremde Frau bittet ihn, ihren Freund zu spielen, damit sie auf der Geburtstagsfeier der eigenen Mutter nicht als komplette Versagerin dasteht. Das ist doch erbärmlich!

»Wie viel kostet mich diese Bitte?«

»Da bin ich flexibel.«

Besser, ich denke nicht über die Konsequenzen nach, sonst bekomme ich Zweifel. Schließlich habe ich mich heute bereits genug für drei Leben gedemütigt.

»Es ist auch nur für zwei, drei Stunden«, versichere ich. »Eine Frage noch …«

»Ja?« Er erhebt sich und hält mir seine gebräunte Hand hin, um mir beim Aufstehen mit diesen Folterinstrumenten behilflich zu sein.

»Wieso helfen Sie mir? Sie kennen mich doch gar nicht!«

Er zuckt mit den Schultern. »Wenn jemand so Hübsches mich so verzweifelt anfleht, kann ich nicht nein sagen.«

Unwillkürlich erröte ich. »War das etwa ein Kompliment?«

»Haben Sie es denn als solches aufgefasst?«, erkundigt er sich herausfordernd, und ich mache schnell, dass ich meine Hand aus seiner befreie.

»Das Wichtigste haben Sie mir allerdings immer noch nicht verraten.«

»Hm?«

»Ihren Namen«, meint er augenzwinkernd. Er reicht mir seine rechte Hand. »Ich heiße David.«

»Miriam«, wispere ich. Verlegen erwidere ich seinen Händedruck.

»Wollen wir?« David nimmt meine Hand und zieht mich

bestimmt durch den Hausflur in den Garten. Ich bin viel zu perplex, um irgendetwas Sinnvolles beizutragen. Oder mich über die ganze Angelegenheit zu wundern.

Es vergehen keine zehn Sekunden, bis uns Tante Gloria auf der Terrasse entdeckt. Mit einem breiten Lächeln kommt sie auf uns zu und deutet ungeniert auf meinen Begleiter. »Ist er das?«

»Gloria, das ist David.« Ich komme gar nicht dazu, ihn als meinen vermeintlichen Freund vorzustellen, da greift sich Tante Gloria seinen Arm und zieht ihn ein Stück von mir weg. Er guckt mich verblüfft an. Hilflos zucke ich mit den Achseln. Vielleicht hätte ich ihm vorher ein paar Hinweise geben sollen, was da auf ihn zukommt. Und leider fällt mir erst jetzt auf, dass wir uns nicht abgesprochen haben, was mögliche Fragen meiner Familie angeht. Das habe ich in der Aufregung total vergessen. Verflixt!

Da ich für die nächsten Minuten abgemeldet bin, beschließe ich, David das versprochene Glas Champagner zu besorgen. Zumindest dieser Teil der Abmachung wäre damit erledigt. Ich könnte ebenfalls noch ein Schlückchen zur Stärkung gebrauchen.

Als ich mit zwei Gläsern zu den beiden zurückkehre, hat Gloria David ins Kreuzverhör genommen. Dennoch sieht er ziemlich relaxt aus, er lacht sogar bei einem Kommentar meiner Tante. Donnerwetter.

Ich reiche ihm das Glas, und er legt wie selbstverständlich seinen linken Arm um meine Hüfte. Ein wohliger Schauer breitet sich an dieser Stelle aus. Unter halbgesenkten Wimpern werfe ich ihm einen überraschten Blick zu, aber er macht keine Anstalten, seine Hand wegzunehmen.

»Wo habt ihr zwei euch kennengelernt?«, will Tante Gloria gespannt wissen. Es ist nicht zu übersehen, dass sie von

David ganz entzückt ist. Was nicht weiter verwunderlich ist, denn er ist charmant, witzig und sieht in diesem schwarzen Jackett (ja, ich gebe es zu!) äußerst attraktiv aus.

Fieberhaft versuche ich mir eine halbwegs glaubhafte Geschichte auszudenken, doch in meinem Kopf herrscht absolutes Vakuum.

David legt mir seinen Zeigerfinger auf die Lippen. »Lass mich erzählen, Süße.«

Meine Augen weiten sich.

Süße?

»Es war an einem Mittwoch. Ich war mit einem Freund in dieser Ausstellungseröffnung über moderne Kunst des einundzwanzigsten Jahrhunderts, und da sah ich sie. Sie stand vor einem Gemälde mit drei roten Farbklecksen und hat ihren Kopf in alle Richtungen verrenkt. Ich ging zu ihr hin und starrte ebenfalls das Bild an. Irgendwann fragte ich sie, ob sie eine Ahnung hätte, was der Künstler damit zum Ausdruck bringen wollte. Sie meinte nur, dass er entweder gerade seine Aggressionsphase durchmachte oder sie ein Kunstbanause sei.«

Tante Gloria lacht herzhaft. »Ich wusste gar nicht, dass du dich für Kunst interessierst, Miriam«, stellt sie verwundert fest.

Ich hatte bis zum heutigen Tag auch keine Ahnung von dieser Vorliebe und lächele überrumpelt.

»Später habe ich sie gefragt, ob sie sich von einem weiteren Kunstbanausen zum Kaffee einladen lassen würde. Offensichtlich ist sie auf meinen platten Anmachspruch reingefallen«, fährt David mit einem sexy Lachen fort. »Bei dem Kaffee ist es aber nicht geblieben. Nachdem uns die Kellnerin dieses winzigen Cafés gebeten hat zu gehen, weil sie zumachen wollte, sind wir zum See spaziert. Dort haben wir auf einer Bank die ganze Nacht geredet. Über uns die Sterne. Aus der Ferne die Klänge eines Violinenkonzerts. Und als Miriam mich mit ihren großen goldenen Augen ansah, wusste ich: Sie ist es.«

Ich hänge wie gebannt an Davids Lippen.

»Tja, da habe ich sie dann geküsst.«

Wäre das jetzt das Ende eines Liebesfilms, ich würde hoffnungslos schmachten.

»Nein, wie romantisch.« Tante Gloria ist hingerissen.

Ich blicke zu David hoch, der mich fast zärtlich ansieht. Ich schlucke angestrengt an dem aufkommenden Kloß in meinem Hals herum und weiß nicht so recht, was ich jetzt tun oder sagen soll. An dem Mann ist definitiv ein Schauspieler verloren gegangen.

»Wie lange seid ihr schon ein Paar?«, fragt Tante Gloria mich begierig.

»Sechs Monate«, nuschele ich. Dass das ein Fehler war, wird mir spätestens bewusst, als meine Tante nachdenklich ihre Stirn krauszieht.

»Sechs Monate? Und da habt ihr noch keine Pläne für die Zukunft geschmiedet? Wenn ich da an Luisa denke … Sie hat sich nach zwei Monaten mit Friedhelm verlobt.«

OH MEIN GOTT! Ist die ganze Welt momentan mit diesem Heiratswahn infiziert, oder konzentriert sich das lediglich auf meine Verwandtschaft? Jahrelang bekomme ich vorgehalten, beruflich endlich ein paar Gänge höher zu schalten. Aber seit ich die 25er-Marke überschritten habe, scheint es außer Hochzeit und Kindern keine anderen Themen mehr zu geben.

»Wir haben es nicht eilig«, beeilt sich David zu sagen und tätschelt beruhigend mein Schulterblatt.

»Aber Miriam, denk an deine biologische Uhr!«

Wenn meine Tante heute noch einmal diese verdammte biologische Uhr erwähnt, ich schwöre, ich schreie den Garten zusammen!

»Sobald Luisa verheiratet und mit dem ersten Kind schwanger ist, sprechen wir uns wieder. Einverstanden, Gloria?«, erwidere ich zuckersüß. Ohne ein weiteres Wort schleife ich David hinter mir her und gehe mit ihm direkten Schrittes auf meine Mutter zu, damit ich dieses Gespräch hinter mir habe.

»Wow, das war – anders«, sagt David amüsiert.

Ich schaue ihn vielsagend an. Er denkt sicher auch, dass er in einer Familie von Bekloppten gelandet ist. Und ich kann ihm nicht einmal vortäuschen, dass dem unter anderen Umständen nicht so ist.

Als Mama uns auf sich zusteuern sieht, läuft sie uns freudestrahlend entgegen. »Wie ich sehe, hast du bereits –«

»Mama, darf ich dir meinen Freund David vorstellen?«, unterbreche ich sie. Ich grinse übers ganze Gesicht.

»Deinen Freund?«

Ich habe meine Mutter in meinem ganzen Leben noch nie so verdattert aus der Wäsche gucken sehen wie in diesem Augenblick. Ihrem Gesichtsausdruck nach habe ich den Alptraum aller Schwiegersöhne mit nach Hause geschleppt. Oder zumindest ein grünes Marsmännchen.

»Du wolltest ihn unbedingt kennenlernen.« Den ganzen Tag durfte ich mir schließlich nichts anderes anhören.

»Aber, du und Stephan …«

Im ersten Moment weiß ich nicht, worauf sie hinauswill. Bis das Rädchen in meinem Kopf einrastet.

Ups.

»Stephan und ich haben uns bereits vor Monaten getrennt«, gestehe ich behutsam und hoffe inständig, dass das

Thema damit beendet ist. Die Rechnung habe ich allerdings ohne meine Mutter gemacht.

»Du wolltest Stephan mitbringen.« Meine Mutter versucht hilflos, die losen Puzzlestücke zusammenzusetzen. Es gelingt ihr nicht wirklich.

Ich verschränke die Arme vor der Brust. »Falsch, ihr seid nur alle davon ausgegangen, weil Eva mich nicht ausreden ließ.« Ich klinge definitiv eine Spur zu aggressiv.

Meine Mutter fährt sich verunsichert durch die dunkelblonden Haare und versucht krampfhaft, die Contenance zu wahren. »Ich verstehe das nicht, Miri. Wieso hast du uns David denn nicht früher vorgestellt?«

Ich kann mich nicht erinnern, wann mich meine Mutter zum letzten Mal »Miri« genannt hat. Wahrscheinlich im Kindergarten. Sie weiß nämlich, wie sehr ich diese Verniedlichung meines Namens hasse. Miri klingt wie eine Frischkäse-Sorte.

»Es h-hat s-sich nicht ergeben«, stammele ich die dümmste Ausrede überhaupt.

»Wie bitte?« Meine Mutter hebt verdutzt die Augenbrauen. »David wohnt in Wismar. Er ist dein Freund. Vermutlich nicht erst seit gestern.« Sie lacht nervös. »Und jetzt willst du mir ernsthaft erzählen, dass es sich in der ganzen Zeit nicht ein einziges Mal ergeben hat, dich bei uns zu melden?«

Mir klappt der Mund weit auf. Ich übergehe den Vorwurf meiner Mutter und starre fassungslos David, meine Mutter und wieder David an. Ich will etwas sagen, aber die Worte bleiben mir im Hals stecken.

Das kann nicht sein!

Das darf nicht wahr sein!

Wieso, zum Teufel, wohnt David in Wismar? Ich dachte,

er wäre Tourist. Er hatte doch eine Scheißkamera! Und stand mitten im Pulk der Campingurlauber! Wieso kennt meine Mutter ihn dann, verdammt noch mal?

Bevor ich endgültig die Beherrschung verliere, ergreift David das Wort: »Wir haben unsere Beziehung bis jetzt geheim gehalten, Frau Behrens. Miriam und ich wollten erst ganz sicher sein, dass wir beide dasselbe wollen. Darum hat Miriam nicht früher etwas zu Ihnen gesagt. Es tut uns leid.« Er zwinkert mir verschwörerisch zu.

Meine Mutter schüttelt den Kopf. »Ich bin verwirrt, das ist alles. Wo habt ihr euch denn kennengelernt?«

David berichtet von unserem vermeintlichen ersten Date, während ich weiter dastehe wie vom Blitz getroffen. Ich komme mir vor wie in einem ganz schlechten B-Movie.

»Und dann sind Sie immer nach Hannover zu Miriam gefahren, um sie zu sehen?«, bohrt meine Mutter nach.

Er nickt. »Ich bin beruflich viel unterwegs, da habe ich meine Dienstreisen einfach mit einem Umweg zu Miriam verbunden. Natürlich ist das nicht dasselbe, als wenn man in der gleichen Stadt lebt.«

»Ihr seid vielleicht zwei Geheimniskrämer! Eigentlich müsste ich Ihnen böse sein, David. Als ich Sie vor zwei Wochen als Fotografen für meine Geburtstagsfeier engagiert habe, haben Sie weder erwähnt, dass Miriam nach Wismar kommt, noch dass Sie mit meiner Tochter zusammen sind. Sie hätten ja wenigstens eine kleine Andeutung machen können.«

In dem Augenblick zieht mir eine unsichtbare Kraft den Boden unter den Füßen weg. In meinem Kopf hämmert es wie verrückt, jeden Moment scheint er zu explodieren. Ich schließe die Augen, aber dadurch wird es nur intensiver. Kalter Schweiß bricht mir aus, das Blut rauscht wie heiße Lava durch meinen Körper. Ich fühle mich wie von einem Lastwagen überrollt. Dann verliere ich das Gleichgewicht und strauchele. Im letzten Moment bekommt David mich zu fassen, ehe ich auf dem Po lande.

Mühsam rappele ich mich auf und starre David feindselig aus zusammengekniffenen Augen an. Die Hände in den Hosentaschen vergraben weicht er meinem Blick aus. Schuldbewusst. Unsicher.

»Miriam, ich –«

Ich hebe abwehrend die Hand. »Spar dir deine Erklärung, du verfluchter Mistkerl!«

Und dann trete ich ihm mit voller Wucht auf den Fuß.

7

Ich weiß nicht, auf wen ich wütender bin. Auf David. Auf meine Mutter. Oder auf mich selbst.

Anscheinend bin ich vom Pech verfolgt, was diese bescheuerte Aktion mit meinem Alibifreund angeht. Zuerst sagt mir Stephan ab, dann verknackst sich mein dämlicher Mitbewohner den Fuß und zu guter Letzt picke ich mir zielsicher einen Fotografen aus Wismar raus. Ausgerechnet den, den meine Mutter für ihre Geburtstagsfeier buchen musste. Na klar. Das Universum scheint mich zu hassen. Anders kann ich mir das nicht erklären. Wie soll ich aus diesem Schlamassel bloß wieder herauskommen? Verdammte Scheiße!

Wieso kann der Kerl nicht ein stinknormaler Urlauber aus Hinterdingerichskirchen sein? Und wie naiv bin ich eigentlich, dass ich David wegen einer blöden Kamera gleich als Touristen abstempele? Allein wenn ich daran denke, dass ich ihm auch noch Geld angeboten habe …

Was für eine Blamage!

Eines verstehe ich absolut nicht: Wieso war David bereit, bei dieser Farce mitzumachen? Bei unserer Begegnung auf der Ladentreppe muss er eins und eins zusammengezählt haben. Er hat mich sogar gefragt, ob ich zur Familie gehöre! Spätestens ab diesem Zeitpunkt hätten bei ihm alle Alarmglocken schrillen müssen. Warum hat er trotz allem mitgespielt? Helfersyndrom? Eitelkeit? Ihm dürfte doch klar gewesen sein, dass das nach hinten losgeht, wenn er meiner Mutter gegenübersteht.

Es ergibt alles keinen Sinn!

Nachdenklich sitze ich auf meiner Schaukel aus Kindertagen und wippe mit den Füßen hin und her. Für den Rest des Tages kann ich mich jedenfalls nicht mehr auf dieser Feier blicken lassen. Ich mag mir gar nicht ausmalen, wie Mama ihren Schwiegersohn in spe stolz der gesamten Gästeschar auf dem Silbertablett präsentiert. Mir wird schon bei dem Gedanken daran speiübel. Unter diesem Gesichtspunkt kann ich ja nicht einmal von heute auf morgen mit David Schluss machen. Das kauft mir selbst mein Vater nicht ab.

Fuck!!!!!

»Ach, hier hast du dich verkrochen.« Eva stemmt die Hände gegen die Hüften und guckt mich vorwurfsvoll an. »Wir haben dich vermisst.« Der missbilligende Ton ist nicht zu überhören.

»Ist das so?«

»Was ist eigentlich los mit dir?«, will sie in diesem strengen Anwältinnenton wissen und baut sich in voller Größe vor mir auf.

»Nichts«, murre ich wenig überzeugend.

»Wieso hockst du dann schmollend in der Ecke, statt dich um deinen Freund zu kümmern?«

Ich schnaube verächtlich. »Der kann bleiben, wo der Pfeffer wächst! Nein, ich will nicht darüber reden.«

»Habt ihr euch gestritten?«, bohrt meine Schwester trotzdem nach. Die Bedeutung des Satzes »Ich will nicht darüber reden!« hat sie als Kind schon nicht verstanden. Von daher ist es überflüssig, sie gegenwärtig erziehen zu wollen. Was nichts an der Tatsache ändert, dass ich mit ihr nicht über David und diese ganze verfahrene Kiste sprechen werde. Meiner Schwester habe ich dieses Drama schließlich zu verdanken.

Sie seufzt. »In den letzten Jahren ist es wirklich schwierig geworden, dich zu verstehen.«

»Dann lass es!«

»Mensch, bist du schlecht gelaunt«, stellt sie frustriert fest.

»Was willst du von mir hören, Eva? Du hast mich unter Vortäuschung falscher Tatsachen nach Wismar gelockt, Mama von Stephan erzählt, von dem ich seit Monaten getrennt bin, und erwartest nach alldem, dass ich blendende Laune habe? Machst du Witze?«

»Du *hast* dich mit ihm gestritten«, kommentiert meine Schwester selbstzufrieden.

»Wenn du bereits alles weißt, wieso fragst du dann?«

Eva setzt sich auf den Rand der alten Sandkiste und schlägt elegant die Beine übereinander. »Wieso hast du mir nicht erzählt, dass du nicht mehr mit Stephan zusammen bist, als ich in Hannover war?«, fragt sie betreten.

»Hättest du mir zugehört?«

Sie verzieht das Gesicht zu einer Grimasse. »Wahrscheinlich nicht. Aber ich wollte unbedingt, dass du kommst. Dass unsere Familie endlich wieder vollzählig ist. Tut mir leid, dass ich dich manipuliert habe. Aber mit dreiunddreißig kommt man in ein Alter, wo man zwangsläufig harmoniesüchtig und nostalgisch wird«, gesteht Eva mit einem schiefen Grinsen.

»Bitte sag mir, dass du den Satz nicht von Tante Gloria hast.«

»Na, hör mal!«, entrüstet sie sich. »Also, was ist jetzt mit David und dir? Mama hat gewisse Andeutungen gemacht …«

Natürlich könnte ich meiner Schwester die ganze Wahrheit sagen, wir haben uns schließlich früher immer alles anvertraut. Aber nachdem ich ihr meine Studiensituation so lange vorenthalten habe, ist es für unser schwesterliches Verhältnis wohl nicht gerade förderlich, wenn ich ihr nun auch noch gestehe, dass David ein x-beliebiger Typ von der Straße ist, den ich bezahle, damit er sich als mein Freund ausgibt. Meine Schwester hält mich doch für komplett geistesgestört.

»Das war ein Missverständnis«, winke ich ab, bemüht, das Zittern in meiner Stimme zu überspielen. Den Stuss wird Eva mir nie im Leben abkaufen!

Folgerichtig sieht sie mich skeptisch an. »Du bezeichnest deinen Freund als ›Mistkerl‹ wegen eines Missverständnisses?«

»Es ist kompliziert«, versuche ich mich aus der Affäre zu ziehen.

»Das ist ja was ganz Neues«, witzelt sie, ein leichtes Zucken um die Mundwinkel. »Weißt du was, ich will es gar nicht mehr wissen.«

Von der Veranda dringen Applaus und Lachen an meine Ohren. Ich schaue Eva fragend an, doch sie zuckt nur mit den Schultern. Mit einem tiefen Seufzer erhebe ich mich von der Schaukel. Es hat keinen Zweck, sich noch länger zu verstecken. Um ein klärendes Gespräch mit meiner Mutter komme ich so oder so nicht herum. Von daher nehme ich das besser gleich in Angriff, bevor sie auf die Idee kommt und sich mit Tante Gloria verbündet. Womöglich stehe ich sonst am Ende des Tages frisch verlobt hier im Garten, dabei will ich frisch gesinglet werden!

Eva und ich schlängeln uns durch die im Halbkreis stehende Menschenmenge. Meine Mutter ist in den letzten Zügen des Geschenkeauspackens. Unter den Augen der gaffenden Geburtstagsmeute reißt sie das mintgrüne Glanzpapier von meinem liebevoll eingewickelten Geschenk; ein dicker Bildband über die Ostsee, den ich in einem winzigen Antiquariat gefunden habe.

»Der ist wirklich sehr schön, Miriam. Vielen Dank.« Die Geburtstagsgäste applaudieren eifrig.

Ich stehe etwas teilnahmslos neben Eva, ein aufgesetztes Lächeln auf den Lippen, und schaue meiner Mutter dabei zu, wie sie das letzte Geschenk auspackt. Aus der dunkelroten Box flattert ein schlichter weißer Zettel.

»Ein Gutschein für eine Woche Hiddensee, von Fabrizio und mir«, flüstert mir meine Schwester leise ins Ohr.

Meine Mutter bekommt den Mund nicht mehr zu. Sie rennt auf Eva zu und drückt sie heftig an sich. Solch eine Begeisterung hätte ich bei meinem Geschenk auch gerne gehabt. Aber Eva ist ja immer schon der erklärte Liebling der Familie gewesen.

Erst nach einer halben Ewigkeit und tausend überschwänglichen Danksagungen lässt meine Mutter Eva wieder los. Der DJ legt eine neue Platte auf, einige Mutige trauen sich auf die Tanzbühne. Darunter auch der Bürgermeister, der eine zierliche ältere Dame mit auberginefarbenen Ringellöckchen über die Bretter zu wirbeln versucht. Bei dem Bild, das die beiden abgeben, muss ich kichern.

Mit einem Fingerzeig will ich Eva auf das merkwürdige Pärchen aufmerksam machen, als ich meinen Bruder Alex auf uns zukommen sehe. Mir fällt beinahe das Champagnerglas aus der Hand, das ich mir vom Tablett eines vorbeieilenden Kellners geangelt habe, als ich erkenne, wen Alex im Schlepptau hat. Cora Schneider – aufgetakelt wie für den Wiener Opernball und wie eine Klette am Arm meines Bruders hängend. Das verliebte Lächeln ist dermaßen falsch, das sieht sogar ein Blinder. Als Cora mich bemerkt, drückt sie sich noch etwas enger an meinen Bruder.

Ich bin fassungslos. Was will Alex denn mit der hier?

»Hallo, kleiner Bruder«, begrüßt Eva ihn fröhlich. »Bist ja richtig groß geworden seit meinem letzten Besuch.« Sie knufft ihn in seine bärtige Wange.

Er schlägt lachend ihre Hand weg. »Und du bist nicht schwanger. Ich will endlich Onkel werden!«, feixt Alex und tätschelt fürsorglich Evas flachen Bauch.

»Ich werde es Fabrizio ausrichten«, lacht sie.

»Wo steckt mein Schwager?«

»In Hamburg. Die Arbeit, wie immer.« Ich sehe Eva an, dass ihr Fabrizios Abwesenheit mehr zusetzt, als sie in Wirklichkeit zugeben mag. Was ich verstehen kann, schließlich muss sie allein gegen die verwandtschaftliche Front ankämpfen.

»Dafür habe ich Miriam als Ersatz mitgebracht«, sagt Eva beschwingt und scheint gar nicht mitzubekommen, dass Alex und ich uns geflissentlich ignorieren. Ich schiebe es auf ihr Harmoniebedürfnis.

»Hallo, Alex.«

»Sieh an, du bist also auch mal wieder in Wismar. Wie kommen wir zu der Ehre?«, will er gereizt wissen. Sein ganzer Körper drückt pure Ablehnung aus.

»Alex!«, ermahnt Eva ihn streng.

»Ist doch wahr!«

»ALEX!«

»Schon gut, ich halt die Klappe.«

Ich presse die Lippen fest aufeinander. Ich kann Alex' Groll auf mich nachvollziehen, auch wenn ich insgeheim auf Vergebung gehofft habe. Aber was erwarte ich eigentlich? Wegen mir hat Alex sein angestrebtes Medizinstudium aufgegeben, um auf Bäcker umzusatteln. An seiner Stelle wäre ich mindestens ebenso wütend, wenn ich von heute auf morgen meinen Traum hätte aufgeben müssen. Nur um Papa glücklich zu machen. Damit er einen Nachfolger für die bescheuerte Bäckerei hat, die die vermaledeite mittlere Tochter ja nicht übernehmen wollte. Alex und sein dämliches Pflichtbewusstsein! Warum hat er nicht einfach nein gesagt, dieser nachgiebige Esel.

»So schnell sieht man sich wieder«, meint Cora mit einem schelmischen Augenzwinkern und legt demonstrativ den Arm um Alex' Hüfte. Ich möchte die Frau schütteln, damit sie endlich ihre dreckigen Finger von meinem Bruder nimmt. Was will er bloß mit dieser Schnepfe? Gibt es in Wismar denn nicht genug andere Mädchen, die ihm gefallen? Muss es unbedingt Cora Schneider sein?

»Ich hatte ja keine Ahnung, dass du und mein Bruder ... Du hättest aber auch was sagen können«, antworte ich betont vorwurfsvoll, während ich bemüht bin, an meinem gekünstelten Lächeln nicht zu verenden.

Alex sieht uns beide überrascht an.

»Oh, wir hatten heute bereits das Vergnügen«, kläre ich ihn auf. »Cora hat mir geholfen, dieses Traumkleid auszusuchen.«

Cora kneift die Augen zusammen. Sie kämpft sichtlich mit sich, mir nicht an die Gurgel zu springen. Mir geht es ähnlich, insbesondere da sich mein schwesterlicher Beschützerinstinkt meldet. Cora ist und bleibt für mich einfach eine intrigante Schlange, die nur auf ihren eigenen Vorteil bedacht ist. Das war so, und das wird auch immer so sein. Und aus diesem Grund hat sie gefälligst meinen kleinen Bruder in Ruhe zu lassen! Denn eines ist sicher: Cora tut nichts ohne Hintergedanken. Ihr affiges Liebesgetue mit Alex ist das beste Indiz dafür. Als ob sich *Miss Ostseestrand* allen Ernstes mit jemandem wie Alex abgeben würde. Ist ja lachhaft. So dämlich kann nicht mal mein Bruder sein. Die Frau wollte nur auf diese Party, egal wie und mit wem. Da wette ich!

»Und, Miriam, was machst du so?« Alex nimmt sich zwei Gläser Schampus, die ihm ein zuvorkommender Kellner anbietet.

»Du, das Übliche. Beruflich läuft es hervorragend. Kürzlich habe ich ein wichtiges Projekt beendet und mir aus diesem Grund ein paar Tage freinehmen können«, erkläre ich, ohne zu zögern, und ich wundere mich selbst, dass mir das Lügen mittlerweile geradezu leichtfällt.

Eva hüstelt bedeutungsvoll.

»Dann kannst du vielleicht ein paar Tage länger bleiben und in der Bäckerei mithelfen«, versucht Alex es auf die versöhnliche Tour.

Ich schüttele den Kopf. »Keine Chance, Brüderchen. Die Bäckerei ist jetzt dein Ding und das von Papa. Da mische ich mich nicht ein.«

»Typisch«, murrt er.

»Ich finde das eigentlich gar keine schlechte Idee«, wirft Eva ein. »Es würde sich allein wegen David anbieten.« Ich durchbohre meine große Schwester mit einem tödlichen Blick.

»David?«, fragt Alex.

»Miriams Freund.«

»Miriam hat einen Freund?« Meinem Bruder klappt die Kinnlade herunter.

»Stell dir vor«, gifte ich ihn an. Er benimmt sich, als ob das sonst was Außergewöhnliches wäre. Ruft die Presse an, Miriam Behrens hat tatsächlich einen Dummen gefunden, der sie mag.

»Er ist sogar hier«, plappert Eva weiter aus dem Nähkästchen. »Mama hat ihn als Fotografen engagiert.«

»Nein!«

»Doch!«

Schön, dass ich mal wieder für Gesprächsstoff sorge. Das hatten wir lange nicht mehr. »Wenn ihr nichts dagegen habt, gehe ich jetzt meinen Freund suchen«, verkündige ich lauthals, damit es jeder der umstehenden Geburtstagsgäste hören kann.

»Nicht nötig.« Eva deutet mit dem Kopf in Richtung Partyzelt. Dort steht David und positioniert seine Kamera auf einem Stativ. Unsere Blicke begegnen sich. Dann drückt er wie aus dem Nichts auf den Auslöser. Erschrocken kneife ich die Augen zusammen.

»Er scheint das passende Motiv gefunden zu haben«, kommentiert Alex amüsiert, als David mich ein weiteres Mal ablichtet.

Verzweifelt versuche ich ein freundliches Gesicht aufzusetzen, damit keiner merkt, dass ich mich mit David eigentlich gezofft habe. Insgeheim drehe ich ihm für diese Fotosession den Hals um. Sobald wir alleine sind, werde ich ihm was erzählen. Darauf kann er wetten!

»David ist dein *Freund*?«, presst Cora spitz hervor. Ihre Augen verengen sich zu mandelförmigen Schlitzen, und ich befürchte, dass aus ihnen jede Sekunde Blitze auf mich niederprasseln werden.

Ich nicke und komme nicht umhin, schadenfroh zu grinsen. Vergessen ist die Standpauke, die ich David eben noch halten wollte. »Und um den werde ich mich jetzt kümmern!«

»Vorhin hast du ihn einen …«

»Untersteh dich!«, unterbreche ich Eva brüsk. Das fehlt mir noch, dass mich meine Schwester vor Cora in die Pfanne haut. Seit der David-Enthüllung glotzt mich unser Wismarer Topmodel ohnehin an, als ob sie mich am liebsten auf den Mond schießen würde – ohne Rückfahrkarte. Ich kann förmlich hören, wie es hinter ihrer Stirn arbeitet: Was will jemand wie David bloß mit einer wie Miriam Behrens?

Tja, liebe Cora, wenn du wüsstest ...

Mit wiegenden Hüften stolziere ich auf David zu. Ich spüre förmlich die sechs Augen in meinem Rücken, die jeden meiner Schritte genau beobachten.

»Ich muss mit dir reden.«

David versteift sich beim Klang meiner Stimme. Langsam dreht er sich zu mir um, sein Röntgenblick durchleuchtet mich von oben bis unten. »Das liegt nicht zufällig an dem Auftauchen deines Bruders?«, will er wissen, die Arme abwartend vor der Brust verschränkt. Seine Lippen sind zu einer schmalen Linie zusammengepresst, die Gesichtszüge verhärtet.

Betreten schiele ich auf meine Zehen. Ich hasse es, durchschaut zu werden. »Nein«, lüge ich dreist und spüre, wie David ungläubig den Kopf schüttelt. Meine ganze Familie wickele ich mit Notlügen gekonnt um den kleinen Finger, aber an David beiße ich mir die Zähne aus. Er muss mich nur ansehen, um zu wissen, wo der Hase im Pfeffer liegt. »Also schön, du hast recht«, kapituliere ich widerwillig.

»Darum geht es gar nicht!«, entgegnet er mit einer Eiseskälte.

Ich zucke zusammen. »Nicht?«

»Miriam, du überredest mich, deinen Freund zu spielen, nur um mich keine fünf Minuten später vor deiner Mutter als Mistkerl zu beschimpfen. Und jetzt führst du dich auf, als wäre nichts gewesen. Entschuldige, aber dafür fehlt mir das Verständnis.«

Mein übrig gebliebener Stolz verbietet es mir, ihm zuzustimmen. Im Übrigen war David mir gegenüber auch alles andere als ehrlich. Sein scheinheiliges Getue kann er sich folglich sparen. »Und was ist mit dir? Hast du mir etwa vorher gesagt, dass du der verdammte Fotograf meiner Mutter bist? Tu also nicht so, als ob ich die einzige Verlogene hier wäre.«

»Was wirfst du mir eigentlich vor? Dass ich einer mir völlig fremden Person nicht sofort meine komplette Lebensgeschichte erzählt habe? Ich habe angeboten, dir zu helfen, nicht mehr und nicht weniger. Wenn ich allerdings vorher gewusst hätte, dass du die Tochter meiner Auftraggeberin bist, hätte ich mich zu dieser bescheuerten Idee gewiss nicht breitschlagen lassen. Da kannst du sicher sein.«

»Immerhin bezahle ich dich dafür«, knalle ich ihm um die Ohren und erschrecke selbst, wie schrill ich klinge.

»Bisher habe ich keinen einzigen Cent gesehen«, antwortet David kühl.

Tja, ähm …

»Ach, hier steckt ihr beiden Turteltäubchen.«

Ich unterdrücke ein Stöhnen. Meine Mutter, wie immer perfektes Timing. »Was gibt's denn, Mama?«

»Ich störe das glückliche Paar nur ganz kurz«, verspricht sie augenzwinkernd und streicht mir zärtlich über die Wange. Nein, Mama, es ist nicht, wonach es aussieht. Sosehr du es dir auch wünschst. David und Miriam haben sich nicht mehr lieb.

Keine Traumhochzeit.

Keine Kinder.

Kein Happy End.

»Ich wollte David nur daran erinnern, auch ein Foto von euch beiden zu machen. Für mein Geburtstagsalbum.«

»WAS?« Meine Mutter leidet offenbar an Amnesie. Anders kann ich mir nicht erklären, wieso sie nach dem kleinen »Zwischenfall« mit dem Mistkerl nach wie vor der Ansicht ist, David und ich seien ganz dicke.

Sie seufzt theatralisch. »Miriam, reiß dich zusammen.«

»Ich will aber nicht!«, zicke ich und verschränke bockig die Arme.

»Du benimmst dich, als würde ich sonst was von dir verlangen.«

»Mit dem da lasse ich mich nicht zusammen fotografieren. Kommt nicht in die Tüte.« Ich schiebe trotzig die Unterlippe vor.

»David hat mir die Angelegenheit längst erklärt. Du kannst deine Krallen einziehen.« Mir klappt der Mund auf. »Ich muss mich für meine Tochter entschuldigen«, wendet sich meine Mutter an David, der den Disput schweigend verfolgt hat. »Normalerweise ist Miriam deutlich umgänglicher.«

David setzt sein charmantes Staubsaugervertreter-Lächeln auf, bei dem meine Mutter regelrecht dahinschmilzt. »Sie ist bloß aufgeregt, weil sie heute mal raus darf.« Er schnippt mit dem Daumen gegen meine Nase und grinst breit.

Ich balle die Hände zu Fäusten. Wie gern würde ich diesen Schnösel jetzt mit seiner Kamera erschlagen. Dumm nur, dass das nicht geht, weil sonst unsere kleine Inszenierung auffliegt. Und das weiß David ganz genau. Seelenruhig stellt er den Selbstauslöser ein, schäkert ungezwungen mit meiner Mutter und benimmt sich, als würde er seit Jahren zur Familie gehören. Die Einzige, die nicht ins Friede-Freude-Eierkuchen-Bild passt, bin ich. Wie immer.

Missmutig stehe ich neben ihm, sein linker Arm umfasst

meine Schulter. Der Griff ist nicht fest, aber bestimmt. Als befürchte er, dass ich weglaufen könnte. Verlockende Vorstellung.

»Lächeln, Schatz«, flüstert David in mein Ohr.

Das gleißend helle Licht des Blitzes trifft mich völlig unvorbereitet. Panisch kneife ich die Augen zusammen, kralle mich haltsuchend an David. Ich will mir gar nicht ausmalen, wie schrecklich ich nachher auf diesem Foto aussehe. Mit Schlitzaugen, verzerrtem Mund und wie ein Klammeräffchen an Davids Arm hängend. Das wird mit Sicherheit die Pole-Position unter den gruseligsten Fotos, die je von mir gemacht wurden.

»Wunderbar«, schwärmt meine Mutter entzückt. »Was seid ihr für ein hübsches Paar.« Wenigstens für sie ist die Welt in Ordnung. Halleluja.

»Kannst du mir sagen, was das sollte?«, fauche ich David an, sobald meine Mutter gegangen ist, um wieder ihren Gastgeberpflichten nachzukommen.

Er vergräbt die Hand in seiner Hosentasche. »Deine Mutter wollte ein Foto von uns. Was hätte ich denn tun sollen? Ich mache nur meinen Job, schon vergessen? Oder wäre es dir lieber gewesen, wenn ich gesagt hätte: ›Sorry, Frau Behrens, aber Miriam und ich sind gar kein Paar. Ich spiele nur ihren Freund‹?«

Ich ziehe scharf die Luft ein. »Das hättest du nicht gewagt!«

»Darauf würde ich mich nicht verlassen.«

»Und warum machst du bei diesem Spielchen immer noch mit?«, will ich neugierig wissen. In einer Sache hat David recht, er hätte mich spätestens nach der Geschichte mit dem »Mistkerl« auffliegen lassen können. Hat er aber nicht. Warum nicht?

»Weil ich deiner Mutter nicht ihren Ehrentag ruinieren will«, schnaubt er ärgerlich, erneut meine Gedanken lesend. Der soll damit aufhören! Meine Gedanken gehören mir allein.

»Wie selbstlos von dir«, ächze ich.

Er schüttelt resigniert den Kopf. »Du hast echt ein Problem.«

»Das Problem steht direkt vor mir, also lass mich am besten in Ruhe. Und wag es ja nicht, mich noch einmal anzufassen!«, rufe ich ihm bereits im Gehen zu.

David grinst anzüglich. »Sonst?«

»Glaub mir, das willst du nicht wissen!«

* * *

8

»Eines muss man dir lassen, Geschmack hast du.«

Ich gucke Olli fragend an.

»Du weißt genau, von wem ich rede.« Mit einem mehr als auffälligen Kopfnicken deutet er an den Rand der Tanzfläche, wo eine gewisse Person sich angeregt mit meinen Eltern unterhält. Dem entzückten Gesichtsausdruck meiner Mutter nach zu urteilen, will ich gar nicht wissen, worüber die drei reden. Höchstwahrscheinlich plant Mama bereits die Traumhochzeit im nächsten Frühjahr. Ich sehe mich schon in einem weißen Puffärmelkleid, ein Sahnebaiser auf zwei Beinen, mit einer fünfzig Meter hohen Hochzeitstorte auf einer Feier der Superlative, auf der als krönender Höhepunkt Elton Johns *Can You Feel the Love Tonight* singt. Allein bei der Vorstellung kämpfe ich mit Brechreiz.

»Oh, bitte!«

»Du besitzt ein ausgezeichnetes Gespür, dir den begehrtesten Junggesellen aus ganz Wismar herauszupicken.«

Tiiiief durchatmen. »Muss ich dich erst daran erinnern, dass David und ich in Wirklichkeit nicht zusammen sind?«

»Er sieht jedenfalls andauernd zu uns rüber«, kommentiert Olli nüchtern.

»Sonst wäre es nicht glaubwürdig«, behaupte ich und versuche dezent einen Blick auf David zu erhaschen.

»Wem willst du das weismachen?«, lacht Olli. Man sollte

annehmen, dass ich wenigstens von meinem besten Freund seelische und moralische Unterstützung bekomme. Pustekuchen. Selbst er macht sich über die ganze Situation lustig.

Olli wirbelt, denn als Tanzen kann man unser Gehampel wahrlich nicht bezeichnen, ein weiteres Mal mit mir zu einem The-Supremes-Song über das Tanzparkett. Als wir an dem Trio infernale vorbeikommen, zwinkert er David zu. In mir keimt der beunruhigende Verdacht, dass die beiden etwas im Schilde führen. Und ich bin mir ziemlich sicher, dass es mir nicht gefallen wird.

Wie richtig ich mit dieser Vermutung lag, erkenne ich wenig später, als David wie selbstverständlich Olli als meinen Tanzpartner ablöst. Ich will Einspruch erheben, aber ein Seitenblick auf meine Eltern reicht, um mich verstummen zu lassen. Hoffentlich hat wenigstens der DJ Erbarmen mit mir und legt eine schnelle Nummer auf.

Hat er nicht!

Aus den Boxen ertönt *The Closest Thing to Crazy* von Katie Melua. Na wunderbar.

Mit einem gequälten Gesichtsausdruck ergebe ich mich in mein Schicksal und lege widerwillig die Arme um Davids Nacken. »Bilde dir bloß nichts darauf ein!«

Er beugt sich zu meinem Gesicht herunter. Sein warmer Atem streift meine Wange. »Wenn du mir erneut auf den Fuß trittst, sehe ich mich gezwungen, Schadenersatz zu verlangen, Prinzessin.«

»Nenn mich noch einmal Prinzessin und du wirst es bereuen!«

David kichert vergnügt. Natürlich nimmt er mich nicht ernst. Warum sollte er auch? Ich kann ihm wohl kaum vor allen Leuten öffentlich an den Hals springen. Trotzdem wurmt es mich, dass meine Familie ihn sofort als perfekten

Schwiegersohn akzeptiert hat. Ich möchte wetten, dass sie das bei Stephan nicht getan hätten.

Aber ein David Vahrenberg macht natürlich auch bedeutend mehr her als ein Stephan Jakob. Alleine die Tatsache, dass David in Wismar lebt und arbeitet, spricht in den Augen meiner Eltern für ihn. Obendrein wickelt David mit seiner charmanten Art nicht nur meine Mutter, sondern auch meinen kritischen Vater um den kleinen Finger. Obwohl sich Papa insgeheim mit Sicherheit fragt, was jemand wie David eigentlich von mir will – ich kenne doch meinen Vater! Allerdings frage ich mich das mittlerweile auch. Denn David spielt meinen Freund nach wie vor so überzeugend, dass sogar ich ihm die Rolle langsam abkaufe. Stopp! Denk nicht mal dran, Miriam!

»He, ich führe hier!«

»Sagt wer?«

»Lass dich einfach von der Musik treiben.«

»Klugscheißer!«

»Sind wir wieder bei den Kosenamen angelangt?«

»Ich werde mich wegen vorhin garantiert nicht bei dir entschuldigen!«

»Habe ich auch nicht erwartet.«

»Gut.«

David verstärkt den Druck seiner Hand auf meiner Hüfte und zieht mich ein Stück näher zu sich heran. Sein männlicher Duft, gepaart mit seinem betörenden Eau de Toilette, steigt mir in die Nase und ich muss mich wahnsinnig konzentrieren, um nicht über meine eigenen ungelenken Füße zu stolpern. Verbissen versuche ich, im Takt zu bleiben. Leichter gesagt als getan. Während ich mich bemühe, David nicht auf die Füße zu treten oder mit meinen Absätzen in einer Bretterspalte hängen zu bleiben, soll ich mich gleichzeitig im Takt bewegen und die Musik auf mich wirken lassen. Ich frage mich allen Ernstes, was an Tanzen romantisch oder erotisch sein soll. Ich finde es nur anstrengend.

»Du bist viel zu angespannt, du musst lockerer werden«, wirft mir mein Möchtegern-Tanzlehrer tadelnd vor.

»Ich *bin* locker!« Wie soll ich mich bitte entspannen, wenn alle Welt dabei zusieht, wie ich über die Tanzbühne eiere? Und wieso ist dieses verdammte Lied immer noch nicht zu Ende?

Für einen Augenblick schweigen wir beide, und ich schaffe es tatsächlich, einigermaßen im Rhythmus zu bleiben. David nickt zufrieden. Stolz lächele ich ihn an, und in diesem Moment vergesse ich unseren Streit und die ganze verfluchte Situation, in die ich mich hineinmanövriert habe. »Tut mir leid.«

David schaut mich erstaunt an. »Du bist mir nicht auf den Fuß getreten.«

»Ich meinte den ›Mistkerl‹«, antworte ich und blicke beschämt zu Boden. Ich hatte zwar angedroht, dass ich mich nicht entschuldigen würde, aber irgendwie ärgert mich die ganze Angelegenheit. Vermutlich bin ich zu gut erzogen. Immerhin kann David nichts dafür, dass er in mein höchst kompliziertes Leben hineingeschlittert ist. Er wollte nur helfen, stattdessen pflaume ich ihn an. Nicht gerade die feine englische Art, wie ich mir seufzend eingestehen muss.

»Schon okay.«

Ich bin unglaublich erleichtert, dass er daraus keine große Sache macht. Eigentlich richtig nett von ihm.

»Mich würde trotzdem interessieren, wie du meiner Mutter meinen Abgang glaubhaft erklärt hast.«

David macht ein todernstes Gesicht. »Gespaltene Persönlichkeit.«

»Haha.«

Er lacht. »Na ja, ich habe deiner Mutter in gewisser Weise die Wahrheit gesagt. Dass ich dir gegenüber vergessen hatte, den Job zu erwähnen, und du darum sauer wärst, weil ich versprochen hatte, ein Wochenende nicht zu arbeiten und dafür Zeit mit dir zu verbringen. Deine Mutter hat unglaublich verständnisvoll reagiert. Sie bot mir sogar an, früher Schluss zu machen, um dich versöhnlich zu stimmen.«

»Ehrlich?« Ich blicke nicht sonderlich überzeugt drein.

Er streicht mit seinem Zeigefinger über meine steile Stirnfalte. »Denk nicht so viel!«

Unter der sanften Berührung zucke ich erschrocken zusammen, so dass sich unsere Nasenspitzen berühren. Eilig will ich mich von ihm losmachen, aber meine Füße scheinen mit einem Mal wie aus Blei zu sein. Sie bewegen sich keinen Millimeter von der Stelle. Davids Finger wandern wie zufällig weiter meinen Rücken hinauf, ohne aus dem Takt der Musik zu kommen.

Ich ziehe scharf die Luft ein. Vielleicht hatte ich unrecht und Tanzen kann doch erotisch sein. Die knisternde Spannung zwischen uns ist förmlich mit den Händen greifbar. Wie betäubt starre ich in Davids braune Augen. Er neigt den Kopf leicht nach vorne, seine Nase berührt meine Stirn. Federleicht, kaum wahrnehmbar. Ich schließe die Augen, fürchte, jeden Augenblick den Verstand zu verlieren. Mein Herz klopft mir bis zum Hals. Keine Ahnung, was ich von der ganzen Angelegenheit halten soll. Möglicherweise sollte ich wirklich meinen Kopf ausschalten und ganz einfach handeln. Wie David gesagt hat.

Ich stelle mich auf die Zehenspitzen und ziehe seinen Kopf zu mir herunter. David guckt mich total perplex an. Dann spielt ein verwegenes Lächeln um seinen schönen, geschwungenen Mund, die Augen blitzen vergnügt. Er beugt sich noch weiter vor, wenn das überhaupt möglich ist. Sein Mund streift für eine Millisekunde über meine Ohrmuschel und jagt einen Hitzeschock durch meinen Körper.

»Und nun, Schätzchen?«, murmelt David herausfordernd, seine Stimme rau und ungemein sexy.

Nervös benetze ich die Lippen. Oh Gott, was tue ich hier eigentlich?

Plötzlich tippt mir jemand auf die Schulter. Reflexartig schubse ich David von mir weg, schaffe die dringend notwendige Distanz zwischen uns, um endlich wieder klar denken zu können.

Cora lächelt mich lammfromm an. »Ich störe wirklich nur ungern, aber David hat mir den nächsten Tanz versprochen«, säuselt sie heuchlerisch.

Ich muss mich einige Male räuspern, um meiner Stimme einen halbwegs normalen Klang zu geben. Selbst dann klinge ich mehr wie ein krächzender Rabe. »Oh, natürlich.«

Cora schiebt mich zur Seite und schmiegt sich sofort in Davids Arme, der mir einen hilflosen Blick zuwirft. Mit ausdrucksloser Miene stehe ich da und gucke zu, wie die beiden sofort einen gemeinsamen Rhythmus finden. Als Cora aufreizend ihren Oberschenkel an Davids Bein hochwandern lässt, möchte ich mit meinen Augen ein großes Loch in die Bretter des Tanzbodens fräsen, in dem diese Schnepfe verschwindet.

Nein, ich bin *nicht* eifersüchtig! Wieso sollte ich bei dem Anblick dieser schamlos flirtenden Personen Eifersucht verspüren? Ich bin nicht mit David zusammen. Er kann tun und lassen, was er will. Und dass Cora sich an solchen Kleinigkeiten ohnehin nicht stört, weiß ich bereits aus Erfahrung.

Sie wirft ihre lange Mähne nach hinten und scheint sich

über etwas vor Lachen auszuschütten. Dumme Gans! Ich werde mich garantiert zu nichts hinreißen lassen, das ich nachher bereue. Mir macht das alles gar nichts aus! Soll sie sich den Kerl doch sauer einwecken. Jawohl.

Mit gerümpfter Nase steige ich die Treppen von der Bühne hinunter, greife mir von einem der Kellner ein weiteres Glas Schampus und verkrümele mich in den hinteren Teil des Gartens. Hauptsache, ich bin außer Sichtweite von meiner Mutter und diesen beiden Hupfdohlen.

Na dann, Prost!

Der restliche Abend verläuft ohne weitere Vorkommnisse. Meine Mutter lässt mich in Ruhe, und auch Tante Gloria und ihr reizendes Töchterchen sind weit und breit nicht zu entdecken. Was die zwei Dancing-Stars treiben, interessiert mich sowieso nicht. Zumindest rede ich mir das ein. Und langsam fange ich auch an, es zu glauben. Das Wichtigste ist ohnehin, dass genügend Champagner vorhanden ist. Ich habe bereits einen ordentlichen Schwips weg. Alkohol macht den Tag irgendwie erträglicher, dabei trinke ich sonst kaum. Ehrenwort. Aber besondere Umstände erfordern eben besondere Maßnahmen.

Ich will ein weiteres Mal nach der zu meinen Füßen stehenden Champagnerflasche greifen, als ich das Gleichgewicht verliere. Hoppla, beinahe wäre ich von der Schaukel gefallen, wenn mich nicht zwei starke Arme aufgefangen hätten. Leicht benommen schiele ich von unten hoch. Davids braune Augen, die durch die aufgehängten Lampions im Garten nahezu golden schimmern, mustern mich besorgt.

»Ups.« Ich muss mich unheimlich zusammenreißen, um nicht zu lallen. Auweia.

»Du solltest hiermit besser aufhören.« Er kniet vor mir

nieder und stellt die Flasche außer Reichweite. Ich will protestieren, als er mir seinen Finger auf den Mund legt. »Du hattest für heute definitiv genug. Kannst du alleine aufstehen, oder soll ich dir helfen?«

Na, hör mal! Sehe ich aus wie eine Oma?

»Geht sch-schon.« Vielleicht hätte ich den Mund nicht so voll nehmen sollen, denn das Aufstehen gestaltet sich problematisch. Mit Davids Hilfe gelingt es aber. Meine Güte, ist das peinlich!

Er hakt sich bei mir unter, und gemeinsam trippeln wir behutsam in Richtung Terrasse. Erst jetzt fällt mir auf, dass der Garten bis auf die aufräumenden Mitarbeiter von *Biggi's Partyservice* wie leergefegt ist. Anscheinend habe ich die restliche Party versäumt. Oh, wie schade.

»Was machst du noch hier?«, frage ich erstaunt, im letzten Moment einem Eimer ausweichend.

»Mich um meine Freundin kümmern.«

»Müsstest du dich dann nicht um Cora statt um mich kümmern?«, entfährt es mir etwas zu heftig. Ich bemerke zu spät, welchen Eindruck diese Frage auf ihn haben muss.

Er grinst mich frech an. »Eifersüchtig?«

»Träum weiter!«

Wir erreichen die Veranda. Erschöpft lasse ich mich auf die oberste Stufe plumpsen, ich fühle mich wie nach einem Halbmarathon. Dabei sind wir höchstens fünfzehn Meter gegangen. David setzt sich zu mir und betrachtet mich kopfschüttelnd. Er sollte besser den Mund halten. Ich weiß selber, dass ich morgen einen Hangover vom Feinsten haben werde. Von Champagner. Das muss man sich mal vorstellen!

»Was findest du bloß an ihr?«, plappere ich hemmungslos in meinem Alkoholrausch weiter. Ich lege den Kopf in den Nacken und betrachte Davids Profil im Halbschatten.

»Du *bist* eifersüchtig!« Er lächelt.

»Das hättest du wohl gerne.« Ich tippe mit meinem Finger auf seine Brust. »Ich kenne sie nur besser als du.«

»Tatsächlich?«

»Ganz genau.«

»Und du machst dir nun Sorgen, dass ich Interesse haben könnte?«

Ich glotze ihn leicht benebelt an. »Nee.«

»Natürlich nicht.« Er nickt ironisch. »So gern ich diese Diskussion mit dir weiterführen möchte, ich sollte jetzt besser gehen. Deine Mutter guckt schon so komisch«, meint er mit einem Wink in Richtung der gläsernen Verandatür, wo meine Mutter uns neugierig beobachtet. Privatsphäre ist in diesem Hause in der Tat ein Fremdwort.

»Okay.« Ich halte ihn am Ärmel zurück, als er sich erheben will. »Danke für … du weißt sch-schon«, stottere ich angeheitert.

David beugt sich zu mir herunter und umfasst meinen Kopf mit beiden Händen. Ich schlucke heftig. Mit einem Schlag bin ich nüchtern.

Wird er mich küssen?

Und will ich, dass er mich küsst?

Unruhig rutsche ich auf der Stelle hin und her. Seine Lippen nähern sich meinem Mund, und ich schließe gegen meinen Willen die Augen. Doch statt meine Lippen zu küssen, gibt er mir einen sanften Kuss auf die Stirn. Überrascht öffne ich die Augen und blicke ihn leicht verschwommen an.

»Gute Nacht.«

Ein Flüstern.

Dann ist er verschwunden.

Ich fahre mit meinen Fingern über die Stelle, wo sein Mund eben noch meine Stirn berührt hat. Es ist falsch, und zwar auf mehr als nur einer Ebene, aber irgendwie bin ich enttäuscht.

»Also, ein wenig herzlicher hättest du dich schon von David verabschieden können«, reißt mich meine Mutter aus meiner Starre.

»Wärst du zufrieden gewesen, wenn ich öffentlich mit ihm rumgemacht hätte?«

»Werd bitte nicht gleich aggressiv!«

»Bin ich doch gar nicht.«

»Doch!«

Meinetwegen.

»Du hast dich den Tag über fast gar nicht um David gekümmert«, wirft sie mir vor. »Habt ihr immer noch Streit?«

Sah das eben wie Streit aus? »Mutter, David hatte einen Job zu erledigen. Du erinnerst dich?«

Mama stemmt die Hände in die Hüften. »Bist du deswegen so nachtragend? Ich habe ihm extra gesagt, dass er sich den Rest des Abends freinehmen kann, damit ihr Zeit miteinander verbringen könnt.«

»Hm.«

»Wo ist das Problem?«

»Es gibt keines, Mama. Alles in bester Ordnung«, versichere ich ihr so überzeugend wie nur irgend möglich.

»Seht ihr euch morgen?«

»Mal sehen«, meine ich vage. Schließlich kann ich ihr schlecht sagen, dass ich morgen Nachmittag bereits wieder im Zug nach Hannover sitze. Und dass David meinen Freund bloß gespielt hat.

Sie klatscht erfreut in die Hände. »Du könntest ihn morgen zum Abendessen mitbringen. Dein Vater und ich würden uns freuen.«

Noch ehe ich Einspruch erheben kann, ist meine Mutter

im Haus verschwunden. Ich bin mir nicht sicher, ob ich lachen oder weinen soll.

Wahrscheinlich beides.

*
* *

9

Total verkatert schleppe ich mich am nächsten Morgen in die Küche. In meinem Kopf dröhnt es wie auf einer Großbaustelle, mein Magen fährt Achterbahn mit Fünffach-Looping und meine Zunge fühlt sich an wie Krepppapier. Mir ist so schlecht wie lange nicht mehr.

Am Küchentisch sitzen meine Eltern beim sonntäglichen Frühstücksbrunch. Mein Vater hat sich hinter der Zeitung verschanzt, meine Mutter blättert in einer Broschüre über die Insel Hiddensee.

»Guten Morgen«, nuschele ich und beginne ächzend die Schubladen nach dem Aspirin abzusuchen. Mindestens viermal im Jahr räumt meine Mutter sämtliche Schrank- und Schubladeninhalte aus und um. Für sie ist das eine meditative Aufgabe, für die anderen Familienmitglieder vorverlegte Ostern.

»Rechts neben der Spüle«, kommt es von der Zeitung.

Ich öffne die besagte Schublade und entnehme der Packung zwei Aspirin. Mit einem Glas Wasser setze ich mich zu meinen Eltern an den Tisch. Die Tabletten fallen mit einem lauten *plopp!* ins Wasser und beginnen, sich langsam aufzulösen.

»Gut geschlafen, Schatz?«, erkundigt sich meine Mutter fröhlich und mit einem Strahlen auf dem Gesicht, dass selbst die Sonne draußen verblasst.

»Mhm.« Ich kippe den Inhalt des Glases hinunter und fühle mich danach noch elender.

Mein Vater legt den Sportteil zusammen. »Du solltest weniger trinken. Die Leute denken sonst, dass wir eine Alkoholikerin in der Familie haben.«

»Mhm.« Schön, dass das seine einzige Sorge ist!

»Besonders gesprächig bist du nicht.« Mama wirkt erstaunt.

»Die heutige Jugend«, sagt mein Vater kopfschüttelnd, als ob damit alles klar wäre. Er nimmt sich ein Brötchen aus dem Brotkorb und schmiert sich einen satten Zentimeter Pflaumenmus darauf. Allein bei dem Anblick rumort es erneut in meinem Magen. Mir ist richtig übel. Ich schlinge die Arme um meinen Körper und wippe vor und zurück. Nie wieder Alkohol!

»Willst du nichts essen, Miriam?« Wie aufs Kommando wedelt Mama mit einem Croissant vor meiner Nase herum. »Hat Konrad dir extra aufgehoben.«

»Wie großzügig.«

»Werd nicht pampig«, weist mein Vater mich sogleich zurecht. »Wer trinken kann, kann auch mit den Konsequenzen am nächsten Tag leben.«

Meine Mutter spürt, dass der nächste Streit sich auf leisen Sohlen anbahnt, und wirft mir einen warnenden Blick zu. Ich zucke mit den Schultern und nippe stumm an meinem Kaffee. »Vorhin habe ich übrigens Frau Reimann angerufen«, erzählt sie beschwingt und lenkt damit den düsteren Blick meines Vaters auf sich.

»Wen?«

»Die Pensionswirtin.« Das imaginäre Fragezeichen über seinem Kopf beginnt zu blinken. »Unser Urlaub auf Hiddensee«, hilft meine Mutter ihm auf die Sprünge.

»Urlaub?«

Manchmal schnallt mein Vater absolut nichts. Selbst wenn man ihm den Zaunpfahl vors Gesicht hält.

»Evas und Fabrizios Geburtstagsgeschenk«, fährt sie fort und deutet auf die Reisebroschüren. »Dank der Absage eines anderen Ehepaares aus dem Ruhrgebiet konnte ich unseren Urlaub kurzfristig für nächste Woche buchen. Ist das nicht wunderbar?« Sie klatscht euphorisch die Hände zusammen.

»Das kannst du gleich wieder absagen, Susanne. Ich kann die Bäckerei unmöglich in der Hochsaison eine Woche zumachen«, antwortet mein Vater mit einer Stimme, die keine Widerrede zulässt und die er sich normalerweise für mich aufspart.

So leicht lässt sich meine Mutter allerdings nicht von ihren Plänen abbringen. »Musst du auch gar nicht. Du hast doch Alex.«

»Alexander?« Mein Vater verschluckt sich fast. »Alexander schafft das nicht alleine. Er besitzt keinen Geschäftssinn und würde die Bäckerei in den Ruin treiben, wo wir sowieso gegen die Dumpingpreise der Bäckereiketten anzukämpfen haben.«

Im Schwarzmalen ist mein Vater von jeher absolute Weltklasse. Mama sieht das genauso.

»Du übertreibst, Konrad. Alex ist deine rechte Hand, selbst wenn du das deinem Sohn nie sagen würdest. Warum vertraust du ihm nicht? Eines Tages wird er die Bäckerei so oder so übernehmen.«

»Ja, weil eine gewisse Person, die deutlich geeigneter dafür gewesen wäre, nicht in die Bäckerei einsteigen wollte«, knurrt er und wirft mir einen vernichtenden Blick zu.

»Mit Miriam hat das nichts zu tun, und das weißt du«, bekomme ich überraschend Schützenhilfe von meiner Mutter. »Alex wird die Familienbäckerei weiterführen, wenn du dich endlich zur Ruhe setzt. Du kannst nicht ewig weitermachen wie bisher.«

Da hat sie einen wunden Punkt bei meinem Vater getroffen. Er wirft verärgert die angebissene Brötchenhälfte auf den Teller. »Noch ist es aber nicht so weit!«, brüllt er. In so einer Lage ist mein Vater mit äußerster Vorsicht zu genießen.

»Konrad, denk an deinen Blutdruck. Du weißt, was Doktor Lange gesagt hat. Ein wenig Erholung würde deiner Gesundheit guttun«, versucht sie, ihn zu beschwichtigen.

Mein Vater schnaubt verächtlich. Klar, er hält sich schließlich immer noch für agile zwanzig.

»Und falls du dir überflüssigerweise Sorgen wegen der Bäckerei machen solltest, Miriam ist ja da.«

»Huh?« Ich sitze plötzlich kerzengerade am Tisch. Vergessen sind mein Hangover und das konstante Pochen hinter meinen Schläfen.

»Du kannst bestimmt ein paar Tage länger bleiben, oder?« Mama sieht mich eindringlich an.

Theoretisch gesehen wäre jetzt der ideale Zeitpunkt, um meinen Eltern reinen Wein in Bezug auf mein Studium, meine nicht vorhandene Karriere und meinen nicht existenten Freund einzuschenken.

Wie gesagt: theoretisch.

»Also eigentlich muss ich heute Nachmittag wieder in Hannover sein«, entgegne ich und hoffe, dass man mir die Lüge nicht an der Nasenspitze ansieht.

Meine Mutter zieht die Stirn kraus. »Seltsam. Eva meinte gestern zu mir, dass du dir einige Tage freigenommen hast. Kannst du nicht bleiben? Mir zuliebe? Bitte, Miriam. Betrachte es als Urlaub. David würde sich garantiert freuen, wenn er dich länger um sich hätte.«

Mir klappt der Mund auf. Urlaub? David? Ich bin wohl im falschen Film! »Ich habe einen wichtigen Termin«, beeile ich mich zu sagen, bevor meiner Mutter zehn weitere Gründe zum Hierbleiben einfallen.

»Am Sonntag?«, kommt es von meinem Vater. Gemeinsam mit meiner Mutter wechselt er diesen speziellen Wir-glauben-dir-kein-einziges-Wort-Kind-Elternblick.

»Morgen früh. Ich muss mich noch vorbereiten.«

»Vorbereiten für was?«, echot meine Mutter und sieht mich durchdringend an.

Ich versuche, mich hinter der Kaffeetasse zu verstecken und meinen Eltern nicht in die Augen zu schauen. »Ich habe ein Vorstellungsgespräch«, behaupte ich, ohne mit der Wimper zu zucken.

Mein Vater mustert mich mit hochgezogenen Augenbrauen. Verblüffung und Abneigung wechseln sich in seinem Gesicht ab. *»Ein Vorstellungsgespräch?«* Er speit das Wort regelrecht aus. »Ich dachte, du hättest einen festen Job.«

»Nein. Ja. Ich … ich will mich beruflich … verändern«, stammele ich eingeschüchtert und wundere mich selbst am allermeisten, was ich für einen Unfug zusammenlüge.

Mit knallrotem Kopf springt mein Vater von seinem Stuhl auf. *»Du willst was?«* Er ist auf zweihundert.

Ich verkrieche mich eine Nuance tiefer in die Sitzpolster, um dem aufkommenden morgendlichen Donnerwetter zu entgehen. Ein sinnloses Unterfangen.

»Konrad, beruhige dich.« Mama tätschelt seinen Arm. Falls sie schockiert sein sollte, lässt sie es sich jedenfalls nicht anmerken.

Papa schnaubt verächtlich. »Wie soll ich mich beruhigen, wenn meine Tochter mir eröffnet, dass sie ihr Leben nach wie vor nicht in die richtige Bahn gelenkt hat. In ihrem Alter waren wir verheiratet, hatten ein Kleinkind und du warst erneut schwanger, Susanne.«

Das musste ja kommen!

Unwillkürlich verdrehe ich die Augen.

»Das waren andere Zeiten«, merkt meine Mutter an, und ich staune erneut, dass sie sich auf meine Seite schlägt. Tut sie wahrscheinlich nur, weil sie was von mir will.

»Trotzdem«, beharrt mein Vater auf seinem Standpunkt. »Unsere Tochter glaubt, das Leben ist ein Zirkus. Den Kopf in den Wolken, die Füße drei Meter über dem Erdboden. Frei nach dem Motto, es wird sich irgendwie alles finden. Oder auch nicht. Mal abwarten.«

»Stimmt doch gar nicht«, platze ich ärgerlich heraus.

»Nein?« Er funkelt mich wütend an.

»Nein. Ich möchte bloß erst alles ausprobieren, bevor ich mich festlege.« Selbst in meinen Ohren klingt das lahm.

Mein Vater lässt sich wutschnaubend auf seinem Stuhl nieder und schiebt angewidert den Frühstücksteller von sich. »Was hast du denn bisher vorzuweisen, junge Dame? Die Bäckerlehre hast du abgebrochen, das BWL-Studium auch. Dann kommst du mit dem Hirngespinst Germanistik und Soziologie an. Und statt nun endlich Karriere zu machen, jetzt das. Ich glaube, ich spinne!«

Ich balle meine Hände zu Fäusten, bis die Fingerknöchel weiß hervortreten. »Du tust gerade so, als wollte ich ehrenamtlich eine Expedition in den Himalaja veranstalten«, rufe ich frustriert.

»Nun werd nicht unsachlich!«

Ich beiße heftig die Kiefer zusammen.

»Sag mal, Miriam«, schaltet sich Mama vermittelnd in das Gespräch ein, »was machst du überhaupt beruflich? Du hast gar nichts erzählt.«

»Das würde mich allerdings auch interessieren«, grummelt mein Vater.

Ich drehe Däumchen!, möchte ich ihnen am liebsten entgegenschleudern. Tue ich selbstredend nicht. Stattdessen verschränke ich die Arme vor der Brust und blicke finster drein. Ich habe so dermaßen keine Lust mehr auf dieses Theater. Mir reicht es! Was wollen meine Eltern eigentlich von mir hören? Dass ich eine Top-Position im Managerbereich innehabe? Vermutlich. Alles andere wäre wohl kaum akzeptabel. Schließlich wollen sie sich vor Tante Gloria und deren unfassbar erfolgreicher Karrieretochter Luisa profilieren. Da passt eine missratene Tochter wie ich natürlich nicht ins Konzept. Möchte mal ihre Gesichter sehen, wenn sie wüssten, dass ich mindestens zwei weitere Semester an der Uni hocken werde. Papa bekäme garantiert einen seiner berühmt-berüchtigten Tobsuchtsanfälle, während Mama sich fragen würde, was sie bei mir nur falsch gemacht hat.

»Miriam?« Mama sieht mich erwartungsvoll an.

Mein Blick fällt auf die Morgenzeitung. »Ich-ich schreibe.«

»Deine Memoiren, oder wie?«, spottet mein Vater.

Ich verziehe keine Miene. »Für eine Zeitung.«

Meine Mutter schnappt hörbar nach Luft. Sie ähnelt verdächtig einem Karpfen. »Aber, Schatz, das ist ja phantastisch! Ich habe immer gewusst, dass in dir eine kreative Seele wohnt. Wo du doch schon in der Schule begeistert bei der Schülerzeitung mitgearbeitet hast.«

Ich ringe mich zu einem mehr als gequälten Lächeln durch.

Die Schülerzeitung war ein Projektkurs, an dem teilzunehmen Pflicht war. Zur weiteren Auswahl standen Klöppeln für Anfänger und Leichtathletik. Die Entscheidung fiel mir dementsprechend leicht, zumal ich der unsportlichste Mensch bin, den man sich vorstellen kann.

»Was ich nicht verstehe«, fährt sie fort, »wieso willst du dich unbedingt neu orientieren? Macht dir der Job keinen Spaß mehr?«

»Hm, doch«, antworte ich gedehnt. »Ich brauche bloß eine neue Herausforderung.« Hoffentlich ist damit das Thema endlich vom Tisch.

»Verträumt wie eh und je.« Mein Vater schüttelt fassungslos den Kopf, bevor er sich intensiv dem Wirtschaftsteil der Zeitung widmet. Für ihn scheint das Gespräch damit abgehakt zu sein.

Ich verspüre den dringenden Wunsch, laut loszukreischen. Langsam habe ich echt die Schnauze voll! Ist es so schwer zu akzeptieren, dass ich mein eigenes Leben leben will, ohne dass mir dauernd jemand reinquatscht? Nur weil ich andere Pläne als meine Eltern habe, muss ich mir nicht bei jeder Gelegenheit vorwerfen lassen, dass ich naiv bin und mein Leben nicht auf die Reihe kriege.

»Guten Morgen.« Meine Schwester hat wie immer unerträglich gute Laune. Sie lässt sich in den Stuhl neben mir fallen, greift sich das mir versprochene letzte Croissant und beißt genüsslich hinein. »Ist was?«, will sie wissen, als niemand auf ihre morgendliche Begrüßung reagiert.

»Nee«, entgegne ich mürrisch.

»Wir überlegen gerade, wie wir Miriam aus ihrer beruflichen Krise helfen können«, berichtet meine Mutter stolz.

Mir schwillt der Kamm. »Ich habe keine berufliche Krise«, presse ich hervor, jedes Wort extra betonend. »Ich lasse mich nur nicht für eure Zwecke einspannen, Mama.«

»Habe ich was verpasst?«, wundert sich Eva und gibt zwei Stück Zucker in ihren Kaffee.

»Mama sucht einen Aufpasser für Alex und die Bäckerei, während sie mit Papa Urlaub auf Hiddensee macht. Und da ich mich weigere, diesen Job zu übernehmen, ist schlechte Stimmung angesagt.«

»Wo ist das Problem? Du hast dir schließlich ein paar Tage freigenommen«, sagt sie mit einem schamlosen Grinsen im Gesicht, für das ich sie bei nächster Gelegenheit erwürgen werde.

»Meine Rede«, triumphiert meine Mutter.

»Ich habe morgen ein Vorstellungsgespräch«, helfe ich Eva gestenreich auf die Sprünge. Kann ja wohl nicht angehen, dass mich meine eigene Schwester in die Pfanne haut.

»Welches Vorstellungsgespräch?«

»Das bei ... bei ... du weißt sch-schon w-wo«, stottere ich hilflos.

»Ach das!«

Ich will bereits aufatmen, als Eva fortfährt, »ich dachte, das wäre erst in zwei Wochen.« Das verschlägt mir die Sprache.

»Na also, dann wäre das ja geklärt. Miriam verbringt ihren Urlaub bei uns«, freut sich Mama.

Mütter! Irgendwann kriegen sie dich. Selbst wenn ich mit Händen und Füßen protestieren würde, aus dieser Sache komme ich nicht mehr heraus. Die Erkenntnis trifft mich wie ein Holzhammer. Wieso habe ich bloß vor meiner schlitzohrigen Schwester diese angeblichen freien Tage gestern erwähnt? Weil ich dieser Gans Cora und meinem Bruder beweisen wollte, wie toll es beruflich für mich läuft. Deswegen. Das habe ich nun davon!

»Warum kann Eva nicht hierbleiben und den Babysitter spielen? Dann kann sie schon mal für später üben«, zische ich gehässig.

»Sei nicht kindisch, Miriam. Eva hat einen wichtigen Prozess zu gewinnen, da kann sie nicht einfach freimachen«, wiegelt meine Mutter ab. »Genieße deine freien Tage mit

David und wirf ab und an einen Blick in die Backstube. Das ist wohl nicht zu viel verlangt!«

Ich schließe für einen Moment erschöpft die Augen und versuche die Kopfschmerzen zu ignorieren. Wie wir von einem harmlosen Gespräch über die Urlaubsplanung meiner Mutter zu einem verlängerten Aufenthalt für mich in Wismar gekommen sind, ist mir unbegreiflich.

»Damit steht unserem wohlverdienten Urlaub nichts mehr im Wege, Konrad«, wendet sich meine Mutter selbstzufrieden an meinen Vater.

Papa legt die Zeitung ordentlich zusammen und fährt sich mit beiden Händen über das Gesicht. »Susanne, es geht nicht. Wir sind mitten in der Urlaubssaison, eine Menge Sommerfeste und Geburtstage stehen in nächster Zeit an. Ich kann Alex nicht mit alldem alleine lassen. Auch nicht für eine Woche«, unterbindet er den aufkeimenden Protest meiner Mutter, ehe er versöhnlich hinzufügt: »Lass uns im Oktober noch einmal darüber reden. Einverstanden?«

»Was ist denn mit Miriam? Sie kann einspringen, wenn Not am Mann ist. Sie kennt die Abläufe. Es sind nur sieben Tage, Konrad. Da wird die Bäckerei nicht gleich bankrottgehen«, meint Mama in einem beinahe flehentlichen Tonfall. Sie tut mir fast leid. Mein Vater kann überaus störrisch und verbohrt sein, und wenn er sich einmal festgelegt hat, dann ändert er seine Meinung nicht mehr.

Mein Vater atmet hörbar die Luft ein. »Miriam hat bereits vor Jahren deutlich gemacht, was sie von der Bäckerei hält. So jemanden lasse ich nicht das Lebenswerk meines Vaters ruinieren!«

»Konrad, bitte …«

»Also, Papa, wirklich!«

»Nein! Das ist mein letztes Wort«, sagt er mit eisiger

Stimme, mich keines Blickes würdigend. »Wenn ihr mich nun entschuldigt, ich bin mit Jürgen zum Tennis verabredet. Susanne, hast du meinen Schläger gesehen?« Damit erhebt er sich und verlässt die Küche.

Ich bin zu geschockt, um überhaupt etwas zu sagen. Schweigend sitze ich da und versuche das Gehörte zu verdauen. Ich weiß, dass mein Vater nach allem nicht unbedingt zu meinen größten Bewunderern zählt, aber das eben hat mich umgehauen. Nicht im Traum hätte ich gedacht, dass er derart wenig von mir hält. Andererseits, wieso erstaunt mich das? Nach dem Gespräch in der Backstube am Freitag war nichts anderes zu erwarten gewesen. Daran änderte auch das stillschweigende Übereinkommen nichts, Mama den Geburtstag nicht mit einem Streit zu ruinieren.

Es ist nicht so, dass ich sonderlich verletzt wäre. Die Zeiten, in denen ich mich deswegen heulend in meinem Zimmer verschanzt hätte, sind lange vorbei. In dieser Hinsicht hat mein Vater unrecht. Ich bin erwachsen geworden.

Meine Mutter blickt unschlüssig drein. Ich kann ihr ansehen, dass sie nicht recht weiß, was sie nun tun oder sagen soll. Sie sitzt zwischen den Stühlen. Wie vor fünf Jahren.

Damals hat sie sich um des lieben Friedens willen rausgehalten. Obwohl der längst nicht mehr existierte. Sie wirft mir einen entschuldigenden Blick zu, erhebt sich und geht meinem Vater nach. Den Tennisschläger suchen. Ich habe nichts anderes erwartet.

»Das lief ja prima«, kommentiert Eva ironisch. Sie räumt das dreckige Geschirr in den Geschirrspüler, schließt die Tür schwungvoll und schaltet das Gerät an.

»Willst du mir Vorwürfe machen?«, frage ich angriffslustig. »Nur zu, ich bin genau in der richtigen Stimmung.« Mit meiner Schwester habe ich sowieso ein Hühnchen zu rupfen.

Sie hebt abwehrend die Hände. »Entspann dich.«

»Ich soll mich entspannen?«, kreische ich hysterisch. »Hast du eine Ahnung, was du mir da eingebrockt hast? Was sollte das?«

»Was sollte was?«

Ich bin kurz davor, endgültig die Nerven zu verlieren. »Frag auch noch.«

»Ach das. Ich wollte dir lediglich eine Möglichkeit geben, dich mit Papa auszusprechen.«

»WIE BITTE?«

Eva zuckt gleichgültig mit den Achseln. »Sieh es doch mal positiv, du hast mehr Zeit für David.«

»Wie bitte?«

Sie verdreht die Augen. »Du wiederholst dich.«

»Und du tickst nicht mehr ganz richtig! Hast du nicht gerade gesehen, dass zwischen Papa und mir Eiszeit herrscht?«

»Ein Grund mehr, dass ihr euch endlich aussprecht, wenn es mit Hiddensee schon nicht klappt. Diesen Kindergarten kann man ja nicht mehr mit ansehen. Ihr seid beide so dermaßen verbohrt, furchtbar. Das wäre übrigens auch in Mamas Sinne. Außerdem freut sie sich, wenn du länger in Wismar bleibst. Du siehst, eigentlich müsstest du mir dankbar sein«, sagt meine Schwester selbstzufrieden.

Ich glaube, ich höre nicht richtig. »Dankbar sein?« Meine Stimme überschlägt sich mehrfach. Dank Eva glaubt meine Mutter nun, dass ich momentan nichts Besseres zu tun habe, als meine Freizeit in Wismar zu verbringen. (Gut, habe ich auch nicht, seien wir ehrlich!) Großartig! Unter den strafenden Luchsaugen meines Vaters. Herrlich! Mit einem Freund, den es eigentlich gar nicht gibt. Na, wunderbar! Und für all das soll ich meiner Schwester jetzt auch noch dankbar sein? Sicher nicht!

Hätte ich nur diese verdammten freien Tage nicht erwähnt! Dann hätte ich diesen ganzen Wust an Problemen nämlich gar nicht erst, sondern könnte stattdessen entspannt im Zug nach Hannover sitzen. Nach mir die Sintflut. Aber ich musste ja meine Klappe so weit aufreißen. Das hab ich nun davon. Verflixt und zugenäht!

»Ich hab dir Zeit und Gelegenheit verschafft. Du bleibst ein paar Tage, amüsierst dich mit David, guckst ab und an in der Bäckerei vorbei, um gut Wetter bei Papa und Alex zu machen, und sprichst dich nebenbei mit dem alten Herren aus. Alles ganz easy.«

»Easy?« Meine Schwester muss den Verstand verloren haben!

Ich will gar nicht erst darüber nachdenken, was sie mir mit ihrer brillanten Idee für zusätzliche Probleme eingebrockt hat. Die Situation mit David zu klären scheint mir das kleinste Problem zu sein.

Bisher dachte ich, Anwälte sehen die Dinge im großen Zusammenhang. Also entweder ist meine Schwester eine schlechte Anwältin oder unheimlich naiv. Sie denkt doch nicht wirklich, dass mein Vater und ich uns jemals aussprechen – oder sogar versöhnen werden. Lachhaft!

Ruckartig erhebe ich mich, so dass der Stuhl über die Bodenfliesen kratzt. Wütend stemme ich meine Arme auf den Tisch und mustere meine dreiste Schwester aus zusammengekniffenen Augen. »Das zahle ich dir eines Tages heim. Darauf kannst du dich verlassen!« Dann rausche ich türenknallend aus der Küche.

»Du kannst mir später danken«, ruft sie mir vergnügt hinterher.

»Ich könnte meiner Schwester den Hals umdrehen!«

Am Nachmittag sitzen Olli und ich in einem Straßencafé in der Altstadt. Ich mit dicker Sonnenbrille auf der Nase, Olli mit einem fetten Grinsen auf den Lippen. Er findet die ganze Geschichte urkomisch. Logisch. Ihn betrifft es schließlich nicht.

»Du musst zugeben, deine Schwester ist äußerst raffiniert.«

»Meine Schwester ist ein Miststück«, knirsche ich missmutig. Natürlich meine ich das nicht ernst. Aber momentan möchte ich Eva nur zu gerne auf den Mond schießen.

»Deinen verlängerten Aufenthalt hast du dir selbst zuzuschreiben«, meint Olli gelassen. »Hättest du deiner Familie gleich reinen Wein eingeschenkt, wäre es erst gar nicht so weit gekommen.«

Schön, dass ich mir von meinem besten Freund ebenfalls Vorwürfe anhören darf! Mein Tag ist noch nicht beschissen genug.

Olli streckt die Beine von sich und verschränkt die Arme im Nacken. »Was hast du nun vor?«

»Wenn ich das wüsste.«

»Sieh es positiv, es hätte schlimmer kommen können.«

Noch schlimmer als mindestens eine weitere Woche in Wismar bei meinen Eltern zu bleiben, Zeit mit meinem angeblichen Freund verbringen zu müssen und so zu tun, als ob ich beruflich die tolle Karrierefrau wäre, die eine neue Herausforderung sucht? In meinen Augen ist das schrecklich genug.

»Mir geht es gleich viel besser.«

»Siehst du.«

Amüsiert schüttele ich den Kopf. Olli und sein Optimismus. Den bringt echt nichts aus der Ruhe.

Ich nehme einen Schluck von meinem Latte macchiato. »Möchte mal wissen, wie Eva sich das mit Papa vorstellt. Mein Vater ist der felsenfesten Überzeugung, dass ich mein Leben nur deshalb nicht auf die Reihe kriege, weil ich ihn ärgern will.«

Olli tippt mir auf die Nasenspitze. »Beweis ihm einfach das Gegenteil.«

»Und wie?«

»Indem du ihm zeigst, was in dir steckt. Du hast erwähnt, dass deine Eltern glauben, du würdest bei der Zeitung in Hannover arbeiten. Wenn du eine neue Herausforderung suchst, warum fängst du nicht beim *Wismarer Tageblatt* an?«

»Das ist dein toller Plan?« Mir steht die Fassungslosigkeit ins Gesicht geschrieben.

»Ist doch perfekt«, entgegnet er sonnig. Seine Nerven möchte ich haben.

»Ich soll von einer führenden Zeitung Deutschlands zu einem Provinzblatt wechseln? Das kann nicht dein Ernst sein!«

»Das mit dem Provinzblatt habe ich überhört. Ob du es glaubst oder nicht, aber nicht nur drei Leute auf dem Dorf lesen unsere Zeitung«, klärt er mich auf, nicht im mindesten beleidigt. »Im Übrigen: Muss ich dich erst daran erinnern, dass du momentan bei gar keiner Zeitung arbeitest, sondern studierst?«

»Okay, okay«, gebe ich mich geschlagen.

»Wie dem auch sei«, fährt er unbeirrt fort, »während du in Wismar bist, kannst du nebenbei als freie Redakteurin arbeiten. Solche Leute können wir immer gebrauchen. Damit zeigst du deinem Vater, dass du dir durchaus Gedanken um deine berufliche Zukunft machst und nicht allein Tagträumen hinterherjagst.«

Mit meiner Hand mache ich Scheibenwischerbewegungen vor meinem Gesicht. »Du spinnst!«

»Warum?«

»Lokalredakteurin.« Unweigerlich muss ich lachen. »Olli, ehrlich. Ich bin gänzlich untalentiert, was das Schreiben angeht.«

»Ich fand deine Artikel in der Schülerzeitung klasse.«

Ich schiebe mir die Sonnenbrille in die Haare und schaue ihn vielsagend an. »Du bist ja auch mein Freund.«

»Wirklich. Du hast ein Gespür dafür, wie man Themen schriftlich umsetzen muss.«

»Angenommen, ich würde mitmachen«, komme ich auf seinen Vorschlag zurück, »wie sieht das denn aus, wenn ich nach einer Woche wieder alles hinwerfe? Da würde sich mein Vater in seiner Meinung nur bestätigt fühlen.«

Olli winkt ab. »Du schreibst ein, zwei Artikel und erklärst deinem Vater am Ende deines Urlaubs« – ich ziehe bei dem Wort eine Grimasse –, »dass dir dein alter Job nach dieser Erfahrung bedeutend besser gefällt. Was ich durchaus nachvollziehen kann. Tolle Eröffnungspartys und politische Skandale sind definitiv spannender als Oma Hertas neunzigster Geburtstag.«

Ich rühre gedankenverloren in meinem Latte macchiato. »Ich frage mich wirklich, wer von uns beiden der größere Lügner ist.«

»*Du* hast mit dieser ganzen Schwindelei angefangen!«

Ich seufze. »Ich weiß.«

Von der Wasserkunst weht Stimmengewirr zu uns herüber. Der Stadtführer erklärt einer japanischen Touristengruppe gerade in seinem schlechtesten Englisch die kunsthistorische Baugeschichte des Gebäudes. Die Japaner zücken eifrig ihre Fotoapparate und knipsen das Bauwerk aus allen möglichen und unmöglichen Winkeln. Wahrscheinlich ist es einfacher, eine Stadt und deren Schönheit zu beurteilen, wenn man nicht selbst dort wohnt. Ich habe von vielen gehört, dass sie Hannover furchtbar finden. Sehe ich nicht so. Natürlich gibt es auch in Hannover Ecken, die man nicht unbedingt seinem Besuch zeigen sollte, aber im Großen und Ganzen ist es eine ganz nette Stadt – und die Shoppingmöglichkeiten sollte man keinesfalls unterschätzen. Aber vermutlich würde ich als Provinzei jede x-beliebige Großstadt toll finden.

»Was ist eigentlich mit David?«, erkundigt sich Olli nach einer Weile.

»Was soll mit ihm sein?«, frage ich verunsichert.

Olli guckt mich durchdringend an.

Ich verdrehe die Augen himmelwärts. »Du kannst dir diesen Blick sparen! Zwischen David und mir läuft nichts. Niente. Nix. Nada.«

»Soso«, zieht Olli mich auf, »da hatte ich gestern aber einen anderen Eindruck. So wie ihr zwei ...«

»Themenwechsel«, falle ich ihm barsch ins Wort.

Er grinst frech. »Jetzt ist mein journalistisches Gespür geweckt.«

»Schön«, antworte ich betont gleichgültig, »dann heb es dir am besten für deinen nächsten Artikel auf!«

»Da ist eindeutig jemand sexuell frustriert.«

Ich kralle meine Finger in die Tischkante. »Ich will darüber nicht reden, okay? Die ganze Aktion ist ohnehin nicht mehr an Peinlichkeit zu überbieten.«

»Was ist passiert?«, will Olli neugierig wissen.

»Nichts.«

»Ich kann David fragen.«

»WAS?«

»Ja, wir sind gewissermaßen befreundet. Durch unsere Jobs sehen wir uns hin und wieder. Manchmal gehen wir zusammen ein Bier trinken.«

Und das erfahre ich erst jetzt?! Ganz toll. Das Dilemma, in das ich mich hineinmanövriert habe, ist noch nicht groß genug.

Schonungslos berichte ich Olli von meinen zwei Zusammentreffen mit David. Auch die oberpeinliche Aktion vor der Bäckerei lasse ich nicht aus.

»Du hast David allen Ernstes für einen Callboy gehalten?«, fragt er mich zweifelnd.

Ich möchte im Erdboden versinken. So wie Olli es ausspricht, klingt es noch absurder, als es ohnehin schon ist. »Nicht direkt. Eher für einen Touristen«, druckse ich herum.

»Aber du hast ihm angeboten, ihn dafür zu bezahlen, dass er deinen Freund spielt. Korrigiere mich, aber das hört sich sehr nach den Sitten im horizontalen Gewerbe an.«

»Na ja, mir ist das einfach so rausgerutscht«, versuche ich mich zu rechtfertigen. »Falls es dich beruhigt, David hat bisher keinen Cent bekommen.« Ich presse meine eiskalten Hände auf meine glühenden Wangen und bete inständig, dass der Boden sich unter mir auftut.

Olli starrt mich mit großen Augen an. Um seine Mundwinkel zuckt es verdächtig. Er kämpft mit sich, aber dann kann er sich nicht länger zurückhalten und prustet los.

»Prima, dass ich zu deiner Unterhaltung beitrage«, antworte ich schnippisch.

»Unglaublich«, gluckst er. »In solche Situationen kannst auch nur du schlittern.«

»Ich weiß selbst, dass das total bescheuert war. Glaub mir, wenn ich es rückgängig machen könnte, ich würde es tun.«

»Dir ist aber bewusst, dass du dann auf der Geburtstagsfeier ohne vorzeigbaren Freund hättest auftauchen müssen, oder? Wie geht es mit dem neuen Wismarer Liebespärchen denn nun weiter? Du kannst David nicht von heute auf morgen ad acta legen. Oder zahlst du ihm einen Bonus, damit er seine Rolle weiter so souverän spielt?« Olli grinst unverschämt. Er hat definitiv zu viel Spaß an der ganzen Geschichte.

»Du findest das alles waaaahnsinnig komisch, stimmt's?«

Das Gesicht hinter der Hand verborgen, versucht er krampfhaft, nicht erneut von einem Lachflash übermannt zu werden. Es gelingt nicht ganz. Ich würde Olli am liebsten einen Eimer mit eiskaltem Wasser über den Kopf kippen, damit er endlich das blöde Grinsen sein lässt. Ich habe nicht erwartet, dass er meine Beweggründe versteht, ich kapiere sie nicht einmal mehr selber. Aber etwas Solidarität kann ich von meinem besten Freund ja wohl erwarten, finde ich. Stattdessen macht er sich über das Ganze auch noch lustig.

»Um ein Gespräch mit David wirst du nicht herumkommen«, meint Olli zwinkernd.

Ich wette, dass er sich dieses Treffen gerade bildlich vorstellt. David öffnet die Tür – lediglich mit einem Handtuch um die Hüften bekleidet, vereinzelte Wassertropfen rinnen seinen muskulösen Oberkörper herab – und ich wedele im Gegenzug mit einem Batzen Geldscheine.

Halt! Stopp!

Heftig schüttele ich den Kopf. Wir sind hier nicht in einem Pornofilm. Langsam mache ich mir Sorgen, welchen Einfluss das Zusammenleben mit Moritz auf mich hat.

Ich sollte dringend neue Prinzipien setzen. Schließlich habe ich genug eigene Probleme, auch ohne einen gewissen David. Und überhaupt, ich will gar nichts von diesem Möchtegern-Fotografen. Wäre ja noch schöner! Vermutlich denke ich nur solch einen Unsinn, weil ich heute noch nichts Ordentliches gegessen habe. Wahrscheinlich bin ich unterzuckert. Das wird es sein!

»Erde an Miriam.«

Ich schrecke hoch. »Hm?«

»Will ich wissen, woran du gerade gedacht hast?«, neckt mich Olli.

Ich werde eine Spur röter. Hoffentlich sieht er mir meine dreckigen Gedanken nicht an der Nasenspitze an. »Ich … ich habe bloß überlegt, ob … ob sich d-das … Wetter die nächsten Tage hält«, stammele ich mit knallrotem Kopf.

Ollis bedeutungsvolles Nicken bringt deutlich zum Ausdruck, wie sehr er mir glaubt.

»Das mit David wird sich irgendwie klären«, fahre ich schnell fort, bevor Olli einen dummen Kommentar ablässt. »Zur Not behaupte ich, dass David im Stress ist. Und dass wir uns zu sehr einengen, wenn wir andauernd zusammenhocken.«

Mein bester Freund sieht nicht wirklich überzeugt aus. Ehrlich gesagt, ich bin es auch nicht. Nicht nur, weil ich weiß, dass ich einer Konfrontation mit David unmöglich innerhalb von einer Woche aus dem Weg gehen kann. Dafür ist Wismar zu klein, und ich zu sehr vom Pech verfolgt. Außerdem kenne ich meine Mutter und ihre Verkupplungsversuche, wenn sie einmal Lunte gerochen hat. Nach gestern scheint sie keinen Zweifel mehr daran zu haben, dass für mich bald die Hochzeitsglocken läuten. Mit einem Wismarer Fotografen. Gestern muss zweifellos ihr Glückstag gewesen sein.

Ollis Handy vibriert. Mit einem entschuldigenden Blick geht er ran. Während ich ihm dabei zuhöre, wie er am Telefon mindestens zehnmal hintereinander »Ja« sagt, schlürfe ich den Rest Latte macchiato aus meinem Glas.

Keine zwei Minuten später beendet Olli das Gespräch,

lässt das Handy in seine Hosentasche gleiten und erhebt sich. »Tut mir leid, Miriam. Reiner ist überraschend krank geworden, und daher muss ich über das Treffen des Kleingartenvereins berichten.« Er zieht eine Grimasse. Eine aufregende Enthüllungsstory wäre ihm mit Sicherheit lieber gewesen.

»Kein Problem.« Insgeheim bin ich froh, dass ich nicht weiter über David reden muss.

Olli ist fast bei seinem Wagen angekommen, als er sich umdreht und mir zuruft: »Überleg dir das mit der Zeitung.«

Ich verdrehe die Augen. Als ob ich keine anderen Sorgen hätte.

*
*
*

10

»Du bist noch hier?«

Regine schaut mich mit großen Augen an. Sie glaubt wahrscheinlich, dass ich eine Illusion bin. Ein kosmischer Lichtreflex, der ihr meine Anwesenheit vorgaukelt.

»Gezwungenermaßen.«

»Ich hatte angenommen, du wärst längst abgereist«, antwortet sie völlig verdattert.

»Das war der Plan.« Ich nehme mir einen Pappbecher vom Stapel und stelle ihn unter die Kaffeemaschine. Mit einem Rumpeln setzt sich die in die Jahre gekommene Maschine in Gang. »Bis mir meine feine Schwester einen Strich durch die Rechnung gemacht hat.«

Ich könnte Eva nach wie vor den Hals umdrehen. In weiser Voraussicht ist sie daher gleich nach dem Frühstück gestern geflüchtet. Ab nach Hamburg. Zu ihrem superwichtigen Prozess. Mich hat sie ohne einen Abschiedsgruß in der Höhle des Löwen zurückgelassen. Das gab mir Grund genug, am Abend einer Flasche Rotwein zuzuprosten und zwei Tüten Erdnussflips zu killen. So viel zu meinem guten Vorsatz, die Finger vom Alkohol zu lassen.

»Was hat Eva sich denn zuschulden kommen lassen?«, will Regine wissen.

»Die Frage ist eher, was sie nicht getan hat. Zum Beispiel, mir beizustehen. Stattdessen fällt sie mir schamlos in den

Rücken; und das Schlimmste ist, sie glaubt, mir damit einen Gefallen getan zu haben«, schimpfe ich wie ein Rohrspatz.

Regine schiebt mir wortlos einen Teller mit einem Käsebrötchen zu. Nervennahrung.

»Ihrer Meinung nach bieten meine freien Tage nämlich eine exzellente Gelegenheit, um mich mit meinem Vater auszusprechen. Und Mama freue sich, wenn ich länger bleibe. Sagt Eva. Wo ich ja so lange durch Abwesenheit geglänzt habe. Hmpf, warum bloß?!«

Zu was für einem Blödsinn habe ich mich da bloß wieder von meiner Schwester bequatschen lassen? Ich sollte ihr wirklich entschiedener die Stirn bieten, damit ich nicht andauernd in so einen Schlamassel gerate.

Aber eigentlich hat Olli ja recht, wie ich zähneknirschend zugeben muss. Hätte ich die Karten gleich offen auf den Tisch gelegt, dann würde ich jetzt nicht bis zum Hals in der Scheiße sitzen. Ich hätte vor allem nicht diesen dämlichen Freund erfinden sollen, den ich nun auch noch an der Backe habe. Die Sache mit David bringt mich nämlich richtig in die Bredouille, so viel steht fest.

»Da liegt sie nicht ganz falsch«, wagt Regine einzuwerfen. Ich bringe sie mit einem finsteren Blick zum Schweigen.

»Papa und ich werden uns niemals versöhnen. Wir haben viel zu verschiedene Ansichten, als dass wir je auf einen gemeinsamen Nenner kommen würden. Aber auf dem Ohr ist diese harmoniesüchtige Person taub.« Frustriert beiße ich in das Käsebrötchen.

»Na, na.« Regine droht spielerisch mit dem Finger. Da im Laden momentan wenig los ist, setzt sie sich auf einen Stuhl in der Ecke und streckt die müden Beine von sich. Wenn nicht dieses schalkhafte Leuchten in ihren Augen wäre, würde sie älter aussehen, als sie eigentlich ist. Siebenunddreißig Jahre Bäckereifachverkäuferin sind an ihr nicht spurlos vorübergegangen.

Ich nehme einen Schluck von meinem Kaffee. »Dank Eva und meiner Mutter bleibe ich Wismar also vorerst erhalten.« Ich lache gespielt auf. »Hurra.«

»Du hättest es schlimmer treffen können«, erwidert Regine pragmatisch. »Du hast den Strand vor der Tür; selbst das Kulturprogramm ist in den letzten Jahren deutlich verbessert worden.« Ich werfe ihr einen genervten Blick zu. »Stell dir mal vor, du müsstest Urlaub in Sibirien machen …«, meint Regine mit einem Augenzwinkern, das mich aufmuntern soll, aber genau das Gegenteil bewirkt.

»Wenigstens würde dort nicht die Gefahr bestehen, David Vahrenberg ständig über den Weg zu laufen«, knirsche ich und drücke unweigerlich den Becher fester in der Hand zusammen.

»David Vahrenberg?«, fragt Regine verständnislos.

»Mein furchtbar vernachlässigter Freund.« Ich höre mich an, als ob ich eine Schlange mit der Kneifzange anfassen müsste.

Regine setzt sich aufrecht hin. »Du *hast* einen Märchenprinzen!«, jubiliert sie, stolz auf sich, dass sie es von Anfang an gewusst hat. Gespannt sieht sie mich an, eifrig auf Details wartend.

Ich setze mich auf die ausgetretenen Holzstufen zum Kontor und beschließe, Regine die Wahrheit zu sagen. Die jahrelange Vertrautheit siegt. Mit wenigen Worten berichte ich, wie ich zu meinem tollen neuen Freund gekommen bin. Natürlich spare ich die pikanten Details aus. Vertrautheit hin oder her, Regine muss nicht alles wissen. Die Angelegenheit ist peinlich genug.

»Du kommst vielleicht auf Ideen, Miriam!«, staunt sie, als

ich geendet habe. »Warum hast du deinen Eltern denn nicht die Wahrheit gesagt?«

Natürlich kann ich Regine schlecht sagen, dass ich es aus genau demselben Grund nicht getan habe, weshalb ich ihnen meine berufliche Zukunft vorenthalte. Doch diese Offenbarung wäre sogar für Regine zu viel des Guten. Sie hat eine Menge Verständnis für mich, aber so weit reicht es nicht. So wie ich sie einschätze, findet sie bereits diese Lüge nicht gut. Und höchstwahrscheinlich wünscht sie sich, dass ich es ihr nie erzählt hätte. Immerhin beschwindelt sie ihren Arbeitgeber, meinen Vater.

»Na ja«, meine ich zögerlich, »anfangs hatte ich wirklich überlegt, ihnen reinen Wein einzuschenken. Aber als meine Mutter sich erwartungsvoll nach meinem Freund erkundigte, habe ich kalte Füße bekommen. Meine Schwester hatte ohnehin bereits ausgeplaudert, dass ich meinen Freund mitbringen würde. Also war's eh egal. Ich wollte mir einfach nicht die Blöße geben, mit achtundzwanzig immer noch Single zu sein.«

Regine runzelt die Stirn.

»Eine Schwachsinnsidee«, gebe ich unumwunden zu. »Du musst mir keinen Vortrag darüber halten, dass die Aktion böse nach hinten losgehen kann. Das weiß ich selber.«

»Dann ist ja gut.«

Die Ladenglocke erklingt, und eine munter drauflosplappernde junge Familie tritt herein. Regine erhebt sich, nicht ohne noch einmal den Kopf zu schütteln, und wendet sich der Kundschaft zu. Die Zwillingsmädchen pressen ihre Nasen an der Tresenscheibe platt und bedeuten ihren Eltern gestenreich, was sie sich für Leckereien ausgesucht haben. Mama und Papa kaufen statt Schaumküssen jedoch ganz traditionell Amerikaner und Schweineohren. Die beiden kleinen Mädchen schauen bedröppelt drein. Vermutlich dauert es keine zehn Sekunden, bis eines von beiden losheult. Blitzschnell packe ich zwei Schokoladen-Schaumküsse auf einen Pappteller und reiche sie den zweien. Mit großen Augen starren sie mich an, die Eltern gucken böse. Ich nuschele schnell was von »Kindertag, gratis und Freude machen«. Erst im Nachhinein fällt mir auf, dass Kindertag bereits am 1. Juni war. Huch. Immerhin sehen Mami und Papi mich etwas versöhnlicher an und verlassen mit zwei strahlenden Kindern die Bäckerei.

»Das war wirklich nett von dir. Aber lass das besser nicht deinen Vater oder Alexander sehen«, meint Regine.

Ich bin drauf und dran zu sagen, dass die beiden mich mal können, verkneife es mir jedoch.

»Wo du dein Talent mit schwierigen Kunden unter Beweis gestellt hast« – Regine lächelt verschwörerisch –, »magst du mich heute Nachmittag für zwei Stunden vertreten?«

»Iiiiiich?«

Sie sieht mich bittend an. »Ich habe einen Arzttermin, den ich nur ungern absage. Konrad und Alexander wissen Bescheid. Eigentlich wollte Alexander mich vertreten, denn Julie, unsere Gelegenheitsaushilfskraft, hat Sommergrippe. Alexander ist allerdings noch mit Auslieferungen beschäftigt. Und nun ja, wo du schon mal da bist …« Irgendwie habe ich das Gefühl, dass ich diesen Satz in nächster Zeit öfter zu hören bekomme. »Du bist im Laden groß geworden, kennst dich aus. Es gibt keine bessere Vertretung als dich«, schleimt Regine, in der Hoffnung, dass das bei mir zieht.

Entschieden wiegele ich ab. »Nein!«

»Miriam, bitte.«

»Nein!«

Ich mag Regine. Wirklich. Aber den Gefallen tue ich ihr

nicht. Nein, nein, nein. Kommt nicht in Frage. Nach all den bösen Worten vom Wochenende spiele ich sicher nicht Verkäuferin. Das wäre ja noch schöner! Am Ende muss ich mir womöglich von meinem Vater anhören, dass ich das Geschäft ruiniert habe. Danke, darauf kann ich verzichten! Und das sage ich Regine auch.

»Du benimmst dich wie ein trotziges Kind«, entgegnet sie, die Arme in die Hüften gestemmt.

»Tue ich nicht!«

Sie guckt mich streng an. Widerstand zwecklos, soll das wohl heißen.

»Na gut!«, knirsche ich.

Pünktlich zu Beginn der Nachmittagsschicht stehe ich wie versprochen hinter dem Ladentisch. Ich frage mich immer noch, wieso ich mich zu diesem Mist habe breitschlagen lassen. Wenigstens bin ich aus der Schusslinie meiner Mutter. Sie hat es sich am Mittagstisch nicht nehmen lassen, mich über meine Beziehung zu David gründlich auszufragen und mich alle fünf Minuten mit der Essenseinladung an ihn zu nerven. Immerhin müsse man David als zukünftige Schwiegereltern (kreisch!) besser kennenlernen. Nachdem es ihm zu verdanken sei, dass ich nicht als alte Jungfer (doppelkreisch!) enden werde. Ich aß schweigend meinen Rucolasalat und kam zu dem Schluss, dass ich im Irrenhaus gelandet sein musste.

Zum Glück blieb mir ein Zusammentreffen mit meinem Vater erspart. Er musste zu einem kurzfristig anberaumten Treffen der Bäckerinnung. Mein Bedarf an weiteren Vorwürfen und eisigen Blicken war nach der gestrigen Auseinandersetzung ohnehin reichlich gedeckt.

Die Türglocke ertönt. Zwei Frauen, die in etwa so alt wie

meine Mutter sind, treten in den Laden. Beide tragen edle Hosenanzüge in seltsamen Bonbontönen und eine Spur zu viel Make-up. Schnatternd kommen sie auf mich zu.

»Miriam, deine Mutter hat uns verraten, dass du wieder in Wismar bist«, platzt die kleinere von beiden ohne Umschweife heraus.

»Mir ist zu Ohren gekommen, dass du mit David Vahrenberg zusammen bist«, schwatzt die andere Frau aufgeregt weiter.

Das vorbereitete Lächeln entgleist mir. »Oh.«

»Wirst du bald mit ihm zusammenziehen?«

»Gibt es bereits Heiratspläne?«

»Weiß er, dass du schwanger bist?«

»Wird es ein Junge oder ein Mädchen?«

Mir fallen beinahe die Augen aus dem Kopf. »Wie bibitte?«, stottere ich. Ich muss mich verhört haben.

»Im Bridgeklub geht das Gerücht um, dass du von David schwanger und deshalb zurückgekommen bist«, klärt mich die Frau in dem pinkfarbenen Anzug auf. Sie beugt sich über den Ladentisch. »Wann ist es denn so weit?«

»WAS?« Ich bin wie vor den Kopf gestoßen.

»Sie ist wahrscheinlich noch zu geschockt.« Frau Himmelblau tauscht einen verständnisvollen Blick mit ihrer Bekannten.

Ich massiere mir mit meinen Händen die Schläfen, das Hämmern hinter meiner Stirn wird sekündlich schlimmer. Jeden Augenblick rechne ich damit, dass mein Kopf in tausend Stücke zerbirst. Der bittere Geschmack von Magensäure breitet sich in meinem Mund aus. Ich fürchte, mich gleich übergeben zu müssen.

»Kindchen, ist dir schlecht?«

»Oh ja, die Übelkeit in den Anfangsmonaten …«

Ich starre die beiden mit offenem Mund an. Nach der Enthüllung meiner »Beziehung zu David« war ich auf Kleinstadttratsch vorbereitet, aber so schnell und mit solch einem dreisten Verhalten habe ich nicht gerechnet. Das ist definitiv ein ganz neues Level.

Wenn diese beiden Grazien nun glauben, dass ich sie mit intimen Details füttere, dann haben sie sich geschnitten. Wo ich genau weiß, dass Unwissenheit sie am meisten wurmt. Die Sache mit dem Baby geht jedoch zu weit. Aller Welt eine nicht vorhandene Liebesbeziehung vorzugaukeln ist eine Sache, schwanger zu sein eine andere.

»Wer hat Ihnen denn diesen Bären aufgebunden?«, erkundige ich mich gespielt erheitert und unterdrücke ein Lachen.

Die Damen wechseln einen unsicheren Blick miteinander. »Du bist nicht schwanger?«, quiekt die Dame in dem himmelblauen Anzug und strafft unweigerlich die Schultern. »Ich habe Friederike gleich gesagt, dass ich mir das nicht vorstellen kann.«

Ihre Freundin nickt zustimmend. »Friederike ist eine fürchterliche Klatschtante«, gesteht sie angewidert.

Ich muss mir heftig auf die Lippen beißen, um nicht loszuprusten.

»Als ich sie gefragt habe, woher sie das wisse, hat sie nur rätselhaft mit den Schultern gezuckt. Karin, eine Bekannte von uns, meinte anschließend zu mir, dass deine Mutter lediglich vage angedeutet hätte, es würde bald eine Hochzeit ins Haus stehen.«

»Tatsächlich?«, zwitschere ich, die Hände unter der Ladentheke zu Fäusten geballt. Ich werde mit meiner Mutter ein ernsthaftes Wort reden müssen.

»Hat er dich schon gefragt?« Die Frau mit dem pinken Hosenanzug nagt gespannt an ihrer Unterlippe.

Ich winke die beiden dichter zu mir heran. »Das geht Sie beide einen feuchten Dreck an«, bemerke ich liebreizend, mit den Wimpern klimpernd.

Beide ziehen scharf die Luft ein.

Als die Ladenglocke läutet, fahren sie erschrocken zusammen.

Alex, der mit einer leeren Kiepe in der Tür steht, guckt zuerst mich und dann die beiden Grazien aus Mutters Bridgeklub verdattert an. Die zwei Klatschtanten erröten leicht und verabschieden sich hastig.

Er runzelt die Stirn. »Was war denn das?«

»Die Boulevardpresse.«

»Willst du mich auf den Arm nehmen?«

»Keineswegs.«

Alex holt scheppernd die restlichen Tragekörbe herein. Fein säuberlich stapelt er sie an der hinteren Seite des Ladentisches. Als er damit fertig ist, wendet er sich mir zu. »Was machst du eigentlich hier? Und wo steckt Regine?«, fragt er brummig.

»Regine ist beim Arzt, wie du sicher weißt.« Ich gucke ihn bedeutungsvoll an. »Ich habe ihre Schicht übernommen. Du warst ja mit Auslieferungen beschäftigt.«

»Sieh an. Ich hätte nicht gedacht, dass du dich dazu herablässt«, meint er süffisant, die Hände in den Hosentaschen vergraben. »Noch vor zwei Tagen wolltest du keinen Finger krumm machen.«

»Ich tu's auch nur Regine zuliebe. Glaub mir, das ist eine einmalige Sache«, antworte ich gereizt. Die selbstgerechte Art meines Bruders bringt mich regelrecht auf die Palme. Was bildet er sich ein? Ich springe ein, wenn Not am Mann ist, so dass der Laden am Laufen bleibt, und statt eines Dankeschöns pflaumt er mich an.

»Einen Nachmittag auszuhelfen bringt dir keineswegs die Absolution ein«, erwidert er patzig. Die ansonsten hellblauen Augen sind dunkel wie ein Gewitterhimmel, sie starren mich feindselig an.

Ich hole tief Luft. »Was ist eigentlich dein Problem?«

»Du. Du bist mein Problem. Du tauchst nach Jahren wie aus dem Nichts wieder auf und glaubst, alles ist in Butter. Ich muss dich enttäuschen, das ist es nicht! Hast du dir in den vergangenen Jahren ein einziges Mal überlegt, was du mir mit deinem unüberlegten Handeln angetan hast? Natürlich nicht. Wozu auch? Was geht dich dein kleiner Bruder an, der seine Zukunftspläne begraben und von heute auf morgen plötzlich Bäcker werden musste. Dass dein Handeln Konsequenzen hatte, war dir scheißegal. Ich durfte deine Fehler ausbügeln. Erwarte also bitte nicht von mir, dass ich dir dafür um den Hals falle.« Er klingt resigniert, den Blick starr auf einen imaginären Punkt über mir geheftet.

Ich trete einen Schritt auf Alex zu. Vorsichtig will ich ihm meine Hand auf die Schulter legen, aber er schlägt sie weg. »Du weißt genauso gut wie ich, dass das mit Papa und mir auf Dauer nie gutgegangen wäre.«

Mein Bruder tritt frustriert gegen die Holztreppe. Die Treppe bleibt Sieger. Er verzieht schmerzvoll das Gesicht. »Du hast dich vor der Verantwortung gedrückt!«, schleudert er mir entgegen.

»Das ist Quatsch! Aber in dieser Beziehung verstehst du mich ebenso wenig wie Papa«, antworte ich bitter.

»Stimmt. An mir bleibt schließlich alles hängen. Ich muss Papas Launen ertragen, mir jeden Tag anhören, dass ich kein würdiger Nachfolger bin. Er überträgt mir kein bisschen Selbstverantwortung. Kannst du dir annähernd vorstellen, was das für ein Gefühl ist?« Alex sieht mit einem Mal aus wie ein kleiner Junge, der sich nach Liebe und Anerkennung sehnt.

»Du hättest ja auch nein sagen können«, werfe ich vorsichtig ein und ziehe automatisch den Kopf ein.

Alex schaut mich an, als ob ich nicht mehr alle Tassen im Schrank hätte. »Ja, sicher.« Er lacht freudlos. »Papas Gesicht hätte ich sehen wollen, wenn ich nun auch noch angekommen wäre, dass ich auf den Laden keinen Bock habe. Aber darum geht es auch gar nicht.«

»Sondern?«

»Darum, dass du nicht über die Konsequenzen nachdenkst. Du hast Papa mit der Bäckerei sitzen gelassen. Natürlich musste ich dann einspringen. Was denkst du denn?« Ich will ihn unterbrechen, doch er bringt mich mit einer energischen Handbewegung zum Schweigen. »Ja, ich hätte nein sagen können. Aber ich konnte nicht. Das konnte ich Papa nicht antun. Nicht nach allem, was mit dir vorgefallen ist. Es kotzt mich dermaßen an, dass du in deiner selbstgerechten Art und Weise nicht begreifen willst, warum ich eben nicht nein sagen konnte. Weil du einfach nicht nachdenkst.«

Trotz all der anklagenden Worte tut mir Alex gerade unheimlich leid. Er hat recht, ich habe nicht an ihn gedacht. Ich wollte bloß weg aus Wismar. Weg von meinem Vater und seinen Ansprüchen. Dass Alex am Ende der Leidtragende ist, habe ich nicht bedacht. Vielleicht wollte ich mir auch nur einreden, dass alles in Ordnung kommen wird. Habe ich mit meinem egoistischen Verhalten für immer Alex' Vertrauen verloren?

Ich fahre mir mit allen zehn Fingern durch die Haare. »Ich kann mir kein Urteil erlauben, aber ich dachte wirklich, dass du glücklich wärst. Die Bäckerei scheint dein Leben geworden zu sein. Und ich weiß einfach, dass du irgendwann ein großartiger Bäckereiinhaber sein wirst, Alex. Ein viel besserer, als ich es je geworden wäre. Du bist vernünftiger und weitsichtiger als ich. Und das meine ich als Kompliment. Irgendwann wird Papa einsehen, dass du der Richtige für seine Nachfolge bist.« Ich zwinkere Alex optimistisch zu.

Er verschränkt die Arme vor der Brust. »Und wieso hofft Papa dann insgeheim, dass du die Bäckerei doch noch übernehmen wirst?«, fragt er herausfordernd.

»So ein Stuss!«, lache ich laut auf. Das ist der größte Blödsinn, den ich seit langem gehört habe.

»Jetzt tu nicht so, als hättest du das nicht gewusst. Möglicherweise spekulierst du ja darauf, als Retter in der Not zu erscheinen und mir meinen Job wegzunehmen!«

»Hältst du mich wirklich für so hinterhältig?« Meine Stimme bebt. Eine kalte Hand legt sich um meinen Nacken. Ich zittere. Die Temperatur im Raum scheint um mindestens fünfzig Grad gesunken zu sein. Ich umklammere das Treppengeländer, krampfhaft darum bemüht, nicht zusammenzubrechen.

Ich kann nicht glauben, was mir mein eigener Bruder für Gemeinheiten unterstellt. Bis zu einem gewissen Maß kann ich seinen Groll auf mich verstehen, doch diese Unterstellung zieht mir den Boden unter den Füßen weg. Was zu viel ist, ist zu viel!

Alex zuckt mit den Schultern. »Dir traue ich mittlerweile alles zu.«

»Vielen Dank«, presse ich verletzt hervor. Die kalte Wut ist Ernüchterung gewichen. »Ich habe durchaus meine Fehler, aber durchtrieben bin ich nicht. Ich heiße schließlich nicht Cora!«, kann ich mir nicht verkneifen zu sagen und blicke meinen Bruder durchdringend an.

»Halt Cora da raus!« Sein Tonfall ist nahezu gespenstisch ruhig.

Ich verziehe das Gesicht zu einer Grimasse. »Was um alles in der Welt willst du mit dieser heimtückischen Schlange?«, frage ich ungläubig. Ich kann nicht glauben, dass mein Bruder ernsthaft an Cora interessiert sein soll. Hat er denn völlig den Verstand verloren?

»Du kennst Cora eben nicht.«

»Du doch erst recht nicht!« Ich möchte ihm am liebsten Vernunft einprügeln. »Ich habe sieben Jahre gemeinsam mit ihr die Schulbank gedrückt. Entschuldige, aber da kenne ich sie bei weitem besser als du. Sie ist eine selbstsüchtige Tussi, die nur an sich denkt und Menschen hemmungslos für ihren eigenen Vorteil manipuliert. Bist du wirklich dermaßen blind vor Liebe, um das nicht zu erkennen?«

»Was zwischen Cora und mir ist, geht dich einen Scheiß an.«

Ich schließe die Augen, atme gleichmäßig ein und aus. Ich fasse es nicht, dass wir uns ernsthaft wegen Cora streiten. Das ist ein schlechter Witz! »Sie wird dir das Herz brechen!«, appelliere ich an Alex' Verstand.

»Pass du lieber auf, dass du nicht Mamas Herz brichst.«

»Was soll das bitte heißen?«

»Mit deiner kleinen Inszenierung kannst du die anderen vielleicht für dumm verkaufen, mich aber nicht.« Damit verschwindet er türenknallend in der Backstube.

Fassungslos blicke ich ihm hinterher.

»Mmmmm, was duftet denn hier so gut?« Mama kommt schnuppernd in die Küche. Mit einem überraschten Blick scannt sie das von mir veranstaltete Chaos. Die Arbeitsfläche ist mit Mehlresten bestäubt, in der Spüle stapeln sich dreckige Schüsseln, das Rollholz liegt mit Teigresten daneben. Es sieht ein wenig aus, als ob der Blitz eingeschlagen hätte.

»Ich räume nachher auf«, verspreche ich und lecke mir den Zuckerguss von meinem Mittelfinger.

Meine Mutter schüttelt verwirrt den Kopf. »Du hast gebacken«, kommentiert sie das Offensichtliche. Sie klingt leicht entsetzt.

»Ich musste mich ablenken.«

Immer wenn ich auf andere Gedanken kommen will, beginne ich zu backen. Mehl, Hefe, Eier, Zucker und Butter haben wie so oft eine nahezu tröstende Wirkung auf mich. Sobald meine Hände im Teig versinken, sehe ich die Dinge in einem milderen Licht. Meine Backorgien lösen zwar in den seltensten Fällen meine eigentlichen Probleme, aber für eine Weile denke ich nicht an sie. Das ist das Entscheidende.

Nach Alex' rätselhafter Bemerkung brauchte ich dringend Ablenkung. Ich wollte gar nicht erst beginnen, mir auszumalen, dass mein Bruder eine tickende Zeitbombe ist, die jeden Augenblick hochgehen kann. Mal ganz abgesehen davon, dass ich nun nicht nur mit meinem Vater, sondern auch mit meinem Bruder im Clinch liege.

Wegen der Bäckerei, die ich nie wollte.

Und wegen Cora.

Unfassbar!

Also stellte ich mich nach der Nachmittagsschicht in die elterliche Küche und beschloss, meine Schulden bei David zu begleichen. Ich hatte ja sonst nichts zu tun. Und da ich nicht das nötige Kleingeld besitze und mir sonst nichts einfiel, wie ich mich bei David bedanken konnte, entschied ich mich dafür, ihm einen Kuchen zu backen. Mit ganz viel Glück kann ich ihn damit vielleicht sogar überreden, den Leuten nicht sofort auf die Nase zu binden, dass er meinen Freund lediglich gespielt hat. Wenigstens so lange, wie ich in Wismar festsitze. Was zwangsläufig darauf hinausläuft, dass wir weiter das glückliche Paar mimen. Ob er da mitmacht? Ich habe leise Zweifel. Aber darüber zerbreche ich mir den Kopf, wenn es so weit ist.

»Regine hat mir erzählt, dass du sie heute im Laden vertreten hast. Das war nett von dir«, meint meine Mutter und legt dankbar ihre Hand auf meine.

»Alex' Begeisterung hielt sich in Grenzen.«

Mama legt den Kopf schief. »Du kennst ihn. Er ist ein Mann, der sein Revier abstecken muss.«

Ich kichere.

Meine Mutter schmunzelt. Ich fühle mich gerade richtig elend, sie anzulügen. Pass du lieber auf, dass du nicht Mamas Herz brichst, waren Alex' Worte. Allmählich hege ich den Verdacht, dass ich es ihr so oder so brechen werde.

»Trinkst du einen Tee mit mir?«

»Gerne.«

Mama holt zwei Teetassen aus dem Schrank und setzt Wasser auf.

Die Eieruhr klingelt. Ich ziehe mir die Handschuhe an, hole den Kuchen aus dem Ofen und stelle ihn auf den Gitterrost. Dann bestreiche ich den goldbraunen Streuselkuchen mit Zitronenzuckerguss.

Meine Mutter beugt sich über das Blech und blickt mich anerkennend an. »Der sieht phantastisch aus.«

Ich lächele stolz.

»Soll ich mal raten, für wen der ist?« Das Grinsen reicht ihr bis über beide Ohren.

Augenblicklich werde ich rot. Ich hasse es, durchschaubar zu sein, auch wenn es diesmal allzu offensichtlich ist. »Ich …

na ja … ich wollte …«, stammele ich, hektisch nach Worten suchend.

»Übernachtest du heute bei David?«

»Mama!«

»Ich hab dir den Zweitschlüssel auf die Kommode gelegt.«

»Mama!«

Sie ignoriert meinen entrüsteten Blick und gießt das kochende Wasser über die Teebeutel. Ein angenehmer Duft nach Limette und Zitronengras breitet sich in der Küche aus. Sie schiebt mir die Zuckerdose hin und nimmt mit ihrer Teetasse in einem der Korbstühle Platz.

»Ein Stückchen von deinem Streuselkuchen wäre jetzt die Krönung«, gesteht sie sehnsüchtig, »aber ich werde mich beherrschen.«

Ich setze mich zu ihr an den Tisch. »Ich kann morgen einen neuen backen«, rutscht es mir heraus. Ärgerlich beiße ich mir auf die Unterlippe. Meiner Mutter Hoffnungen zu machen ist wahrlich das Letzte, was ich will. Sie denkt sonst womöglich, dass ich in Wismar sesshaft werde, David heirate und ihr ein halbes Dutzend Enkelkinder schenke.

Mama betrachtet mich intensiv wie ein Präparat unter dem Mikroskop. »Wieso hast du die Bäckerlehre abgebrochen, Miriam?«, will sie wissen.

Unruhig rutsche ich auf dem Stuhl umher. »Weil es nicht das Richtige für mich war.«

Meine Mutter kräuselt die Lippen. »Und das geistes- und sozialwissenschaftliche Studium war es?«

Ich zucke mit den Schultern. »Zu dem Zeitpunkt, ja.«

Mama rührt nachdenklich in ihrer Tasse herum. Überzeugt sieht sie nicht aus.

Aber ich bin es ja auch nicht.

11

Davids Fotoatelier sowie seine Privatwohnung liegen in einer Seitenstraße unweit des Markts. Der zweistöckige Altbau wurde jüngst aufwendig restauriert; bis vor einigen Jahren stand an gleicher Stelle ein heruntergekommenes Gebäude mit nur einem halben Dachstuhl. Die Fassade erstrahlt nun in einem hellen Gelbton, die zerbrochenen Fensterscheiben wurden erneuert und im Erdgeschoss durch ein großes Schaufenster ersetzt, auf dem in weißen Druckbuchstaben »Fotostudio Vahrenberg« zu lesen ist.

Die Glocke der Heiligen-Geist-Kirche läutet achtmal. Mit langsamen Schritten bricht die Nacht über der Stadt herein.

Ich nage nervös an meiner Unterlippe und versuche angestrengt, das flattrige Gefühl in meinem Bauch zu ignorieren. Am liebsten würde ich auf der Stelle die Flucht ergreifen. Was habe ich mir bloß dabei gedacht, David einen verdammten Kuchen zu backen? Glaube ich wirklich, dass ich ihn mit einem lächerlichen Streuselkuchen dazu überreden kann, weiter dieses Theater mitzuspielen?

»Wie lange willst du da eigentlich noch stehen bleiben?«

Ich kreische los wie eine kaputte Heckenschere. Das Kuchenblech droht mir aus den Händen zu gleiten, aber im letzten Moment bekomme ich es mit den Fingern zu fassen.

Wütend starre ich David an, der amüsiert im Eingang steht. Die Hände hat er lässig in den Taschen seiner tiefsitzenden Jeans vergraben, die Pulloverärmel bis zu den sehnigen Oberarmen hochgekrempelt. Bei seinem Anblick wird mir ganz schwummerig vor Augen und ich vergesse für eine Sekunde den eigentlichen Grund für mein Kommen.

Energisch schüttele ich den Kopf, um meine Gedanken in die richtige Bahn zu lenken. Ich werde mich von einem attraktiven Fotografen nicht aus der Ruhe bringen lassen. Pah, wäre ja noch schöner. So gut sieht er auch wieder nicht aus!

»Ich war rein zufällig in der Gegend«, rechtfertige ich mich ertappt. »Na ja, und da hab ich die Fotos im Schaufenster gesehen und war neugierig.« Oh Gott, was fasele ich da für einen Schwachsinn. Ich halte ein Kuchenblech in der Hand! Ein Ku-chen-blech. Mit einem Kuchenblech ist man nicht zufällig in der Gegend, verflixt noch mal.

»Welches gefällt dir am besten?«, fragt er, mich nicht aus den Augen lassend.

»Äh …«

Eilig werfe ich einen Blick auf die gerahmten Fotos im Schaufenster. Elegante Schwarzweiß-Studioporträts von Jung bis Alt wechseln sich ab mit glucksenden Babys in Badewannen oder auf dem berühmten Eisbärfell sowie einer ganzen Reihe von Hochzeitsbildern.

David tritt einen Schritt auf mich zu. Selbst ohne aufzuschauen, spüre ich seine körperliche Anwesenheit neben mir. »Weshalb bist du wirklich gekommen?« Seine Stimme klingt ungewohnt rau.

Unwillkürlich weiche ich zurück. Die Atmosphäre zwischen uns ist zum Knistern gespannt. Es irritiert und verwirrt mich gleichermaßen. Und es macht mir Angst. Natürlich ist David ein gutaussehender Mann, ich würde lügen, wenn ich etwas anderes behauptete, aber ich werde nicht noch einmal solch eine Dummheit wie auf der Geburtstagsfeier meiner Mutter begehen. Wenn ich nur daran denke, wie ich mich David an den Hals geworfen und ernsthaft mit dem Gedanken gespielt habe, ihn vor allen Leuten zu küssen, wird mir schlecht. Kompletter Systemabsturz. Anders ist das nicht zu erklären. Von wegen, ich sollte nicht so viel nachdenken. Pah. Noch einmal wird mir das sicher nicht passieren. Nein. Nein. Nein! Meine Probleme würden sich vervierfachen. Darauf bin ich wirklich nicht scharf!

In ein paar Tagen bin ich ohnehin wieder weg. Dann ist diese Schmierenkomödie zum Glück zu Ende. Gott sei Dank. Als ob jemand wie David allen Ernstes Interesse an mir haben könnte. Der Witz des Jahres. Ich zeige mir insgeheim selbst einen Vogel.

»Also?« David steht plötzlich so dicht neben mir, dass sich unsere Oberarme berühren. Hektisch springe ich zur Seite, um eine größere Distanz zwischen uns zu bringen. Dabei stolpere ich, und wenn David mich nicht geistesgegenwärtig aufgefangen hätte, läge ich mitsamt dem Kuchenblech jetzt auf dem Bürgersteig.

»Alles in Ordnung?« Er sieht mich forschend an.

»Nichts passiert«, beruhige ich sowohl ihn als auch mich. Das ist bereits das dritte Mal innerhalb von vierundzwanzig Stunden, dass David mich auffängt. Allmählich wird's peinlich.

Ich benetze meine trockenen Lippen und versuche, auf etwas anderes als auf seinen Mund zu starren. Es wird Zeit, dass ich den Normalmodus wieder einschalte. Ich benehme mich wie ein alberner Teenager!

Mit einer hastigen Drehbewegung löse ich mich aus Davids Umklammerung. Durch den neu gewonnenen Abstand schaffe ich es, endlich wieder klar zu denken. Mein Blick fällt auf das Kuchenblech.

»Ich wollte mich bei dir bedanken, dass du am Samstag meinen Freund gespielt hast. Was keineswegs selbstverständlich war. Nach allem, was ich dir um die Ohren gehauen habe. Jedenfalls danke, dass du das Spielchen mitgemacht und mich nicht verraten hast. Das wäre sonst ziemlich unangenehm für mich geworden«, druckse ich herum, seinem bohrenden Blick ausweichend. »Tja, ich stehe nur ungern in deiner Schuld, und da wir uns auf keinen festen ... ähm ... Preis geeinigt hatten ...« Ich werde rot bis über beide Ohren, als ich an diese peinliche »Callboy-Geschichte« zurückdenke. »Da dachte ich mir, ich backe dir einen Kuchen. Als Entschädigung und Dankeschön sozusagen.«

Ich drücke David das Blech in die Hand und will ohne zu zögern die Flucht ergreifen. Er hält mich am Arm zurück. Ich halte die Luft an. Dort, wo seine Hand liegt, breitet sich ein wohliges Kribbeln auf meinem Unterarm aus. Die feinen Härchen im Nacken stellen sich auf, und ein Schauer läuft meinen Rücken hinunter. Bevor ich meinen Arm aus der Gefahrenzone bringen kann, und David gehört definitiv zu dieser Zone, nimmt er seine Hand weg. Ich stoße erleichtert die angehaltene Luft aus. Wenn das so weitergeht, bin ich bald ein nervliches Wrack. Verdammt, Miriam, reiß dich zusammen!

David lüftet das Handtuch, das ich zum Schutz vor Wespen über den Streuselkuchen gelegt habe. »Mhm, der sieht aber lecker aus«, meint er anerkennend und schnuppert daran.

Ich versuche, bei Davids Lob nicht erneut rot zu werden. »Hoffentlich schmeckt er. Ich bin etwas aus der Übung, da ich sonst nur Muffins backe«, gebe ich mich so normal wie möglich. Ich will mir meine Unsicherheit unter keinen Umständen anmerken lassen. David bildet sich möglicherweise wer weiß was darauf ein.

»Bestimmt.« Er stellt das Kuchenblech auf der obersten Treppenstufe ab, ehe er fortfährt: »Hast du heute Abend schon was vor?«

Ich schnappe nach Luft. »Wie bitte?«

Er wirkt plötzlich verunsichert. Sein Gesicht ist undurchdringlich. Durch den Lichtschein der Straßenlaterne wirkt es fremd, anziehend. Eine gefährliche Mischung. Ich schlucke heftig.

»Wir könnten zum Hafen hinuntergehen, uns auf eine der Bänke setzen und uns deinen Kuchen schmecken lassen. Ich esse ungern allein. Aber in Begleitung einer schönen Frau …« Ein schalkhaftes Glitzern huscht über seine Augen.

Verblüfft starre ich ihn an. »Zieht diese Masche allen Ernstes bei uns Frauen?«, erkundige ich mich perplex.

»Zieht sie denn bei dir?«, dreht er den Spieß um, kein bisschen beleidigt. Ich habe vielmehr das Gefühl, dass er sich über mich lustig macht. Der Gedanke gefällt mir überhaupt nicht.

»Nein.«

Er lächelt entwaffnend. »Schade.«

Ich bin mir nicht sicher, was ich darauf antworten soll. Am vernünftigsten wäre es wohl zu sagen, dass er mit seinem Charme bei mir auf Granit beißt. Wenn es doch bloß so wäre, seufze ich und verbiete mir jeden weiteren Gedanken an ihn.

»Ich kann dich nicht zu einem romantischen Date überreden?«

Mir klappt die Kinnlade herunter. »Ein D-D-Date?«

David verzieht keine Miene. »Du willst mit deinem Freund nicht den Abend verbringen? Das trifft mich tief«, erwidert er betrübt.

»Du bist nicht mein Freund«, platze ich entgeistert heraus. Ich beiße mir auf die Zunge. David liefert mir eine 1A-Steilvorlage, ihn zu bitten, weiter meinen Freund zu spielen, und ich vermassele es. Wie blöd muss man sein? Ich bin kurz davor, meinen Kopf gegen die Wand zu hauen. »Also, das … das meine ich … äh … ich …« Ich verheddere mich hoffnungslos. Mein Gesicht ist mit Sicherheit knallrot.

»Du bist hart zu knacken, weißt du das?«

Ich blinzele.

»Gib doch zu, dass du mich mit dem Kuchen bestechen wolltest, damit ich dieses Theater weiter mitspiele.« Er klingt kein bisschen sauer. Die ganze Angelegenheit scheint ihn mehr und mehr zu erheitern.

»Hör auf, andauernd meine Gedanken zu lesen!«, beschwere ich mich. Dass ich für David quasi ein offenes Buch bin, gefällt mir nicht. Absolut nicht! Auch wenn es mir erspart, ihn selbst zu bitten, meinen Freund zu spielen.

»Dann denk nicht so laut!«

»Ich gehe trotzdem nicht mit dir aus.«

»Mein Herz blutet.«

»Charmebolzen.«

»War das ein Kompliment?«

Ich breite die Arme aus und zucke mit den Achseln. Der Anflug eines Lachens huscht über meine Lippen.

Er grinst. »Du bist also weiter meine Freundin.« Ein klares Statement. Ohne Wenn und Aber.

»Ja.« Dafür komme ich definitiv in die Hölle!

Wahrscheinlich sollte ich ihn trotzdem darauf hinweisen, dass ich seine Freundin bestenfalls *mime*, aber ich will nicht kleinlich erscheinen. Ich schulde David sowieso mehr, als ich je gutmachen kann. So ganz verstehe ich immer noch nicht, warum er bei dem Spiel mitmacht. Was hat er davon? Irgendwie werde ich nicht schlau aus ihm.

»Die Verabredung wird nachgeholt«, sagt David herausfordernd. Er hat ein verschmitztes Glänzen in den Augen, wie Don Quijote im Kampf gegen die Windmühlen.

»Abwarten«, gluckse ich.

»Verlass dich drauf!«

»Drohst du mir?«

»Du wirst schon sehen.«

Eine kühle Brise umstreift meine Beine. Der erste Regentropfen fällt auf meine nackte Schulter. Die heißersehnte Abkühlung eines weiteren schwülen Sommertages.

Ich lege meinen Kopf in den Nacken, schließe die Augen. Kleine, feuchte Tropfen prasseln auf mein Gesicht nieder. Sie perlen ab und werden zu Rinnsalen, die meine Wangen hinunterlaufen und meine warme Haut abkühlen.

Mit ausgestreckten Armen drehe ich mich im Kreis, bis mir schwindelig wird. Der leichte Sommerregen rieselt auf meinen Körper, durchdringt meine Kleidung. Ich atme tief ein. Ich liebe den Geruch von Regen, diese unbeschreibliche Herbheit in der Luft. Eine erfrischende Belebung. Auch für meinen Geist. Ich fühle mich plötzlich leicht und unbeschwert. Wie ein Kind, das keinerlei Sorgen hat. Das nur das Hier und Jetzt kennt und nicht an morgen denken muss.

Schwerfällig öffne ich die Augen. David steht noch an genau demselben Fleck. Sein Pullover ist durchtränkt, die Haare hängen ihm gelockt ins Gesicht. Er guckt mich mit einer eigenartigen Mischung aus Erstaunen und wildem Temperament intensiv an. Ich bekomme eine Gänsehaut im Nacken, die sich über meinen ganzen Körper ausbreitet.

Über sein Gesicht huscht ein Funkeln, kaum vernehmbar. Mir ist es dennoch nicht entgangen. »Wir werden uns den Tod holen«, bemerkt David, doch er rührt sich keinen Millimeter von der Stelle.

Ich starre ihn an, schaue zu, wie ein einzelner Regentropfen seinen geraden Nasenrücken hinabläuft und dann an seiner Nasenspitze hängen bleibt.

Wie aus dem Nichts überkommt mich der Drang loszulachen, ein Kichern tief aus meiner Kehle. Es durchzuckt meinen ganzen Körper, schüttelt mich. Ich kann mich gar nicht mehr beruhigen.

David guckt mich verblüfft an. Dann fällt er in mein Lachen ein.

Gemeinsam stehen wir auf dem Bürgersteig und jauchzen wie kleine Kinder, während der Regen auf uns niederprasselt.

* * *

12

Der Vibrationsalarm meines Handys reißt mich aus dem Schlaf. Mürrisch strecke ich die Hand nach dem penetranten Teil aus, das einfach keine Ruhe geben will.

Verschlafen linse ich auf das Display.

Moritz.

»Weißt du, wie spät es ist?«

»8:02 Uhr«, schallt es vom anderen Ende. Mein Mitbewohner muss aus dem Bett gefallen sein. Und er ist schrecklich gut gelaunt.

»Ich hoffe für dich, dass es wichtig ist«, knurre ich, meinem Schlaf nachweinend.

»Wo steckst du?«

Ich rolle mich auf die andere Seite und schließe probeweise die Augen. Sinnlos. An Schlaf ist nicht mehr zu denken, ich bin hellwach. »Im Bett.«

Er zieht hörbar die Luft ein. »Mit einem Mann?«

»Moritz!«, herrsche ich ihn gereizt an. »Weshalb rufst du an?«

»Störe ich?«, amüsiert er sich. Ich will gar nicht wissen, was ihm jetzt für Bilder durch den Kopf gehen. Ehrlich nicht.

»Wie kommst du denn darauf?«

Ich ertappe mich dabei, wie ich die Erfindung der dummen Handys verfluche. Dauernd erreichbar zu sein ist großer Mist. Ganz gewaltiger Mist. Noch mehr verfluche ich aber meine fehlende Selbstdisziplin. Ich hätte das Ding ignorieren sollen. Dann hätte sich die Mobilbox mit Moritz rumärgern dürfen, und nicht ich.

»Stephan hat gestern angerufen. Er wollte wissen, ob du nun zu seiner Traumhochzeit kommst. Du hättest dich nicht mehr gemeldet.«

»Und deswegen klingelst du mich mitten in der Nacht aus den Federn?« Nur mit äußerster Anstrengung unterdrücke ich den Drang, das Handy gegen die Wand zu pfeffern.

»Beruhige dich. Ich hab ihm gesagt, dass du einen unglaublich wichtigen Termin hast und daher leider, leider verhindert wärst. Zufrieden?«, erkundigt er sich zerknirscht.

»Ja.« Ansonsten hätte ich Moritz erwürgt. Ich kann nicht glauben, dass Stephan nach meinem mehr als deutlichen Desinteresse für seine blöde Hochzeit ernsthaft eine weitere Antwort von mir erwartet hat. Tja, was ihm nicht ins Konzept passt, wird eben rigoros ignoriert.

»Wie lange bleibst du noch in Wismar?«, fragt Moritz, nachdem wir ein paar allgemeine Floskeln ausgetauscht haben und er mir versichert hat, dass die Wohnung nach wie vor unversehrt ist.

Ich ziehe automatisch die Schultern hoch. Dann fällt mir ein, dass Moritz mich nicht sehen kann. »Ich weiß es ehrlich gesagt nicht.« Schockierenderweise stimmt das sogar. Seit dem Zoff vom Wochenende habe ich mir keine Gedanken mehr darüber gemacht, wie lange mein »Urlaub« in Wismar dauern soll.

»Dir gefällt es in Wismar.« Moritz' Stimme hat diesen selbstgefälligen Ton angenommen.

»Ganz und gar nicht!«, wehre ich nicht sonderlich überzeugend ab.

»Sommer, Sonne, Strand und Meer vor der Haustür und einen Kerl im Bett, da würde ich auch nicht nach Hause wollen«, fährt Moritz ungerührt fort. Er genießt die Situation von Sekunde zu Sekunde mehr.

»Bist du high?« Ich schwanke zwischen Empörung und Belustigung.

»Wie ist er denn so?«

»Wer?«

Ich kann mir bildlich vorstellen, wie Moritz die Augen verdreht. »Dein neuer Prince Charming. Hoffentlich nicht solch ein Idiot wie Stephan.«

Ich stöhne laut auf. »Hat es Sinn, dir zu erklären, dass weder in meinem Bett noch in meinem sonstigen Leben ein neuer Prince Charming aufgetaucht ist?«

Für einen Augenblick herrscht Schweigen am anderen Ende der Leitung. »Und wen hast du deinen Eltern nach meinem Ausfall als deine große Liebe präsentiert?«

»Ich habe einen Callboy gemietet.«

»Du hast *was*?« Ich muss mir das Handy vom Ohr weghalten.

»Einen Callboy gemietet«, wiederhole ich trocken. Ich beiße mir auf die Lippen, um nicht zu lachen.

»Du verarschst mich.« Es ist eine Feststellung, aber ein deutlicher Hauch von Unsicherheit schwingt mit.

Ich kann nicht länger an mich halten und pruste los. »Ich würde jetzt zu gerne dein fassungsloses Gesicht sehen«, gestehe ich unter weiteren Lachsalven.

Moritz murmelt Unverständliches. Ich nehme an, es ist nicht jugendfrei. »Das war nicht witzig!«

»Doch, war es«, kichere ich schadenfroh. Dann berichte ich Moritz, unter welch aberwitzigen Umständen ich David kennengelernt habe. Ich verschweige ebenfalls nicht, dass ich ihn mit einem Kuchen bestochen habe, damit er weiter meinen Freund mimt.

»Und das Spielchen macht er mit? Also entweder ist dein David eine männliche Mutter Teresa – oder er steht auf dich.«

»So ein Blödsinn!«

Wohlweislich habe ich die vermeintliche Androhung unseres zukünftigen Dates bei meinem Bericht ausgeklammert. Selbst nach drei Tagen intensiven Nachdenkens bin ich zu keinem rechten Entschluss gelangt, was ich von der ganzen Angelegenheit halten soll. Auch, weil wir an jenem Abend kein weiteres Wort mehr darüber verloren haben, als wir uns nass bis auf die Knochen, aber mit einem breiten Grinsen, voneinander verabschiedeten.

Bisher hat David sich jedenfalls nicht wieder gemeldet. Eigentlich sollte ich darüber froh sein, erspart es mir doch weitere Probleme. Trotzdem wurmt es mich irgendwie. Mehr als es sollte. Und das irritiert mich am allermeisten.

»Du magst ihn«, neckt mich Moritz.

Jetzt ist der Moment gekommen, wo ich meinen Mitbewohner gerne mit dem Mobiltelefon erschlagen möchte. »Tue ich nicht! Ich verabscheue ihn«, behaupte ich, rot bis über beide Ohren. Gut, dass Moritz mich nicht sehen kann. Ich habe nämlich das Gefühl, dass meine Nase soeben um drei Millimeter gewachsen ist. Auweia.

»Leugnen ist zwecklos. Dafür kenne ich dich zu gut, Miriam.«

»Ich hasse dich!«

Moritz lacht laut auf. »Wenn du meinen männlichen Rat und Beistand in der David-Angelegenheit brauchst, ruf mich an.« Damit kappt er die Verbindung.

»Es gibt keine *David-Angelegenheit*«, gifte ich den Freiton lautstark an. Findet er das witzig? Ich jedenfalls nicht. David und ich werden nie und nimmer eine gemeinsame Zukunft haben. Das werde ich zu verhindern wissen. Lächerlich ist es ohnehin. Als ob ich wirklich blöd genug wäre, mich in einen Macho wie David zu verlieben. Noch dazu in einen Wismarer Macho. Ich bin ja nicht komplett verrückt!

»Ah, gut, du bist wach«, platzt meine Mutter, wie so oft ohne anzuklopfen, in mein Zimmer. Nicht, dass ich überrascht wäre. Privatsphäre ist von jeher ein Fremdwort in diesem Haus. Zumindest was mich betrifft. Laut meiner Mutter habe ich, das beziehungsunfähigste Familienmitglied aller Zeiten, sowieso nichts zu verbergen. Folglich kann bei mir jeder kommen und gehen, wie er lustig ist.

Meine Mutter zieht die Nase kraus. Ihrem Gesichtsausdruck nach muss es in meinem Zimmer stinken wie auf der Müllhalde. Zielstrebig eilt sie auf das Fenster zu und öffnet es. Ein Schwall kühler Morgenluft bläst herein. Instinktiv ziehe ich mir die Bettdecke bis an die Ohren und verkrieche mich tiefer in die Kissen. Was weniger an der Zimmertemperatur als an meiner Mutter selbst liegt. Sie schneit nicht ohne Hintergedanken zu dieser Uhrzeit in mein Zimmer. Garantiert will sie mich um einen Gefallen bitten, ich habe so ein ungutes Gefühl in der Magengegend.

»Könntest du nachher bei David vorbeischauen und nachfragen, ob die Bilder von der Geburtstagsfeier entwickelt sind, Schatz?«, kommt sie gleich auf den Punkt, mich fröhlich-enthusiastisch in Grund und Boden strahlend.

Ich gebe Grunzlaute von mir. »Wie wäre es, wenn du ihn anrufst?« David freiwillig zu begegnen, steht nun wirklich nicht ganz oben auf meiner Prioritätenliste. Auch wenn meine verkupplungsvisierte Mutter selbstredend anderer Meinung ist. Aber ich traue mich einfach nicht, David noch einmal alleine zu treffen. Nicht nach diesem knisternderotischen Tanz, unserem Fast-Kuss und der Androhung eines Dates. Ogottogott. David und ich, das ist alles so verwirrend. Zu verwirrend für meinen Geschmack. Daher ist es besser, wenn wir unsere öffentliche Turteltaubenzeit auf ein Minimum beschränken. Ansonsten komme ich womöglich doch noch auf dumme Ideen. Zumal ich meiner Mutter nicht unnötig Hoffnung auf ein Happy End machen will, wenn klar ist, dass ich in Kürze abreisen werde. Nach Hannover. Ohne David.

»Du hast doch Kontakte …«, zwinkert sie zweideutig. »Dann geht es bestimmt schneller.« Ich ziehe eine Grimasse. »Das Foto im *Wismarer Tageblatt* gefiel mir so gut, dass ich nun auf die restlichen Bilder gespannt bin«, fährt sie entzückt fort. Das Dauergrinsen scheint in ihren Mundwinkeln festgetackert zu sein. Fast kommt sie mir vor wie eine Grundschülerin an ihrem ersten Schultag. Kenne ich gar nicht von meiner Mutter. Andererseits ist sie auf einer Mission. Mission: Miriam muss in den Hafen der Ehe einlaufen. Schnellstmöglich. Da wird dann eben mal schnell ein dämlicher Fotoauftrag vorgeschoben, damit das Kind mehr Zeit mit dem zukünftigen Ehegatten verbringen kann. Ein wirklich toller und ausgeklügelter Plan. Das aufsässige Kind will bloß nicht! Vielmehr ist es bockig und zieht eine Schnute.

»Mama, meinst du nicht, dass David sich gemeldet hätte, wenn die Bilder fertig wären?«, appelliere ich an ihren Verstand, in der Hoffnung, dass sie mich mit diesen blöden Fotos und David im Besonderen in Frieden lässt. Die Rechnung habe ich, wie vermutet, ohne meine Mutter gemacht.

»Nun stell dich nicht so an! Du wirst mir ja wohl ein einziges Mal einen Gefallen tun können. Ich würde es selbst machen, aber ich muss gleich los. Unser monatlicher Tagesausflug vom Bridgeklub steht an.« Sie sieht auf die Uhr und verfällt in hektisches Auf- und Ablaufen. »Huch, ich bin spät dran. Kann ich mich auf dich verlassen?«

»Mama, du nervst!«

Sie wirft die Hände in die Luft, allmählich verliert sie die Geduld mit mir. »Ich verstehe wirklich nicht, was mit dir los ist. Statt dich zu freuen, dass du mehr Zeit mit David verbringen kannst, bist du nur am Nörgeln und verkriechst dich in deinem Zimmer.«

»David und ich lieben unsere Freiheit«, verteidige ich mich. Ich ärgere mich maßlos, dass ich mit diesem ganzen Theater überhaupt angefangen habe. Das bringt mich nur in Schwierigkeiten. Ich hätte wirklich umgehend mit David Schluss machen sollen, statt ihn zu bestechen. Alles bloß, weil ich eine feige Nuss bin. Das habe ich jetzt davon. Nun sorgt sich meine Mutter zu allem Überfluss auch noch um mein Liebesleben. Erst gestern Abend hat sie mir zum wiederholten Male vorgehalten, dass ich bisher nicht einmal bei David übernachtet hätte! Wenigstens sind mir die Bienchen und Blümchen und dergleichen erspart geblieben. Andernfalls wäre ich wohl vor Scham im Erdboden versunken.

»Du hast ihn drei Tage lang nicht gesehen!«, holt meine Mutter zum finalen Schlag aus.

Ich stoße die angehaltene Luft aus. Für eine Sekunde schließe ich die Augen, schüttele resigniert den Kopf.

»Also schön …«, gebe ich mich geschlagen. Ich habe ja eh keine andere Wahl. Selbst wenn meine Mutter eine Verabredung mit dem Dalai Lama hätte, sie würde mich nicht eher in Ruhe lassen, bis ich einlenke. Etwas Gutes hat das Ganze allerdings. Ich habe einen ganzen Tag Ruhe vor ihr und muss mir keine weiteren Vorwürfe anhören, wie miserabel ich meine Beziehung führe.

Mama klatscht freudig die Hände zusammen. »Du bist ein Schatz.«

Seufzend ziehe ich mir die Bettdecke über den Kopf. Ich verfluche diesen Tag jetzt schon.

* * *

13

»Heute ohne Kuchen, Prinzessin?«

David lehnt an der oberen Balustrade, die vom Verkaufsraum zur Empore hinaufführt, und grinst mich verschmitzt an. Er kennt mich bereits gut genug, um zu wissen, dass ich bei dem Kosenamen an die Decke gehen könnte. Oder noch besser, ihm die Augen auskratzen. Leider fällt beides flach, denn die Fotofachverkäuferin, eine hagere Frau Mitte vierzig mit Mireille-Mathieu-Frisur und einer Hornbrille auf der Nase, spitzt bereits ihre Lauscher.

Ich klimpere verführerisch mit den Wimpern und mache einen Schmollmund. »Bärschen, du weißt doch, dass isch die 'imbeersahnetort für 'eute Abend auf'ebe. Wenn isch gahns unanständig Ding mit dir vor'abe«, hauche ich in meinem besten französischen Akzent. Dabei streiche ich mir verführerisch meine Haare aus dem Gesicht, fahre mit der Hand bis zum Kinn und fächele mir träge Luft unter halb gesenkten Wimpern zu.

David starrt mich mit offenem Mund an. Dann presst er die Lippen fest aufeinander. Er kämpft sichtlich mit einer gigantischen Lachsalve, und er scheint den Kampf in den nächsten Sekunden zu verlieren.

Hinter mir räuspert sich jemand vernehmlich. Ich werfe einen Blick über meine Schulter und sehe, wie die Hornbrille geflissentlich die Bilderrahmen hin- und herrückt und ein nicht vorhandenes Staubkorn aus der Vitrine wegpustet. Sie ist puterrot im Gesicht und bemüht sich angestrengt, den Augenkontakt mit mir zu vermeiden.

»Junge Liebe – Sie wissen doch, wie das ist«, schwärme ich mit seligem Gesichtsausdruck.

Die Hornbrille guckt mich säuerlich an. Liebe kennt sie dem Anschein nach nur vom Hörensagen. Kein Wunder, so giftig, wie sie dreinblickt, da würde ich auch die Flucht ergreifen; nicht nur wegen der abscheulichen Frisur und dieser Brille, die nicht mal vor dreißig Jahren modisch gewesen sein kann.

Als die Ladenglocke erklingt und ein älterer Herr sich wegen Passbildern erkundigt, wendet sie sich erhobenen Hauptes von mir ab, nicht ohne etwas von »Unverschämtheit« zu murmeln.

Ich zucke mit den Schultern. Die Hornbrille und ich werden in diesem Leben wohl keine Freunde mehr.

»Himbeersahnetorte, soso. Ich hatte ja keine Ahnung, was für Ideen dieses hübsche Köpfchen ausbrütet.« David tippt mit dem Zeigefinger gegen meine Stirn. Um seine Mundwinkel zuckt es verdächtig.

Ich spüre, wie mir das Blut in den Kopf schießt. Wie schaffe ich es bloß immer, mich in peinliche Lagen wie diese zu bringen?

Verschämt linse ich auf meine Schuhspitzen und möchte mich am liebsten unsichtbar machen.

»Äh … ja, das … w-war nicht ern-ernst g-gemeint«, stottere ich hilflos, knallrot im Gesicht. Mittlerweile ähnele ich höchstwahrscheinlich einer überreifen kanarischen Tomate.

David grinst breit, verkneift sich aber jeglichen Kommentar. Trotzdem werde ich das Gefühl nicht los, dass die Sache damit keineswegs vom Tisch ist. Wahrscheinlich mache ich mich grundlos selbst verrückt. David wird wohl kaum nachts mit einer Himbeersahnetorte im Arm in mein Zimmer schneien, damit wir uns unsere Körper gegenseitig mit Himbeersahne einschmieren, sie danach hingebungsvoll aus unseren Bauchnabeln lecken und anschließend wilden, hemmungslosen Sex haben können. Ich schüttele heftig den Kopf, um die erotischen Bilder zu vertreiben. Wenn das so weitergeht mit meinen Tagträumereien, sollte ich wirklich einen Psychotherapeuten aufsuchen. Das ist doch nicht mehr normal, dass ich in Gegenwart eines halbwegs gutaussehenden Mannes total verruchte Phantasien entwickle – die noch dazu jeglicher Grundlage entbehren.

»Was führt dich zu mir? Außer deiner Sehnsucht und dem Angebot mit der Himbeersahnetorte natürlich«, erkundigt sich David mit einem Augenzwinkern, während er mich in sein privates Büro geleitet.

Davids Arbeitszimmer wirkt auf den ersten Blick wie jedes andere. Ein großer, lichtdurchfluteter Raum mit weiß getünchten Wänden, dessen gesamte Längsseite ein Sideboard einnimmt. Unter dem großen Fenster zum Hof steht ein massiver Schreibtisch aus Eiche, der neben einem aufgeklappten Notebook mit leeren Blättern, Fotos, Dias und verstreuten Büroutensilien zugemüllt ist. Kreatives Chaos nennt sich das bestimmt.

»Du siehst enttäuscht aus«, kommentiert David nüchtern mein nichtssagendes Gesicht. Er geht zum Fenster, um die Jalousie runterzuziehen, damit die Sonne das Zimmer nicht weiter aufheizt. Der Ventilator läuft bereits auf Hochtouren.

»Ich habe es mir anders vorgestellt«, gebe ich zu. Nicht so steril und eintönig, möchte ich hinzufügen, verkneife es mir aber.

David lacht und zieht einen Vorhang zur Seite, den ich

zuvor nicht wahrgenommen habe. Ein abgewetzter Tapeziertisch kommt dahinter zum Vorschein. Zahlreiche Flaschen und Fläschchen stehen darauf, von denen ich nicht einmal ansatzweise weiß, wozu sie gut sind. In der hinteren Ecke stapeln sich Pakete mit Fotopapier bis fast an die Decke. Eine unscheinbare weiße Tür führt in einen weiteren Raum.

»Meine geheime gruselige Dunkelkammer«, scherzt David, als er meinen neugierigen Blick auffängt.

»Haha.«

Er geht ans Waschbecken und füllt Wasser in die Kaffeemaschine. »Mein Job ist bedeutend langweiliger, als du glaubst.«

»Garantiert spannender als mein momentanes Leben«, entschlüpft es mir unüberlegt. Im nächsten Moment möchte ich mir die Zunge abbeißen. Kann ich denn nicht ein einziges Mal meine vorlaute Klappe halten?

»Das meinst du nicht ernst«, sagt David ehrlich erstaunt.

Er hat recht. Langweilig ist mein Leben gerade wirklich nicht. Ich habe schließlich genug Komplikationen am Hals, die mich auf Trab halten. Vermutlich kommt es mir bloß so vor, weil ich das Gefühl habe, insgesamt mit meinem Leben in einer Sackgasse zu stecken. Was kommt beispielsweise nach der Uni? Mein ganzes restliches Leben hängt von dieser Entscheidung ab, und ich habe absolut keinen Plan. Nicht einmal ansatzweise. Bis hierhin bin ich gekommen. Aber was nun? Vor mir herrscht Dunkelheit, hinter mir ebenfalls. Ich bin lediglich mit einer flackernden Taschenlampe bewaffnet und suche den Ausweg. Den ultimativen Plan. Die Erleuchtung.

»Wie auch immer …«, sinniere ich und verscheuche die düsteren Gedanken. »Meine Mutter schickt mich wegen der Geburtstagsfotos. Ich hab ihr zwar gesagt, dass du sicher angerufen hättest, wenn sie fertig wären – aber nun ja, sie ist etwas eigen.«

David schmunzelt. »Sie hat Angst um unsere Beziehung, richtig?«

Ich verdrehe die Augen. »So in der Art.«

»Das kommt davon, wenn man seinen armen Freund so schändlich vernachlässigt. Kein Wunder, dass sie misstrauisch wird.«

»He, es war nicht die Rede davon, dass wir ständig aufeinanderhocken!«, entrüste ich mich.

Er runzelt die Stirn. »Wann hattest du eigentlich deine letzte richtige Beziehung?«, fragt David plötzlich wie aus dem Nichts. Er klingt sehr nachdenklich.

»Was geht *dich* das an?«, zische ich gereizt. Meine Stimme ist um mindestens zwei Oktaven angestiegen.

Er streicht sich über das Kinn. Sein Gesicht ist ausdruckslos. Er scheint tief in Gedanken zu sein. Ich möchte zu gerne wissen, was ihm durch den Kopf geht.

Eine ganze Weile schweigen wir uns an. Durchbohren uns mit Blicken. Keiner weicht dem Blick des anderen aus. Wir stehen einfach nur da, starren uns an wie Tiger in einem Käfig. Bereit für den Kampf.

»Du kannst die Krallen wieder einfahren, Schätzchen.« David lächelt versöhnlich, als ob nichts gewesen wäre.

Ich knirsche mit den Zähnen. »Ich bin nicht dein Schätzchen.«

»Ein bisschen mehr Einsatz von deiner Seite könnte jedenfalls nicht schaden. Ansonsten merkt deine Mutter schneller als du denkst, was los ist.«

Er klingt so wahnsinnig vernünftig, dass ich schreien möchte. »Du bist ein verdammter Klugscheißer!«

»Ich bin rational.«

Grrrr!!!

David schenkt Kaffee in zwei Becher und bietet mir wortlos einen an. Seinen Kaffee versüßt er mit drei Stück Würfelzucker und einer halben Packung Kaffeesahne. Er nimmt einen Schluck und lehnt sich gegen den Schreibtisch. »Um auf die Fotos zurückzukommen, ich konnte erst die Hälfte entwickeln. Ich war die Tage zu sehr mit anderen Aufträgen ausgebucht«, meint er schuldbewusst.

»Kein Problem. Meiner Mutter ging es ohnehin nicht um die Fotos. Vielmehr ärgert es sie, dass wir nicht genügend Zeit miteinander verbringen. ›Du hast noch nicht einmal bei ihm übernachtet‹«, ahme ich meine Mutter in diesem überbesorgten Tonfall nach, den Mütter perfekt beherrschen. Mir wird zu spät bewusst, wie diese Aussage auf David wirken muss. »Also nicht, dass ich … du weißt schon …«

David kommt einen Schritt auf mich zu. Ich halte unweigerlich die Luft an, unfähig, mich von der Stelle zu rühren. Er streicht mir eine Haarsträhne hinters Ohr. Bei der sanften Berührung fahre ich zusammen. Ein Stromschlag von zehntausend Volt durchzuckt meinen Körper. Die feinen Härchen in meinem Nacken stellen sich auf. Das Herz klopft mir bis zum Hals. Unaufhörlich pumpt es literweise Blut durch meine Adern. Fast habe ich Angst, dass David meinen unrhythmischen Herzschlag spürt.

»Du siehst niedlich aus, wenn dir etwas peinlich ist.« Seine Stimme klingt nicht im mindesten belustigt, sondern samtig-weich. Wie ein wohliger Schauer, der einem über den Rücken läuft. Gefährlich. Sehr, sehr gefährlich.

Davids Nähe macht mich zunehmend kirre. Nur nicht die Nerven verlieren, beginne ich mir einzureden. Das ist alles gaaaaaanz harmlos. Immerhin wollen wir als total verliebtes Pärchen durchgehen. David trägt nur seinen Part dazu bei.

Mit bedeutend mehr Engagement und Überzeugung als ich, wie ich mir zähneknirschend eingestehen muss.

Er stupst mit dem Zeigefinger gegen meine Nase. »Hast du Lust, dir die bereits fertigen Bilder anzuschauen?«

Wie betäubt nicke ich. Kurz darauf höre ich ihn lautstark nebenan herumpoltern.

Ich gönne mir zwei, drei tiefe Atemzüge, um meinen Herzschlag wieder auf Normalmodus herunterzufahren. Dieses Auf und Ab meiner Hormone, sobald ich in Davids Nähe bin, wird mich in Teufels Küche bringen. Es wird Zeit, dass ich endlich wieder die Fäden in die Hand nehme und mich auf das Wesentliche konzentriere. Wie zum Beispiel schnellstmöglich und ohne Aufsehen nach Hannover zu verschwinden. Dann würden sich nämlich auch alle meine Sorgen mit einem Schlag in Luft auflösen.

Neugierig betrachte ich einige von Davids Arbeiten, die über dem Sideboard hängen. Es sind ausnahmslos Landschafts- und Naturaufnahmen, teils in Schwarzweiß, teils als Panorama. Herbststürme über der rauen Ostsee, die alte Strandweide im Frühling sowie ein verlassener Leuchtturm, an dem schon das Efeu emporrankt, hängen neben einem kristallblauen Südseestrand mit einer einsamen Palme und einem gigantischen Sonnenuntergang im Hintergrund. Augenblicklich bekomme ich Fernweh. Auf einem anderen Bild ist eine vertrocknete Rosenblüte mit Regentropfen als Makro fotografiert worden. Die Rosenblätter sind farbig, der Rest ist in Schwarzweiß gehalten. Leben und Tod; verstörend, faszinierend und wunderschön zugleich.

Ich bin wirklich beeindruckt, mit welcher Liebe zum Detail David die Motive eingefangen hat. Die Bilder ziehen einen förmlich in den Bann, werden zu einem Teil von einem selber. Es ist, als ob man in das Bild hineingezogen und sich einen Lidschlag später an genau diesem Ort wiederfinden würde. Wie bei *Mary Poppins*, wenn Mary mit Bert und den beiden Kindern Jane und Michael in die Pflastersteinbilder hineinspringt und die Motive zum Leben erweckt werden.

Auch einige Wismarer Sehenswürdigen wie der Alte Hafen, der Marien-Kirchturm oder die Schweinsgrube fehlen nicht in Davids Sammlung. Am spannendsten sind jedoch die Aufnahmen von den engen, verwinkelten Wismarer Gassen, die David aus einem ganz eigenartigen Blickwinkel aufgenommen hat. Teilweise wirken sie dermaßen fremdartig, dass ich nicht weiß, um welche Straßen es sich tatsächlich handelt. Vielleicht liegt es an Davids Fotografien, aber ich bin in der Tat erstaunt, wie entzückend Wismar ist.

Beim Betrachten der Fotos frage ich mich immer wieder, was jemand wie David in diesem Kaff eigentlich will. Mit seinem Talent sollte er die Welt bereisen, Ausstellungen planen und umjubelt werden. Verdient hätte er es. Stattdessen versteckt er sich hier, um langweilige Passbilder und Hochzeiten von Lieschen Müller zu fotografieren.

»Okay, ich habe sie«, empfängt mich David mit einem entschuldigenden Lächeln.

»Ordnung ist eben nicht jedermanns Sache«, feixe ich, obwohl ich diesbezüglich lieber den Mund halten sollte.

David lacht. Er breitet ein halbes Dutzend Farbaufnahmen auf einem Beistelltisch aus und beugt sich fachmännisch darüber. Sorgfältig begutachtet er jede einzelne Fotografie, bevor er sie in Zweierreihen anordnet.

Ich trete an Davids Seite und lasse meinen Blick über die sechs Abzüge schweifen. Auch ohne jegliches Fachwissen weiß ich, dass die Bilder großartig geworden sind. Jede Aufnahme besitzt eine ganz eigene Stimmung. Unverwechselbare Momente, individuell und zugleich Ausschnitte aus einem großen Ganzen. Auf einem meine Mutter mit einem unschuldigen Lachen, als sie von der Kamera ertappt worden ist. Daneben ein Bild, wo der Bürgermeister Mama kavaliersmäßig die Hand küsst, ehe er sie im nächsten Moment über die Tanzbühne schiebt.

David stemmt die Arme auf den Tisch und dreht den Kopf zu mir. Sein Gesicht ist meinem ganz nah. Ich nehme seinen männlichen Duft sowie sein betörendes Aftershave, das nach Meer und ganz viel mehr riecht, wahr. Sein Atem streichelt meine Wange. Die Luft zwischen uns flimmert vor Anspannung. Hastig wende ich mich von ihm ab, gebannt auf die Fotos blickend.

»Gefallen sie dir?«

»Ich bin beeindruckt, Herr Vahrenberg.« Zu meiner eigenen Überraschung klingt meine Stimme überhaupt nicht piepsig oder eingeschüchtert.

»Ehrlich?«

»Ganz ehrlich.«

David strahlt wie ein kleiner Junge, der zu Weihnachten die heißersehnte Ritterburg bekommen hat. Ich bin mir nicht sicher, ob das Funkeln in seinen Augen von dem Lob oder von dieser knisternden Atmosphäre zwischen uns herrührt.

Ich räuspere mich mehrfach, denn der Kloß in meiner Kehle wird immer größer. »Was treibt jemand wie du in Wismar?«

David legt fragend die Stirn in Falten. »Wie meinst du das?«

»Na ja, offensichtlich hast du Talent. Zweifelsohne bin ich kein Experte – mich bringt schon der Auslöser einer Digicam in Erklärungsnot –, aber deine Bilder sind exzellent. Sie besitzen eine innere Natürlichkeit, Zartheit und Stärke zugleich. Als ob sie der Realität ein Stückchen entrückt wurden, aber trotzdem weiter fest in ihr verankert sind.« Ich blicke David nun doch wieder ins Gesicht. Er sieht ein wenig geschockt aus, aber um seine Mundwinkel schleicht ein feines, kaum wahrnehmbares Lächeln. »Kitschig, ich weiß. Ich habe eben absolut keine Ahnung.« Ich lache gekünstelt.

»Das war das schönste Kompliment, das ich je bekommen habe«, meint David ernsthaft.

»Spinner!«

»Vielleicht.« Er lächelt entwaffnend.

»Warum Wismar?«, hake ich nach, immer mehr davon überzeugt, dass ein brillanter Fotograf wie David nicht in die tiefste Provinz von Meck-Pomm gehört.

»Wieso nicht?!«

»Gegenfragen zählen nicht.«

»Sagt wer?«

»Sie weichen aus, Herr Vahrenberg.«

Aus Davids Brust entsteigt ein tiefes, melodisches Lachen. »Und Sie sind reichlich neugierig, Frau Behrens.«

»Ist das etwas Schlechtes?«, erkundige ich mich, das Kinn herausfordernd in die Höhe gereckt und die Hände in die Hüften gestemmt.

Er streicht sich gedankenvoll mit der Hand über seinen Bart. »Abwarten.«

Ich hebe vielsagend die linke Augenbraue. David seufzt. »Wismar hat sich eines Tages ergeben. Ich mochte die Stadt, die Leute, das Meer. Folglich bin ich geblieben. Der Trubel der Großstadt, dieses hektische Leben auf der Überholspur war ohnehin nichts für mich.«

»Aber ausgerechnet Wismar?« Mein Gesicht und meine Stimme spiegeln blankes Entsetzen.

»Du tust gerade so, als ob Wismar die Hölle auf Erden wäre«, staunt David. Seine Augen ruhen auf mir, suchen nach einer Antwort für meine Aversion. Unter seinem durchdringenden Blick fühle ich mich klein. Ich habe Angst, dass er hinter meine Fassade schauen könnte und die wahren Gründe für meine Abneigung gegen das Kleinstadtleben erkennt.

»Lassen wir das«, meine ich ausweichend.

David runzelt die Stirn. »Wer weicht nun wem aus?«

Allzu gerne würde ich diesem Klugscheißer jetzt die Zunge herausstrecken.

Er setzt sich in den Drehstuhl und führt schweigend einige Klicks an seinem Notebook aus.

Verunsichert stehe ich da und weiß nicht, ob ich gehen oder bleiben soll. Ist er sauer auf mich und will nicht mehr mit mir reden, weil ich ihn gedrängt habe, mir ein paar private Details zu verraten? Andererseits weiß er viel mehr über mich als ich über ihn. Ich finde es nur legitim, wenn ich auch Fragen stelle. Immerhin bin ich seine Freundin. Na gut, seine Fake-Freundin.

Aber was, wenn er nun so verärgert ist, dass er mich nicht mehr sehen will? Und wenn ja, wie erkläre ich das vermeintliche Ende unserer Beziehung meiner Familie? Schluss durch gegenseitiges Anschweigen?

Das beständige Klicken der Maus zerrt an meinen angespannten Nerven. Ich bin kurz davor, die Beherrschung zu verlieren und ihn anzuschreien, damit er etwas sagt, als er unerwartet aufsieht.

»Magst du dir die restlichen Bilder anschauen?«

Offenbar redet er weiterhin mit mir. »Ich denke, die sind noch nicht entwickelt«, antworte ich verblüfft.

»Stimmt.« David winkt mich zu sich heran und deutet auf den Bildschirm seines Notebooks, wo Dutzende kleiner Miniaturansichten der Geburtstagsparty zu sehen sind. »Sind allerdings unbearbeitet.«

»Aha.« Ich nehme auf dem Stuhl neben David Platz. Dabei

berühren sich unsere Knie. Eilig rücke ich ein Stück weit von ihm weg, beunruhigt von seiner körperlichen Anziehung auf mich.

David hat die Arme vor der Brust verschränkt, unter seinem Hemd zeichnet sich deutlich seine muskulöse Brust ab. Ich bemühe mich intensiv, auf den Bildschirm vor mir zu gucken, anstatt auf meinen Sitznachbarn.

Leider ist das leichter gesagt als getan, denn David scheint nicht daran interessiert zu sein, die Professionalität unserer Geschäftsbeziehung zu wahren. Im Gegenteil. Sein Arm ruht nun lässig auf der Rückenlehne meines Stuhls, seine Finger spielen wie zufällig mit meinen Haaren. Unruhig rutsche ich auf dem Stuhl weiter nach vorne, bis ich nahezu auf der Kante sitze. Eine weitere Bewegung, und ich lande mit meinem Hintern auf dem Hosenboden.

»Wir waren echt überzeugend«, stellt David anerkennend fest. Auf dem Bildschirm erscheint gerade die Aufnahme von uns beiden, auf die meine Mutter energisch bestand. David, einen Arm um mich gelegt und mich frisch verliebt angrinsend, während ich reichlich dämlich in die Kamera glotze. Nicht ohne Grund meide ich Kameras seit Jahren. Ich bin nämlich in etwa so fotogen wie ein Blumentopf.

»Leichtigkeit«, winke ich ab. »Meine Mutter ist froh, dass ich in meinem Alter überhaupt noch jemanden abgekriegt habe.«

»Jetzt übertreibst du aber!«

Ich rolle mit den Augen. »Du kennst meine Familie nicht.« Und dafür sollte er wirklich dankbar sein.

»Das kann man ja bei einem Abendessen ändern«, schlägt David aus heiterem Himmel vor, die Lippen zu einem unwiderstehlichen Ich-bin-der-Traum-aller-Schwiegermütter-Lächeln verzogen.

Ich glotze ihn mit offenem Mund an. Hat der sich mit meiner Mutter verschworen? Dieser Mist ist hoffentlich nicht sein Ernst. Erstens kennen wir uns kaum, zweitens spielen wir das Traumpaar von Wismar bloß vor meinen Eltern und drittens – nur über meine Leiche!

»Ich werde dich nicht blamieren, versprochen. Du wirst es nicht glauben, aber ich habe durchaus Manieren«, beruhigt mich David, als er meinen entgeisterten Gesichtsausdruck wahrnimmt. »Ich werde brav Guten Abend sagen und verspreche hiermit hoch und heilig, nicht die teure Damasttischdecke deiner Mutter vollzukleckern. Ehrenwort.«

David scheint das wirklich durchziehen zu wollen. Es hat sogar den Anschein, als ob er sich auf ein solches Abendessen freuen würde. Die Hände locker zwischen den Knien gefaltet und ein verschmitztes Grinsen auf den Lippen. Keine Panik, mich bringt so leicht nichts aus der Ruhe, soll das wohl heißen. Bei dem Typ muss echt eine Schraube locker sein.

»Du hast 'nen Vollschuss!«

Er lehnt sich lässig zurück und verschränkt die Arme im Nacken. »Meinetwegen können wir auch allein essen gehen. Ich bin da flexibel. Du schuldest mir ohnehin ein Date.«

»Vergiss es!«, entrüste ich mich aufgebracht. Wenn er weiter so penetrant auf dieser Verabredung herumreitet, mache ich wirklich Schluss. Egal was für ein Theater meine Mutter veranstaltet.

Einen gebuchten Freund zu haben habe ich mir bei weitem unkomplizierter vorgestellt. Statt einmal kurz Hallo zu sagen, Küsschen links, Küsschen rechts und auf Nimmerwiedersehen, finde ich mich nun im schönsten Lebens- und Liebeschaos wieder. Denn David verhält sich überhaupt nicht, wie ich das geplant habe. Eigentlich sollte er froh sein, mich und meine oberpeinliche Familie so wenig wie möglich zu sehen.

»Um acht beim *Seemannsgarn*?« Er lässt nicht locker. Seine Hartnäckigkeit ist beinahe bewundernswert.

»Nein.«

David sieht mich vielsagend an. »Schätzchen, langsam wird es verdächtig, wenn wir nie gemeinsam etwas unternehmen. Außerdem wirkt sich deine Ablehnung auf meine Psyche aus«, beklagt er sich mit treudoofem Dackelblick.

Ich muss unweigerlich grinsen. »Deine Psyche wird es überleben, Bärchen.«

»Das sagst *du*.«

»Gewöhn dich dran.«

»Und was ist mit der Himbeersahnetorte?«, schmollt David mit vorgeschobener Unterlippe. Er wirkt damit keinesfalls lächerlich, sondern noch unwiderstehlicher. Eine riskante Mischung. Ich sollte schleunigst das Weite suchen, ehe ich mich zu einer Dummheit hinreißen lasse.

»Ich schicke dir ein Stück vorbei«, versichere ich kühl, dabei fühle ich mich alles andere als unnahbar und cool in seiner Gegenwart. David spürt das. Sein intensiver Blick ruht auf mir, scannt mich von oben bis unten. Er muss einen Peilsender besitzen, um zu wissen, wie er mich am besten nervös machen kann. Darin scheint er ein wahrer Meister zu sein.

»Das ist nicht dasselbe«, behauptet er, mich spitzbübisch anfunkelnd.

Ich tätschele ihm mütterlich die Wange. »Du wirst es verkraften, Don David.«

»Dir ist hoffentlich bewusst, was dir entgeht.«

Ich schlucke schwer. »Ich kann es mir vorstellen.«

14

»Sag mal, findest du es normal, dich den ganzen Tag bei strahlendem Sonnenschein in deinem Zimmer zu verbarrikadieren?« Meine Mutter lehnt mit der Hüfte gegen den Türrahmen und betrachtet mich kopfschüttelnd.

»Mama, ich habe zu arbeiten«, murre ich und lege widerstrebend das Buch aus der Hand, in dem ich bis eben gelesen habe. Sonderlich weit bin ich nicht gekommen. Karl Philipp Moritz' *Anton Reiser* zählt leider nicht zur Kategorie Pageturner.

»Ich denke, du hast Urlaub«, wundert sie sich, die linke Augenbraue misstrauisch in die Höhe ziehend.

»Hm, ja«, druckse ich herum, »aber Weiterbildung schadet bekanntlich nie.« Meine Mutter muss ja nicht wissen, dass ich die Lektüre für die anstehende Abschlussprüfung an der Uni lese.

»Du überraschst mich.«

Ich zucke mit den Achseln, weiche ihrem Blick aus. Mein schlechtes Gewissen meldet sich. Wieder einmal. Konsequent versuche ich, es in die Schranken zu weisen – und scheitere auf ganzer Linie. Vielmehr fühle ich mich noch schuldiger, weil ich meiner Mutter solche Lügen auftische. Und alles nur, weil ich meine Eltern nicht enttäuschen will. Weil ich ein einziges Mal will, dass sie stolz auf mich sind. Dass sie die toughe, zuverlässige und aufstrebende Businessfrau in mir sehen anstelle der missratenen Göre, die aber auch rein gar nichts in ihrem Leben gebacken bekommt.

Gott, ist das armselig!

Ich verabscheue mich selbst.

Mama setzt sich zu mir auf die Bettkante, nimmt das Reclamheft in die Hand und beginnt abwesend, darin zu blättern.

Verunsichert rutsche ich auf meinem Po herum. Ich fühle mich von dem drohenden Mutter-Tochter-Gespräch, das laut Mama längst überfällig ist, heillos überfordert. Vielleicht, weil ich nicht mehr weiß, wie ich mich verhalten soll, ohne mich in die Nesseln zu setzen. Oder noch schlimmer, meine schlechte romantische Komödie mit David auffliegen zu lassen – die, seien wir ehrlich, mindestens fünf Goldene Himbeeren verdient hätte. Dass meine Mutter bis jetzt nicht gemerkt hat, dass ich Papa und sie schamlos belüge, grenzt an ein glattes Wunder.

»Was ist los, Miriam? Du bist so verändert, seit du wieder da bist.« Meine Mutter legt das gelbe Büchlein zur Seite und mustert mich aus ihren grün-braunen Augen, die mir Verständnis vorgaukeln, aber in Wahrheit die Botschaft vermitteln: Du kommst hier nicht eher raus, bis du die Karten offen auf den Tisch gelegt hast, Fräulein!

»Alles in bester Ordnung«, wehre ich ab, obwohl ich genau weiß, dass sie sich damit alles andere als zufriedengeben wird. Mütter eben.

Mama spitzt die Lippen, guckt mich bedeutungsvoll an.

»Es ist nichts, ehrlich.« Um meine Aussage zu bekräftigen, setze ich ein albernes Lächeln auf, das mir bis über beide Ohrmuscheln reicht. Ich finde mich überzeugend.

»Du weichst mir aus, sobald ich den Versuch unternehme, mich mit dir zu unterhalten. Du redest nur das Nötigste mit deinem Vater, und deinen Freund meidest du ebenfalls wie die Pest. Kannst du mir bitte sagen, was ich davon halten soll?«

Ich will sie unterbrechen, ihr erklären, dass alles paletti ist, dass sie sich umsonst Sorgen um mich macht, aber sie hebt die Hand und bringt mich zum Schweigen.

Ich schlucke. Für eine Sekunde überlege ich, alles abzustreiten. Doch ich kenne meine Mutter. Aus dieser misslichen Lage komme ich nicht mit einem Lachen und »Das bildest du dir ein, Mama« wieder raus. Entweder mache ich Zugeständnisse, die die Wahrheit nur ein klitzekleines bisschen verschleiern, oder meine Mutter nimmt mich so lange in die Mangel, bis ich nicht nur meine Studiumssituation, sondern auch die nicht vorhandene Beziehung zu David knirschend zugebe.

»Ach, Mama, du weißt ganz genau, dass Papa und ich – seit der … ähm … *Sache* damals – nicht über unsere Schatten springen können.«

Sie seufzt tief. »Manchmal frage ich mich wirklich, wie alt ihr beide seid. Ihr benehmt euch wie kleine, trotzige Kinder statt wie zwei erwachsene Menschen!« Sie sieht mich dermaßen vorwurfsvoll an, wie nur Mütter es beherrschen. »Kannst du denn nicht mal versuchen, dich mit deinem Vater auszusprechen? Mir zuliebe?«

Der Appell stößt bei mir auf taube Ohren. »Wozu? Damit ich mir zum tausendsten Mal anhören darf, dass ich nichts aus meinem Leben mache? Dass ich eine totale Enttäuschung bin? Nein, danke! Ich kann es Papa ohnehin nicht recht machen. Seit ich seiner heiligen Bäckerei den Rücken zugekehrt habe, bin ich für ihn gestorben. Papa und ich, das funktioniert nun mal nicht«, rechtfertige ich mich, stur die Arme vor der Brust verschränkt.

»Du kannst herrlich melodramatisch sein.«

»Vielleicht werde ich Schauspielerin.«

»Diesen Charakterzug hast du definitiv nicht von mir. Da kannst du sagen, was du willst«, versucht meine Mutter zu scherzen. Sie wird jedoch sofort wieder ernst. »Schau mal, ich weiß, dass das Verhältnis zwischen Konrad und dir angespannt ist. Aber er ist dein Vater, Miriam. Er liebt dich, auch wenn er Schwierigkeiten hat, dir das zu zeigen. Insgeheim leidet er unter eurer Eiszeit genauso wie du.«

»Das verbirgt er hervorragend«, schnaube ich.

»Du kannst ihm nicht verdenken, dass er enttäuscht ist. Inzwischen hat er sich mit der Situation in der Bäckerei arrangiert. Alex ist eine große Hilfe, und dein Vater weiß das auch, er mag es nur nicht zugeben. Aber du« – sie legt mir liebevoll die Hand auf mein Knie –, »du warst immer sein Liebling, sein Sonnenschein. Von Anfang an hat Konrad sich deine Zukunft in der Bäckerei in den schillerndsten Farben ausgemalt. Dass du ihm am Ende den Rücken kehrst, hat ihn getroffen. Sein Stolz ist verletzt.«

Ich fasse es nicht! Meine Mutter erwartet von mir allen Ernstes Verständnis für das Verhalten meines Vaters? Geht's noch?

»Hast du annähernd eine Vorstellung davon, wie ich mich gefühlt habe? Papa hat mich quasi vor die Tür gesetzt, als es nicht nach seinem Kopf ging«, empöre ich mich, nahe an der Hysterie.

»Na, na.« Ein strenger Blick. »Gegangen bist du schon selber.«

»Ansonsten hätte es Tote gegeben«, rechtfertige ich meine Entscheidung von vor fünf Jahren. Und dazu stehe ich nach wie vor, denn es war die richtige Wahl. Auch wenn das außer mir keiner in meiner Familie einsehen will.

»Vieles wäre uns aber erspart geblieben, wenn ihr beide euch zusammengesetzt und miteinander geredet hättet«, beharrt meine Mutter eisern auf ihrem Argumentationsstandpunkt.

Sie schiebt mir den Schwarzen Peter zu, mal was ganz Neues. Dass sie nicht ganz unrecht hat, ignoriere ich geflissentlich. Ich sehe gar nicht ein, wieso ich den ersten Schritt tun soll. Dieser Schwachsinn, von wegen der Klügere gibt nach, zieht bei mir nicht.

Ich bin bereits nach Wismar gekommen. Gut, nicht ganz freiwillig. Aber egal, ich bin hier. Jetzt ist mein Vater an der Reihe. Er ist derjenige, der total verbohrt auf seine Prinzipien pocht, statt einzusehen, dass ich mein eigenes Leben führen muss. Und dass die Bäckerei in meinen Plänen eben keine Rolle spielt.

»Solange Papa der Ansicht ist, dass mein oberstes Ziel im Leben darin besteht, ihn zu verärgern, wird es keinen Waffenstillstand geben.«

Meine Mutter nickt resigniert. Für den Augenblick gibt sie nach, aber ich befürchte, das letzte Wort ist in dieser Angelegenheit noch nicht gesprochen. Sie ist viel zu harmoniesüchtig. Genau wie meine Schwester. Beide scheinen es sich zur Aufgabe gemacht zu haben, Papa und mich auszusöhnen. Verschwendete Energie. Aber da rede ich mir ja den Mund fusselig.

»Und David? Was hat er verbrochen, dass du ihm aus dem Weg gehst?«

Ich verdrehe unweigerlich die Augen. Das Thema brennt ihr unheimlich unter den Nägeln. Seit Tagen höre ich nur David hier, David da. Langsam nervt es. Hat meine Mutter denn nichts anderes zu tun, als sich um mein Liebesleben zu sorgen? Wenn sie unbedingt jemanden verkuppeln will, möge sie sich beherzt an meinen Bruder wenden. Mich soll sie bitte endlich in Frieden lassen.

»Wieso nimmt eigentlich jeder an, dass ich beziehungsgestört bin, nur weil ich nicht den Wunsch verspüre, mein Herzblatt vierundzwanzig Stunden am Tag zu sehen?«, maule ich. Mir ist deutlich anzumerken, dass ich auf diese Diskussion keine Lust habe.

»Du musst zugeben, du benimmst dich merkwürdig. Wenn ich da an Florian zurückdenke. Von dem mussten dein Vater und ich dich förmlich losketten, weil du dich geweigert hast, auch nur eine Sekunde von ihm getrennt zu sein.«

»Mama, ich war fünfzehn!«

»Und mit einem grauenhaften Jungengeschmack gesegnet«, ergänzt sie ungerührt. »Ich frage mich bis heute, was du an diesem Florian mit seinen hundert Piercings im Gesicht und seinen zerrissenen Hosen aus dem Altkleidercontainer fandest.«

»Florian war ein Punk.«

»Deshalb kann man sich trotzdem vernünftig anziehen und einen Kamm benutzen! Na, wenigstens hast du keine bleibenden Schäden zurückbehalten.« Sie streicht mir aufatmend übers Haar. »Ich bin froh, dass du jetzt mit David zusammen bist. Er ist so ein sympathischer junger Mann – höflich, charmant und sehr attraktiv. Stell dir nur mal vor, wie süß eure Kinder aussehen würden.«

»MUTTER!«

»Nun sei doch nicht so, Miriam«, erwidert sie leicht gekränkt.

Meine Mutter hat echt den Schuss nicht gehört! »Bah, Mama! David und ich sind noch nicht einmal verheiratet, geschweige denn, dass ich schwanger bin, und du denkst bereits an Enkelkinder.«

»Was nicht ist, kann ja noch werden.« Sie zwinkert fröhlich.

Ich schließe die Augen, massiere mit Zeige- und Mittelfinger meine Schläfen und versuche, die aufkommenden Kopfschmerzen zu unterdrücken. Das beständige *tock-tock* lässt sich jedoch ebenso wenig wegzaubern wie der Wunsch meiner Mutter nach Enkelkindern. Es will mir partout nicht in den Sinn, wieso Mama ausgerechnet mir und nicht meiner Schwester mit dieser Bitte ständig in den Ohren liegt. Seit sechs Jahren ist Eva mit Fabrizio verheiratet, und kein Nachwuchs in Sicht. Da sagt keiner ein Wort. Mit Ausnahme von Tante Gloria, aber die glaubt ja auch, dass die biologische Uhr bereits mit zwanzig tickt.

»Ich mache mir Sorgen um dich.«

Ich hole tief Luft. Sich um mich zu sorgen, muss das neue Hobby meiner Mutter sein.

»Zwischen David und mir könnte es gar nicht besser laufen«, entgegne ich mit Nachdruck. »Wir haben beide unsere Freiräume, treffen uns je nach Lust und Laune und gehen uns somit nie auf die Nerven.«

Meine Mutter guckt skeptisch. Sie kauft mir diese Art von »offener Beziehung« nicht wirklich ab. Sie kennt mich dummerweise zu gut. Denn ich neige von jeher dazu, eine furchtbare Klette zu sein. Wieso auch nicht? Wenn ich einen Freund habe, will ich den so oft es geht sehen. Und nicht nur einmal im Monat, wenn es ihm gerade passt. Das wäre ja ungefähr so, als ob ich einen Escort-Service anrufen würde, weil ich nicht alleine ins Kino gehen mag. Und was veranstaltest du mit David?, meldet sich meine vorlaute innere Stimme zu Wort.

Einspruch!

»Du wirst auch diese Beziehung ruinieren«, stellt meine

Mutter in ihrer unnachahmlichen Art fest, die deutlich macht, dass ich nicht mehr zu retten bin.

»Und warum, bitte schön?«

»Zu einer richtigen Beziehung gehört ein vernünftiges Sexualleben. Was man von dir keineswegs behaupten kann, so wie du dich gebärdest.« Meine Mutter schüttelt abschätzig den Kopf. Sie scheint sich tatsächlich für mich zu schämen. Weil ich keine Nymphomanin bin. »Da waren dein Vater und ich früher ganz anders«, setzt sie noch einen drauf. »Wo wir uns überall gelie–«

Gott sei Dank unterbricht in dem Moment die Türklingel meine Mutter.

Erleichtert stürze ich zur Haustür, ehe es richtig peinlich wird. Meine Ohren bluten bereits.

Vor der Tür wartet die nächste Katastrophe.

»Was willst du denn hier?« Ich versuche gar nicht erst, meinen Ärger zu verbergen.

»Wir waren verabredet, schon vergessen?« David lächelt entwaffnend. In seinem schwarzen Sakko und dem weißen Hemd, die oberen drei Knöpfe wie üblich nicht geschlossen, frisch rasiert und die Haare mit einem Hauch Gel gebändigt, sieht er aus wie ein Dressman. Also das genaue Gegenteil von mir. Ich könnte als Aschenputtels Zwillingsschwester durchgehen.

»Muss mir glatt entfallen sein!«, zwitschere ich betont liebenswürdig und zupfe an meinem verwaschenen, zeltähnlichen Joggingoberteil herum.

Er lacht. »Deine Mobilbox hilft dir auf die Sprünge.«

Richtig, da war doch was. Ich erinnere mich dunkel, dass David mir angedroht hatte, mich am Freitag (also heute) zum Essen abzuholen. Notfalls in Handschellen, sollte ich mich weigern. Tja, Handschellen hat er nicht dabei, aber ich kann nicht behaupten, dass mich das sonderlich beruhigt. Denn er guckt wild entschlossen und zu allem bereit. Ich sollte mir rasch eine gute Ausrede einfallen lassen, um David schnellstmöglich wieder loszuwerden. Wenn meine Mutter ihn erspäht, kann ich mir an drei Fingern abzählen, was mir bevorsteht.

»Tut mir leid, dich enttäuschen zu müssen, aus der Verabredung wird nichts«, antworte ich mit entsprechend betrübtem Gesichtsausdruck, nahe an der Tränengrenze. »Ich habe meiner Mutter versprochen ... den ... den Garten umzugraben.«

David blinzelt verblüfft. »Im Hochsommer?«

»Jaaahaa, im Hochsommer.«

»Interessant. Bisher dachte ich, der Garten wird im Herbst umgegraben – nach der Ernte.«

Äh. Ups?

»Wer ist es denn, Miriam?«

Scheiße!

Mama!

Reflexartig knalle ich David die Tür vor der Nase zu, aber er schiebt im letzten Moment seinen Schuh dazwischen. Die Eingangstür schwingt knarzend zurück und verfehlt nur knapp mein Schienbein. Wütend funkele ich ihn an.

»Wenn es wieder der Mann mit dem Gurkenhobel ist, sag ihm, wir kaufen nichts«, ruft meine Mutter vom oberen Treppenabsatz.

David kichert leise.

Ich lehne mich mit meinem ganzen Gewicht gegen die Tür, aber der verdammte Turnschuh gibt keinen Zentimeter nach. Verdammter Mist!

In letzter Verzweiflung stelle ich mich auf die Zehenspitzen und starte den jämmerlichen Versuch, David hinter meinem Rücken zu verstecken. Er überragt mich zwar um mehr als einen Kopf, und meine Mutter ist leider nicht mit totaler Blindheit geschlagen, aber vielleicht löst er sich ja doch noch in Luft auf.

»David! Was für eine Überraschung. Gerade haben wir uns über Sie unterhalten«, gurrt meine Mutter, ein erfreutes Lächeln auf den Lippen.

David schüttelt brav die Hand meiner Mutter. »Dann hat Miri unser Jubiläum ja doch nicht vergessen.«

Hinter meinem Rücken balle ich die Hände zu Fäusten. Wenn der Kerl mich noch ein einziges Mal Miri nennt, bringe ich ihn um.

»Jubiläum?« Mama sieht mich vorwurfsvoll an. »Davon hast du gar nichts erwähnt, Schatz.«

Ich lächele überrumpelt.

»Seit sechs Monaten hält sie es bereits mit mir aus.« David stupst liebevoll gegen meine Nase. Allmählich dürfte der Hinweis angebracht sein, dass meine Nase keine Glocke ist. Sie wird nicht läuten.

Meine Mutter klatscht die Hände zusammen. »Das ist ja wunderbar. Wissen Sie, David, mein Mann und ich haben uns schon Sorgen gemacht, dass Miriam in ihrem Alter womöglich niemanden mehr findet.«

»MUTTER!«

»Was denn?« Sie tut ganz erstaunt.

»Das geht David überhaupt nichts an«, knirsche ich zwischen zusammengepressten Zähnen.

»Er ist dein *Freund*!«

»Eben. Und nicht mein Psychiater.«

»Du hast einen Psychiater?« Meine Mutter hält sich erschrocken die Hand vor den Mund. Wahrscheinlich geht ihr zum wiederholten Mal durch den Kopf, was sie bei meiner Erziehung falsch gemacht hat. Es kann schließlich nicht angehen, dass eine Behrens es nötig hat, sich bei einem Psychiater auszuheulen. Was sollen denn die Leute denken!?

»Kind, warum redest du denn nicht mit mir?«

Ich verdrehe die Augen. Meine Familie traut mir echt alles zu! »Mensch, Mama, ich habe gar keinen Psychiater.«

»Nicht?«

»Nein.« Obwohl ich bald reif für einen bin.

»Ein Glück.« Sie atmet tief durch. Erleichterung überzieht ihre Gesichtszüge. »Dein Vater hätte das nicht verstanden.«

»Er versteht mich auch sonst nicht«, schnappe ich zurück, das Kinn angriffslustig nach vorne gereckt.

»Das ist unfair, Miriam. Das weißt du genau.«

»Ist doch wahr.«

»Ooookay, Ladys, genug jetzt«, schreitet David energisch ein und zieht mich am Ärmel an seine Seite, bevor Mama und ich uns womöglich an die Gurgel gehen. »Ich liefere Miriam nachher wieder unversehrt und gutgelaunt ab, Frau Behrens.«

Meine Mutter nickt nur perplex.

Ohne auf mein Zetern und Zerren zu achten, schiebt David mich vor sich her die Straße hinunter.

Ich überlege ernsthaft, zu kratzen und zu beißen, damit der Mistkerl mich loslässt. Aber höchstwahrscheinlich würde ihm das lediglich ein Lachen entlocken. David bin ich körperlich hoffnungslos unterlegen. Trotz mehr Schokolade auf den Hüften.

Bockig schiebe ich die Unterlippe vor. Sobald wir außer Sichtweite meiner Mutter sind, wird der Kerl sein blaues Wunder erleben!

Als wir am Ende der Straße um die Ecke biegen, lockert David endlich den Griff um meine Arme. Ich reiße mich von ihm los und funkele ihn an.

»Tickst du noch ganz richtig?«

David vergräbt die Hände in den Taschen seiner Jeans und guckt mich an, als ob wir uns über das Wetter fürs Wochenende unterhalten würden. »Es erschien mir zu riskant, wenn du meine Schwiegermutter auf offener Straße erdolcht hättest.«

»Deine Schwie–« Mir klappt der Mund auf. Dann kreische ich los und hopse auf der Stelle wie ein explodiertes Duracell-Häschen.

Ich glaube, ich bin im falschen Film!

»Du kannst mir später dafür danken, Prinzessin.«

Das verschlägt mir tatsächlich die Sprache.

»Und nun lass uns essen gehen. Ich sterbe vor Hunger.«

Fassungslos starre ich David an. Ich möchte ihm sein selbstgerechtes Grinsen soooooo gerne von den Lippen kratzen.

»Ich werde mit dir nirgendwohin gehen!« Der Kerl hat sie ja wohl nicht mehr alle. Ich lasse mich doch nicht kidnappen und zum Essen nötigen. Wir sind hier schließlich nicht im Dschungel. Nix da ich Tarzan, du Jane!

»Aber sicher. Oder willst du riskieren, deine Inszenierung auffliegen zu lassen?«

15

Das *Seemannsgarn* am Alten Hafen platzt aus allen Nähten. Der einstige Geheimtipp hat sich im Laufe der Zeit zu einem beliebten Treffpunkt für Einheimische und Touristen gemausert. Trotz oder gerade wegen der leicht kitschigen Inneneinrichtung. Die Wände sind in Blau- und Seegrüntönen gestrichen, an der Decke hängen Fischernetze mit Muscheln und Plastikfischen, und links vom Eingang liegt, auf Seesand drapiert, ein alter Angelkahn.

David und ich müssen uns zwischen Tischen und Stühlen hindurchschlängeln, um zur Theke zu gelangen. Die Häuser in der Hafengegend wurden früher oft sehr schmal gebaut, besitzen dafür jedoch eine enorme Tiefe, die mich jedes Mal aufs Neue verblüfft. Einige Häuser wirken fast wie Tunnel mit ungeheuer viel Platz nach hinten hinaus, den man von außen kaum vermuten würde.

»Lässt du dich auch mal wieder hier blicken, du Starfotograf?«

Eine etwas rundliche Frau mit mütterlichem Aussehen kommt auf uns zu, die Hände in die breiten Hüften gestemmt und ein herzliches Lächeln auf den Lippen, das ansteckend wirkt. Sie zieht David an ihren Busen und drückt ihn so heftig, dass ihm beinahe die Luft wegbleibt und er eine entsprechende Grimasse zieht.

Ich kichere hinter vorgehaltener Hand.

Sie dreht sich zu mir um und mustert mich neugierig von oben bis unten. »Und wen hast du da mitgebracht? Etwa deine Freundin? David, David, du machst mir Angst!« Ein neckisches Zwinkern.

»Ach, Hilde, mien Diern, mein Herz gehört nur dir, das weißt du doch.«

Hilde knufft ihn in die Wange. »Dööskopp.«

Ich strecke ihr meine Hand entgegen. »Miriam Behrens, sehr erfreut.«

»Bist du – ich darf doch du sagen, schließlich gehören Freunde von David quasi zur Familie – unter Umständen die Tochter von Konrad Behrens?« Hildes Stimme nimmt einen ehrfürchtigen Ton an, was mich zugleich ärgert. Ich mag es nicht, wenn alle Welt mich behandelt, als wäre ich sonst wer Berühmtes, nur weil mein Vater zufällig eine Bäckerei besitzt. Schon zu Schulzeiten empfand ich diesen Umstand mehr als eine Belastung denn als einen Segen. Wenn mein Vater nämlich sämtliche Schulfeste mit Kuchen und Keksen sponserte, war ich die Heldin der Schülerschaft, aber ansonsten interessierte sich kaum jemand für das kleine Behrens-Pummelchen.

Ich nicke gequält. »Schuldig in allen Punkten.«

»Dann bist du also die verlorene Tochter. Seit Tagen sprechen meine Stammgäste von nichts anderem mehr«, sagt sie mitfühlend und streicht mir über den Oberarm.

Ich verdrehe die Augen, ich kann nicht anders. Der Wunsch, das Restaurant schnurstracks zu verlassen, um mich daheim in meinem Bett zu verkriechen und mich hingebungsvoll im Selbstmitleid zu suhlen, ist nahezu übermächtig.

Aus den Augenwinkeln nehme ich wahr, wie die Gespräche an den Tischen verstummen, Gäste ihre Ohren spitzen und mich unauffällig beobachten. Neben mir raunt eine ältere Dame ihrer Sitznachbarin meinen Namen zu, und ich ertappe mich dabei, wie ich am liebsten lauthals schreien würde, ja, ich bin es. Miriam Behrens, das schwarze Schaf der Familie Behrens. Noch Fragen?

David, der bis eben schweigend neben mir stand, ergreift meine Hand und fährt mit seinem Daumen beruhigend über meinen Handrücken. Sofort stellen sich meine Härchen an den Armen auf, mein Puls beschleunigt sich, und eine leichte Röte überzieht meine Wangen. Er bemerkt es und lächelt dieses wissende, männliche Lächeln, das unverschämt sexy an ihm aussieht und meinen Blutdruck in unbekannte Höhen treibt.

Dass ausgerechnet David eine derartige Anziehungskraft auf mich ausübt, gefällt mir nicht. Das kann nur in einer Katastrophe enden, ich spreche aus Erfahrung. Das letzte derartige Gefühlsbeben hörte auf den Namen Stephan und endete mit Herzschmerz der Premiumklasse. Das will ich kein zweites Mal erleben. Ich will nicht erneut vor einem Scherbenhaufen stehen, das gebrochene Herz zertrampelt unter einer Schuhsohle.

Nie wieder.

Nie wieder werde ich mich diesem Gefühlsmist ausliefern. Liebe ist was für Idioten. Und ich will keine Idiotin mehr sein!

Ein junges Mädchen kommt uns mit einem Tablett leerer Gläser entgegen. Groß und schlank, mit weizenblondem Haar, ist es das genaue Gegenteil der kleinen, rundlichen Hilde. Die Verwandtschaft der beiden ist dennoch nicht zu übersehen; beide haben große blaue Augen und diesen schelmischen Zug um den etwas zu groß geratenen Mund.

»Hallo, David«, begrüßt sie ihn zwitschernd, während sie

am Nebentisch weitere Gläser auf das Tablett stellt. »Lange nicht mehr gesehen.«

»Seit meinem letzten Besuch bist du noch hübscher geworden, Steffi. Wo soll das nur hinführen?«

»Lass das lieber nicht ihren Vater hören«, lacht Hilde.

Das Blondchen kichert albern. »Wo hast du dich rumgetrieben, du alter Charmeur?«

David hebt entschuldigend die Hände. »Du kennst mich, ich bin ein Workaholic.«

»Soooo? Das nennst du also arbeiten?« Sie wirft einen kecken Seitenblick auf mich und mustert mich unverhohlen von oben bis unten, als müsste sie erst prüfen, ob ich gut genug für den ach so tollen Starfotografen bin. Moment, *Starfotograf*?

David zieht mich näher zu sich heran und drückt mir einen flüchtigen Kuss auf die Wange. »Meine Miri wäre ohne mich aufgeschmissen.«

Ich gucke dumm aus der Wäsche. Schnappe erbost nach Luft. Wie bitte?

Wie bitte???

In mir brodelt und zischt es wie kurz vor einem Vulkanausbruch. Das Blut pulsiert in meinen Ohren, die Umgebung verblasst, die Hintergrundgeräusche verstummen. Ich höre nur noch David in meinem Kopf wieder und wieder sagen: »Meine Miri wäre ohne mich aufgeschmissen.«

Ich bin auf dreitausend. Es würde mich nicht wundern, wenn ich Schaum vor dem Mund hätte und aus meinen Nasenlöchern wie bei einem Drachen Rauch herausquellen würde.

»Ich befürchte, du hast dir soeben dein Dessert verspielt.« Steffi versucht gar nicht erst, sich das schadenfrohe Grinsen zu verkneifen. Das macht sie mir richtiggehend sympathisch.

»Habe ich was verpasst?«, fragt David und sieht mich forschend an. Seine Unsicherheit ist ihm deutlich anzumerken.

»Aber nein, Schatz. Wie kommst du denn darauf?«, spiele ich die Überraschte und lächele engelhaft-unschuldig, als ob mich kein Wässerchen trüben könnte. Auch wenn ich nach außen hin die liebende Freundin mime, in meinem Inneren köchelt es. So leicht lasse ich David nicht davonkommen. Der gute Herr Vahrenberg wird sich wundern. Wir sind noch lange nicht fertig miteinander.

»So gerne ich auch bleiben möchte, ich muss weiterarbeiten«, seufzt Steffi bedauernd, »sonst gibt es Ärger mit den Sklaventreibern.«

Hilde droht spielerisch mit dem Finger. »Das erzähle ich deinem Vater.«

Steffi lacht und ist im nächsten Moment durch eine Schwingtür verschwunden, nicht ohne mir vorher das Versprechen abgerungen zu haben, wieder reinzuschauen für ein »Mädelsgespräch«. Dabei sah sie David durchdringend an, der nervös meine Augen suchte. Ich guckte wie ein Unschuldslamm und tat, als ob nichts wäre.

»Sie wird von Tag zu Tag aufsässiger«, klagt Hilde, doch ihr mütterlicher Stolz ist nicht zu überhören. »Aber nun zu euch, ihr seid schließlich zum Essen und nicht zum Schwatzen hergekommen.«

Hilde bugsiert uns ins Innere des großen Gastraums, vorbei an dem großen Eck-Aquarium mit Fischen in allen möglichen Farben und Größen. »Ich habe dir unseren besten Tisch reserviert«, wendet sie sich augenzwinkernd an David.

Er streckt stumm beide Daumen nach oben.

»Wow«, entfährt es mir kurz darauf. Wir stehen in einem

winzigen Separee, ein Tisch und zwei Stühle mit tiefblauen Hussen sind die einzigen Möbelstücke, ein barocker Kerzenleuchter spendet romantisches Licht, aus dem Lautsprecher ertönt gedämpft Musik aus *Carmen*. An den Wänden hängen vier großformatige Aufnahmen des Wismarer Hafens durch die vier Jahreszeiten. Ich habe einen gewissen Verdacht, von wem die stammen. Den Höhepunkt bildet aber die komplett verglaste Rückwand des Raumes, die einen atemberaubenden Ausblick auf den abendlich beleuchteten Hafen bietet.

Für einen Moment bin ich wirklich sprachlos.

»Mindestens so beeindruckend wie der Blick auf die New Yorker Skyline, oder?«, flüstert David neben mir. Sein warmer Atem streift meine Wange, liebkost mich wie eine Daunenfeder.

Ich muss mehrmals schlucken, als ich in seine tiefdunklen Augen mit den langen Wimpern schaue, die durch das flackernde Kerzenlicht undurchdringlich und verführerisch zugleich wirken. Wie Mousse au Chocolat.

»Krabbensuppe?«

Ich blinzele. Es dauert einen Moment, bis ich realisiere, dass David mit mir spricht. »Äh, ja, sicher. Okay«, stammele ich, rot bis zu den Haarwurzeln. Oh Gott, ich benehme mich wie ein hormongesteuerter Teenie. Und das in meinem Alter!

David schiebt mir gentlemanlike den Stuhl zurecht. Ich nuschele etwas, das annähernd wie ein Danke klingt. Er setzt sich mir gegenüber hin, lehnt sich lässig zurück und betrachtet mich aufmerksam.

Ich verknote nervös meine Finger, was ihm ein Lächeln entlockt. Peinlich berührt verstecke ich meine Hände unter dem weißen Tischtuch, weiche seinem Blick aus, der mich ganz konfus macht.

Himmel, was tue ich hier eigentlich?

Wie aus dem Nichts taucht Hilde mit zwei Tellern Krabbensuppe auf. Das würzige Aroma steigt mir in die Nase, und ich bekomme plötzlich richtig Hunger. Kein Wunder, seit dem Frühstück habe ich nichts mehr gegessen. Hungrig tauche ich meinen Löffel in die roséfarbene Suppe. Normalerweise bin ich alles andere als ein Krabben-Fan, aber die Suppe ist der pure Wahnsinn.

Ich löffele den Teller bis auf den letzten Tropfen leer und fahre mir genüsslich mit der Zunge über meinen Mund. »Das war absolut köstlich.« Ich schnurre beinahe.

»Warte, bis du Hildes Scholle probiert hast. Dafür lasse ich jedes 3-Sterne-Menü stehen.«

Ich hebe die Augenbrauen. »Der feine Herr spricht aus Erfahrung?«

»Das war nur so dahingesagt.«

Aha. Wieso kaufe ich ihm das nicht ab? Und wieso weicht er meinem Blick aus und starrt wie besessen den Kerzendocht an, als ob es nichts Interessanteres auf der Welt gäbe?

»David Vahrenberg, Sie verschweigen mir etwas.«

Ich habe nicht umsonst in meiner Jugendzeit sämtliche Agatha-Christie-Krimis verschlungen. Meine Schwester nannte mich bereits verächtlich Miss Marple, weil ich ihr ununterbrochen hinterherschnüffelte, um ihr ihre Geheimnisse zu entlocken. Ein Lächeln huscht über meine Lippen. Ich war wirklich gut. Vielleicht wäre Detektivin die passende Karriere für mich gewesen. Obwohl – ich hätte mich bestimmt schnell gelangweilt. Untreuen Ehemännern hinterherzuspionieren ist auf Dauer vermutlich keine spannende Unterhaltung.

»Wie lange kennst du Steffi schon?«, erkundige ich mich möglichst nebensächlich zwischen zwei Bissen des Hauptgerichts, welches Hilde gerade serviert hat. Ich gebe es nur ungern zu, aber David hat recht, die Scholle toppt die Suppe bei weitem.

»Versuch es gar nicht erst, Miriam.«

Ich verschlucke mich fast an einer Bratkartoffel und gucke David verdattert an.

»Ich weiß, worauf du hinauswillst.« David tupft sich mit der Serviette den Mund ab. »Lass es!«

»Also lief da was«, resümiere ich triumphierend, obwohl ich alles andere als glücklich über diese Erkenntnis bin. Im Gegenteil. Es ärgert mich. Und dieser Umstand ärgert mich wiederum. Wütend hacke ich mit der Gabel auf den armen Fisch ein, der nun wirklich nichts dafür kann.

David legt geräuschvoll das Besteck zur Seite. »Steffi ist fast fünfzehn Jahre jünger als ich!«

»Und?«

»Sehe ich aus wie ein Kinderschänder?«, will er in gespenstisch ruhigem Ton wissen. Sein Gesicht ist eine starre Maske, die mir einen kalten Schauer über den Rücken laufen lässt. Mir wäre es wesentlich lieber, wenn er mich anbrüllen würde, anstatt mich mit stummer Verachtung und Enttäuschung zu bestrafen.

Betreten gucke ich auf meinen Teller und stochere in dem kalten Schollenmatsch herum. Der Appetit ist mir gründlich vergangen.

David offensichtlich nicht. Er stopft sich eine Gabel voll Fisch nach der anderen in den Mund. Scheinbar ist das seine Art, mir zu zeigen, dass er nicht mit mir reden will. Bitte. Meinetwegen. Dann schweigen wir uns jetzt eben an. Pah, mir doch egal!

Ich wollte ja von Anfang an nicht mit ihm essen gehen. Das hat er nun davon. Hätte er mich mal besser zu Hause gelassen. Andererseits bin ich David wahrscheinlich zu

Dank verpflichtet, dass er mich (wenn auch unbewusst) aus den Fängen meiner Mutter befreit hat. Nicht auszudenken, was ich mir sonst noch für Peinlichkeiten aus dem Intimleben meiner Eltern hätte anhören dürfen. Alleine der Gedanke verursacht mir eine Gänsehaut par excellence.

Den Kopf auf eine Hand gestützt starre ich gedankenverloren aus dem Fenster. Kaum zu glauben, dass wir uns wegen so einem banalen Mist wie eben ernsthaft in die Wolle bekommen haben. Bloß weil ich vage angedeutet habe, dass Steffi und David ein Paar gewesen sein könnten. Hallo? So abwegig ist das nun echt nicht, wenn ich mir die bildhübsche und sympathische Steffi und das mir gegenübersitzende GQ-Model anschaue. Gleichwohl ist David deswegen sauer auf mich. Warum? Trübt das sein Strahlemann-Image?

Eigentlich kann es mir völlig schnuppe sein, mit wem David mal was hatte – oder nicht. Und sei es mit Cora. Schließlich geht mich das a) rein gar nichts an und b) will ich überhaupt nichts von ihm. Punkt. Trotzdem wurmt mich der Gedanke, dass zwischen David und *Miss Ostseestrand* möglicherweise was war beziehungsweise laufen wird, sobald ich aus dem Bild bin. Total dämlich! Immerhin besitze ich keinerlei Ansprüche auf David und sollte mich daher gefälligst raushalten. Wahrscheinlich reagiere ich nur deshalb so angespannt, weil ich David insgeheim vor der Gottesanbeterin Cora schützen will. Ja, das wird es sein! So gesehen sollte David mir dankbar sein, dass er momentan mit mir »zusammen« ist. Anstatt sich mit Coras zunehmenden Avancen herumzuärgern. Denn was die mit vermeintlichen Konkurrentinnen macht, habe ich ja auf der Geburtstagsfeier meiner Mutter mitbekommen, wo sie mir am liebsten die Augen ausgekratzt hätte, als sie erfahren hat, dass David mein

Freund ist. Demnach tue ich David mit unserer Scheinbeziehung sogar einen Gefallen!

Meine innere Stimme lacht sich derweil gerade schlapp. Sag mal, Miriam, unter uns zwei, glaubst du den Schwachsinn wirklich, den du dir da zusammenreimst?

Ich presse missmutig die Lippen aufeinander. Ach, halt den Mund, verdammt.

»Warum bist du mit mir essen gegangen?«, will ich wissen und beginne unweigerlich, an meinem Fingernagel zu kauen.

»Darf ich mit meiner Freundin jetzt nicht mehr essen gehen?«, kontert David und schiebt den leeren Teller von sich.

Ich verdrehe die Augen. »Ernsthaft.«

»Das ist mein Ernst!«

»Klar.« Ich hole tief Luft und verschränke die Arme vor der Brust. Der glaubt wohl auch, ich bin total bescheuert!

»Hat's nicht geschmeckt, mien Diern?«, will Hilde mit sorgenvoller Miene wissen, als sie an unseren Tisch herantritt.

David winkt ab. »Miriam ist auf Diät.«

»Auf Männerdiät«, zische ich biestig.

Hilde blickt zweifelnd von mir zu David.

»Sie macht nur Witze.«

»Hahaha.« Ich lache gekünstelt.

Hilde schüttelt den Kopf und räumt schweigend die Teller ab. »Darf ich euch sonst noch etwas bringen?«, erkundigt sie sich geschäftig, den Blick auf die hintere Wand gerichtet. Ich vermute ganz stark, dass sie an unserem Geisteszustand zweifelt. Oder zumindest an der Tatsache, dass ausgerechnet wir ein Paar sind. Ich kann es ihr nicht verdenken.

»Espresso? Zwei Espressi«, entscheidet David, ohne meine Antwort abzuwarten.

Ich funkele ihn an. »Für mich einen doppelten Schnaps«, rufe ich Hilde trotzig hinterher.

»Zwei Espressi, danke.«

Hilde seufzt entnervt, serviert uns wenig später aber anstandslos die beiden Espressi. Sie mustert uns nachdenklich und murmelt im Gehen was von »Kinners, Kinners«.

David häufelt sich drei Löffel Zucker in seinen Espresso. Er nimmt einen Schluck. »Du bist sauer.«

Ich schiebe schmollend die Unterlippe vor. Das hat er aber fein beobachtet.

»Okay, es tut mir leid. Ich habe das vorhin nicht so gemeint. Also, dass du ohne mich aufgeschmissen wärst.«

»*Ach, tatsächlich?*« Ich ziehe spöttisch die rechte Augenbraue in die Höhe.

»Das war blöd von mir. Entschuldige.« Er sieht richtig zerknirscht aus. Ich registriere es mit Wohlwollen.

»Allerdings.« Ich lächele schief. »Vergessen wir dafür, dass ich dachte, du und Steffi ...?«, bitte ich mit hochrotem Kopf. Ich möchte mich bei dem Gedanken an diese megapeinliche Aktion am liebsten in Luft auflösen.

David grinst rotzfrech. Er genießt die Situation eine Spur zu sehr.

Ich verschränke die Arme vor der Brust und versuche besonders böse dreinzublicken. »Steffi hat recht, der Nachtisch ist gestrichen.«

Er beugt sich über den Tisch. Im Kerzenlicht wirkt es, als ob seine Iris mit goldbesprenkelten Pünktchen überzogen wäre. »Ist dem so?«, haucht er mit rauchiger Stimme.

Zwei können dieses Spielchen spielen.

Ich lehne mich zu ihm hinüber. Auf seinen Wangen sind bereits erste Ansätze eines dunklen Bartschattens zu erkennen. Er sieht dadurch ungeheuer sexy aus, und der Duft seines Aftershaves droht mich einzulullen. »Ich sage nur Himbeersahnetorte«, flüstere ich dicht an seinem Ohr und senke verführerisch die Wimpern.

David schaut mich einen Moment mit offenem Mund an. Dann bricht er in schallendes Gelächter aus.

* * *

16

»Verstehst du jetzt, warum ich gerne hier lebe?«

Wir sitzen nebeneinander auf der Kaimauer und lassen die Beine baumeln. Eine einsame Laterne spendet schemenhaft Licht und wirft unsere Schatten aufs Wasser. Auf der anderen Seite des Hafenbeckens ist das Hafenfest in vollem Gange. Die bunten Lichter spiegeln sich im Wasser. Musik und Heiterkeit hängen in der sommerlichen Brise, in der Ferne dreht sich das Riesenrad.

Ich lausche dem leichten Wellenschlag gegen den Kai und denke über Davids Frage nach.

Der laue Sommerabend am Hafen besitzt in der Tat etwas Traumhaftes; er ist zu schön, um wahr zu sein. Wie eine Sequenz aus einem kitschigen Film, die einen für den Moment gefangen hält – aber die Realität pocht hart an die Tür. Genauso ergeht es mir mit Wismar.

Dieser Augenblick, diese Minuten neben David, entsprechen nicht der Wirklichkeit, denn sie verschleiern das Bild von meiner Heimatstadt. Schon morgen ist alles Vergangenheit. Was bleibt, ist eine schöne Erinnerung. Und auf Dauer ist mir das zu wenig. Wismar hat für mich nicht mehr diese Magie, löst nicht dieses Gefühl aus, zu Hause zu sein. Für ein paar Tage ist es wunderbar, ein kurzer Urlaub, um die Erinnerungen aufzufrischen. Aber dann reicht es auch, Zeit, um Abschied zu nehmen und sich dem normalen Leben zu stellen. Irgendwo anders auf der Welt, fernab von Wismar und diesem einen zauberhaften Moment, der einen für eine Sekunde ins Grübeln brachte.

Diese Zwickmühle versuche ich David begreiflich zu machen. Er legt den Kopf schief und sieht mich lange an. »Ich denke, es wird Zeit, Frieden zu schließen«, sagt er schließlich und fährt gedankenverloren die Kontur meiner Hand nach.

»Das ist nicht so leicht.«

»Weglaufen hilft auf Dauer genauso wenig.«

»Kann sein.«

»Wovor hast du solche Angst?« David umfasst meinen Kopf mit beiden Händen und dreht ihn zu sich. Ich will mich von ihm losreißen, aber er lässt mich nicht. Seine verständnisvollen Augen, in denen ich mich verlieren könnte, ruhen auf mir. Er wartet geduldig auf eine Antwort. Als ich jedoch beharrlich schweige, wendet er sich ab und rutscht ein Stück von mir weg.

»Es ist so kompliziert«, gestehe ich, traurig über die körperliche Distanz.

»Ach, Miriam. Das ganze Leben ist kompliziert.«

Ich nage an meiner Unterlippe.

»Wenn dir Wismar so eine Angst einjagt, warum bist du dann zurückgekommen?«

»Das weißt du doch, meine Mutter hatte Geburtstag«, erwidere ich schroffer als beabsichtigt. Wenn eines offensichtlich ist, dann dieser Umstand.

David guckt nicht überzeugt. »Wirklich?«, fragt er herausfordernd. »Die vorherigen Jahre hast du gekonnt durch Abwesenheit geglänzt.«

Ich kneife die Augen zusammen. »Was weißt du denn schon? Du hast ja keine Ahnung! Also erspar mir deine Predigt.« Ich erhebe mich und eile schnellen Schrittes Richtung

Ulmenstraße. Das ist ja wohl das Letzte, dass ich mir von David Vorhaltungen anhören muss! Ausgerechnet von einem dahergelaufenen *Starfotografen*. Pah.

David holt mich ein und hält mich am Arm zurück. Ich wirbele herum, funkele ihn wütend an.

»Lass. Mich. Los.«

»Was ist eigentlich dein Problem?«

»Mein Problem?« Ich lache irre auf. »Mein Problem bist du. Du und dieses verdammte Kaff.« Auch wenn das nur die halbe Wahrheit ist. Denn ich ahne, was mein eigentliches Problem ist. Das ist ja das Schlimme. Allerdings ich bin klug genug, nicht weiter darüber nachzudenken.

»Verstehe.« David löst ruckartig seinen Griff um meinen Arm.

Ich bin so überrascht, dass ich ins Stolpern gerate. Im letzten Augenblick bekomme ich den Griff eines Eisengeländers zu fassen. Mit pochendem Herzen lehne ich mich gegen die Brüstung.

Als ich wieder aufblicke, ist David nirgends zu sehen.

Panisch fahre ich mir mit allen zehn Fingern durch die Haare und suche mit halb zugekniffenen Augen in der Dunkelheit nach einem Lebenszeichen. Nichts. Der West-Kai ist leergefegt. Ich trete zornig gegen die steinerne Treppenstufe. Der ziehende Schmerz in meinem rechten Fuß ist eine willkommene Abwechslung. Ich habe es nicht anders verdient. Für eine Sekunde überlege ich sogar, ob ich nicht meinen Kopf gegen die Wand hauen sollte, aber das ist mir dann doch zu schmerzhaft.

»Verdammte Scheiße!«

Das habe ich ja prima hinbekommen. Eine glatte Eins. Mit Sternchen. Ich kann froh sein, wenn David in ein paar Jahren wieder mit mir redet.

David.

Allein bei dem Gedanken an seinen ernüchterten und gekränkten Gesichtsausdruck wird mir ganz übel. Frustriert plumpse ich auf die unterste Stufe und vergrabe den Kopf zwischen den Knien.

Allmählich dringt die Erkenntnis zu mir durch, dass ich nach dieser grandiosen Aktion zwangsläufig ohne Freund dastehe. Super. Das habe ich wirklich großartig hinbekommen! Ich mag gar nicht daran denken, wie ich meiner Mutter (»Du wirst auch diese Beziehung ruinieren«, hallt es in meinem Kopf) das verklickern soll. Wo sie sich bereits unsere Traumhochzeit in den schillerndsten Farben ausgemalt hat. Himmel, am Ende denkt sie womöglich, dass es daran lag, dass wir nicht genügend Sex hatten, weil ich bekanntlich zu prüde bin. Oh Gott, oh Gott.

»Eines kapiere ich nicht, warum bist du noch hier, wenn Wismar für dich die Hölle auf Erden ist?«

Ich blinzele. »David?«

Ungläubig blicke ich auf, direkt in die mir so vertrauten braunen Augen. Ich ertappe mich dabei, wie ich ihm am liebsten vor Erleichterung um den Hals fallen möchte. Bei seinem Anblick überlege ich es mir jedoch anders. Er hat die Arme abwehrend vor der Brust verschränkt, seine Miene ist eisig. Die Schneekönigin wirkt gegen ihn wie die Fröhlichkeit persönlich. Unweigerlich fröstele ich.

Er tritt einen Schritt auf mich zu. »Also?«

»Ich weiß es nicht.« Eine fadenscheinige Antwort, David spürt es genau. Aber zu mehr bin ich nicht fähig, noch nicht. Denn tief in meinem Inneren kenne ich den Grund. Und der ist so absurd, dass ich es mir verbiete, auch nur eine Sekunde darüber nachzudenken.

David scheint damit zufrieden zu sein, denn er nickt. Er

setzt sich neben mir auf die Treppe, und gemeinsam beobachten wir den Verkehr in der Wasserstraße. Die Scheinwerfer der Autos rasen an uns vorbei, beleuchten für eine Millisekunde unsere Gesichter in der Dunkelheit. Für eine Weile schweigen wir, lauschen dem Verkehrslärm und den Klängen des Hafenfestes. Worte sind überflüssig.

»Wie lange gedenkst du zu bleiben?«, fragt David nach einer halben Ewigkeit. Die Arme hat er auf die Knie gelegt, die Hände sind gefaltet. Er wirkt nachdenklich.

»Darüber habe ich noch nicht wieder nachgedacht«, gebe ich ehrlich zu.

»Hast Wismar wohl lieben gelernt, was?«

»Sagen wir lieber, ich muss einige Dinge klären.« Mit Grauen denke ich an meinen Vater und seine Borniertheit. Wie ich es schaffen soll, dass wir wieder normal miteinander umgehen können, weiß ich beim besten Willen nicht. Andererseits ist klar, dass Eva mich bis an mein Lebensende nerven wird, wenn ich mich nicht um Waffenstillstand bemühe. Tolle Aussichten.

»Meinst du uns beide?« Er deutet mit dem Finger auf mich und sich.

»Auch, aber das ist nicht mein größtes Problem.«

David legt den Kopf schief und sieht mich aufmunternd an.

Ich seufze theatralisch. »Mein Vater ist von meinem momentanen Lebensstil alles andere als begeistert, genauer gesagt, er hasst ihn.« Ich berichte David in groben Zügen von dem alten neuen Vater-Tochter-Zoff. »Er kann mir nicht verzeihen, dass ich seine Pläne ruiniert habe. Dabei ist mein Bruder der deutlich bessere Bäcker, aber erklär das mal meinem Vater.«

David fährt sich über das Kinn, den Blick in die Ferne gerichtet. »Den Erwartungen der Väter zu entsprechen ist immer schwierig. Erst recht, wenn der eigene Weg komplett anders aussieht als geplant.«

Ich schaue ihn verwirrt an, eine Augenbraue fragend in die Höhe gezogen. »Geht es dir genauso?« Ich rutsche dichter an ihn heran.

»Vielleicht«, meint er tief in Gedanken versunken und schüttelt den Kopf, als ob er eine schmerzhafte Erinnerung vertreiben würde.

Als er meinen neugierigen Gesichtsausdruck wahrnimmt, lächelt er. Doch das Lächeln reicht nicht bis zu seinen Augen.

Ich verschränke abwartend die Arme vor der Brust. Aber David macht sein Sphinxgesicht und schweigt beharrlich. Irgendwas stimmt da nicht. Und ich bin wild entschlossen, das Rätsel zu lösen, so viel steht fest.

»Und was willst *du*?«, kommt er auf die Ausgangsfrage zurück und lenkt damit gekonnt von sich ab.

Ich hebe die Schultern. »Ich lose noch aus.«

Obwohl es bereits weit nach zehn Uhr ist, pulsiert am Hafen nach wie vor das Leben. Zwischen den einzelnen Ständen des Hafenfestes ist es tierisch voll, nur im Entengang kommt man überhaupt vorwärts, und selbst das gestaltet sich als schwierig. Schon zum dritten Mal trampelt mir jemand auf meinen Fuß. Ich verziehe schmerzhaft das Gesicht. Wie konnte ich mich hierzu nur überreden lassen?

Die Antwort steht neben mir und jubelt einer Depeche-Mode-Coverband auf der Bühne zu, die gerade *Enjoy the Silence* als Zugabe gibt. Die Menge grölt jedes Wort mit. Mein Begleiter ist keine Ausnahme. Ich stehe etwas verloren daneben und möchte mich allzu gerne in Luft auflösen. Ich bin definitiv nicht klaustrophobisch veranlagt, aber ich kämpfe zunehmend gegen ein kleines bisschen Platzangst und Luftknappheit an.

Neben mir springen zwei Jugendliche wie bekloppt auf der Stelle und wiehern albern. Der Inhalt ihrer Bierflaschen entleert sich halb auf meinen Schuhen. Stinksauer brülle ich die beiden Idioten an, die sind jedoch bereits dermaßen dicht, dass ihnen mein Geschrei herzlich egal ist. Ich schnüffele an meinem Ärmel, der ebenfalls einige Tropfen abbekommen hat. Bäh. Ich stinke wie ein Bierfass. Und wie ich meinen Vater kenne, wird er glauben, ich habe eben dieses leer gesoffen.

»Tolles Konzert«, ruft David, um die begeisterte Menge zu übertönen. Er ist total aufgekratzt, die Augen leuchten und die Mundwinkel sind zu einem breiten Grinsen verzogen. Man könnte den Eindruck gewinnen, er hat gerade Dave Gahan höchstpersönlich getroffen.

Ich lächele grimmig. »Erklär mir bitte noch mal, warum ich mitgekommen bin.«

»Publicity.« Er klingt wie ein gerissener PR-Manager, der sein neuestes Pferd im Stall über Nacht berühmt machen will. »Wenn uns möglichst viele Leute zusammen sehen, kann das nur gut für die Glaubwürdigkeit unserer Beziehung sein.«

Ich verdrehe die Augen zum Himmel. Glaubt er den Quatsch eigentlich wirklich?

Nun gut, es gibt bedeutend Schlimmeres, als seinen Freitagabend mit einem unglaublich gutaussehenden Mann auf dem Hafenfest zu verbringen und so zu tun, als ob man wahnsinnig verliebt in ihn wäre. Dass David diese Farce hingegen weiter bereitwillig mitspielt, mich zwecks besserer »Glaubwürdigkeit« sogar auf das Hafenfest schleppt, ist mir allerdings nach wie vor nicht sonderlich geheuer.

»Sieh mal einer an, das Traumpaar von Wismar gibt sich die Ehre.«

»Was machst du denn hier?«, knirsche ich, die Kiefer fest aufeinandergepresst. Ich bin nicht wirklich überrascht, Olli zu sehen, aber ich hatte in meiner Naivität gehofft, dass mir wenigstens dieses Zusammentreffen erspart bleibt. Karma is a bitch!

»Ich kann mir dieses Spektakel doch nicht entgehen lassen.« Ob Olli damit das Hafenfest oder David und mein öffentliches Coming-out meint, ist nicht ersichtlich. Aber ich kann es mir denken, so dämlich, wie er grinst. Verräter!

»Genau meine Worte«, stimmt David in den Kanon mit ein. Er legt seinen Arm besitzergreifend um meine biergetränkte Schulter und glotzt mich an wie ein verliebter Pudel.

»Miriam muss manchmal zu ihrem Glück gezwungen werden«, kommentiert Olli nüchtern, der Schalk blitzt in seinen Pupillen.

»Den Eindruck habe ich auch.«

»Ich weiß noch, wie sie sich wochenlang geweigert hat, Spinat zu probieren, weil die grüne Farbe sie an den Spielzeugschleim von Alexander erinnerte, den er ihr eines Abends ins Bett gelegt hatte. Meine Mutter ließ aber nicht locker, sie kann sehr überzeugend sein. Heute gehört Spaghetti mit Spinatsoße zu Miriams Leibgerichten.«

Um Davids Mundwinkel zuckt es verräterisch, aber er verzieht keine Miene. »Die Geschichte hat sie mir nie erzählt.«

Halloooo? »SIE steht direkt neben euch!« Entrüstet stemme ich die Hände in die Hüften und wippe herausfordernd auf den Ballen, um mich größer zu machen. »Wir sprechen uns noch!«

Meine Drohung entlockt Olli ein amüsiertes Glucksen.

Ich kneife die Augen zusammen, hole tief Luft und will zu einem Rundumschlag ansetzen, als ich Davids Hand an meiner spüre. Seine Finger streichen beruhigend über meine geballte Faust. Automatisch lockere ich meine Hand, lasse es zu, dass er mit dem Daumen über die Innenseite fährt. Ich lehne mich an ihn, seine Wärme durchströmt mich. Mein Puls schaltet runter, ich entspanne mich.

Olli seufzt dramatisch. »Muss Liebe schön sein.«

»Neidisch?«, erwidere ich spitz.

»Wieso sollte ich?«

»Weil du es vielleicht selber nicht auf die Reihe mit Lissy kriegst?« Erschrocken halte ich mir die Hand vor den Mund. Olli starrt mich mit weit aufgerissenen Augen an, David zieht hörbar die Luft ein. Shit! Das hätte ich wohl besser nicht ausgeplappert. »Tut mir leid, Olli. Das wollte ich nicht«, wispere ich kleinlaut. Warum kann ich nicht einmal meine Klappe halten?

»Lissy? DIE Lissy?« In Davids Kopf rattert es hörbar.

Olli ist puterrot im Gesicht, was fast niedlich aussieht. Händeringend suche ich nach einem Ausweg, wie ich ihn aus dieser peinlichen Lage befreien kann. Mein Blick fällt auf das Riesenrad.

»Komm, lass uns eine Runde im Riesenrad fahren. Von dort hat man bestimmt einen tollen Ausblick.«

David runzelt die Stirn. »Riesenrad? Jetzt?«

»Sicher«, sage ich im Brustton der Überzeugung, gekonnt meine Nervosität überspielend. »Das wollte ich schon immer mal machen.« Ich strecke beide Daumen in die Höhe und grinse debil.

»Äh, okay«, zögert David. Begeisterung sieht anders aus, aber egal. Da muss er durch, ebenso wie ich.

Entschlossen ergreife ich Davids Hand und ziehe ihn hinter mir her, bevor mich am Ende der Mut verlässt.

Ich überhöre daher auch Ollis verunsicherten Aufschrei: »Aber Miriam, du hast doch Höhenangst!«

Die Gondel setzt sich langsam in Bewegung und gewinnt stetig an Höhe. Ich mache mich ganz klein und versuche, meine Atmung zu kontrollieren. Einatmen. Ausatmen. Einatmen. Ausatmen. Alles halb so wild. Höhenangst? Ich? Pah, so ein Quatsch!

Wagemutig riskiere ich einen Blick nach unten. Fehler, gaaaanz großer Fehler! Beim Anblick der schwarzen Tiefe unter mir stockt mir der Atem. Kurzzeitig wird mir schwarz vor Augen, weil ich meine Atmung vergessen habe. Ich werde *nicht* kollabieren! Das fehlt ja noch, dass ich Angst vor diesem popeligen Riesenrad habe. Wäre doch gelacht, wenn ich das nicht locker und leicht schaffen würde.

Ein Auge geschlossen, schiele ich vorsichtig nach oben. Dabei wird mir normalerweise nicht ganz so schnell schlecht. Meinem Gefühl nach sind wir bereits hundert Kilometer von der Erde entfernt, und ich finde, das reicht nun. Wirklich. Aber die Gondel steigt immer weiter empor.

Du lieber Himmel.

Mir ist furchtbar schlecht. Ich befürchte, mich jeden Augenblick übergeben zu müssen. Und diese verdammte Gondel ist immer noch nicht oben angekommen!

Riesenrad. Also ehrlich. Ich weiß doch, dass mir schon beim Ausblick aus dem dritten Stock speiübel wird.

Wind kommt auf und bringt unsere Gondel zum Schaukeln. Die Verankerung über mir quietscht, und ich möchte mich nun wirklich gerne übergeben. Was, wenn das Teil plötzlich stehen bleibt? Oh Gott, das überlebe ich nicht!

»Der Ausblick ist phantastisch«, lobt David und dreht seinen Kopf nach allen Seiten, um ja nichts von der tollen Aussicht zu verpassen. Er ist total aus dem Häuschen. »Wie winzig die Leute unter uns sind, wie bunte Punkte auf schwarzem Untergrund. Schau mal, dort drüben, das Wassertor sieht aus wie ein Miniaturnachbau.«

»Hm.«

»Gefällt's dir nicht?«

»Doch. Spitze. Klasse.« Ich klang schon mal überzeugender. Aber im Moment interessiert mich dieser phantastische Ausblick nicht die Bohne. Mein einziger Wunsch ist, wieder festen Boden unter die Füße zu kriegen. Schnellstmöglich!

»So siehst du nicht unbedingt aus.«

»Das täuscht«, winsele ich. Ich winsele! Das muss man sich mal vorstellen!

David legt den Kopf schief. »Hast du Höhenangst?«, erkundigt er sich unsicher.

Ich lache laut auf. »Blödsinn. Ich, Höhenangst? Haha. Das hättest du wohl gerne.«

»Du bist ganz grün um die Nase.« Sein Gesicht drückt echte Besorgnis aus.

»Das liegt an der frischen Ostseeluft«, stammele ich, als es über mir erneut verdächtig knarrt. »Hast du das gehört?« Ich grapsche nach Davids Hand und zerquetsche in einem leichten Panikanfall beinahe seine Finger. Nach dieser Fahrt sind sie reif für den Gipsverband, so viel scheint sicher.

Wann ist dieser Höllenritt denn bloß vorbei? Mir ist hundsübel, und ich möchte heulen wie ein kleines Baby.

Als hätte mich der Betreiber des Riesenrads gehört, schwebt unsere Gondel dem Erdboden entgegen. Gott sei Dank! In wenigen Sekunden habe ich diesen Horror überstanden und wieder festen Boden unter den Füßen.

Ich will mich bereits freudig von meinem Platz erheben, als die Gondel zu einer weiteren Runde ansetzt. Hilfe, nein! Stopp! Anhalten! Hektisch rudere ich mit dem Armen, um dem Menschen im Riesenradhäuschen gestenreich mitzuteilen, dass ich aussteigen will. Jetzt. Sofort. Auf der Stelle. Er beachtet mich jedoch nicht, sondern blättert seelenruhig weiter in seiner Zeitung. Ob ich schreien sollte? Aber das ist mir dann doch zu viel Aufsehen, peinlich obendrein.

Resigniert lasse ich mich auf den Holzsitz neben David fallen, lege den Kopf zwischen die Knie und setze meine Atemübungen von vorhin fort. Wenn ich nicht mitbekomme, wie wir uns bewegen, überstehe ich das hier vielleicht eher. Irgendwann muss diese Fahrtrunde ja ein Ende haben. Hoffentlich früher als später!

David legt seinen Arm um meine Schultern und zieht mich in die Kuhle zwischen Rückbank und seinem Oberkörper.

Ich blicke erstaunt auf, will etwas sagen, aber er legt seinen Finger auf meinen Mund. Die Worte, die mir auf der Zunge lagen, lösen sich in Luft auf. Und ehe ich mich's versehe, liegt mein Kopf an seiner Brust und ich lausche Davids Herzschlag. Das beständige Klopfen hat eine derart beruhigende Wirkung auf mich, dass ich mich dabei ertappe, wie ich kurz die Augen schließe. Entsetzt reiße ich sie wieder auf.

Ein Ruckeln durchzuckt die Gondel, dann noch mal. Die Lichter des Riesenrads erlöschen. Ich kreische angsterfüllt auf und klammere mich an Davids Sakko fest. Mein schlimmster Alptraum bewahrheitet sich. Wir stürzen ab. Hinab in die pechschwarze Tiefe. Oh Gott.

Meine Atmung beschleunigt sich, ich stehe kurz davor zu hyperventilieren. Wir werden zermatscht sein, wenn nicht vom Aufprall auf dem Pflaster, dann von den tonnenschweren Teilen, die von dem Riesenrad auf uns herabregnen. Nicht schön, ganz und gar nicht schön. Ich will nicht sterben! Und so erst recht nicht, um das ein für alle Mal klarzustellen.

David umfasst meinen Kopf mit beiden Händen und zwingt mich, ihm ins Gesicht zu schauen. »Ganz ruhig, Miriam. Alles in Ordnung. Nichts passiert.«

Nichts passiert? »Wir stürzen ab, und das bezeichnest du als alles in Ordnung?«, röchele ich. Der kalte Schweiß rinnt mir den Rücken hinunter, ich zittere wie Espenlaub. Entfernt vernehme ich, wie jemand ruft: »Stromausfall! Gleich geht es weiter …«

Ich bin kurz davor, in Ohnmacht zu fallen. Da spüre ich, wie David mir eine Ohrfeige gibt. Mit offenem Mund starre ich ihn fassungslos an. Ich bin so erschrocken, dass ich vergesse, ohnmächtig zu werden.

»Sag mal, hast du sie noch alle?«, platze ich heraus und reibe mir die Wange, obwohl der Schlag nicht besonders kräftig war.

»Was regst du dich auf? Es hat doch geholfen«, meint David achselzuckend und lehnt sich lässig zurück, als ob wir hier ein Teekränzchen abhalten würden. Das verschlägt mir glatt die Sprache.

»Du hast mir eine *gescheuert*!«

»Jetzt übertreib nicht! Ich habe dich lediglich davor bewahrt zu kollabieren. Du standest kurz vorm Herzinfarkt! Also reg dich ab und sei dankbar.«

Ich schnappe nach Luft wie ein Fisch auf dem Trockenen. »BITTE?«, entgegne ich schrill. »Nicht nur, dass ich mit dir in diesem gottverdammten Riesenrad festsitze, nein, nun soll ich auch noch dankbar sein, dass du mich selbstlos geohrfeigt hast. Das glaube ich nicht!«

David breitet seine Arme auf der Rückenlehne aus, streckt die Beine aus und wirkt vollkommen entspannt. »Immerhin drehen wir uns nicht mehr«, wirft er ein.

»Da bin ich ja gleich beruhigter!«

»Siehst du.«

Ich verdrehe die Augen und setze mich verdrießlich neben David. Hier hilft nur noch, die Situation einigermaßen gelassen (haha!) auszusitzen. Und am besten nicht daran zu denken, dass wir zwanzig Meter über dem Erdboden in der Luft hängen.

»Sehr geehrte Fahrgäste, bitten haben Sie noch einen Augenblick Geduld. Es geht in wenigen Minuten weiter«, ertönt es blechern aus einem Megafon von unten.

Geduld. Ha! Die haben gut reden.

»Wie lange kann es denn dauern, eine verfluchte Sicherung auszutauschen?«, stichele ich, eine neuerliche Panikattacke überspielend.

»Soll ich runterklettern und nachfragen?«

Ich funkele David zornig an. »Sehr witzig.«

Er zuckt mit den Achseln. Fehlt nur noch, dass er die Augen schließt und ein Nickerchen macht, während ich hier einem mittleren Nervenzusammenbruch nahe bin. Aber interessiert das den Herrn? Natürlich nicht!

»Eines verspreche ich dir, das wird Konsequenzen haben!«, drohe ich und tippe David bei jedem einzelnen Wort mit dem Zeigefinger gegen den Oberkörper.

»Korrigiere mich, wenn ich mich irre, aber wessen Idee war das mit dem Riesenrad?«, fragt er herausfordernd, ein spöttisches Lächeln auf den Lippen.

»Aber doch nur, weil ich Olli vor einer Blamage retten wollte«, verteidige ich mich aufgebracht und ärgere mich, dass David mir ein schlechtes Gewissen gemacht hat.

»Wer hat denn mit Lissy angefangen?«

»Weil ihr mich provoziert habt«, schmolle ich und schiebe trotzig das Kinn vor, was David ein Grinsen entlockt.

»Du wolltest bloß vor Olli mit mir angeben.«

»Pfff, träum weiter!« Arroganter Schnösel.

Er rutscht dichter zu mir heran, unsere Knie berühren sich. Erschrocken weiche ich zurück, als ob ich einen elektrischen Schlag bekommen hätte.

Plötzlich wird mir Davids Nähe in dieser winzigen Gondel bewusst. Sein Duft, männlich und markant, der verwegene Bartschatten auf seinen Wangen, die tiefdunklen Augen und seine breiten Schultern. Ich weiß auf einmal nicht mehr, wo ich hinschauen soll. Nervös nage ich an meiner Lippe, versuche, Davids intensivem Hypnoseblick auszuweichen.

Er lehnt sich einen weiteren Zentimeter zu mir rüber. Knie an Knie. Oberarm an Oberarm. Unsere Nasen berühren sich fast. Ich halte die Luft an, als sein Mund sich meinem nähert.

»Willst du mich etwa küssen?«, frage ich atemlos.

»Der Gedanke kam mir.«

»Oh.«

»Irgendwelche Einwände?«

»Ich denk drüber nach.«

»Später ...«

Er beugt sich nach vorne. Unsere Münder trennen nur noch wenige Millimeter. In gespannter Erwartung, die Augen geschlossen, spitze ich die Lippen, male mir den Kuss in Gedanken aus. Ich schmecke seine Lippen schon beinahe, als meinen Körper ein heftiges Zucken durchfährt. Ich reiße die Augen auf, blicke David verstört an, der mindestens ebenso irritiert guckt wie ich.

Es dauert einen Augenblick, bis ich begreife, dass das Riesenrad sich dreht. Der Strom ist wieder da. Ich schwanke zwischen Erleichterung und unsäglicher Enttäuschung und Wut. Wut, dass ausgerechnet jetzt, nachdem wir ewig darauf gewartet haben, der blöde Strom wieder da ist. Genau dann, als David mich küssen wollte. Wie sehr muss mich der liebe Gott hassen, wenn er mir sogar das vereitelt. Nachdem ich Höllenqualen in diesem Riesenrad ausgestanden habe, gönnt er mir nicht mal dieses klitzekleine Vergnügen.

Vielen Dank auch.

Tja, eigentlich sollte ich ihm dankbar sein. Denn mal ehrlich, was habe ich mir dabei gedacht? Gut, ich befand mich in einer Ausnahmesituation, und da steht folglich jeder neben sich, aber wollte ich ernsthaft David küssen? David Vahrenberg, diesen … diesen Möchtegernfotografen? Diesen arroganten Kerl?

Zum Glück bleibt mir keine Zeit mehr zum Nachdenken (ich will die Antwort auch gar nicht wissen!), denn unsere Gondel erreicht den Ausstiegsbereich. Ich stürme wie von der Tarantel gestochen und ohne ein weiteres Wort aus der Gondel. Ich flüchte förmlich vor David, vor dem Riesenrad, vor mir und meiner Courage.

Zu Hause angekommen werfe ich mich auf mein Bett und schlage minutenlang wild auf mein Kissen ein. Scheiße, Scheiße, Scheiße. Danach sinke ich erschöpft in die Kissen und starre finster die Decke an.

Ich muss von allen guten Geistern verlassen worden sein. Für einen Augenblick wollte ich doch tatsächlich, dass David mich küsst. Mehr als alles andere. Hier, alleine in meinem Zimmer, abgeschieden in der Dunkelheit, traue ich mich, mir das einzugestehen. Als wir da oben in der Gondel gefangen waren, dreißig Meter über dem Erdboden, spürte ich zum allerersten Mal, dass da vielleicht doch mehr zwischen uns sein könnte. Und David scheint es ähnlich ergangen zu sein. Der Kussversuch ging immerhin von ihm aus. Das wollen wir nicht außer Acht lassen.

Miriam Behrens, du tickst nicht mehr ganz richtig! Hör endlich auf, da mehr hineinzuinterpretieren, als da war. David tut dir einen Gefallen. Nicht mehr und nicht weniger.

Also Schluss jetzt mit dem Unsinn!

Entnervt vergrabe ich meinen Kopf unter der Bettdecke.

*
* *

17

Am nächsten Morgen fühle ich mich wie gerädert. Kein Wunder, denn ich habe die halbe Nacht wachgelegen und mir den Kopf über den gestrigen Abend zermartert. Der Beinahe-Kuss und Davids Bereitschaft, nach wie vor meinen Freund zu mimen, verwirren mich von Tag zu Tag mehr. Zu einem Ergebnis bin ich trotz größter Anstrengungen nicht gekommen. Stattdessen bin ich irgendwann gegen Morgen eingeschlafen und habe von fliegenden Riesenrädern und Himbeersahnetorten mit Davids Konterfei drauf geträumt.

Ächzend quäle ich mich aus dem Bett und schleppe mich ins Bad. Ein Blick in den Spiegel bestätigt, was ich vorher schon wusste. Dicke Augenringe zieren mein blasses Gesicht, die Haare stehen mir in sämtliche Richtungen ab und ich habe drei fette Pickel auf der Stirn. Gratulation, den Job im Gruselkabinett habe ich sicher.

Nach einer eiskalten Dusche fühle ich mich zumindest halbwegs wie ein Mensch und bereit, mich dem unausweichlichen Verhör meiner Mutter zu stellen. Ich schlinge ein Handtuch um meine feuchten Haare und schlendere lustlos in die Küche.

Meine Mutter sitzt erwartungsgemäß am Frühstückstisch, vertieft ins *Wismarer Tageblatt*. Als ich sie begrüße, sieht sie lächelnd auf und faltet die Zeitung zusammen.

»Morgen, mein Schatz. Du siehst müde aus, scheint ziemlich spät geworden zu sein. Ich habe dich gar nicht heimkommen gehört.« Mama wirft mir einen bedeutungsvollen Blick zu, den ich geflissentlich ignoriere. Es braucht nicht viel Vorstellungsvermögen, um zu erahnen, was für Gedanken in ihrem Kopf herumschwirren.

Ich schenke mir stumm eine Tasse Kräutertee ein und knabbere an einem Vollkornbrötchen.

»War's kein schöner Abend?«, erkundigt sie sich unsicher, als ich beharrlich schweige.

»War okay«, erzähle ich widerstrebend. Ich kann meiner Mutter ja schlecht sagen, dass David und ich kurz davor standen, uns zu küssen.

»Sooo? Das Bild spricht aber eine andere Sprache.«

»Welches Bild?«, frage ich verwirrt. Ich habe ein ganz blödes Gefühl.

Meine Mutter deutet stillschweigend auf die Tageszeitung.

Ich pruste vor Schreck fast meinen Tee über den Tisch. Hustend angele ich nach dem Lokalteil. Die gestrige Eröffnung des Hafenfestes ist das Top-Thema und nimmt fast die ganze erste Seite ein. Ich überfliege den Artikel, den Olli für die Zeitung verfasst hat, kann aber nichts Auffälliges entdecken. Gerade will ich meine Mutter fragen, was sie gemeint hat, als ich es sehe. Unter dem ausführlichen Bericht sind drei weitere kleinere Fotos abgedruckt. Wie benommen starre ich auf das Bild in der Mitte, das David und mich eng umschlungen in der Gondel des Riesenrads zeigt. Mit offenem Mund lese ich die Bildunterschrift dazu durch: »Auch ein kurzzeitiger Stromausfall konnte die Stimmung für diese beiden Verliebten nicht mindern.«

Was zum Teufel …?

»Ein hübsches Bild, nicht wahr?« Mama hat bereits die Schere in der Hand und beginnt das Foto auszuschneiden.

»Ich bringe ihn um!«

»MIRIAM!« Meine Mutter lässt entsetzt die Schere sinken.

»Ich bringe ihn um!«, wiederhole ich bebend vor Zorn, die Hände so stark zu Fäusten geballt, dass die Knöchel weiß hervortreten.

Ich bin stinksauer. Auf dreitausend. Am liebsten würde ich die Küche zu Kleinholz zerlegen, um meiner Wut halbwegs Einhalt zu gebieten. Was bildet sich der Kerl eigentlich ein? Was denkt er sich dabei? Und das nennt sich bester Freund. Pah, dass ich nicht lache!

»Findest du nicht, dass du maßlos überreagierst wegen dieser Lappalie?«, fragt meine Mutter. Sie klingt so mütterlich-vernünftig, dass ich schreien möchte. »Es ist schließlich kein Beinbruch, dass David und du nicht extra namentlich erwähnt werdet. Bestimmt reichte der Platz dafür nicht mehr aus.«

Ich vergrabe meinen Kopf in den Händen. Meine Mutter nimmt allen Ernstes an, ich würde mich wegen zwei fehlender Namen aufregen? Unglaublich! Für einen kurzen Augenblick bilde ich mir tatsächlich ein, dass sie einen Scherz gemacht hat, und möchte hysterisch auflachen. Ihr enervierter Gesichtsausdruck belehrt mich eines Besseren.

»Ist doch nett von Oliver, dass er das Foto mit euch beiden hat abdrucken lassen.«

»*Nett?*« Ich speie das Wort förmlich aus.

Sie seufzt. »Ich verstehe nicht, wieso du dich aufregst. Jede andere wäre glücklich über ihr Bild in der Zeitung.«

Jede andere spielt ihren Eltern auch keine Beziehung mit einem bekannten Wismarer Fotografen vor! Und als wäre das nicht schlimm genug, ist das Beweisfoto der glücklichen

Liebe nun auch noch in der verdammten Zeitung, die von schätzungsweise drei Viertel aller Wismarer gelesen wird. Wenn das kein Grund zum Feiern ist!

»Hast du nicht eigentlich Höhenangst?«, erkundigt sich meine Mutter plötzlich und betrachtet das ausgeschnittene Foto genauer.

»Ja«, gestehe ich zähneknirschend. Ich möchte ihr das dämliche Bild am liebsten aus den Fingern reißen und es in tausend Einzelteile zerfetzen.

»Und dann fährst du ausgerechnet Riesenrad?«

»Das ist eine lange Geschichte, frag lieber nicht.« Allein aus diesem Grund werde ich mit Olli ein ernstes Wörtchen reden.

Meine Mutter verkneift sich ein wissendes Lächeln.

An einem Samstag ist die Lokalredaktion bis auf den diensthabenden Redakteur wie ausgestorben. Und den anzutreffen ist nicht ganz einfach. Aber ich habe Glück, oder besser gesagt, ich habe vorher angerufen und mich erkundigt, ob Oliver Wegener im Hause ist. Ist er, wie mir die Empfangsdame leicht säuerlich mitgeteilt hat. Garantiert habe ich sie beim Studieren ihrer Klatschzeitung gestört, denn als ich eine halbe Stunde später vor ihr stehe, hat sich ihre Laune kein bisschen gebessert.

»Herr Wegener ist im Archiv«, teilt sie mir überheblich mit. »Warten Sie bitte hier.« Sie zeigt auf eine Sitzgruppe links vom Empfangstresen, bevor sie wieder intensiv auf ihre Computertastatur einhackt, dass mir die Ohren klingeln.

»Nicht nötig«, erwidere ich liebenswürdig. »Ich warte in seinem Büro.«

Erhobenen Hauptes stolziere ich an ihr vorbei und lasse Ollis Bürotür mit Genugtuung hinter mir ins Schloss fallen.

Keine fünf Minuten später steht Olli vor mir, in der einen Hand einen Aktenordner, in der anderen einen Becher Kaffee. Er blinzelt verblüfft, als er mich in seinem Schreibtischstuhl sitzen sieht, dann grinst er breit.

»Hast du es dir mit dem Job anders überlegt?«, begrüßt er mich und hält mir seinen Kaffeebecher hin.

Ich verschränke die Arme vor der Brust. »Willst du mich bestechen?«

»Bestechen? Weswegen?«

»Fragst du das ernsthaft?«

»Ah, ich verstehe. Du hast das Foto gesehen.« Er besitzt die Frechheit zu lachen.

Das bringt mich erst recht in Fahrt. »In der Tat. Kannst du mir bitte erklären, was du dir dabei gedacht hast?«, funkele ich ihn fuchsteufelswild an.

»Meinem Chefredakteur gefiel das Foto, und es passte zum Artikel«, meint Olli gelassen und lässt sich geräuschvoll in seinen Drehstuhl fallen. »Wenn man es nicht genau weiß, erkennt man euch beide sowieso nicht. Ich habe extra eure Namen weggelassen, als ich dich gestern Abend nicht mehr erreichen konnte.«

»Soll ich dir dafür etwa dankbar sein?«

»Ehrlich gesagt, ich weiß nicht, weshalb du dich aufregst.«

»Wirklich nicht? Meine Mutter hat jedenfalls keine Zeit verschwendet und mir gleich beim Frühstück das Bild präsentiert. Und ja, sie hat David und mich sofort erkannt. Du kannst dir sicher denken, dass sie total aus dem Häuschen war, am liebsten hätte sie noch gehört, dass ich die Nacht bei David verbracht habe«, schnaube ich aufgebracht und stemme die Hände in die Hüften. »Während ich mühsam versuche, Distanz zwischen David und mich zu bringen, damit ich schneller Schluss machen kann, torpedierst du meine Pläne und lässt solch ein Foto abdrucken, damit auch der letzte Idiot erkennt, was für ein glückliches Liebespaar wir sind! Herzlichen Dank.«

»Bist du fertig?« Olli sieht von seinem Bildschirm auf und schmunzelt in sich hinein. Er macht sich über mich lustig. Das ärgert mich noch mehr. Hat er mir eigentlich zugehört? Wenn ja, dann begreife ich nicht, wieso er andauernd so blöd grinst. Das hier ist ernst. Todernst! Und da erwarte ich Unterstützung oder zumindest Beistand von meinem besten Freund!

»Ich verstehe nicht, wo dein Problem liegt.« Olli lehnt sich in seinem Stuhl zurück und verschränkt die Arme im Nacken. »David und du, ihr seid offiziell zusammen, und deine Familie ist happy. Das wolltest du schließlich die ganze Zeit. Voilà, Ziel erreicht.«

»Aber doch nicht so!«, jammere ich und ziehe eine Grimasse. »Wie soll ich denn meinen Eltern nach dieser Aktion halbwegs glaubhaft verklickern, dass David und ich uns getrennt haben, damit ich endlich wieder nach Hannover fahren kann? Das kaufen sie mir im Leben nicht ab!«

»Willst du denn überhaupt noch fahren?«, wagt Olli einzuwerfen, hebt aber sofort entschuldigend die Hände, als ich ihn bitterböse anschaue.

»Was soll diese Frage? Natürlich will ich schnellstmöglich wieder nach Hannover abreisen.« Wirklich? Will ich das? Warum bin ich dann noch hier?

Ich bringe meine aufsässige innere Stimme mit einer energischen Kopfbewegung zum Schweigen. Langsam geht sie mir tierisch auf den Senkel. Und zwar gehörig. Mittlerweile weiß bestimmt auch der Letzte, dass ich nur noch in

Wismar bin, damit ich mich meiner Mutter zuliebe mit meinem Vater aussöhnen kann. Wie das gehen soll, weiß ich allerdings immer noch nicht. Schöner Mist!

Ist das alles?, fragt meine innere Stimme spöttisch. Könnte es nicht sein, dass der eigentliche Grund eine bestimmte Person mit braunen Augen ist? Ich hole tief Luft. Ich sollte über die Anschaffung eines Maulkorbs nachdenken.

Olli guckt mich ebenso zweifelnd an, aber er lässt das Thema zum Glück auf sich beruhen. »Mich würde wirklich interessieren, wie du dich am Ende aus der Affäre ziehen willst.«

»Das lass mal meine Sorge sein«, antworte ich spitz.

»Warum bist du sauer auf mich?«, fragt Olli verwundert. Er nimmt einen Schluck von seinem Kaffee und beobachtet mich über den Rand der Tasse hinweg.

»Kannst du dir das nicht denken?« Ich blicke ihm direkt in die Augen. »Dir zuliebe fahre ich Riesenrad, um von Lissy abzulenken, und wie dankst du es mir? Mit einem Foto in der Zeitung. Entschuldige, wenn ich nicht in Begeisterungsstürme ausbreche.«

»Hey, Moment mal, *du* hast mit Lissy angefangen! Und falls ich dich daran erinnern darf, die Idee mit dem Riesenrad stammte von dir.«

Grrrrr!

Sollte ich es noch nicht erwähnt haben, ich mag es nicht sonderlich, wenn man mir meine kleinen Fehler gnadenlos vorhält.

»Weil *du* David diese oberpeinliche Spinat-Geschichte erzählen musstest!«, rechtfertige ich mich aufgebracht. »Aus lauter Scham wäre ich fast im Erdboden versunken.«

»Ich finde die Geschichte niedlich.«

»Und wenn schon, David geht das nichts an. Wie stehe ich denn vor ihm da?«

Olli stützt das Kinn zwischen Daumen und Zeigefinger ab und betrachtet mich vergnüglich. »Machst du dir nun Sorgen darüber, dass David dein Lieblingsessen kennt, oder dass er möglicherweise anders über dich denkt, als er sollte?«

Ich kräusele die Nase. »Was hat denn das eine mit dem anderen zu tun?«

»Erklär du es mir«, fordert Olli und krempelt die Ärmel seines Pullovers hoch. Er legt die Beine auf die Tischkante und macht es sich in seinem Stuhl bequem. »In jedem Fall sieht Schlussmachen – Verzeihung, auf Distanz gehen – anders aus.«

»Oliver Wegener, ich mag dich gerade nicht!«

Er grinst.

Kaum habe ich mich von Olli verabschiedet, da klingelt mein Handy. Eva ruft an, sagt das Display. Mühsam unterdrücke ich einen tiefen Seufzer. Ich habe im Augenblick so gar keine Lust, mich mit jemandem mit dem Namen Behrens zu unterhalten. Erst recht nicht mit meiner Schwester, der ich immer noch nachtrage, dass sie mich letzten Sonntag schamlos hintergangen hat.

Das Handy im hintersten Winkel meiner Tasche vergraben, steige ich in den Fahrstuhl nach unten. Nach gefühlten fünf Minuten schweigt das verdammte Teil endlich. Aufatmend verlasse ich das Bürogebäude, als aus meiner Tasche erneut Lady Gagas *Love Game* ertönt. Ein junger, pickliger Typ mit wasserstoffblonder Stachelfrisur grinst beim Vorbeigehen anzüglich. Peinlich berührt fische ich nach dem elenden Quälgeist.

»Was gibt es denn Wichtiges?«, frage ich unfreundlich und eine Spur zu laut.

»Hey, Schwesterherz.« Evas gute Laune schäumt wieder einmal über. »Was höre ich da von Mama, du bist noch in Wismar? Wie kommt das?«

»Na, was denkst du denn?«, erwidere ich zynisch. »Meine wunderbare große Schwester hat doch mit ihrer Bemerkung, dass mein *Vorstellungsgespräch* erst in zwei Wochen ist und ich folglich bis dahin nichts zu tun habe, erst dafür gesorgt, dass ich Wismar länger erhalten bleibe.«

»Mensch, bist du empfindlich«, meint Eva vorwurfsvoll. Ich kann mir bildlich vorstellen, wie sie dabei die Augen verdreht. »Ich hab's schließlich nur gut gemeint.«

»Ja, genau. Ich weiß, was jetzt kommt. Stell dich nicht so an, genieß die freien Tage in der Heimat mit David. Sommer, Sonne, Strand und mehr. Blablabla. Alles ganz easy«, spotte ich voller Hohn, als ich Evas eigene Worte vom vergangenen Wochenende sinngemäß wiederhole. »Aber ich sag dir mal was, Alex redet kein Wort mit mir, da er der Ansicht ist, ich würde ihm den Job in der Bäckerei wegnehmen, Papa straft mich mit konsequenter Nichtbeachtung, weil ich eben nicht seine geschätzte Bäckerei übernehmen will – von einer Aussprache sind wir ungefähr so weit entfernt wie die Erde zum Jupiter –, und Mama hängt mir von früh bis spät mit David in den Ohren. Hast du ansatzweise eine Ahnung, wo mir das steht?« Ich habe mich dermaßen in Rage geredet, dass ich erschöpft nach Luft schnappe.

Schweigen am anderen Ende.

»Jedenfalls bist du nicht wie vor fünf Jahren sang- und klanglos abgehauen, als es schwierig wurde, das muss man dir zugutehalten. Du scheinst erwachsen geworden zu sein.«

Ich hüstele vernehmlich, froh, dass Eva nicht über die näheren Umstände meines Kennenlernens mit David Bescheid weiß. Sie würde ihre Meinung auf der Stelle revidieren.

»Darf ich mir jetzt ein Bienchen in mein Betragenheftchen malen, Frau Lehrerin?«

»Sei doch nicht immer so sarkastisch!«

»Ich werde das mit meinem Therapeuten durchsprechen.«

Eva seufzt tief. »Okay, okay, es tut mir leid«, gibt sie müde nach. »Aber sieh es positiv, du hast mehr Zeit für David, das ist bestimmt toll, oder?«

»Hm«, mache ich. Was kann ich mich doch glücklich schätzen, solch einen tollen Freund vorzuweisen, der sich derart in eine Fake-Beziehung reinhängt. Yippieyeah!

Augenblicklich muss ich an gestern Abend denken, als ich kurz davor stand, meine Prinzipien über Bord zu werfen und mich von diesem arroganten Machofotografen (aber soooo attraktiven Macho, seufz!) küssen zu lassen. Mir will nach wie vor nicht in den Kopf, warum David ausgerechnet mich küssen wollte. Die Vorstellung an sich ist schon verrückt. David und mich verbindet rein gar nichts. Außer eben einer Beziehung, die nur vor meinen Eltern existiert. Gut, und vor halb Wismar. Warum also wollte er mich küssen? Um mich zu beruhigen? Um unsere Beziehung glaubhafter zu verkaufen? Oder vielleicht, weil er mich ein klitzekleines bisschen mag? Ich verbanne diesen Gedanken sofort in die hinterste Schublade meines Gehirns.

Ich kann mir nicht helfen, aber die Vorstellung, dass David ernsthaftes Interesse an mir hat, also abgesehen von diesem gespielten Interesse, finde ich nach wie vor lächerlich. Zumal es dafür bis gestern auch überhaupt keine Anzeichen gab. Na gut, er hat sofort ja gesagt, als ich ihn gebeten habe, sich als meinen Freund auszugeben. Und offenbar geht er in der Rolle auf und findet es nicht soooo schlimm, Zeit mit mir zu verbringen. Ansonsten hätte er nicht so entschieden auf das Date mit mir bestanden. (Ich nehme an, bei Cora hätte er nicht so lange betteln müssen.) Aber sonst? Alles eigentlich ganz harmlos. Bis zu diesem seltsamen Versuch, mich im Riesenrad zu küssen. Ich kann mir das nur so erklären, dass mit David, im Überschwang meiner ständigen Panikanfälle, die Pferde durchgegangen sind. Immerhin waren wir in einer Extremsituation. Auf dem Erdboden wäre das sicherlich nicht passiert. Wetten?

»Hörst du mir überhaupt zu?« Die tadelnde Stimme meiner Schwester holt mich in die Realität zurück.

»Was? Äh, nein. Entschuldige«, antworte ich und verscheuche die letzten Gedanken an David. Glücklicherweise kann Eva nicht meine verräterischen glühenden Wangen sehen. »Was hast du gesagt?«

»Ich wollte wissen, was David dir verabreicht hat, damit du dich in ein Riesenrad setzt«, gluckst sie, gewaltig gegen das Gekicher ankämpfend.

»Woher weißt du denn das schon wieder?«, stöhne ich.

Meine Schwester lacht laut auf. »Der Familienfunk funktioniert ausgezeichnet.«

»In dieser Familie kann aber auch niemand etwas für sich behalten«, beschwere ich mich. Dieses blöde Foto bringt mir nichts als Ärger ein, ich hab's geahnt.

»Mama ist einfach froh, dass du wieder da bist und in David den Richtigen gefunden hast«, meint Eva beschwichtigend. »Das kannst du ihr nicht verdenken.«

»Die Planung der Hochzeit aber schon«, kann ich mir nicht verkneifen zu sagen.

Eva entgegnet, dass ich das nicht so ernst nehmen dürfe. Haha, sie hat gut reden. Erstens ist sie bereits mit dem wundervollen Fabrizio verheiratet (Neid), und zweitens ist sie in Hamburg außer Reichweite unserer Mutter (noch mehr Neid). Da kann ich auch klugscheißen.

Die nächsten Minuten lausche ich Evas Bericht zu ihrem aktuellen Fall. Ich höre jedoch nur mit halbem Ohr hin, denn dieses juristische Gequatsche langweilt mich ohne Ende.

»Weißt du denn mittlerweile, wie es mit deinem Studium weitergehen soll?«

Ich bin so erschrocken über diesen plötzlichen Themenwechsel, dass ich ins Straucheln gerate und mir beinahe das Handy aus den Fingern gleitet.

»Musst du mir den Tag komplett ruinieren?«, murre ich, nachdem ich meine Tasche neu geschultert habe, die durch meine Fast-Bauchlandung am Handgelenk baumelte.

»Wie weit bist du denn?«, bohrt Eva in gewohnter Anwaltsmanier nach. Ich hatte gehofft, dass sie das Thema auf sich beruhen lässt, aber da kenne ich meine Schwester anscheinend schlecht. Sadistin!

»Ich könnte mich für die Abschlussprüfungen anmelden«, druckse ich herum. Ein dumpfes Gefühl macht sich sofort in meinem Bauch breit, wenn ich nur an die Prüfungen denke. Beim Abitur bin ich bereits halb gestorben vor Angst, noch mal überlebe ich das bestimmt nicht. Hilfe!

»Das ist doch super!«

»Hm, ja, kann sein.«

»Aber?«

Ich knabbere nervös an meiner Unterlippe. »Ich hab Bammel«, gebe ich zu.

»Ach, Quatsch. Das packst du! Du hast es bis hierhin geschafft, der Rest ist ein Klacks«, beruhigt Eva mich. Derart selbstsicher kann auch nur jemand auftreten, der Prüfungsangst nur vom Hörensagen kennt, seine Profs als Freunde bezeichnet und sein Jurastudium mit Bestnote abgeschlossen hat.

»Ja, klar.«

»Vertrau mir.«

Ich schnaube lautstark. »Ist sonst noch was?«, frage ich gereizt. »Oder bestand der Sinn deines Anrufs nur darin, mir meinen *Urlaub* hier vollständig zu verderben?«

»Wenn ich es nicht besser wüsste, würde ich sagen, dass du gar nicht mehr weg willst aus Wismar«, bemerkt Eva amüsiert. Ihr schadenfrohes Grinsen reicht mit Sicherheit bis nach Malta. Und ich weiß auch, welcher Kommentar von ihr als Nächstes kommt: »Ich hab's dir ja gleich gesagt!«

Das brauche und will ich mir nicht anhören. Von meiner überklugen Schwester schon hundertmal nicht!

»Ich muss leider Schluss machen, Schwesterherz. Tut mir soooo leid. Grüß mir Fabrizio.«

* * *

18

»Hast du einfach nur einen Riesenhunger, oder ist das deine neue Art der Frustbewältigung?«

Ich werfe einen genervten Blick über meine Schulter. Alex lehnt gegen die Spüle, die Arme lässig vor der mit Mehl- und Teigresten bekleckerten Bäckerschürze verschränkt. Er sieht aus, als ob er einem Geist begegnet wäre. Er ist blass um die Nase, und die großen Augen fallen ihm vor Verwunderung fast aus dem Gesicht.

»Suchst du irgendwas?«, frage ich missmutig, während ich eine riesige Portion Zuckerguss anrühre und auf die zwei Streuselkuchen verteile, die ich vor fünf Minuten aus dem Ofen geholt habe.

Alex bindet sich die Schürze ab und legt sie neben die Spüle, in der sich Schüsseln, Teigschaber, Löffel und Schneebesen stapeln. Dann lässt er sich mit hochgezogenen Augenbrauen auf einen Küchenstuhl fallen und betrachtet kopfschüttelnd den vollbeladenen Küchentisch, auf dem neben den Streuselkuchen noch eine Käsesahnetorte, eine Kirsch-Mokka-Torte und ein Blech mit einer Mango-Aprikosen-Joghurtschnitte stehen.

»Kannst du mir mal erklären, wann und vor allem wer das alles essen soll?«

Ich zucke mit den Achseln. Also, so viel ist das jetzt auch nicht, finde ich. Okay, vielleicht (unter Umständen) habe ich es etwas übertrieben, doch ich musste mich abreagieren. Nach diesem furchtbaren Morgen brauchte ich Ablenkung von meinem ganzen Haufen an Problemen, und was gibt es da Besseres als zu backen. Meine Probleme haben sich nach diesem sechsstündigen Backmarathon zwar nicht in Luft aufgelöst (leider), aber wenigstens habe ich nun genügend Kuchen, den ich aus Frust in mich hineinstopfen kann. Ein kleiner Trost.

»Du hast nichts verlernt, Schwesterchen«, meint Alex kauend und schiebt sich einen weiteren Bissen meiner Käsesahnetorte in den Mund.

»War das ein Kompliment?«

»Du weißt selbst, dass du gut bist.«

Ich blicke auf. Mehr werde ich aus meinem Bruder wohl nicht herausbekommen, aber es ist ein Anfang nach dem tagelangen Schweigen. Still vor mich hin lächelnd lecke ich einen Klecks Zuckerguss von meinem kleinen Finger ab. Hat sich dieser Backmarathon doch bezahlt gemacht, wer hätte das gedacht?

Staunend schaue ich zu, wie Alex sich das dritte Stück Torte abschneidet und sich mampfend darüber hermacht. Was für eine Gemeinheit, dass man ihm auch das vierte Stück Käsesahnetorte nicht ansehen wird, wohingegen ich allein beim Anblick eines Salatblattes ein Kilo zunehme. In Momenten wie diesen fühle ich mich vom lieben Gott hemmungslos benachteiligt.

Alex lehnt sich in seinem Stuhl zurück und streicht sich über den nicht vorhandenen Bauch. »Wie läuft's mit deinem Loverboy?«, erkundigt er sich mit einem spöttischen Unterton in der Stimme.

Ich schlucke krampfhaft. Augenblicklich muss ich daran denken, wie Alex mir erst vor ein paar Tagen unterstellt hat, dass meine Beziehung zu David eine einzige Inszenierung ist. Bis heute frage ich mich, wie er dahintergekommen ist. David und ich spielen unsere Rolle schließlich perfekt. Jeder denkt, wir sind das absolute Traumpaar. Nur mein kleiner nerviger Bruder ist dummerweise anderer Ansicht. Und das könnte zum Problem werden, jede Sekunde.

»Ich glaube nicht, dass dich das etwas angeht.« Mit einem lauten Donnern knalle ich die Schüssel mit dem restlichen Zuckerguss neben die Spüle.

»Wenn ihr euch in der Öffentlichkeit wie Brangelina auf dem roten Teppich aufführt, musst du dich nicht wundern, wenn die Leute Fragen stellen.«

»Ich will nicht darüber reden.« Von wegen, man erkennt uns nicht! Nicht wahr, Olli?

»Wie lange willst du dieses Spielchen eigentlich noch spielen?«

»Welches Spielchen?«, frage ich betont ahnungslos. Der Wunsch, meinen Bruder mit einer zehnfachen Lage Klebeband zum Schweigen zu bringen, wird nahezu übermächtig.

Er guckt mich bedeutungsvoll an. »Du weißt ganz genau, was ich meine.«

»Nö, kein Plan«, sage ich mit Unschuldsmiene. »Und selbst wenn, mein Intimleben ist für dich tabu.« In seines mische ich mich auch nicht ein. Andernfalls hätte ich bereits dafür gesorgt, dass Cora Schneider es nicht einmal wagt, sich in der Nähe meines Bruders aufzuhalten, ohne vom Blitz getroffen zu werden.

»Lass uns bitte nicht wieder anfangen zu streiten«, meint Alex plötzlich in versöhnlichem Tonfall.

Ich hebe verdutzt die rechte Augenbraue. Das sind ja ganz neue Töne, ist er auf den Kopf gefallen, oder woher kommt dieser Sinneswandel?

»Ich streite nicht, ich stelle fest.«

»Meinetwegen«, gibt Alex mit einem schiefen Grinsen zu. »Du weißt eh alles besser.«

»Dafür bin ich deine große Schwester, die wissen grundsätzlich alles besser!«

Er zieht eine Grimasse, das schwere Schicksal eines armen Jungen, der mit zwei besserwisserischen älteren Schwestern bestraft ist. Armer Kerl.

»Es tut mir leid, Miriam.« Alex wird tatsächlich ein bisschen rot um die Ohren.

»Was denn?«

»Neulich in der Bäckerei, ich hab das nicht so gemeint. Keine Ahnung, was mit mir los war, aber als ich dich da habe stehen sehen, ist bei mir eine Sicherung durchgebrannt. Mit einem Mal hatte ich vor Augen, wie viel glücklicher Papa wäre, wenn du und nicht ich in seine Fußstapfen treten würdest. Ich kam mir überflüssig und nutzlos vor, wie die zweite Geige, die vergeblich versucht, der ersten das Wasser zu reichen, und auf ganzer Linie scheitert.«

Ich trete einen Schritt auf ihn zu und lege Alex von hinten die Arme um den Hals. »Das ist doch Unsinn, kleiner Bruder.«

»Ja, insgeheim weiß ich das, und es tut mir auch leid, dass ich dich angeschnauzt habe. Aber als ich sah, wie locker du den Laden geschmissen hast, habe ich rot gesehen. Mir wurde plötzlich bewusst: *Du* gehörst in die Bäckerei, nicht ich. Papa hatte schon recht.«

Und ich dachte, ich leide unter einem ausgewachsenen Minderwertigkeitskomplex. »Den Mist glaubst du hoffentlich nicht selber! Alex, jetzt mal ernsthaft, Papa hätte dich niemals in die Bäckerei geholt, wenn er kein Vertrauen in dich besäße.«

»Meinst du?«

Ich nicke bekräftigend. »Er kann es nicht besonders gut zeigen, aber ich bin mir hundertprozentig sicher, dass Papa weiß, was er an dir hat. Okay, er hatte es anders geplant, aber der bessere Nachfolger für die Firma bist du, und ich hoffe für dich und mich, dass unser Vater das endlich auch einsieht, damit das leidige Thema vom Tisch ist. Denn eines kann ich dir mit Sicherheit versprechen, ich werde die Bäckerei nicht in einer Million Jahren übernehmen! Da brauchst du dir keine Sorgen zu machen.«

»Es ist nur so schwer, wenn man andauernd das Gefühl hat, im Schatten der großen Schwester zu stehen, egal was man tut«, erwidert Alex und fährt sich frustriert durch die kurzen braunen Haare.

Ich presse die Lippen aufeinander, nicht sicher, was ich darauf antworten könnte.

»Deshalb bin ich auch ausgezogen«, fährt Alex fort. »Mir ist irgendwann die Decke auf den Kopf gefallen.«

»Kann ich gut verstehen.« Ich grinse ihn an.

»Weißt du, ich hätte es selbst nie für möglich gehalten, aber ich mag meinen Job und das Leben hier. Auch wenn ich anfangs vielleicht keinen Bock hatte, deinen Platz in der Bäckerei einzunehmen, weil ich andere Pläne hatte. Mittlerweile kann ich mir gar nicht mehr vorstellen, etwas anderes als das hier zu machen.«

Ich seufze. Wenn ich doch nur das Gleiche von mir behaupten könnte. Aber nach einer Woche in der Heimat bin ich immer noch nicht schlauer, wie meine berufliche Zukunft denn nun eigentlich aussehen soll. Falls alles glattgeht, habe ich in einem Jahr meinen Magister – und dann? Dann bin ich neunundzwanzig und habe in meinem Leben weiterhin nichts auf die Reihe gekriegt. Andere Frauen besitzen in dem Alter neben einem superbezahlten Job bereits einen Ehemann, Kinderchen und ein Eigenheim. Ich bin von allen drei Dingen meilenweit entfernt, und, seien wir realistisch, es sieht nicht so aus, als würde sich das bald ändern.

Ich wüsste auch gar nicht, in welche Richtung ich mich jobtechnisch orientieren soll. Was könnte ich in die Spalte »Besondere Fähigkeiten« eintragen? Dass ich halbwegs gut backen kann und in der Lage bin, einen grammatikalisch korrekten Satz zu bilden? Genau, die Headhunter der Top-Firmen rennen mir bestimmt die Bude ein, wenn sie das lesen!

»Ich bin froh, dass wir uns ausgesprochen haben, Bruderherz.« Ich gehe zum Kühlschrank und gieße mir ein großes Glas Milch ein.

»Ich auch«, stimmt Alex mir zwinkernd zu. »Geschwister sollten zusammenhalten.«

»Was aber nicht heißt, dass ich deine Freundschaft zu Cora gut finde.« Ganz im Gegenteil, ich möchte mich wie eine Löwin vor meinen kleinen Bruder werfen und ihn vor der biestigen Hyäne Cora beschützen. Allerdings bin ich mir nicht sicher, ob Alex von meiner Heldentat sonderlich begeistert wäre.

»Kein Problem. Zwischen Cora und mir war nie was und wird nie etwas laufen«, gesteht er achselzuckend und sieht dabei überhaupt nicht enttäuscht oder traurig aus.

Ich werfe Alex einen ungläubigen Blick zu. »Das verstehe ich nicht. Du warst mit ihr auf Mamas Geburtstagsfeier!«

»Schon«, druckst er herum, »aber nur, weil sie sich mir gewissermaßen aufgedrängt hat und ich in meiner Naivität annahm, dass sie Interesse an mir haben könnte. Dabei wollte sie bloß auf diese blöde Party, mich hat sie bereits wenig später vergessen.«

Das sieht dieser Tussi ähnlich! Mitfühlend tätschele ich Alex' Schulter, ich muss mir auf die Zunge beißen, um nicht zu sagen, dass er besser gleich auf mich gehört hätte, was dieses Weibsstück angeht.

»Egal, alles halb so wild, ist ja nicht so, dass ich unsterblich in sie verliebt war«, winkt er ab. Ein Glück, ich höre mich erleichtert aufatmen. Alex grinst.

»Was machen wir nun damit?« Bedauernd schaue ich auf die Berge von Kuchen und Torten, die ich mit solcher Inbrunst gebacken habe und die verführerisch duften. »Das kann ich nicht alles alleine aufessen«, seufze ich.

»Was hältst du davon, wenn wir sie in der Bäckerei verkaufen?«, schlägt Alex vor. »Samstagnachmittag brennt dort normalerweise die Hütte, da finden deine Kreationen garantiert reißenden Absatz.«

»Ich weiß nicht.« Ehrlich gesagt halte ich die Idee für alles andere als gelungen. Mein Vater ist mit Sicherheit von dieser »Sonderaktion«, wie Alex sie gerade in leuchtenden Farben beschreibt, nicht sonderlich begeistert. Was ich irgendwie verstehen kann. Die Bäckerei wollte die verzogene Tochter nicht übernehmen, aber ihren Kuchen dort verkaufen, das will sie wieder.

»Das wird bestimmt toll!«, beruhigt mein Bruder mich mit einer saloppen Handbewegung, als er meinen zweifelnden Gesichtsausdruck bemerkt.

»Meinst du wirklich?«

»Klar.«

»Na, wenn du das sagst«, gebe ich mich geschlagen und ignoriere das ungute Gefühl in meiner Magengegend. Wird schon schiefgehen, schließlich bin ich katastrophenerprobt und neuerdings eine Granate, was das Improvisieren angeht. Wenigstens habe ich meinen Galgenhumor noch nicht verloren, denke ich grimmig, als ich mit einem Kuchenblech bewaffnet hinter Alex her in den Verkaufsraum trotte.

Kurz vor Ladenschluss ist der gesamte Kuchenvorrat fast komplett verkauft. Alex hat recht behalten. An einem Samstagnachmittag zur besten Kaffeezeit brummt der Laden wie ein Bienenstock. Ich musste Regine sogar beim Verkaufen aushelfen, weil der Kundenansturm größer war als an normalen Samstagen. Also, als keine Miriam Behrens hinter der Ladentheke stand und ganz Wismar brennend wissen wollte, wie es mit ihr und David Vahrenberg in Zukunft weitergehen würde.

Komischerweise störte mich die Ausfragerei bezüglich Hochzeit, Heimkehr und Kindern heute kaum. Ich war stolz, dass mein Kuchen wegging wie geschnitten Brot, der übliche Tratsch ging mir gekonnt am Hintern vorbei. Was sollte ich den Leuten auch groß erzählen, das sie noch nicht wussten? Viele hatten heute früh das Beweisfoto des »glücklichen Traumpaares« im *Wismarer Tageblatt* gesehen – viel mehr gab es nicht hinzuzufügen. Ich beschränkte mich daher aufs Lächeln und Nicken und hüllte mich ansonsten in Schweigen.

Mit Eimer und Feudel im Schlepptau fange ich nun an, im Laden Klarschiff zu machen. Regine ist vor einer Viertelstunde bereits gegangen. Sie sah dermaßen geschafft aus, dass ich ihr angeboten habe, das Putzen zu übernehmen und den Laden abzuschließen.

Nachdem ich die Fliesen gewischt habe, säubere ich die Brotregale und kippe die Brötchenkrümel in den Abfalleimer. Ich will mich gerade der Ladentheke widmen, als die Tür zum Kontor aufgeht und mein Vater in der Tür steht.

»Was machst *du* denn hier?«

»Aufräumen, wie du siehst.« Ich wringe den Lappen aus

und beginne die Glasfront von den Fingerabdrücken zu reinigen.

»Aha«, meint mein Vater wenig aufschlussreich. Die Überraschung steht ihm deutlich ins Gesicht geschrieben, ich kann mir ein Grinsen nicht verkneifen. Selten habe ich ihn sprachlos erlebt. »Und … und wo ist Regine?«

»Schon gegangen, die Arme sah völlig fertig aus.«

Er nickt. »Na schön, dann werde ich mich um die Abrechnung kümmern«, sagt er mit einem tiefen Seufzer und fährt sich mit der Hand über das müde Gesicht.

»Warum lässt du Alex nicht die Buchhaltung übernehmen?«

»So weit kommt das noch!«, entrüstet sich mein Vater. »Noch bin ich in der Lage, meine Bücher selber zu führen.«

»War ja nur ein Vorschlag«, rudere ich eilig zurück, denn die Gesichtsfarbe meines Vaters hat einen verdächtigen Rotstich bekommen. »Ich finde, du solltest Alex mehr Verantwortung übertragen«, kann ich mir trotzdem nicht verkneifen zu sagen.

Papas Halsader pumpt verdächtig. »So, findest du? Ich werde dir mal was sagen, Fräulein: Wie ich die Bäckerei führe, überlass bitte mir. Du hast dich vor Jahren nicht um den Laden geschert, also wage es nicht, dich nun in Dinge einzumischen, von denen du erstens keine Ahnung hast und die dich zweitens nichts mehr angehen!«

»Warum willst du mich eigentlich nicht verstehen?«, frage ich erschöpft und lehne mich mit beiden Armen gegen die Theke. »Langsam solltest auch du begreifen, dass ich die Bäckerei nicht will und nie wollte. Aber Alex, Alex würde sie gerne übernehmen, weil ihm der Job Spaß macht. Doch statt dich darüber zu freuen, führst du dich ihm gegenüber auf, als ob er nicht eins und eins zusammenzählen könnte. Wenn du so weitermachst wie bisher, wird Alex eines Tages alles hinschmeißen, das garantiere ich dir!«

»Das muss ich mir von dir nicht anhören!« Mit hochrotem Kopf, die Tageseinnahmen unter den Arm geklemmt, verschwindet mein Vater türenknallend im Kontor.

Eine ganze Weile starre ich die geschlossene Tür an, darauf hoffend, dass mein Vater zurückkommt und wir in Ruhe über alles reden können. Aber die Tür bleibt zu.

Ich schließe die Augen, atme ruhig ein und aus und lasse mich an der Glastheke hinab auf mein Hinterteil rutschen. Den Kopf zwischen den Knien vergraben, bin ich nahe dran, hemmungslos loszuheulen. Warum will er mich nicht verstehen? Warum endet jedes unserer Gespräche im Streit? Warum, warum, warum?

»Ist nicht gut gelaufen, wie?«

Ich blicke auf, schüttele den Kopf.

»Ach, Miriam«, seufzt Alex. Er setzt sich neben mir auf den Boden, seine Hand streicht tröstend über mein Haar. »Du kennst Papa.«

»Ich begreife nicht, warum er mir nicht verzeihen kann, dass ich seine verdammte Bäckerei nicht will.«

»Papa ist enttäuscht«, wirft Alex nüchtern ein.

»Enttäuscht, enttäuscht«, rege ich mich erbost auf, »wenn er niemanden hätte, der die Bäckerei weiterführt, okay, dann könnte ich seinen Groll verstehen. Aber Papa hat dich, und statt darüber froh zu sein, hält er dir vor, dass du die Firma zweifellos in den Ruin treiben wirst, und mir, dass ich mich vor der Verantwortung drücke.«

»Er hat eben jahrelang damit gerechnet, dass du den Laden fortführst. Du warst die designierte Nachfolgerin, mit den besten Voraussetzungen gesegnet, eigentlich schien alles klar, und plötzlich wirfst du von heute auf morgen das

Handtuch. Papas heile Welt ist schlicht zusammengebrochen.«

»Musst du ihn auch noch verteidigen?«, blaffe ich meinen Bruder an und rutsche unweigerlich ein Stück von ihm weg, die Arme vor der Brust verschränkt.

»Ich verteidige ihn keineswegs, Schwesterherz. Aber du musst ihn verstehen. Die Enttäuschung, dass du von Bäckerin ausgerechnet auf Geistes- und Sozialwissenschaften umgesattelt hast, sitzt tief. Eines Tages wird er sich mit deiner Entscheidung abfinden – hoffe ich zumindest«, fügt Alex mit einem zerknirschten Gesichtsausdruck hinzu.

»Ich will ja mit ihm reden«, beteuere ich ernst, »aber du hast selbst mitbekommen, wie phantastisch unser Gespräch gelaufen ist.«

»Gib ihm Zeit«, meint mein Bruder lapidar.

Zeit. Zeit! ZEIT? Papa hat fünf Jahre Zeit gehabt, um sich an den Gedanken zu gewöhnen, dass nicht ich, sondern Alex seine Nachfolge antreten wird. Sechs, wenn ich die zwei Semester BWL hinzurechne. Meiner Meinung nach ist das genügend Zeit, um sich damit zu arrangieren, dass das Leben der Kinder eben nicht immer wie von den Eltern geplant abläuft. Wie sagte einst John Lennon: »Leben ist das, was passiert, während du eifrig dabei bist, andere Pläne zu machen.«

Als Alex sich erheben will, halte ich ihn am Ärmel zurück. »Danke, dass du Papa nichts wegen dem Kuchenverkauf gesagt hast.« Nicht auszudenken, was dann los gewesen wäre.

»Ehrensache«, sagt Alex. »Aber du solltest dich mit Papa aussprechen, so kann es nicht weitergehen. Vielleicht wäre diese Aktion ein guter Ansatzpunkt.«

Ich werfe meinem Bruder einen vielsagenden Blick zu. »Träum weiter!«

Er zuckt mit den Achseln. »Spätestens wenn Papa die Abrechnung macht, wird er sich über die zusätzlichen Einnahmen wundern. Rede mit ihm!«, beschwört Alex mich eindringlich.

Seine Bitte stößt auf taube Ohren. Sehe ich aus, als ob ich wahnsinnig wäre? Mein Vater hat momentan eine solch hohe Meinung von mir, da wird er mit Sicherheit richtig begeistert sein, wenn er erfährt, woher das zusätzliche Geld stammt.

Ach, soll Papa denken, was er will! Mich wird er schon nicht danach fragen, die letzten Tage hat er nur das Nötigste mit mir gesprochen und mich ansonsten mit Nichtbeachtung bestraft. Überflüssig zu erwähnen, dass Mama die anhaltende schlechte Stimmung zwischen Papa und mir gehörig auf die Nerven geht. Erst gestern ist sie wieder mit Harmonieräucherstäbchen durchs gesamte Haus gerannt – bei dem Gestank wurde mir beinahe schlecht.

»Räumst du hier zu Ende auf und schließt danach vorne ab?«, fragt Alex und erhebt sich.

»Mach ich.«

»Danke, Schwesterherz. Du bist ein Schatz!« Er knufft mich in den Oberarm und verschwindet dann in die Backstube.

Wenn ich ehrlich bin, dann beneide ich Alex nicht. Bäcker ist ein Knochenjob, nachts um drei Uhr aufstehen und bis spätabends in der Backstube stehen, um für den nächsten Tag alles vorzubereiten. Freizeit ist absolute Mangelware. An Alex' Stelle wäre ich längst vor Erschöpfung zusammengebrochen. Dass mein Bruder trotz allem immer noch mit solch einem Elan bei der Sache ist, ist bewundernswert.

Ächzend erhebe ich mich, um den Tresen zu Ende zu reinigen und dann den Laden abzuschließen. Nach nicht einmal fünf Stunden bin ich reif für die Biotonne, ich bin das harte Arbeiten in der Bäckerei echt nicht mehr gewohnt. Mit

Sicherheit werden mir morgen alle zweihundertsechs Knochen weh tun.

Ich schrubbe gerade hingebungsvoll an einem Fettfleck herum, als die Ladenglocke ertönt. »Wir haben bereits geschlossen«, antworte ich, ohne von meiner Arbeit aufzuschauen.

»Das ist aber schade, Behrens.«

*
*
*

19

»Lissy?«

Im Zeitlupentempo drehe ich mich um. Der Schwamm rutscht mir aus der Hand und klatscht neben dem Eimer auf den Boden. Ungläubig presse ich mir beim Anblick meiner alten Freundin die Finger auf den Mund, um den Urschrei in meiner Kehle zu unterdrücken. Es dauert eine weitere Minute, in der wir uns anstarren – das heißt, ich starre, Lissy guckt höchst amüsiert –, dann liegen wir uns in den Armen und jauchzen und springen wie zwei übermütige Teenager.

»Meine Güte, was tust du hier?«, platze ich heraus, immer noch fassungslos, dass Lissy tatsächlich vor mir steht. Mit allem hätte ich gerechnet, aber nicht damit.

»Das Gleiche könnte ich dich fragen!«, erwidert Lissy sichtlich vergnügt. »Ich dachte wirklich, Olli will mich auf den Arm nehmen, als er mir erzählte, dass du in Wismar bist.«

»Das kann ich mir denken«, kichere ich. »Olli ist fast aus seinem Stuhl gefallen, als ich vor ihm stand.«

Lissy stimmt in mein Kichern mit ein. »Wie lange bist du denn schon hier? Olli, dieser gemeine Hund, hat nicht einen Piep gesagt, als wir neulich miteinander telefoniert haben. Ich wäre sonst viel früher gekommen.«

»Quatsch!«, winke ich lapidar ab. »Du wolltest Zeit mit deiner Schwester verbringen, ehe das Baby kommt, das ist tausendmal wichtiger, als Empfangskomitee für mich zu spielen. Außerdem hat Olli den Job auch ohne dich hervorragend gemanagt.«

»Aber –«

»Kein Aber«, unterbreche ich Lissy brüsk. »Erzähl mir lieber, was du die letzten Jahre gemacht hast. Gibt es eigentlich noch einen Flecken auf der Welt, wo du nicht warst?«

»Hunderte«, grinst Lissy verschmitzt. Sie setzt sich auf einen Hocker und schlägt ihre Beine übereinander. »Aber die nächste Weltreise muss warten – mir fehlt leider das nötige Kleingeld.« Ein tiefer Seufzer. »Ich werde also brav meine Ausbildung zur Bankkauffrau beenden, tja, und dann schauen wir mal.«

»Du machst eine Ausbildung?« Wow. Ich mustere Lissy mit großen Augen.

»Ja, ich fange demnächst mein zweites Lehrjahr an«, sagt Lissy mit unverkennbarem Stolz in der Stimme. »Es macht Spaß, ich hätte das selbst nie für möglich gehalten. Deprimierend ist lediglich die Berufsschule.«

»Wieso?«

»Ich bin dort die Oma.« Sie lacht. »Zumindest kommt es mir so vor.«

Ich pruste los. »Sieh es positiv, Omas werden von ihren Enkelkindern abgöttisch geliebt.«

Lissy setzt ihr Unschuldslächeln auf.

»Du hast dich überhaupt nicht verändert«, meine ich kopfschüttelnd. Schon zu Schulzeiten hat Lissy gewusst, wie sie den Jungen den Kopf verdrehen muss, um ihren Willen zu bekommen. Mit ihrem Puppengesicht, den riesigen braunen Augen und der zierlichen Figur erweckt sie auch heute noch in jedem Mann den Beschützerinstinkt. Ein Engelslächeln von Lissy bringt Eisberge zum Schmelzen.

»Und du? Was führt dich wieder nach Wismar? Hast du Heimweh bekommen?«

»Nicht direkt«, erwidere ich mit verzerrtem Gesichtsausdruck. Lissy guckt mich erwartungsvoll an. Seufzend berichte ich, wie meine schlitzohrige Schwester mich für den Geburtstag meiner Mutter nach Wismar gelockt hat.

»Und wieso bist du noch hier?«, will Lissy neugierig wissen und runzelt die Stirn.

Ich verdrehe die Augen. »*Das* ist eine längere Geschichte.«

Lissy setzt sich aufrecht hin, spitzt die Ohren. »Ich habe Zeit.«

Das habe ich befürchtet.

»Und als mich das Sinologie-Studium nur noch gelangweilt hat, schmiss ich nach dem vierten Semester kurzerhand die Uni«, erzählt Lissy und nimmt einen Schluck Rotwein. »Danach habe ich bestimmt ein Dutzend Praktika absolviert und mich für mindestens hundert weitere beworben. Generation Praktikum, ich war mittendrin in diesem Teufelskreis. Leider bezahlt sich die Miete nicht von allein, also hielt ich mich mit allerlei Gelegenheitsjobs über Wasser, aber auf Dauer ist das natürlich nicht das Gelbe vom Ei. Um meine Eltern zu beruhigen – sie sahen mich bereits unter einer Brücke hausen –, zog ich nach Wismar zurück und begann widerstrebend eine Ausbildung. Eine Entscheidung, über die ich heute froh und dankbar bin.«

»Bewundernswert«, bemerke ich abwesend, während ich in den Tagliatelle con spinaci e gorgonzola herumstochere.

Nachdem ich den Laden eilig zu Ende aufgeräumt hatte, lud Lissy mich ins *Roma* ein, eine italienische Trattoria direkt am Marktplatz. Jetzt im Sommer sind einige Tische und Stühle auf dem Platz vor dem Restaurant aufgebaut, zum

Schutz gegen Sonne und Regen ist darüber eine Markise in den italienischen Landesfarben gespannt. Zwei kleine Olivenbäume in Holzkübeln säumen den Eingang, aus den Lautsprechern erklingt Eros Ramazzotti. Die salzige Meeresbrise mischt sich mit dem würzigen Aroma der Rosmarinzweige aus dem hübschen Tischgesteck. Bella Italia mitten in Wismar.

»Hast du keinen Hunger?« Lissy schaut besorgt auf meinen Teller mit Nudeln, die ich kaum angerührt habe.

»Ich schätze, mir ist der Appetit vergangen«, murmele ich und lege das Besteck zur Seite.

»Ist es, weil ich unbedingt wissen will, wieso du noch in Wismar bist?«, fragt Lissy mit schuldbewusster Miene. Sie sieht mit einem Mal furchtbar zerknirscht aus.

»Nein, das ist es nicht.« Ich schüttele den Kopf. Lissy atmet erleichtert auf. »Aber du hast mir eben deutlich vor Augen geführt, was für eine Versagerin ich bin.«

Lissy klappt der Mund auf, mit großen Augen guckt sie mich an, dann bricht sie in schallendes Gelächter aus. »Versagerin? Du? Der Witz war gut, Behrens, ehrlich!« Sie bekommt sich gar nicht mehr ein vor Lachen, die anderen Gäste werfen bereits irritierte Blick zu uns herüber.

»Was ist so komisch?«, will ich wissen, die Arme trotzig vor der Brust verschränkt.

»Wenn jemand eine Versagerin ist, dann ja wohl ich«, kommt es gurgelnd von Lissy, die mit einem neuerlichen Lachanfall kämpft. »Mit fast dreißig irgendeine Ausbildung anzufangen, weil man nicht weiß, was man sonst mit seinem Leben anfangen soll, ist mehr als erbärmlich.«

»Aber im Gegensatz zu mir kannst du nach drei Jahren eine qualifizierte Berufsausbildung vorweisen und direkt in den Arbeitsmarkt einsteigen«, werfe ich resigniert ein. »Da kann ich meinen Vater sogar verstehen, dass er mir seit Jahren vorwirft, ich kriege nichts gebacken.« Gebacken, ha, welch Ironie!

»Äh, jetzt bin ich verwirrt«, gesteht Lissy.

»Das ist ganz leicht, meine berufliche Zukunft ist ein Desaster. Abgebrochene Bäckerlehre, abgebrochenes BWL-Studium, aus Protest zweites Studium, um meinem Vater eins reinzuwürgen«, leiere ich herunter und berichte Lissy schonungslos, dass ich meine Eltern in dem Glauben lasse, groß Karriere zu machen, obwohl ich immer noch an der Uni hocke. Und dass ich keinen Plan habe, welchen beruflichen Weg ich nach meinem Abschluss einschlagen soll.

Lissy hört atemlos zu, wiegt staunend den Kopf hin und her. Dann trinkt sie ihr Glas Wein in einem Zug leer und sagt schließlich: »Heilige Scheiße!«

»Du sagst es.«

»Und was willst du nun tun?«

»Pfff, natürlich weiterhin die supererfolgreiche Karrierefrau spielen.«

Meine beste Freundin kräuselt die Nase. »Hältst du das für eine gute Idee?«, wagt sie einzuwenden und hebt sofort beschwichtigend die Hände, als sie meinen vernichtenden Blick bemerkt. »Was ist denn zum Beispiel mit dem Schreiben? Wäre die Arbeit bei einer Tageszeitung nicht eine Option für später?«

»Hat Olli wieder geplappert?«

Lissy pustet ihren etwas zu lang geratenen Pony aus dem Gesicht. »Er hat was angedeut–«

»Na toll!«, falle ich ihr ins Wort. »Darüber kann er mit dir reden, aber ansonsten bekommt er den Mund nicht auf, was euch betrifft!« Ich bin stocksauer, am liebsten würde ich auf der Stelle zu Olli fahren und ihm gehörig die Meinung sagen.

Aber da ich mich letztes Mal schon mit der Angelegenheit Lissy böse in die Nesseln gesetzt habe, lasse ich das besser.

»Ach, Miriam«, seufzt Lissy und verdreht die Augen, »jetzt fang bitte nicht wieder mit dieser uralten Geschichte an. Zwischen Olli und mir läuft nichts. Er ist ein guter Kumpel, mehr nicht. Olli und ich zusammen – das wäre ungefähr so, wie mit dem Bruder ins Bett zu steigen.« Sie kichert belustigt in sich hinein.

Ich lasse mich in den Stuhl zurückfallen und zeige meiner Freundin einen Vogel.

Was habe ich eigentlich erwartet? Dass Olli und Lissy plötzlich erkennen, was ich bereits seit Jahren weiß? Dass sie nämlich einfach zusammengehören. Es ist zum Aus-der-Haut-fahren! Der eine kriegt den verdammten Mund nicht auf, und die andere leugnet ihre Gefühle. Bis heute verstehe ich nicht, wieso Lissy sich dermaßen sträubt.

Ob Ollis Heimkehr nach dem Studium eine Rolle bei ihrer Entscheidung gespielt hat, ihre Ausbildung in Wismar zu beginnen? Lissy hätte die Ausbildung auch in Köln, Kiel oder Garmisch-Partenkirchen beginnen können. Aber nein, sie ist nach Wismar zurückgekehrt. Zurück zu Olli. Ausgerechnet Lissy, die es früher selten lange an einem Ort ausgehalten hat. Das gibt mir zu denken. Aber wenn ich damit anfange, wird sie ohnehin alles abstreiten. Tja, was soll ich machen, als Amor tauge ich anscheinend nicht viel.

Wahrscheinlich wird es das Beste sein, wenn ich mich von nun an einfach raushalte. Niemand kann zu seinem Glück gezwungen werden, und lange genug habe ich mir den Mund bei den beiden fusselig geredet. Trotzdem würde ich einiges dafür geben, am Ende verkünden zu können: Ich hab's euch ja gleich gesagt!

»Los, versteck dich!« Lissy hält mir die Dessertkarte vor

die Nase und deutet mit dem Kopf fieberhaft nach links. Sie sieht aus wie ein Wackeldackel mit Nackenproblemen.

»Was ist denn?«, will ich verwundert wissen.

Lissy rollt mit den Augen und verrenkt sich fast den Hals, als sie wiederholt zum Eingang nickt.

Nachdem ich endlich begriffen habe, was sie mir die ganze Zeit mitteilen wollte, ist es bereits zu spät. Cora Schneider, eng angeschmiegt an einen schleimigen Antonio-Banderas-Verschnitt im Maßanzug, stolziert zielsicher auf unseren Tisch zu.

»Lissy, was für eine Überraschung, lange nicht mehr gesehen«, zwitschert Cora überschwänglich und drückt der verdutzten Lissy links und rechts ein Küsschen auf die Wange. Für mich hat sie dagegen nur einen kühlen Blick übrig. Von mir aus, ich habe ohnehin keine Lust, mich mit ihr zu unterhalten. Im Gegenteil. Seit ich weiß, was für ein mieses Spiel sie mit meinem Bruder abgezogen hat, verspüre ich den Drang, alle Männer vor Cora zu warnen. Sogar diesen Antonio Banderas, aber der himmelt *Miss Ostseestrand 1999* dermaßen übertrieben an, dass meine Warnung auf taube Ohren stoßen würde. Vermutlich steckt der Mann in seiner Midlife-Crisis und glaubt, mit Cora sein alterndes Image aufzupolieren, kennt man ja. Mein Mitgefühl hält sich daher in Grenzen.

»Sag mal, Miriam, was hält David eigentlich von dem Foto im *Wismarer Tageblatt*?«, wendet sich Cora überraschend an mich, ein falsches Lächeln auf den Lippen. »Darf ich fragen, wie viel du der Zeitung gezahlt hast, damit sie das Bild abdrucken?«

»Cora-Schätzchen, David und ich sind so happy miteinander, wir möchten die ganze Welt an unserem Glück teilhaben lassen«, säusele ich mit verzücktem Gesichtsausdruck und hole schmachtend Luft.

Lissy starrt mich an, als ob mir gerade zwei Hörner gewachsen wären. Mit einer knappen Geste bringe ich sie zum Schweigen. Auf das Kreuzverhör nachher freue ich mich jetzt schon. Das wird ein Spaß, hipphipphurra.

»Dann solltest du besser auf ihn aufpassen. Es ist ja kein Geheimnis, dass David nichts anbrennen lässt«, stichelt Cora in zuckersüßem Ton, während aus ihren Augen gleichzeitig Blitze auf mich herabregnen.

Ich lächele sonnig, bemüht, mir nicht anmerken zu lassen, dass Coras letzte Bemerkung mir Kopfzerbrechen bereitet. Was soll diese Anspielung? Will Cora mich lediglich verunsichern, oder ist David womöglich doch der Frauenheld, für den ich ihn von Anfang an gehalten habe? Das kann ich mir beim besten Willen nicht vorstellen. Er sieht zwar verboten gut aus und könnte an jedem Finger eine Frau haben, aber das traue ich ihm nicht zu. Dafür hängt er sich viel zu sehr in unsere vermeintliche Beziehung rein. Wenn ich nur daran zurückdenke, wie sehr er mich wegen eines Dates genötigt hat. Oder bin ich zu naiv? Was weiß ich denn von ihm? Absolut nichts, wenn ich ehrlich bin.

Ich nage an meiner Unterlippe, verfluche mich und mein Misstrauen. Nun hat Cora genau das erreicht, was sie beabsichtigt hat, mir kommen Zweifel. Verdammter Mist! Dabei kann ich das gerade wirklich nicht gebrauchen. Meine Gefühle sind sowieso schon in Aufruhr, seit David versucht hat, mich zu küssen. Eine Tatsache, die mich nach wie vor verwirrt. Diente das nun der Glaubwürdigkeit unserer Beziehung oder zur Beruhigung, oder wollte mich David aus freien Stücken küssen, weil der Moment so schön war? Ich werde nicht schlau aus dem Mann. Dazu passt dann, dass mich solche Spitzen von Cora vollkommen aus der Bahn zu werfen drohen, obwohl es mir eigentlich schnurzpiepegal sein sollte. Immerhin führen David und ich nichts mehr als eine Geschäftsbeziehung. Und zwecks Glaubwürdigkeit gehört da nun mal auch ein möglicher Kuss dazu. David scheint das zu verstehen. Und ich sollte ebenfalls endlich anfangen, das zu begreifen – ohne mir gleich ein Märchenwunderland auszumalen! Ansonsten bringe ich mich noch in Teufels Küche.

»Um David und mein Liebesleben brauchst du dir wirklich keine Sorgen zu machen«, spiele ich meine Verunsicherung mit einer lässigen Handbewegung herunter. »Du solltest dich lieber um deines kümmern, das erscheint mir dringender.« Denn der furchtbar vernachlässigte Antonio Banderas flirtet auf Teufel komm raus mit der blutjungen, hübschen Bedienung, die jedes Mal aufreizend mit dem Po wackelt, sobald sie an unserem Tisch vorbeikommt.

Cora schnappt empört nach Luft, ergreift den Arm von Antonio und rauscht mit ihm wutschnaubend von dannen.

Lissy räuspert sich. »Kannst du mir das erklären?«

»Ärger im Paradies«, mutmaße ich und kann mir ein Grinsen nicht verkneifen.

»Du weißt genau, was ich meine«, knirscht Lissy, ganz und gar nicht *amused*.

»Wovon sprichst du?«, stelle ich mich absichtlich dumm und schiebe mir eine volle Gabel Tagliatelle in den Mund. Angewidert verziehe ich das Gesicht, die Nudeln sind eiskalt, schmecken wie Papier und kleben an Gaumen und Zähnen fest. Igitt!

Lissy zieht bedeutungsvoll die Augenbrauen hoch.

»Also schön«, seufze ich ergeben, »David Vahrenberg und ich sind ein Paar.«

20

»Du hast David allen Ernstes für so eine Art Spanner gehalten?« Lissy hält sich den Bauch vor Lachen und verschüttet fast ihren Cocktail, der neben ihr auf der Rathaustreppe steht. Dass es so etwas wie Cocktails to go einmal in Wismar geben würde, hätte ich mir auch nie träumen lassen.

»Das ist nicht lustig!« Ich gucke sie böse an. »Außerdem dachte ich, er wäre ein Tourist.«

»Ein Spanner-Tourist!«, wiehert Lissy. Sie strampelt mit den Beinen und hört gar nicht mehr auf zu lachen.

»Hahaha!« Ärgerlich greife ich nach meinem Mojito und trinke ihn in einem Zug aus.

Es war Lissys Idee, nach dem Essen einen Abstecher zu *Gerry's* zu machen, einer Bar, nur zwei Straßen vom Marktplatz entfernt, mit Retromustern aus den Siebzigern an den Wänden, wunderbaren roten Plüschsesseln, einer Jukebox und einer kleinen Bühne mit Livemusik jeden Dienstag und Freitag. Der Barbesitzer Gerry, ein Originalrelikt aus der Hippiezeit mit langen Haaren und grellen Klamotten, umarmte Lissy und mich wie alte Bekannte. Aus der Jukebox dudelte *In the Year 2525*, das Gerry hingebungsvoll falsch mitsang, während er unsere Cocktails mixte.

Anschließend setzten wir uns damit auf die Treppen des Rathauses, und ich weihte Lissy endlich in Davids und meine nicht existierende Liebesbeziehung ein. Olli hatte Lissy gegenüber tatsächlich kein Wort darüber verloren.

»Unglaublich, dass David das ganze Theater mitmacht«, bemerkt Lissy. Sie wischt sich die letzten Lachtränen aus den Augen.

»Das wundert mich auch«, gestehe ich achselzuckend. »Zwar haben wir abgemacht, während meines Aufenthaltes weiterhin das verliebte Paar vor meinen Eltern zu geben, aber dass er sich mit mir verabredet und mich sogar küsst –«

»Er hat dich *geküsst*?«, unterbricht Lissy mich quiekend und wedelt aufgeregt mit den Händen in der Luft.

»Nicht ganz.« Ich laufe knallrot an.

»Wie, nicht ganz? Geht auch halb küssen?«

»Na ja, er war kurz davor, aber dann kam der Strom plötzlich wieder.«

Lissy kullern fast die Augen aus den Höhlen. »Das glaube ich nicht! Meine beste Freundin knutscht mit dem heißesten Typen von ganz Wismar rum, und ich diskutiere mit meiner Schwester, welche Farbe das zukünftige Kinderzimmer haben soll!« Sie haut sich frustriert die Hand vor die Stirn.

»Ach, so eine große Sache ist das wirklich nicht«, wehre ich schnell ab, obwohl mein Herz bei dem Gedanken an den Beinahe-Kuss unerhört heftig zu klopfen anfängt.

»Das glaubst du nicht ernsthaft!« Lissy wirft mir einen vielsagenden Blick zu, denn ich glühe wie eine Leuchtreklame am Times Square.

»Die ganze Angelegenheit bringt mir jedenfalls nichts als Ärger ein! Angefangen bei meiner Mutter, die höchstwahrscheinlich schon meine Hochzeit plant, bis hin zu David, der andauernd mehr Einsatz von mir fordert und mich mit seinem Verhalten nur noch mehr verwirrt. Ich habe das alles satt und möchte am liebsten meine Tasche packen und nach Hannover abreisen.«

»Aber du bist nach wie vor hier«, stellt Lissy fest, ein breites Grinsen auf den Lippen, »und ich weiß auch, was dich in Wismar hält. Oder besser gesagt, wer.«

Ich funkele sie zornig an. »Du glaubst, du weißt es, aber in Wahrheit weißt du gar nichts!«

Lissy gähnt gelangweilt. »Wenn du das sagst ...«

Eine lärmende Gruppe Jugendlicher zieht an uns vorbei in Richtung Hafen, wo als Höhepunkt des Hafenfestes bald das alljährliche Feuerwerk beginnt. Normalerweise würde ich mir dieses Spektakel nicht entgehen lassen, aber ich fürchte, dort David über den Weg zu laufen. Seit meiner gestrigen Flucht aus dem Riesenrad haben wir nicht mehr miteinander gesprochen. Panik macht sich in mir breit. Was, wenn David nach meinem unrühmlichen Abgang überall rumerzählt, dass wir nie ein Paar waren? Mist! Dann käme ich echt in Erklärungsnot. Ganz zu schweigen von meinen Eltern, die halten mich doch jetzt schon für gestört. Und wenn das mit David rauskommen sollte, dann gute Nacht!

Vielleicht wäre es wirklich das Beste, wenn ich Mama und Papa die Wahrheit sagen würde, bevor das gesamte Lügenkonstrukt vollends über mir zusammenbricht. Was könnte denn im schlimmsten Fall passieren? Dass sie noch enttäuschter von mir sind als sowieso schon? Wahrscheinlich wäre das besser, als sie weiter anzulügen. Mein schlechtes Gewissen würde dann auch endlich Ruhe geben. Denn eines ist klar, diese Sache wächst mir über den Kopf und ich habe längst die Kontrolle verloren.

Lissy runzelt sorgenvoll die Stirn. »Und wie soll es mit David und dir in Zukunft weitergehen?« Sie sieht mich an wie ein Psychologe. Und sie klingt auch wie einer.

»David und ich haben keine Zukunft!«, blöke ich. Hätte ich bloß nie diesen dämlichen Kussversuch ausgeplappert. Jetzt deutet Lissy da wer weiß was hinein. Dabei war das nicht mehr als ein kurzfristiger Hormonstau. Punkt, aus, Ende.

»Verstehe. David ist dir komplett gleichgültig.«

»Ja!« Ich schreie beinahe.

»Hm«, macht Lissy, »und wieso hast du dann nicht längst Schluss gemacht und bist nach Hannover abgereist?«

»Weil ... weil ...«

Lissy hebt bedeutungsvoll die Augenbrauen. »Jaahaa?«

»Es ergab sich noch kein passender Augenblick«, fauche ich. Haha, wenn dem nur so wäre ...

»Ah ja«, meint sie zweifelnd, um die Mundwinkel zuckt es leicht, »also wenn du mich fragst, so wie du dich aufführst, ist dir David alles andere als gleichgültig!«

Das verschlägt mir für einen Moment glatt die Sprache. »Du hast sie ja nicht mehr alle!«, platze ich heraus. Der Drang zu kreischen ist nahezu übermächtig, nur das letzte bisschen Selbstbeherrschung hindert mich daran. Das und die Tatsache, dass ich mit so einer Aktion die Aufmerksamkeit von ganz Wismar auf mich lenke.

»Jedenfalls hast du Cora ziemlich böse angesehen, als sie von David angefangen hat«, stellt Lissy ungerührt fest, ein unschuldiges Lächeln auf den Lippen.

»Hab ich nicht!«

Sie zuckt mit den Achseln. »Du bist eifersüchtig.«

»Eifersüchtig? Das hättest du wohl gerne!« Meine Freundin hat nicht mehr alle Tassen im Schrank, so sieht das aus! Meinetwegen können Cora und David auf der Stelle übereinander herfallen, macht mir gar nichts aus.

»Immerhin wolltest du ihn auch küssen, oder?«, hält Lissy

dagegen und nippt seelenruhig an ihrem Daiquiri, während sie mich keine Sekunde aus den Augen lässt.

»Pah, und wenn schon, ich befand mich in einer Extremsituation.«

»Natürlich.« Lissys Stimme trieft vor Sarkasmus. »David musste dich förmlich zwingen.«

»Du bist soooo doof!«

Sie grinst übers ganze Gesicht. »Ich habe bloß recht.«

Ich tippe mir an die Stirn.

21

»Da bist du ja, Schatz. Ich muss mit dir reden.« Meine Mutter schießt aus dem Sessel hervor und baut sich vor mir auf. Nur mit Mühe unterdrücke ich einen tiefen Seufzer. So viel zu meinem Plan, ungesehen in mein Zimmer zu verschwinden. In den letzten fünf Jahren habe ich offenbar verdrängt, dass meine Mutter der beste Wachhund der Welt ist. Ich schwöre, sie hört sogar die Flöhe husten.

»Können wir das auf morgen verschieben? Ich bin hundemüde, Mama«, erwidere ich matt und gähne wie zur Bestätigung.

Das Gespräch mit Lissy hat mich geschafft, in vielerlei Hinsicht. Selbst auf dem Nachhauseweg wurde meine Freundin nicht müde zu erwähnen, dass ich an David mehr Interesse hätte, als ich zugeben will. Ich schwieg. Manchmal war es besser, Lissy ihre Monologe führen zu lassen. Sie erwartete auch gar keine Antwort von mir. Ihrer Meinung nach waren meine Gefühle für David sowieso nicht von der Hand zu weisen. Glücklicherweise trennten sich unsere Wege in der Bliedenstraße, ansonsten hätte ich mir womöglich noch anhören dürfen, dass ich in David verliebt sei. Verliebt! Das muss man sich mal vorstellen!

Lissy ist manchmal unmöglich. So groß die Wiedersehensfreude ist, auf diesen Gefühlsschwachsinn hätte ich gut und gerne verzichten können. Allein bei dem Gedanken, dass ich mich von ihr habe bequatschen lassen, ein paar Tage länger zu bleiben (ganz klar, plötzlicher Gehirnabsturz), um die verlorene Zeit nachzuholen, wird mir schlecht. Ich kann mir denken, was ich mir von früh bis spät von ihr anhören darf. Das wird ein Spaß.

»Was hältst du davon?« Mama sieht mich auffordernd an, offensichtlich wartet sie auf eine Antwort.

»Wovon?«

Sie schüttelt missbilligend den Kopf. »Hast du wieder nicht zugehört?«

Ähm, nö? Wahrscheinlich auch besser, so aufgekratzt, wie meine Mutter plötzlich guckt.

»Dein Vater und ich würden uns sehr freuen, wenn du unseren zukünftigen Schwiegersohn morgen Abend zum Essen mitbringst.«

Entsetzt starre ich meine Mutter an. »Warum?«, ist alles, was mir dazu einfällt. Ich bin kurz davor zusammenzubrechen. Es kann sich nur um einen Scherz handeln. Und damit meine ich nicht, dass sie David bereits als Schwiegersohn bezeichnet.

Mama lächelt nachsichtig. »Wir möchten David besser kennenlernen, das ist doch verständlich.«

»Also eigentlich«, setze ich an und verstumme augenblicklich, als ich den ärgerlichen Blick meiner Mutter wahrnehme.

»Miriam, jetzt sei bitte nicht albern. Wir blamieren dich schon nicht!«

Da bin ich mir nicht so sicher!, möchte ich widersprechen. Vor meinem inneren Auge sehe ich David bereits die tausend Familienalben wälzen, während meine Mutter die Fotos mit peinlichen Anekdoten kommentiert, die ihrer Meinung nach so schrecklich amüsant sind. Haha, ich hau mir auf die Schenkel vor Lachen. Gleichzeitig wird mein Vater David aushorchen wie bei einem Bewerbungsgespräch und sich am Ende fragen, was jemand wie David an mir bloß findet. Nein, das werde ich mir unter gar keinen Umständen antun! *No way.*

»Weißt du Mama, David und ich ... also David hat ...« Ich suche fieberhaft nach Worten, wie ich meiner Mutter am schonendsten beibringen kann, dass das mit Hochzeit und Enkelkindern leider vorerst nichts wird. Weil ich nämlich in Wahrheit nach wie vor Single bin.

Oje, oje!

Meine Mutter trommelt mit den Fingern ungeduldig gegen das Treppengeländer. »Miriam, hat es dir die Sprache verschlagen?«

»Ja, ich meine, nein.« Ich höre, wie meine Mutter tief Luft holt, der Geduldsfaden kurz vorm Zerreißen. Verunsichert starre ich auf meine Schuhspitzen, als ob dort die Antwort liegen würde. »Weißt du, Mama, ich glaube nicht, dass David kommen wird«, beginne ich zögerlich, meine Stimme ist jetzt nur noch ein Flüstern.

Sie runzelt die Stirn. »Wie meinst du das? Habt ihr euch gestritten?«

»Nein, aber wir –«

»Dann sehe ich keinen Grund, wieso David nicht kommen sollte«, unterbricht sie mich in einem Tonfall, der keine Widerrede duldet. »Wirklich, Miriam, du machst aus einem simplen Abendessen eine Staatsaffäre!«

»David muss bestimmt arbeiten«, werfe ich verzweifelt ein, weil ich merke, wie mir die Felle entgleiten.

»*Schatz*« – meine Mutter schlägt den Ton einer Kindergärtnerin an –, »falls David arbeiten sollte, was ich mir an einem Sonntagabend nicht vorstellen kann, dann muss er trotzdem etwas essen. Ich bin mir sicher, zwei Stunden wird er sich von seiner Arbeit loseisen können, glaubst du nicht auch?«

»Aber David ist momentan wirklich sehr beschäftigt, ansonsten hättest du die Fotos von deiner Geburtstagsfeier doch längst!«, gebe ich zu bedenken, ein letzter aussichtsloser Versuch, die drohende Katastrophe abzuwenden.

»Kann es sein, dass du nicht willst, dass David zu uns zum Essen kommt?«

»Blödsinn!«, quieke ich mit hochrotem Kopf.

»Schön. Also morgen Abend um acht Uhr.« Meine Mutter nickt zufrieden und geht summend in die Küche.

Ich stehe da wie vom Donner gerührt.

Ich bin so bescheuert! Von allen guten Geistern verlassen, nicht zurechnungsfähig, komplett geistesgestört! Anders kann ich mir nicht erklären, dass ich mich von meiner Mutter nach Strich und Faden habe austricksen lassen – anstatt endlich Klartext zu reden.

Nun habe ich den Salat.

Fassungslos vergrabe ich den Kopf zwischen meinen Knien. Wie soll ich aus dieser Nummer bloß wieder herauskommen?

Die realistische Antwort darauf wäre: gar nicht. Ich kenne meine Mutter, wenn sie sich etwas in den Kopf gesetzt hat, dann bringt niemand sie davon ab. Und ich befürchte, dass David bei dem ganzen Spielchen auch noch begeistert mitmacht. (Allmählich glaube ich wirklich, er übt für die Aufnahmeprüfung an der Schauspielschule.)

Mit Grausen erinnere ich mich an eines unserer Gespräche zurück, als er sich quasi darum riss, meine Familie kennenzulernen. Damals konnte ich ein Abendessen in letzter Sekunde abwenden. Aber jetzt? Ich traue meiner Mutter glatt zu, dass sie David anruft und ihn persönlich einlädt. Verfluchter Mist!

Eine Woche in der Heimat, und ich stecke noch tiefer in der Scheiße als bei meiner Ankunft. Ich bin quasi die *Titanic* auf Kollisionskurs mit dem Eisberg. Die Katastrophe ist nicht mehr abzuwenden, ich kann nur noch den ungläubigen Zuschauer dieses Spektakels mimen. Es sei denn, die globale Erderwärmung setzt ein und schmilzt dieses eisige Hindernis.

Selbst wenn ich meinen Eltern die Angelegenheit mit David einigermaßen nachvollziehbar verklickern kann – ein Donnerwetter wird es geben, da mache ich mir keine Illusionen –, das halbwegs vermasselte Studium werden sie mir nicht ohne weiteres verzeihen.

Vor meinem inneren Auge sehe ich meinen Vater schon vor Wut schäumen, weil das Enfant terrible im Leben nichts auf die Reihe kriegt. Was haben wir bei ihr bloß falsch gemacht?, werden sich meine Eltern fragen. Irgendwie kann ich Mama und Papa ein klitzekleines bisschen verstehen. Mit fast dreißig sollte ich langsam wissen, was ich mit meiner beruflichen Zukunft anstellen will. Andere wissen es ja auch. Und vor allem sollte ich in dem Alter reif genug sein, um nicht auf Schnapsideen zu kommen, wie den Eltern einen beliebigen Typen als Freund zu verkaufen, nur um nicht als Loser zu gelten.

Frustriert lasse ich mich rückwärts in den Sand fallen und lausche dem Wellenschlag. Normalerweise beruhigt mich dieses Geräusch ungemein, aber heute will es nicht recht klappen.

Über mir leuchten die ersten Sterne, in der Ferne wird der saphirblaue Himmel vom Höhenfeuerwerk am Hafen erhellt. Eine kühle Brise weht vom Meer zum Strand herauf, während die Nacht mich wie eine Decke umhüllt.

Plötzlich beugt sich ein dunkler Schatten über mein Gesicht. Ein Schrei entweicht meiner Kehle. Entsetzt. Erschrocken.

Ängstlich richte ich mich auf und blicke geradewegs in Davids Augen. »Musst du mich so erschrecken, du Idiot?«

Er setzt sich neben mich. »Tut mir leid, ich wollte dir keine Angst einjagen.«

Ich weiche Davids Blick aus und versuche die Tatsache zu ignorieren, dass er so dicht neben mir sitzt. An meinem geheimen Platz am Strand. Außer Olli war ich noch mit keinem Mann an diesem Ort. Neuland. Fremd. Unbekannt. Aber nicht unangenehm. Der Wind fährt durch die Äste der alten Weide, und ich bilde mir kurzzeitig ein, dass sie mir verschwörerisch zuzwinkert.

»Was machst du hier?« Meine Stimme klingt unsicher und spröde.

»Das Gleiche könnte ich dich fragen«, sagt David und stupst gegen meine Schulter.

»Ich denke nach«, erwidere ich und rutsche ein Stück von David weg, um die nötige Distanz zwischen uns zu bringen. Die Moleküle in meinem Körper tanzen wild durcheinander. Allein seine bloße Anwesenheit bringt meinen Hormonhaushalt gehörig aus dem Gleichgewicht.

Er grinst. »Über mich?«

»Blödmann!«

»Ich schätze, das war ein Nein.« Er lacht. »Mein Ego leidet in deiner Gegenwart gewaltig.«

Ich öffne eine imaginäre Dose Mitleid. »Ooooooh.«

»Freches Biest!« Er lehnt sich zurück und schlägt die Füße übereinander. Erst da bemerke ich, dass David Turnschuhe, Sweatshirt und eine Jogginghose trägt.

»Warst du joggen?«

»Ja, ich musste den Kopf freikriegen.«

»Und, hat's funktioniert?«, will ich wissen und lege mich neben David, den Blick zum Himmel gerichtet, wo sich gerade eine einzelne Wolke vor den fast ausgefüllten Mond schiebt.

»Nicht wirklich. Manche Dinge lassen sich nicht ohne weiteres aus dem Gedächtnis streichen.«

»Leider«, bestätige ich seufzend.

Es müsste einen Knopf zur Löschung geben. Ein Reset des Gehirns, dann würde ich nämlich diese ganze vermaledeite Woche in Wismar löschen, könnte in Hannover unbeschwert mein Leben weiterleben, und alles wäre gut. Wirklich?, bohrt die nervige Stimme in meinem Kopf nach. Würdest du das wirklich wollen? Was wäre mit der Erinnerung an David? Ich schüttele den Kopf und verscheuche diesen Gedanken so schnell, wie er gekommen ist.

»Was hat dir denn den Tag verhagelt? Wieder Streit mit deinem Vater gehabt?«, fragt David und streicht wie zufällig mit den Fingern über meinen nackten Oberarm.

»Auch«, gebe ich zu und ziehe eine Grimasse, »aber den Vogel hat zur Abwechslung meine Mutter abgeschossen, indem sie mich mal wieder vor vollendete Tatsachen gestellt hat, obwohl sie weiß, dass ich das nicht mag.«

»Schlimm?«

Ich schnaube. »Schlimmer. Sie hat mich mit einer neuerlichen Essenseinladung für den zukünftigen Schwiegersohn überrascht. Du kannst dir meine Begeisterung vorstellen.«

David prustet los.

Ich setze mich auf und verschränke wütend die Arme vor der Brust. »Findest du das lustig?«

»Irgendwie schon.« Ich funkele ihn an. Besänftigend fährt er mit der Hand über meinen Rücken. »Du musst deine Mutter verstehen, Miriam, sie sorgt sich um dich und um unsere Beziehung. Das zeigt doch nur, dass du ihr nicht egal bist.«

»Na, schönen Dank.« Darauf kann ich echt verzichten, schließlich bin ich keine drei mehr! Mittlerweile kann ich ganz gut auf mich aufpassen, auch wenn meine Eltern anderer Meinung sind. Aber wahrscheinlich bin ich für sie noch mit fünfzig das kleine Mädchen mit den Zöpfen, das sie bevormunden wollen.

»Ich wäre froh, wenn meine Familie solch einen Anteil an meinem Leben nehmen würde wie deine Mutter«, meint David mit vollkommen ruhiger Stimme, die meilenweit entfernt klingt.

Ich drehe mich neugierig zu ihm. Sein Blick ist unverändert zum Himmel gerichtet, er weicht mir aus.

»Verstehst du dich nicht mit deinen Eltern?«, erkundige ich mich so feinfühlig wie möglich.

»Meine Mutter ist vor sechs Jahren gestorben.«

»Oh, das tut mir leid.« Ohne groß darüber nachzudenken, ergreife ich Davids Hand und verschlinge seine Finger mit meinen.

»Seitdem ist mein Vater oft verbittert, und es ist nicht immer leicht, ihm alles recht zu machen. Schon gar nicht, wenn man wie ich eine andere Vorstellung vom Leben hat.«

»Kommt mir irgendwie bekannt vor.«

David stützt sich auf den Ellenbogen. »Weißt du, meine Mutter war Malerin, mein Vater ist hingegen der Zahlenmensch, für ihn muss hauptsächlich der Profit stimmen. Ich komme mehr nach meiner Mutter, die das Leben genoss und einfach tat, worauf sie Lust hatte. Das gefiel meinem Vater von Anfang an nicht. In seinen Augen bin ich der ewige Rebell, der nicht erwachsen wird.«

»Aber du bist deinen Weg gegangen.«

»Auf Dauer wäre das mit meinem Vater und mir nicht gutgegangen. Wir hätten uns nach dem Tod meiner Mutter die Köpfe eingeschlagen«, meint er, den Mund zu einem schiefen Lächeln verzogen, das nicht bis zu seinen Augen reicht. »Ich brauchte Abstand, musste den Kopf freikriegen. Die Zeit hat gezeigt, dass es das Beste für uns beide war.«

»Und du scheinst dein Glück hier gefunden zu haben. Beneidenswert.« Während ich immer noch wie ein Blatt im Wind herumtreibe.

David fasst unter mein Kinn und zwingt mich, ihm ins Gesicht zu sehen. »Du weißt selbst, dass du das auch haben kannst. Du musst nur dein Leben in die Hand nehmen und eine Entscheidung treffen. Der Rest ergibt sich von alleine.«

Ich lache freudlos. »Wenn das so leicht wäre.«

»Wollen wir schwimmen gehen?«

Mit großen Augen starre ich David an. »Schwimmen? Jetzt?«

Er zuckt mit den Achseln, als ob es das Normalste der Welt wäre, nachts in der Ostsee schwimmen zu gehen. Ohne meine Antwort abzuwarten, zieht David sich bis auf die Boxershorts aus und streckt mir aufmunternd die Hand entgegen.

»Äh, ich habe keinen Badeanzug dabei«, stammele ich mit hochrotem Kopf.

»Na und? Komm schon!« Eine Sekunde später ist er im Wasser, taucht einmal unter und schüttelt sich danach wie ein Hund.

Der Mond spiegelt sich im Meer und taucht Davids athletischen Körper in silberfarbenes Licht. Eine perfekte Statue, Michelangelo hätte an ihm seine blanke Freude gehabt. Ich übrigens auch. Okay, Miriam, das hast du jetzt nicht gedacht! Den Gedanken streichst du auf der Stelle!

»Los, du Feigling!«, ruft David übermütig. »Ich verspreche auch, nicht zu gucken!« Er dreht mir demonstrativ seinen breiten, muskulösen Rücken zu.

Schluck. »Ich bin kein Feigling!«, presse ich zwischen den Zähnen hervor. Tapfer entkleide ich mich bis auf BH und Höschen und laufe ins Wasser, bevor ich es mir anders überlege.

Überrascht schreie ich auf, als meine Beine von einer Welle umspült werden. Die Ostsee ist definitiv kälter als vermutet. Augenblicklich bekomme ich eine Gänsehaut. Da hilft nur Augen zu und durch. Vor David gebe ich mir keine Blöße, bin ja nicht aus Zucker.

Nach zwei Schwimmzügen fühlt sich das Wasser auch gleich nicht mehr so eisig an.

David taucht neben mir auf und grinst zufrieden. »War doch gar nicht so schwer.«

Ich strecke ihm die Zunge heraus.

David lacht. Im nächsten Moment trifft mich eine Ladung Wasser im Gesicht. Hustend schnappe ich nach Luft und reibe mir das Salzwasser aus den Augen. »Das wirst du bereuen!«, rufe ich und kraule hinter David her, der zu einer der strandnahen Bojen hinausschwimmt. Mit seiner Geschwindigkeit kann ich allerdings keine fünf Meter mithalten – fehlende Kondition nennt man das wohl. Keuchend schaue ich zu, wie David einmal um die Boje schwimmt und in meine Richtung winkt.

Aber nicht mit mir!

»Ich bin all hier«, brülle ich, den Igel aus dem Märchen der Gebrüder Grimm zitierend. David glotzt mich perplex an, dann grinst er wissend und schwimmt mit kräftigen Armzügen zurück.

Ich lasse mich von den Wellen treiben und warte. An dieser Stelle ist das Meer bereits recht tief, das Wasser reicht mir bis knapp über die Brust. Das Seegras umspielt meine Zehen, was deutlich angenehmer ist als ein Schwarm Quallen. Vor denen ekele ich mich unheimlich. Und ich will vor David keine Szene machen, mir ist das selbst peinlich, vor diesen Glibberbiestern Angst zu haben.

Unerwartet packen mich von hinten zwei Arme um die Taille, und ehe ich mich's versehe, werde ich aus dem Wasser gehoben. Kreischend strampele ich mit den Beinen, aber gegen Davids festen Griff bin ich machtlos. Er lacht diabolisch, dann wirft er mich in die Luft. Mit einem lauten Platschen lande ich im Meer. Prustend tauche ich auf.

»Du Arsch!« Zornig streiche ich mir eine Strähne aus dem Gesicht und nestele an meinem BH-Träger.

David gluckst. Garantiert gebe ich einen köstlichen Anblick ab.

»Amüsier dich ruhig auf meine Kosten«, schmolle ich und will schon an den Strand zurückschwimmen, als David mich am Arm zurückhält. Ich wirbele herum, darauf bedacht, mich von ihm loszureißen, doch er fängt meine Hand ab und hält sie fest.

Auf einmal sind wir uns so nah, dass meine Brüste gegen Davids Oberkörper drücken. Ein Schauer, der nicht von dem kalten Ostseewasser herrührt, überläuft meinen Rücken, während ich innerlich fast zu verglühen scheine. Diese verdammten Hormone! Und diese scheiß Anziehungskraft! Jetzt nur nicht die Nerven verlieren!

David legt seine Hand in meinen Nacken und zieht mich noch ein Stückchen näher zu sich. Im Mondschein kann ich seine Bartstoppeln ausmachen, die ihn so unverschämt sexy wirken lassen. Es kostet mich eine ungeheure Anstrengung, nicht die Hand auszustrecken und über seine Wange zu streicheln.

»Oh, Miriam, was machst du nur mit mir?« Ein heiseres Flüstern, das meine Beine in Pudding verwandelt und mich hilflos an David klammern lässt. Die knisternde, erotische Stimmung droht, mich wie eine Welle zu überspülen.

Eigentlich wäre nun der ideale Zeitpunkt, dass sich mein gesunder Menschenverstand zu Wort meldet. Aber der ist wahrscheinlich schon schlafen gegangen.

Das letzte bisschen Vernunft verabschiedet sich, als David mein Gesicht mit beiden Händen umfasst und seine warmen, weichen Lippen flüchtig über meinen Mund streifen. Zart, so zart. Wie ein Lufthauch.

Wir schauen uns tief in die Augen, Braun trifft auf Tiefschwarz, und lauschen überwältigt dem Herzschlag des anderen.

Dann zieht David mich in seine Arme, und wir finden uns wie selbstverständlich in einem leidenschaftlichen Kuss wieder. Und daran ist nichts romantisch, im Gegenteil. Der Kuss ist stürmisch, wild, ungestüm.

Wir klammern uns aneinander wie zwei Ertrinkende, rettungslos verloren in der Nähe des anderen, während Millionen Sterne auf uns herabfunkeln.

22

Blinzelnd öffne ich die Augen. Sonnenstrahlen kitzeln meine Nase, zeterndes Möwengeschrei und Wellenrauschen dringen an meine Ohren. Im ersten Moment weiß ich nicht, wo ich bin, bis sich neben mir etwas bewegt.

Alarmiert will ich hochfahren, aber ein Arm liegt wie eine Liane über meinem Bauch und drückt mich an ein warmes, kuscheliges Joggingoberteil. Erschrocken halte ich mir die Hand vor den Mund, als ich realisiere, dass ich mit meinem Gesicht eng an eine männliche Brust gekuschelt liege.

An Davids Brust.

»Guten Morgen, du Schlafmütze«, begrüßt David mich mit einem Lächeln. Er streicht mir eine Haarsträhne hinters Ohr und sieht rundherum zufrieden aus.

»Morgen«, nuschele ich und verberge meinen Kopf in der Kuhle seiner Achsel. Mir ist die vertraute Situation mit einem Schlag furchtbar peinlich.

David küsst mich auf die Nasenspitze. »Du siehst herrlich verpennt aus.«

Ich ziehe eine Grimasse. »Danke für die Blumen.« Dass David selbst nach einer Nacht im harten Strandsand aussieht wie aus dem Ei gepellt, passt zu ihm. Lediglich seine kratzigen Bartstoppeln, die über mein Gesicht streifen, als er mir einen hauchzarten Kuss auf den Mund gibt, stören dieses ansonsten perfekte Bild.

»Und, wie geht es nun weiter mit uns?« David fährt hingebungsvoll die Kontur meines Mundes nach. Eine verspielte, zärtliche Geste, sein Gesichtsausdruck ist jedoch ungewohnt ernst. Vielleicht, weil er spürt, dass ich nicht die Antwort auf seine Frage habe, die er von mir hören will.

Denn nüchtern betrachtet gibt es kein »uns«. In wenigen Tagen sitze ich wieder im Zug nach Hannover, und damit erledigt sich dieses Thema zwangsläufig. Zurück bleibt eine Erinnerung an ein paar unvergessliche Tage in der Heimat, verbunden mit einem kleinen bisschen Wehmut.

Aber so einfach, wie ich mir das gerade vormache, ist es natürlich nicht. Gestern Nacht hat alles verändert. Allein bei dem Gedanken, wie David und ich uns hemmungslos knutschend im Sand gewälzt haben, steigt mir die Röte ins Gesicht. Zwei liebestolle Teenager, die nicht die Hände voneinander lassen konnten. Ich hätte nie gedacht, dass ich mich einmal derartig benehmen würde, aber mit David ist vieles anders. In meinem Herzen befinden sich ein Haufen Gefühle und Eindrücke, die ich nicht annähernd in Worte fassen kann. Einerseits bin ich verwirrt, mit welcher Leidenschaft ich mich David hingegeben habe, andererseits jagt mir gerade das eine enorme Angst ein. Denn jedes Mal, wenn ich mich Hals über Kopf auf jemanden eingelassen habe, endete das in einer Katastrophe. Und bei David kommt noch der Aspekt dazu, dass er unglaublich attraktiv ist. Es will mir nicht in den Kopf, dass er ernsthaft Interesse an mir haben könnte. Das ist schlicht absurd!

»Miriam?«

Widerwillig öffne ich die Augen und blicke in Davids braune Augen, in denen ich mich zu gerne verlieren würde. »Ich weiß es nicht, ich muss nachdenken«, gestehe ich und merke zu spät, wie das auf David wirken muss.

Er presst die Lippen zu einer Linie zusammen und zieht sich enttäuscht zurück. Sofort vermisse ich seine Wärme.

»Ich verstehe.« Zwei Worte, zwei Peitschenhiebe.

»Wir reden später, okay? Meine Familie macht sich bestimmt Sorgen um mich.«

»Hm«, macht David.

»David?« Er schaut auf. Bei seinem Anblick blutet mir fast das Herz. Am liebsten würde ich mich auf der Stelle in seine Arme werfen und sagen, dass alles gut wird. Dass es egal ist, was war oder wird. Hauptsache, wir haben uns. Aber so leicht ist das leider nicht. »Ich bereue nichts.«

David nickt kaum merklich. Trotz allem schaut er nicht mehr ganz so unglücklich.

Schweren Herzens lasse ich David am Strand zurück. Ein Ort, der ab heute unwiederbringlich mit David verknüpft sein wird.

Als ich ein paar Schritte gegangen bin, fällt mir seltsamerweise das Gespräch mit meiner Mutter wieder ein.

»Abendessen bei meinen Eltern heute Abend?«, rufe ich beschwingt, während mir der aufkommende Wind die Haare ins Gesicht bläst.

Ein feines Lächeln breitet sich auf Davids Gesicht aus. »In Ordnung.«

»Prima. Um acht, und sei pünktlich.«

Kaum habe ich den Schlüssel ins Schloss gesteckt, da wird bereits die Tür aufgerissen.

»Miriam! Gott sei Dank, wir haben uns solche Sorgen gemacht.« Meine Mutter nimmt mich in den Arm und umarmt mich so heftig, dass mir beinahe die Luft wegbleibt. »Wo warst du denn bloß?«

»Bei David«, erwidere ich kleinlaut. Ich muss mich erst

wieder daran gewöhnen, dass meine Mutter glaubt, ich sei ein Kleinkind, das abends pünktlich um zehn Uhr im Bettchen zu liegen hat.

Meine Mutter macht große Augen. Dann schaut sie mich an, als ob ich ihr gerade verkündet hätte, eine Gehaltserhöhung in Höhe von 100 000 Euro zu bekommen. »Warum hast du denn nicht Bescheid gesagt!«

Unweigerlich rolle ich mit den Augen. »Mama!«

»Schon gut, schon gut. Ich weiß, du bist erwachsen. Aber ich mache mir nun einmal Sorgen, wenn einer von euch ohne ein Wort über Nacht wegbleibt.« Dummerweise werde ich das Gefühl nicht los, dass sie sich mehr um mich als um Eva und Alex sorgt. Tja, ich bin eben das Problemkind, da haben wir's.

»Ach, Mama«, seufze ich und drücke sie an mich, »Unkraut vergeht nicht.«

»Das ist nicht lustig!«, fährt meine Mutter mich scharf an. »Du kannst dich bei deinem Vater bedanken, dass ich nicht in der Gegend herumtelefoniert habe. Dein Handy war ja sicherheitshalber mal wieder ausgeschaltet. Wozu hast du das eigentlich?«

Für einen Augenblick starre ich meine Mutter entgeistert an. Ganz ehrlich, wenn sie das getan hätte, ich würde mich auf der Stelle zur Adoption freigeben. Gott, wie peinlich. Nicht auszudenken, wenn ich nicht bei David gewesen wäre, und sie hätte ihn angerufen. Ich wäre im Erdboden versunken!

»Mama, mir geht es gut. Alles bestens, wirklich. Und bevor du fragst, ja, David kommt heute Abend zum Essen.«

»David kommt heute zum Essen?«, wiederholt mein Bruder feixend, der gerade in den Flur schneit.

»Willst du auch kommen, Alexander?«

Alex schluckt panisch. Hilfesuchend guckt er mich an. Ich hebe die Schultern und spiele die Überraschte. »Ich-ich bin mit Fred zum Pokern verabredet«, haspelt Alex, das blanke Entsetzen im Gesicht.

»Wie schade«, säusele ich und ziehe hinter dem Rücken meiner Mutter eine Grimasse.

»Ein anderes Mal«, antwortet meine Mutter diplomatisch.

»Hmpf«, gebe ich kaum merklich von mir. Das ist echt typisch! Alex drückt sich mit solch einer läppischen Ausrede vor dem Essen, aber ich müsste auch mit vierzig Grad Fieber erscheinen.

»Kannst du mir einen Gefallen tun, Schwesterchen?«, fragt Alex, als Mama beschwingt gegangen ist, um in der Küche Vorbereitungen für das Abendessen zu treffen. Nicht ohne mir mehrmals einzuschärfen, dass ich mich dem Anlass entsprechend »hübsch anziehen« soll. Ohne Worte.

Ohne Worte!

Mit hochgezogenen Augenbrauen lehne ich mich gegen die Flurgarderobe. »Einen Gefallen? Als Dankeschön, dass du dich heute Abend drückst, oder wie?«

»Du hättest an meiner Stelle das Gleiche getan«, verteidigt er sich.

Stimmt, aber das muss ich meinem Bruder nicht auf die Nase binden. »Und, was soll ich tun?«

Er guckt mich mit treudoofem Hundeblick an, fehlt nur noch, dass er winselt. »Könntest du nachher eine Torte für mich ausliefern? An Cora?«

»An Cora?«, echoe ich spitz. »Och, Alex! Muss das sein?« Soll die blöde Schnepfe sich ihre Torte gefälligst selbst abholen. Was will sie mit dieser Kalorienbombe? Doch sicherlich nicht essen.

»Bitte«, fleht Alex, »ich habe dir zwar erzählt, dass

ich keine Gefühle für Cora habe, das stimmt auch, aber ich will ihr trotzdem nicht begegnen, wenn es sich vermeiden lässt.«

»Na toll!«

»Ich habe auch ein gutes Wort bei Papa für dich eingelegt«, wirft mein Bruder beifallheischend ein. Wie selbstlos von ihm. »Er will dich übrigens sprechen.«

Dieser Tag wird immer besser. Cora, mein Vater, das Abendessen. Ein Höhepunkt jagt den anderen, über fehlende Abwechslung kann ich mich wahrlich nicht beklagen.

»Also schön«, gebe ich mich geschlagen, Alex macht fast einen Luftsprung. »Dafür schuldest du mir was!«

Mein Bruder nickt eifrig. »Du bist die Beste.«

»Wenn das nur endlich jeder einsehen würde«, seufze ich augenzwinkernd.

Mit einem mehr als mulmigen Gefühl klopfe ich an die Tür des Kontors. Wenn ich jetzt einen Wunsch frei hätte, dann, dass das Gespräch mit meinem Vater längst hinter mir läge.

»Herein«, ertönt es von innen, mein Herz rutscht mir in die Hose. Verdammt, es ist nur mein Vater! Er wird mir kaum den Kopf abhacken, also ruhig Blut. Aber die guten Worte treffen bei meinem Blutdruck auf taube Ohren. Mein Herz pumpt die rote Flüssigkeit dermaßen schnell durch meinen Körper, dass mir kurz schwindelig wird und ich mich am Türgriff festhalten muss. Ich schließe die Augen und hole dreimal tief Luft. Dann öffne ich die Tür.

Mein Vater sitzt hinter einem massiven Schreibtisch aus Eiche, einem Erbstück von meinem Opa, den Kopf über einen Stapel Rechnungen gebeugt. Ich ziehe unweigerlich den Kopf ein und drücke mich in eine Ecke des Zimmers. Wie ein kleines Mädchen, das sich schämt. Ein ungutes Gefühl breitet sich in meinem Magen aus, als mein Vater den Kopf hebt und mich ansieht.

»Miriam.« Er klappt das Heft zu und lehnt sich in seinem Bürosessel zurück. »Danke, dass du gekommen bist.«

Ich presse abwartend die Lippen aufeinander. Ich kann mir denken, was nun kommt. Nämlich eine Schimpftirade der Sonderklasse. Mit allen Extras. Wegen meinem eigenmächtigen Handeln, den Kuchen im Laden zu verkaufen. Ich hab ja gleich geahnt, dass das eine dumme Idee war. Aber Alex wollte ja partout nicht auf mich hören. Jetzt gibt es eben die Quittung dafür.

Um mich abzulenken, lasse ich meinen Blick durch den Raum schweifen. An der rechten Wand hängt die Meisterurkunde meines Vaters, daneben sind zahlreiche Fotos von Eva, Alex und mir angebracht. Auf einem Bild ist sogar die ganze Familie abgelichtet. Sommerurlaub 1987 in Usedom, wenn ich mich richtig erinnere. Mama und Papa sitzen im Strandkorb, Eva hat ihre Nase in einem Buch vergraben und der kleine Alex buddelt im Sand. Und ich, ich strecke rotzfrech die Zunge heraus. Ein zaghaftes Lächeln huscht über meinen Mund.

»Du hattest schon damals deinen eigenen Kopf«, kommt es von meinem Vater in einem melancholischen Tonfall, den ich nicht von ihm kenne.

Ich drehe mich zu ihm um, die Hände hinter dem Rücken verborgen, in einem Fingerwust verknotet. »Es war definitiv nicht immer leicht mit mir.«

»Du wusstest eben genau, was du nicht wolltest. Und wenn man dich zu etwas zwingen wollte, hast du letztlich das glatte Gegenteil getan.«

»Stimmt«, lächele ich zögerlich. Mein damaliger Punker-Freund Florian ist so ein Beispiel. Im Nachhinein betrachtet wollte ich mit ihm wirklich nur meine Eltern ärgern. Hat ja auch prima geklappt.

»Wir haben dich trotzdem lieb, Miriam. Mama und ich.«

Ein dicker Kloß macht sich in meinem Hals breit. »Ich weiß.«

Also irgendwie geht dieses Gespräch gerade in eine völlig andere Richtung als angenommen. Eigentlich habe ich damit gerechnet, dass mein Vater mir obendrein wegen gestern Nacht die Leviten liest, schließlich habe ich mich nicht brav abgemeldet. Aber stattdessen sagt er mir, dass er mich liebhat. Ich hätte nie gedacht, dass ich in meinem Leben das L-Wort noch einmal aus seinem Mund hören würde.

Überhaupt ist mein Vater wie ausgewechselt. Ehrlich gesagt wäre es mir deutlich lieber, er würde mich anbrüllen. Damit kann ich besser umgehen, das bin ich gewohnt.

»Warum hast du mir nicht gesagt, dass du deinen eigenen Kuchen im Laden verkauft hast?«, erkundigt er sich mit gerunzelter Stirn.

Ich bin so perplex, dass ich mich verschlucke. »Woher weißt du das?«, krächze ich.

»Miriam« – er wirft mir einen tadelnden Blick zu –, »ich bin nicht dumm. In der Backstube standen Bleche aus unserer Küche, und die zusätzlichen Einnahmen sprechen Bände.«

Eine zarte Röte bedeckt meine Wangen. »Tut mir leid, dass ich dir diese Aktion verschwiegen habe, aber ich wusste nicht, wie ich es dir erklären sollte. Um unser Verhältnis ist es in letzter Zeit nicht gerade zum Besten bestellt gewesen«, kommt es piepsig über meine Lippen.

»Du bist meine Tochter, Miriam, komme, was wolle.«

Der Mund klappt auf, doch kein Ton dringt heraus. Mit großen Augen starre ich meinen Vater ehrfürchtig an. Eindeutig, jemand muss ihm heute Morgen was in den Kaffee geschüttet haben.

»Geht's dir gut, Papa?«

»Ja, natürlich.« Er räuspert sich vernehmlich. »Wieso fragst du?«

»Na ja«, druckse ich herum und male mit meiner Schuhspitze Kreise auf den hellbraunen PVC-Boden. »Bis vor zehn Minuten war ich der festen Überzeugung, dass du wütend auf mich bist und nie wieder ein Wort mit mir reden wirst. Eben weil ich die Bäckerei nicht übernehmen will.«

Papa seufzt. »Ach, Miriam, ich hatte heute früh ein längeres Gespräch mit Alexander. Wir haben endlich offen über alles geredet, vor allem, wie es in Zukunft mit der Bäckerei weitergehen soll. Deine Mutter hat ja recht, ich muss kürzertreten«, gibt er knirschend zu. »Alexander macht einen guten Job, da gibt es nichts zu leugnen. Es fällt mir nur schwer, mich zurückzuziehen und die Fäden an die nächste Generation weiterzureichen.«

»Hm«, mache ich, »aber dadurch hast du mehr Zeit für Mama. Und ewig kannst du Alexander ohnehin nicht in der Bäckerei überwachen.«

»Das Argument bringt deine Mutter auch ständig vor. Insbesondere seit dem Geschenk deiner Schwester. Seit Tagen liegt sie mir mit dieser Reise nach Hiddensee in den Ohren«, stöhnt er gequält, zwinkert mir aber verschwörerisch zu.

»Siehst du.« Ich lächele.

»Ich glaube, irgendwie habe ich mich die letzten Jahre bereits an den Gedanken gewöhnt, Alexander die Bäckerei zu übergeben. Etwas anderes blieb mir ja auch nicht übrig, nachdem du dem Laden und mir den Rücken gekehrt hast.« Mein Vater verzieht etwas gequält den Mund. »Obwohl ich nach deiner Rückkehr trotz allem gehofft habe, dass du dich anders entschieden hast. So paradox es für dich klingen mag. Miriam, du hast ein unglaubliches Talent! Kannst du dir nicht doch vorstellen, die Bäckerei mit Alexander gemeinsam zu führen? Ihr beide wärt ein super Team.«

Ich schüttele vehement den Kopf. »Nein, Papa. Das Kapitel ist endgültig abgeschlossen.«

Mein Vater nickt niedergeschlagen. Doch zum ersten Mal scheint er mich wirklich zu verstehen und zu akzeptieren, dass ich nicht den von ihm geplanten Weg einschlage, sondern meinen eigenen gehe. Auf diesen Moment habe ich mehr als fünf lange Jahre gewartet.

Nie im Leben hätte ich damit gerechnet, dass Papa und ich je wieder normal miteinander reden können. Schon gar nicht nach diesem fürchterlichen Streit gestern. Natürlich steht unsere Vater-Tochter-Beziehung auf wackligen Beinen, aber es ist ein Anfang. Damit lässt sich arbeiten. Was mein Vater allerdings sagen wird, wenn er erfährt, dass das mit der Karriere nicht so läuft wie angenommen, möchte ich mir lieber nicht ausmalen.

Ein warmes Gefühl breitet sich in meiner Brust aus, als Papa auf mich zukommt und mich in seine Arme schließt. Wie selbstverständlich lege ich den Kopf an seine Schulter und schnuppere an seinem Hals. Er riecht herrlich nach frischem Brot, Seife und ganz viel Geborgenheit.

»Ich hab dich lieb, Papa.«

»Ich dich auch, Zuckerschneckchen.«

* * *

23

Für einen Sonntagnachmittag ist in der Wismarer Innenstadt ungewöhnlich viel Betrieb. Mit Einkaufstaschen vollbepackte Menschen schieben sich raupenartig durch die Fußgängerzone, die Sitzplätze der Cafés sind restlos besetzt und die Eisverkäufer geraten ins Schwitzen angesichts der Schlangen vor ihren Eisdielen. Verkaufsoffener Sonntag nennt sich dieses Großereignis, das es möglich macht, dem Shopping-Wahn sogar an einem Sonntag zu frönen. Wann hat man schließlich sonst die Möglichkeit, die dringend benötigte Bad-Garnitur oder ein paar neue Schuhe zu kaufen? Was allerdings so verlockend ist, sich mit tausend anderen Menschen bei dreißig Grad durch schlecht klimatisierte Läden zu drängen und nach möglichen Schnäppchen Ausschau zu halten, entzieht sich meiner Kenntnis. Aber jedem Tierchen sein Pläsierchen, wie meine Oma zu sagen pflegte.

Auf dem Rudolph-Karstadt-Platz herrscht jedenfalls ein solches Gedränge, dass ich notgedrungen einen Umweg über die kleinen Seitenstraßen rund um den Markt in Kauf nehme, damit ich Coras Erdbeer-Joghurt-Torte (kalorienreduziert, gähn!) unbeschadet bei ihr abliefern kann. Ich will mir nicht von Miss Ich-bin-ein-Topmodel-ihr-werdet-schon-sehen nachsagen lassen, die Torte wäre zermatscht gewesen.

Dass Alex mich zu dieser blöden Auslieferung überredet

hat, ärgert mich mittlerweile maßlos. Viel lieber würde ich bei diesem schwülen Wetter am Strand liegen, mich in der Sonne aalen und faulenzen. Aber was tut man nicht alles dem kleinen Bruder zuliebe. Und wie dankt er es mir? Drückt sich um das Essen heute Abend, der Verräter.

Zwar habe ich nach der Aussprache mit meinem Vater nicht mehr ganz so viel Angst vor diesem Horrorabend, aber meine Eltern schaffen es bestimmt trotzdem spielend, mich bis auf die Knochen vor David zu blamieren. Da mache ich mir gar keine Illusionen. Eltern sind peinlich, egal wie alt man ist.

Gott sei Dank hat der Spuk mit meinem angeblichen Freund spätestens morgen endlich ein Ende. Dann werde ich Mama und Papa nämlich alles beichten. Oh Gott, oh Gott. Daran mag ich noch gar nicht denken!

Und auch wenn sich meine Mutter auf den Kopf stellt, ich finde, ich war jetzt lange genug in Wismar. Zumal ich nur das Geburtstagswochenende bleiben wollte. Am Ende sind daraus sieben Tage Zwangsurlaub geworden. Das reicht! Außerdem gibt es keinen Grund, länger zu bleiben. Jetzt, wo ich mich mit Papa ausgesprochen habe.

Das einzige wirkliche Problem ist Davids und meine nun vielleicht doch existierende Beziehung. Sind wir nun zusammen? Also, so richtig? Oder doch nicht? Und was heißt das für die Zukunft?

Argh!!!

Als ob ich es nicht geahnt hätte: Diese ganze blöde Freund-Geschichte bringt mir nichts als Ärger ein.

»Miriam, hey.« Eine Hand legt sich auf meine Schulter. Ich wirbele herum und starre geradewegs in Davids grinsendes Gesicht.

»Mir einen Schrecken einzujagen gehört anscheinend zu

deinem Spezialgebiet«, necke ich ihn und bemühe mich, mir meine Nervosität nicht anmerken zu lassen.

Allein Davids bloßer Anblick lässt meinen Blutdruck in den ungesunden Bereich schnellen. Mein Herz schlägt in solcher Lautstärke gegen meine Brust, dass ich befürchte, David könnte es hören. Keine sonderlich guten Voraussetzungen, um die Coole zu spielen.

»Entschuldige.« David fährt sich verlegen durch die Haare, die durch die schwüle Luft lockiger sind als sonst. Er sieht unglaublich gut aus in seinem schwarzen Shirt mit dem tiefen V-Ausschnitt, das eine Menge gebräunter Haut preisgibt.

Nervös benetze ich meine Lippen und versuche, nicht zu auffällig auf seine muskulöse Brust zu starren. Hoffentlich fange ich nicht das Sabbern an!

»Hast du es dir mit der Bäckerei anders überlegt?« David deutet auf den gekühlten Tortenkarton, auf dem groß unser Firmenlogo zu erkennen ist.

»Nein. Aber ich habe einen kleinen Bruder, der genau weiß, welche Knöpfe er bei mir drücken muss, um seinen Willen zu kriegen«, entgegne ich lachend.

»Verstehe.« David streicht mir eine Haarsträhne hinter das Ohr, die sich aus meinem Pferdeschwanz gelöst hat. Er ist mir auf einmal so nah, dass ich verlegen seinem Blick ausweiche.

»Und du? Musst du arbeiten?«, frage ich und gebe mich betont lässig, obwohl ich innerlich das reinste Nervenbündel bin. Davids Nähe, die Hitze, der Gedanke an seine atemberaubenden Küsse gestern Nacht, das ist alles zu viel für mich.

»Gott bewahre, nein, ich hab einer Kundin nur ihre Fotos vorbeigebracht. Ganz wichtiger Auftrag«, erwidert er geschäftsmäßig, aber seine Augen blitzen schalkhaft.

»Soso.«

»Nicht, was du jetzt denkst.«

»Hm, was denke ich denn?«, frage ich herausfordernd, kann mir ein verschmitztes Grinsen jedoch nicht verkneifen.

Er lächelt dieses verführerische Lächeln, das mir jedes Mal aufs Neue die Schuhe auszieht und mich ganz konfus zurücklässt.

»David, warte! Du hast deine Mappe vergessen«, ruft eine weibliche Stimme aufgeregt, die mir irgendwie bekannt vorkommt.

Ich werfe einen Blick nach hinten und lasse vor Schreck beinahe die Torte fallen. Cora Schneider stolziert mit ihren geschätzten zwanzig Zentimeter hohen Absätzen auf uns zu, in der Hand eine schwarze Klemmmappe, mit der sie wichtigtuerisch in der Luft herumwedelt.

»David, Schatz, ich dachte schon, du wärst weg«, flötet Cora. Sie klimpert mit ihren falschen Wimpern und legt wie selbstverständlich ihre Hand auf Davids Hüfte.

Ich stehe da und verstehe die Welt nicht mehr. Fassungslos glotze ich abwechselnd David und Cora an. Der Mund klappt mir auf, aber außer einem tiefen Krächzlaut entweicht kein Piep meinen Lippen.

Cora blickt hochnäsig auf mich herunter. Ein triumphales Lächeln huscht über ihr Gesicht, während David stumm wie ein Fisch neben ihr steht und keine Anstalten macht, sich auch nur einen Zentimeter von ihr zu lösen.

Mir ist furchtbar schlecht, ich fürchte, mich jede Sekunde übergeben zu müssen. Mein Magen fühlt sich an wie ein dicker Stein, der mich nach unten zieht. Ein galleartiger Geschmack breitet sich in meinem Mund aus. Mir ist heiß und kalt, und ich zittere am ganzen Körper. Das kann alles nur ein Traum sein. Ein Alptraum. Oder ein ganz schlechter

Film. Ein schlechter Film, in dem mir lediglich die Nebenrolle zufällt.

Als Cora die Frechheit besitzt, über Davids Wange zu streichen, drohe ich, endgültig die Fassung zu verlieren. Der Boden unter mir schwankt verdächtig, mit letzter Kraft kann ich mich mit einer Hand an der Häuserwand abstützen.

»Eine Kundin, ja?«, erkundige ich mich ruhig. Zu ruhig.

Endlich löst sich David aus Coras Umklammerung. Er schiebt sie förmlich von sich weg. »Miriam, es ist nicht das, was du denkst.«

»Ach nein, wirklich?« Ich ziehe bedeutungsvoll die Augenbrauen in die Höhe. »Soll ich dir was sagen? Das interessiert mich nicht. Wieso auch? Du bist mir schließlich zu nichts, zu absolut gar nichts verpflichtet.«

»Miriam! Überleg dir, was du sagst!«

Das bringt das Fass zum Überlaufen. Ohne groß über die Konsequenzen nachzudenken, patsche ich David schwungvoll die Torte ins Gesicht.

»Ich hoffe, es schmeckt!«

Ich bin ein einziges wandelndes Klischee!

Wie oft habe ich mich über Frauen in Büchern und Fernsehfilmen aufgeregt, wenn sie sich derart aufgeführt haben? Am Ende womöglich noch das große Heulen wegen eines Kerls bekamen, für den sie sich sowieso von Anfang an zu schade waren. Und jetzt benehme ich mich genauso! Gut, ich heule nicht. Noch nicht (und ich beiße mir höchstpersönlich in den Allerwertesten, wenn es dazu kommt!). Aber David die Torte mitten ins Gesicht zu klatschen ist mindestens ebenso schlimm wie diese albernen Storywendungen à la »heul, er mag mich nicht, wir müssen uns trennen, wir können nicht zusammen sein, heul, heul«.

Ich möchte im Erdboden versinken. Was habe ich mir nur dabei gedacht? Ich habe absolut kein Recht, mich derartig aufzuführen! David und ich sind nicht zusammen – also nicht richtig (eher gar nicht). Er ist mir zu nichts verpflichtet und kann sich amüsieren, mit wem er will. Das hat mich nicht die Bohne zu interessieren!

Tut es aber, wie ich mir zähneknirschend eingestehe. Mehr, als es sollte.

Im Grunde benehme ich mich gerade wie eine betrogene Frau. Kann man eigentlich betrogen werden, wenn man überhaupt nicht zusammen war? Egal, das ist mir zu kompliziert und tut nichts zur Sache. David wollte von sich aus meinen Freund spielen, und da darf ich ja wohl erwarten, dass er sich dementsprechend benimmt. Mich mit diesem Biest zu hintergehen ist alles andere als die feine englische Art. Das ist abartig und hinterhältig und – ich möchte vor Wut platzen. Ausgerechnet Cora. Unfassbar!

Es ist noch keine zwölf Stunden her, da hat er mich geküsst, dass mir die Luft wegblieb. Von wegen nur Alibiküsse. Pah! Für einen Moment habe ich wirklich geglaubt, dass da mehr zwischen uns ist. Himmel, wie naiv bin ich eigentlich? Dachte ich allen Ernstes, eine Chance bei David zu haben? Mann, ich muss wirklich komplett bescheuert sein!

Aber ein Gutes hat die Angelegenheit, mir bleibt dieses entsetzliche Abendessen erspart. Sogar meine Eltern werden verstehen, dass ich mich unter diesen Umständen nicht mit David an einen Tisch setzen will und kann. Zumal ich bezweifele, dass der Mistkerl es wagt, bei meinen Eltern aufzutauchen. Wozu auch? Die Karten sind aufgedeckt. Mögen David und Cora glücklich miteinander werden. Ich bin raus.

Und morgen früh fahre ich mit dem ersten Zug zurück nach Hannover. Das ist es doch, was ich seit dem ersten Tag in Wismar wollte. Jawohl! Es wird Zeit, dass mein Leben wieder in geordneten Bahnen verläuft.

Als ich Schritte hinter mir höre, hofft mein dummes Herz trotzdem für eine Millisekunde, dass David mir gefolgt ist. Vielleicht war alles ein Missverständnis. Vielleicht habe ich wirklich überreagiert. Vielleicht mag David mich ja mehr, als ich glaube. Okay, ziemlich viele »vielleichts«.

Ein Blick über die Schulter zerschlägt das winzige bisschen Hoffnung im Keim. Was bin ich nur für eine Närrin!

Nicht David steht hinter mir, sondern Cora. Mir bleibt aber auch nichts erspart.

»Was willst du denn noch?«, will ich wissen und versuche gar nicht erst, nicht verletzt zu klingen. Wirkt dadurch gleich viel dramatischer. Hinter einer Fensterscheibe bewegt sich bereits neugierig die Spitzengardine.

»Schadenersatz für die ruinierte Torte!«, antwortet Cora ohne Umschweife.

Ich zucke teilnahmslos mit den Achseln. »Weißt du, Cora, wenn du ein Problem mit der Torte hast, wende dich an meinen Vater, aber verschone mich mit deinem Geschwätz!«

»Armes kleines Mädchen«, spottet Cora in zuckersüßem Ton, »hast du dir ernsthaft eingebildet, dass jemand wie David sich für dich interessiert, wenn er gleichzeitig mich haben kann?« Energisch unterdrücke ich ein Schluchzen und beiße mir auf die Lippen. »Gottchen, du bist in der Tat naiver, als ich dachte.«

Ich lächele affektiert. »Herrscht Frauenmangel in Wismar oder leidet David an schlechtem Geschmack, wenn er von mir zu dir überschwenkt?«

»Du vergisst, dass David und ich denselben *Background* haben, dagegen bist du machtlos.«

»Is' nicht wahr? War er etwa *Mister Ostseestrand 1999*?«

»Ich wusste immer, dass du auf meinen Titel und meine Modelerfolge neidisch bist.«

»Cora, du hast mich durchschaut.«

»David wird mich ganz groß rausbringen, schließlich hat er gute Connections in der Branche. Bald werden sich sämtliche Modemagazine rund um den Globus um mich als Fotomodell reißen, wart's ab.«

Ungläubig starre ich sie an. Den Hang zum Übertreiben hatte Cora bereits zu Schulzeiten, aber Größenwahn gehörte bisher nicht dazu.

»Mein Agent ist ebenfalls der Meinung, dass ich kurz vorm Durchbruch stehe«, fügt Cora selbstgefällig hinzu.

»Dein Agent?«

»Du hast ihn bereits kennengelernt, gestern im *Roma*.«

Ach, Antonio Banderas für Arme ist Coras Agent, na, das passt ja. »Seltsam, mir drängte sich der Verdacht auf, dass dein toller Agent die hübsche Kellnerin wesentlich attraktiver fand.«

Cora presst ihren Mund fest zusammen. »Salvatore ist ständig auf der Suche nach neuen Gesichtern.«

»Ah ja.« So kann man das natürlich auch auslegen. Salvatore muss ein Wahnsinnsfisch im Modelbusiness sein, wenn er höchstpersönlich in Wismar nach neuen Gesichtern sucht. Da bin ich ja *richtig* beeindruckt!

»Wusstest du übrigens, dass David und ich gemeinsam aus Wismar weggehen werden?«, erkundigt sich Cora mit honigsüßer Stimme, die vor lauter Schleimigkeit trieft.

Ich zucke teilnahmslos mit den Achseln. »Von mir aus.«

Cora schaut mich enttäuscht an. Sie hat wohl darauf gehofft, dass ich flenne, kreische, beiße oder sonst etwas Kindisches tue. Aber mein Bedarf an Albernheiten ist nach der Tortenaktion für heute restlos gedeckt. Und selbst das ist mir mittlerweile dermaßen peinlich, dass ich es am liebsten ungeschehen machen würde. Ganz egal, wie mies sich David mir gegenüber verhalten hat.

»Ach, Schätzchen, sieh es ein, du hattest nie eine ernsthafte Chance. David hat dich nur benutzt, um mich aus der Reserve zu locken.«

Bei Coras letzten Worten muss ich heftig schlucken, auch wenn ich insgeheim immer mit so was gerechnet habe. David gehört eben zu einer Cora Schneider – und zu keiner Miriam Behrens.

Ich drehe mein Gesicht von ihr weg, damit sie nicht merkt, wie meine Gefühlsmauer zu bröckeln anfängt. Bloß nicht noch vor dieser Person heulen. Mit geschlossenen Augen versuche ich tapfer die Tränen zu bekämpfen, was mir zum Glück einigermaßen gelingt. Auch wenn mich der Schmerz und vor allem die bittere Enttäuschung zu überwältigen drohen, diesen Triumph gönne ich Cora unter gar keinen Umständen.

»Dann wünsche ich euch beiden alles Gute«, hauche ich mit erstickter Stimme und dem letzten bisschen Selbstachtung, das ich aufbringen kann. »Ihr habt euch wahrlich verdient!« Und dann fließen die verdammten Tränen doch meine Wangen hinunter.

* * *

24

»Das ist wirklich das Allerletzte! Wie kann er mir das antun? Und dann auch noch mit Cora. Mit Cora! Ich fasse es nicht! Was findet der Kerl bloß an dieser Schnepfe? Sie ist komplett unecht und künstlich, dagegen wirkt eine Barbiepuppe voller Leben. Und überhaupt, erst will er auf Teufel komm raus meinen Freund spielen und dann zieht er so etwas ab. Hinter meinem Rücken. Kannst du dir das vorstellen? Betrügt mich mit Cora, ohne mit der Wimper zu zucken. Aber mir heute früh ein schlechtes Gewissen einreden wollen, weil ich mich nicht sofort dazu geäußert habe, wie es in Zukunft mit uns weitergeht! Dabei hat er längst Cora klargemacht. Was ist das nur für ein Scheißkerl? Mich küssen, aber heimlich mit Cora zusammen sein. Wie scheiße ist das denn bitte? Und als ob das nicht schon schlimm genug wäre, will der beschissene Starfotograf – *Starfotograf*, dass ich nicht lache! – sogar mit ihr zusammen aus Wismar weggehen. Darüber hat er mir gegenüber kein Wort verloren. Über so ein Verhalten könnte ich kotzen, echt! Was für ein Arschloch!« Bei den letzten Worten haue ich den Löffel mehrmals in den Eisbottich vor mir.

Olli, der meinen Wortschwall bis eben stoisch über sich ergehen ließ, zuckt zusammen. »Bist du fertig?«

Ich nicke schwach und schiebe mir einen Löffel voll Vanilleeis in den Mund, an dem ich mich natürlich gleich verschlucke. Toll, ganz toll. Das ist alles Davids Schuld!

Olli nippt an seinem Kaffee und betrachtet mich und das Eismassaker. Nachdenklich legt er den Kopf zur Seite. »Ich verstehe nicht, wo genau dein Problem liegt.«

»Sag mal, hast du mir nicht zugehört?«

»Doch« – Olli holt tief Luft –, »du redest ja seit einer Viertelstunde über nichts anderes.«

Oh. Peinlich berührt weiche ich seinem Blick aus. Seit ich halb verheult vor Ollis Wohnungstür stand, habe ich in der Tat über nichts anderes als David, Cora und mein unerwartetes Beziehungsaus geredet.

Eigentlich hätte ich darüber ja viel lieber mit Lissy gequatscht – quasi von Frau zu Frau. Aber leider war meine Freundin ausgeflogen. Darum musste Olli herhalten und sich meine Schimpftirade über die böse Männerwelt und David Vahrenberg im Speziellen anhören. Wahrscheinlich hält Olli mich mittlerweile für völlig hysterisch. Kann ich ihm nicht verdenken. Erst heule ich ihm die Schulter voll, nur um kurz danach wütend auf das arme Eis einzudreschen.

»Warum hat David mir nicht erzählt, dass er aus Wismar weggehen will?«

Olli verdreht die Augen. Ihm ist deutlich anzumerken, dass er allmählich die Geduld mit mir verliert. »Süße, glaubst du denn wirklich, dass an dieser Geschichte ein Körnchen Wahrheit dran ist?«

»Cora hat es mir selbst gesagt«, beharre ich schmollend auf meinem Standpunkt und bohre einen Tunnel in die schmelzende Eismasse. Allerdings kommen mir langsam leichte Zweifel. Immerhin sprechen wir von Cora. Jener Cora, die erst vor ein paar Tagen meinen Bruder ausgenutzt hat, um auf die Geburtstagsfeier meiner Mutter zu kommen.

»Seit wann ist Cora vertrauenswürdig?«, bläst mein bester Freund in das gleiche Horn.

Hm, da hat er natürlich recht. Habe ich mich durch meinen verletzten Stolz zu sehr in der Angelegenheit verrannt? Fakt ist, David war bei Cora, da kann er leugnen, wie er will. Und das, obwohl er mir erzählt hat, er hätte lediglich einer »Kundin« ihre Fotos vorbeigebracht. Hat er Coras Namen bewusst verschwiegen, weil er wusste, dass ich auf sie nicht gut zu sprechen bin? Oder wollte er mich im Unklaren lassen, eben weil er mich mit ihr betrog? Und wenn David ihr wirklich nur die Fotoaufnahmen geben wollte? Wieso musste das unbedingt an einem Sonntag sein? Cora hätte sich die Bilder genauso gut morgen abholen können. Wozu diese Heimlichkeiten?

Olli stöhnt laut auf, als ich ihn mit diesen Fragen löchere. »Das ist doch offensichtlich. Cora hat die Gelegenheit beim Schopf gepackt, um einen Keil zwischen David und dich zu treiben. Und wie es aussieht, hat dieser Plan wunderbar funktioniert.«

»Willst du mir damit allen Ernstes sagen, dass Cora eifersüchtig ist? *Auf mich?*« Ich muss mir auf die Zunge beißen, um nicht zu lachen. Allein die Vorstellung, dass Cora Schneider auf mich, Miriam Behrens, eifersüchtig sein könnte, ist zum Brüllen.

Olli guckt mich bedeutungsvoll an. Offensichtlich meint er das todernst.

»Echt jetzt?« Mir klappt die Kinnlade herunter.

Olli beugt sich zu mir herüber. »Cora will Model werden. Und David verfügt aus seiner Zeit als Modefotograf über ein paar nützliche Kontakte. Was glaubst du, warum sie seit einer halben Ewigkeit um ihn herumscharwenzelt?«

»David war Modefotograf?«

»Ja, ist aber schon eine Weile her«, erwidert Olli schulterzuckend und gießt sich eine weitere Tasse Kaffee ein.

»Und wieso erzählst du mir das erst jetzt?«, empöre ich mich mit hoher Quiekstimme.

»Du hast mich nie gefragt.«

»Na, schönen Dank auch!« Beleidigt schiebe ich die Unterlippe vor. Anscheinend bin ich grundsätzlich die Letzte, die wichtige Dinge erfährt. »Und was treibt jemand wie David ausgerechnet in Wismar? Das ergibt keinen Sinn!«

Olli nimmt sich einen Apfel aus dem Obstkorb und beißt genüsslich hinein. Während er kaut, sieht er mich auf einmal so merkwürdig an, dass ich unruhig auf dem Hocker herumrutsche. Ein ganz flaues Gefühl breitet sich in meiner Magengegend aus.

»Weißt du, was ich mich die ganze Zeit frage? Wieso du solch ein Theater veranstaltest, wenn David dir völlig schnuppe ist. Du wolltest auf Distanz gehen, um Schluss machen zu können. Deine Worte, übrigens. Was David tut oder wen er trifft, kann dir herzlich egal sein. Oder nicht?«, erkundigt Olli sich herausfordernd, ein breites Grinsen auf dem Gesicht, das eine Reihe weißer Zähne entblößt.

Missmutig verschränke ich die Arme vor der Brust. »Das hat damit nichts zu tun!«

»Wenn du das sagst …«

»Es geht ums Prinzip! David hat es nicht für nötig gehalten, mir reinen Wein einzuschenken. Nach gestern Nacht dachte ich eigentlich, dass wir weiter wären.«

»Nun komm mal wieder runter! Du führst dich auf, als ob David dir verheimlicht hätte, dass er ein Schwerverbrecher ist.« Ich will bereits Einspruch erheben, als Olli die Hand hebt. »Im Übrigen, falls ich dich daran erinnern darf: Dass David wirklich was mit Cora am Laufen hat, ist keinesfalls bewiesen.«

»Das glaubst du«, erwidere ich schnippisch.

Olli stößt einen tiefen Seufzer aus. »Gib doch einfach endlich zu, dass du mehr als freundschaftliche Gefühle für David hegst.«

Im ersten Moment verschlägt es mir die Sprache. Dann laufe ich krebsrot an. »D-D-Das stimmt d-doch gar nicht!«

»Miriam, du hast ihn geküsst!«, stellt Olli lapidar fest. »Erzähl mir nicht, dass du das getan hättest, wenn du nichts für ihn empfinden würdest. Dafür kenne ich dich zu gut.«

Er geht zum Fenster und kippt es. Straßenlärm dringt von dem gegenüberliegenden Parkplatz herein. Ollis Wohnung in der Schatterau liegt relativ ruhig, wenn da nicht der große Parkplatz wäre, der im Sommer regelmäßig von zahlreichen Autos und Bussen mit Touristen überschwemmt wird. Dafür besitzt die frisch renovierte Dachgeschosswohnung einen phantastischen Südseiten-Balkon. Man kann eben nicht alles haben.

»Wen hast du geküsst?«, kommt es verschlafen aus dem angrenzenden Wohnzimmer. Ich drehe mich um und sehe Lissy auf der Schwelle stehen. Nur mit einem Hansa-Rostock-T-Shirt bekleidet, das ihr mindestens drei Nummern zu groß ist. Fragend schaut sie in die Runde. »Wen hast du geküsst?«, wiederholt sie ihre Frage. Sie trottet gelassen zum Kühlschrank und schenkt sich ein Glas O-Saft ein.

Ich glotze Lissy an wie ein Alien. »Aber du … und Olli … ich meine … seid ihr … aber … ich verstehe nicht«, stammele ich und werfe einen hilflosen Blick zu Olli, der bei Lissys Anblick tatsächlich ein bisschen rot um die Nase geworden ist. »Kann mich bitte jemand aufklären?«

Lissy zuckt mit den Achseln und macht eine abwehrende Handbewegung. »Das ist doch offensichtlich.« Sie nippt an ihrem O-Saft und zwinkert Olli vertraut zu, der sofort eine Nuance röter anläuft. Erst jetzt fällt mir auf, dass er ebenfalls nicht mehr trägt als ein weißes Shirt und schwarze Boxershorts.

»Gestern hast du steif und fest behauptet, dass du nie im Leben was mit Olli anfangen wirst, da er wie ein Bruder für dich ist.« Die Situation überfordert mich gerade zunehmend. Olli und Lissy. Lissy und Olli. Ich kann nur Bauklötze staunen.

»Das ist gerade vollkommen nebensächlich«, winkt Lissy eilig ab. »Viel mehr interessiert mich, wen du geküsst hast.«

»Miriam hat mit David geknutscht«, kommt es von Olli.

Ich gucke ihn giftig an. Verräter! Er grinst unschuldig, bevor er sich aus der Küche stiehlt. Raus aus der Schusslinie.

»David? *Der David?*«, quietscht Lissy mit weit aufgerissenen Augen und fuchtelt mit dem Eislöffel in der Luft umher. »Los, Behrens, erzähl!« Sie setzt sich zu mir und stürzt sich wie eine Halbverhungerte auf die schmelzende gelbe Masse. Irritiert schaue ich ihr zu, wie sie auch den letzten Rest aus der Packung kratzt und sich anschließend zufrieden und gesättigt zurücklehnt.

»Wow, muss ja ein kräftezehrender Nachmittag gewesen sein«, kommentiere ich kopfschüttelnd.

»Wem sagst du das.«

»Erspar mir die Details!« Lissy lächelt verträumt vor sich hin. »Du siehst widerlich glücklich aus.«

»Du dafür umso beschissener. Was ist los? Ist der tolle David etwa ein mieser Küsser?« Ich werfe Lissy einen vernichtenden Blick von der Seite zu. »Offenbar nicht«, kichert sie albern.

»Haha. Erzähl mir lieber, wieso Olli und du … nun ja … äh …« – ich hüstele verlegen – »plötzlich zusammen seid.«

Lissy grinst breit. »Du musst nicht gleich rot werden, nur weil Olli und ich Sex hatten.« Vor Schreck verschlucke ich mich. Lissy klopft mir beruhigend auf den Rücken. »Okay, die Vorstellung ist gewöhnungsbedürftig, aber wer hat uns beiden denn damit andauernd in den Ohren gelegen?«

»Du klingst, als ob ich euch zum S-Sex genötigt hätte!«, röchele ich empört.

»Seit wann bist du so prüde, wenn es um das Thema Sex geht? Wir sind nicht im Nonnenkloster, also bleib locker.« Sie stützt das Kinn auf ihre Handballen und verdreht schwärmerisch die Augen. »Eines kann ich dir sagen, ich weiß nicht, wieso ich gewartet habe. Die Nacht mit Olli war der Wahnsinn.«

Angewidert verziehe ich das Gesicht. Hätte ich bloß nie mit dem Thema angefangen! Die Vorstellung, dass meine zwei besten und längsten Freunde tatsächlich miteinander im Bett waren, ist mehr als verstörend. Ich kann und will mir das partout nicht näher vorstellen. Grusel.

Meine beste Freundin sieht das anders. Großzügig, wie Lissy nun einmal ist, berichtet sie mir in aller Ausführlichkeit von der gestrigen Nacht. (Ich glaube, ich kann Olli nie wieder gegenübertreten!)

Nach unserem Abend im *Roma* verspürte Lissy das Bedürfnis, bei Olli vorbeizuschauen. Die beiden zogen sich B-Movies aus Ollis umfangreicher DVD-Sammlung rein und köpften nebenbei einige Flaschen Rotwein. Beflügelt von der enthemmenden Wirkung des Alkohols, fingen sie an zu knutschen und landeten wenig später im Bett. Zu unser aller Erleichterung verspürten beide heute früh keine Schuldgefühle wegen der gemeinsamen Nacht und beschlossen, es doch mal miteinander zu probieren. Halleluja!

»Ich hab's ja gleich gesagt!« Den Satz kann ich mir nicht verkneifen.

»Jajaja.« Lissy rollt mit den Augen, aber ein neckisches

Lächeln huscht über ihr Gesicht. »Ich bin total glücklich, Miriam.«

Ich drücke Lissy fest an mich. »Ich freue mich für dich, für euch. Lange genug hat es gedauert.«

Lissy knufft mich in die Seite. Wir lachen beide. Sie nimmt einen Schluck von ihrem O-Saft und schaut mich plötzlich ernst an.

»Und, was ist mit dir und David?«

Augenblicklich versteife ich mich. Über David mag ich gerade wirklich kein weiteres Wort mehr verlieren. Dummerweise sieht Lissy nicht aus, als würde sie sich mit einer lahmen Ausrede abfertigen lassen.

»Aus die Maus«, fasse ich die ganze vertrackte Geschichte in drei Worten zusammen und berichte Lissy zähneknirschend, dass David mich die ganze Zeit nach Strich und Faden verarscht hat.

»Na ja«, meint Lissy vorsichtig, »theoretisch warst du mit David nie zusammen. Er ist dir folglich zu nichts verpflichtet.«

»Auf wessen Seite stehst du eigentlich?«

»Nun beruhige dich mal! So wie ich dich verstanden habe, steht momentan Coras Wort gegen Davids Wort. Wenn du mich nach meiner bescheidenen Meinung fragst, dann solltest du David mehr vertrauen. Im Zweifel für den Angeklagten.«

»Du hättest Jura studieren sollen!«, grunze ich.

Lissy wirft frustriert die Hände in die Luft. »Und du handelst gerade völlig irrational! Statt dem Menschen zu vertrauen, der dir alles andere als gleichgültig ist, lässt du dich hemmungslos von Cora manipulieren.« Ihre Stimme ist um mindestens drei Oktaven angeschwollen.

»David hätte mit mir reden müssen«, schmolle ich wie ein starrköpfiges kleines Kind.

»Warum?«

»Bitte?« Verblüfft glotze ich Lissy an.

»Bis gestern war dir David Vahrenberg völlig egal. Und wehe, jemand behauptete das Gegenteil. Woher hätte David wissen sollen, dass du dennoch Interesse an ihm hast, hm? Du hast ihn schließlich in dem Glauben gelassen, dass er nur dein Alibifreund ist. Nicht mehr und nicht weniger. Warum hätte er dich also in seine Pläne einweihen sollen? Du wolltest in den nächsten Tagen die Biege machen, eure Beziehung wäre zwangsläufig beendet gewesen.«

»Aber er hat mich geküsst!«, platze ich heraus. Und wie, seufze ich innerlich. Sofort verbiete ich mir jeglichen Gedanken an David und diese wundervolle Nacht am Strand. Pah, so toll war das nun auch wieder nicht! Ich habe schon tausend bessere Küsse bekommen, jawohl. Der Engel auf meiner Schulter wiegt bedeutungsvoll den Kopf hin und her, das Teufelchen kugelt sich lachend am Boden.

»Ach, und deswegen muss *er* seine Pläne ändern? Abgesehen davon, ich halte das sowieso für ausgemachten Blödsinn.«

»Ja – nein. Keine Ahnung! Nach gestern Nacht dachte ich wirklich, dass da mehr sein könnte zwischen uns.«

Lissy strahlt wie ein Weihnachtsbaum. Auf ihren Wangen bilden sich hektische rote Flecken. »Ha! Du hast also doch Interesse, und es ist dir alles andere als egal, ob David mit Cora weggeht oder nicht.«

Ich tippe vielsagend mit dem Finger gegen meine Stirn. »Meinetwegen kann er mit Cora zum Südpol auswandern und eine Modelinie für Pinguine entwerfen!«

Lissy sieht mich zweifelnd an. Sie glaubt mir kein – verdammtes – Wort.

»Und damit du's weißt, morgen fahre ich zurück nach

Hannover. Ich hab die Schnauze voll von Wismar. Und von David Vahrenberg erst recht!«

»Der dir nach wie vor schnuppe ist …«

»JA!«

»Wenn du denn meinst. Aber um es gesagt zu haben, Weglaufen ist keine Lösung.«

Amen.

* * *

25

»Da bist du ja endlich! Wo hast du nur gesteckt? David kann jeden Moment hier sein.« Der vorwurfsvolle Ton meiner Mutter ist nicht zu überhören. »Und wie du aussiehst! Wieso bist du noch nicht umgezogen?«, fährt sie tadelnd fort und bedenkt mich mit einem argwöhnischen Blick.

Verstohlen wische ich mir über die Augen, um die letzten vermeintlichen Spuren der verschmierten Mascara zu entfernen, und atme mehrmals tief ein und aus. Unter gar keinen Umständen darf man mir anmerken, dass ich völlig durch den Wind bin.

Ich sacke auf einen Küchenstuhl und überlege krampfhaft, wie ich meiner Mutter am schonendsten beibringe, dass David nicht wie geplant zum Essen kommt und sie sich die ganze Mühe umsonst gemacht hat. Bestimmt sitzt David gerade mit Cora in einem piekfeinen Restaurant und lacht sich über die dumme Miriam Behrens kaputt, die er so herrlich an der Nase herumgeführt hat.

Ich habe so eine Wut, ich könnte mich selber ohrfeigen!

Denn mit am schlimmsten ist, dass mir außer »Mama, mit David ist es aus« nichts Intelligentes einfällt, um meiner Mutter die Sache mit David halbwegs zu erklären.

Fuck! Was mache ich denn nur?

»Miriam, tu mir bitte den Gefallen und zieh dich endlich um! Ich habe dir extra was Schönes rausgelegt.«

Der Mund klappt mir auf, meine Augen weiten sich. »Du hast mir was *rausgelegt*?« Sofort vergesse ich das Dilemma mit David.

»In deinem Schrank hing der alte Jeansrock, den dir Oma Herta zu Weihnachten geschenkt hat. Hoffentlich passt der dir noch.« Meine Mutter mustert mich kritisch. »Doch, müsste gehen. Und dazu ziehst du deine weiße Bluse an.«

Fassungslos verberge ich meinen Kopf zwischen den Händen. Es ist offiziell. Ich erschieße mich. Auf der Stelle. Das kann meine Mutter nicht ernst meinen! Der Jeansrock ist eine glatte Katastrophe, und das ist noch schmeichelhaft. Mindestens acht Jahre alt und schon damals aus der Mode geraten, auch wenn mir meine Oma weiszumachen versuchte, dass ich in dem Rock unheimlich »fesch und modern« wirke. Zu Karneval vielleicht. In Wahrheit sehe ich in dem knöchellangen Rock nicht nur wie meine eigene Großmutter aus, sondern obendrein wie eine Hütchenfigur! Nie im Leben trage ich dieses potthässliche Teil mit den Blümchenranken. Nur über meine Leiche!

»Ja, weißt du, Mama, ich muss mit dir … über etwas sprechen«, beginne ich zögerlich, werde jedoch jäh von der Türklingel unterbrochen. Meine Mutter guckt mich überrascht an, ich zucke nur ahnungslos mit den Achseln.

Aus dem Flur dringt die beschwingte Stimme meines Vaters. Und eine weitere Stimme. Eine männliche Stimme. Eine mir keineswegs unbekannte *männliche* Stimme. Es vergehen zwei weitere ewig lange Sekunden, ehe es in meinem Kopf *klick!* macht.

Entsetzt glotze ich die Küchenuhr an. 20:00 Uhr.

Ach, du Schei–!

Wie eine Verrückte flitze ich zur Haustür. Zwei Meter vorher bremse ich scharf ab. Ungläubig starre ich David an, er starrt unsicher zurück. Dann breitet sich ein verschmitztes Lächeln auf seinem Gesicht aus. Mit seinem Zahnpastagrinsen überreicht er mir eine rosarote Gerbera und gibt mir einen flüchtigen Kuss auf die Wange.

Gedankenverloren streiche ich mit den Fingerspitzen über die Stelle. Vor lauter Aufregung und Herzklopfen vergesse ich, dass ich eigentlich wütend auf ihn bin. Wieso muss der Kerl nur so gut aussehen in dieser grauen Cargohose und dem schlichten schwarzen Hemd? Und warum, um alles in der Welt, springen meine verdammten Klein-Mädchen-Hormone immer noch auf ihn an?

Weil du in David verliebt bist, du dumme Nuss!

Als mich diese Erkenntnis mit voller Breitseite trifft, bin ich einem seelischen Zusammenbruch nahe.

Scheiße. Scheiße. Scheiße!

Wie konnte das nur passieren? Das war nun wirklich nicht eingeplant.

Panisch klammere ich mich an der Flurkommode fest, da ich befürchte, dass meine Beine jede Sekunde wegknicken.

Oh Gott, oh Gott, oh Gott!

Am liebsten würde ich heulen. Aus Verzweiflung und absoluter Dummheit. Wie konnte ich es so weit kommen lassen? Und warum habe ich nicht früher was gemerkt? Wie blöd bin ich eigentlich?

Mein Vater hält anerkennend eine Weinflasche in die Höhe, die David als Geschenk mitgebracht hat. »Guter Geschmack, junger Mann«, lobt er. Papa zwinkert mir fröhlich zu und streckt unauffällig den Daumen in die Höhe. Test bestanden. Der zukünftige Schwiegersohn ist nach seinem Gusto. Kein Wunder, mein Vater ist bekennender Wein-Fan, und mit solch einem Mitbringsel hat David einen Stein bei ihm im Brett.

»David, schön, dass Sie gekommen sind«, zwitschert meine Mutter. Sie bindet sich die Schürze ab und schüttelt freudig Davids Hand.

Ich gebe verzweifelte Winsellaute von mir. Diesen Abend überlebe ich nicht, das steht mal fest.

»Vielen Dank für die Einladung, Frau Behrens.« David überreicht meiner Mutter einen wunderschönen bunten Strauß Sommerblumen.

»Das wäre doch nicht nötig gewesen!« Mama wird ganz verlegen. »Konrad, wärst du so lieb und öffnest den Wein? Ich stelle derweil die Blumen ins Wasser.« Sie stupst meinen Vater in die Seite. Er nickt reichlich verdattert, trabt jedoch artig hinter meiner Mutter her in die Küche, so dass David und ich allein im Flur zurückbleiben.

»Kannst du mir bitte erklären, was du noch hier willst?« Ich stemme zornig die Hände in die Hüften. Wut, blanke Wut. Ein Schutzmechanismus, um mein armes gebeuteltes Herz zu schützen. Zu groß ist die Angst, dass David mich noch mehr verletzen könnte.

Ich habe mit allem gerechnet, aber nicht, dass David es tatsächlich wagt, hier heute Abend aufzukreuzen. Nach allem. Und dann auch noch so zu tun, als ob nichts vorgefallen wäre. Das ist echt unglaublich!

David hakt die Daumen in die Schlaufen seiner Hose ein und blickt mich hilfesuchend an.

»Du hast mich eingeladen.« Eine Feststellung. Allerdings alles andere als souverän.

»Das war, bevor ich wusste, was du hinter meinem Rücken mit Cora abziehst«, entgegne ich und bin selbst verblüfft, wie gleichgültig ich klinge. Als ob mich die ganze Angelegenheit vollkommen kaltlassen würde. Ich bin wirklich stolz auf mich.

»Darüber wollte ich mit dir reden.«

»Schön für dich. Ich aber nicht mit dir.«

»Miriam«, bittet David inständig, »das mit Cora, dafür gibt es eine ganz einfache Erklärung.«

Misstrauisch kneife ich die Augen zusammen. »Ach ja? Ich wüsste nicht, welche. Das tut auch gar nichts zur Sache, denn Cora war freundlich genug, mich über deine – Verzeihung – eure Pläne aufzuklären.«

David guckt völlig verdattert aus der Wäsche. »Wie meinst du das?« Er tritt einen Schritt auf mich zu, so dass ich sein Aftershave riechen kann. Er hat sich frisch rasiert, um einen guten Eindruck zu machen. Dabei mag ich seinen verwegenen Dreitagebart viel lieber. Halt! Stopp! Das ist vollkommen uninteressant.

»Jetzt tu nicht so scheinheilig! Ich mag dämlich aussehen, aber ich bin es nicht. Also erspar dir und mir das Theater, du *Starfotograf.*«

David presst den Kiefer vor Anspannung fest aufeinander. Seine Augen durchbohren mich nahezu. »Kannst du deutlicher werden?«, fragt er mit einer eiskalten Ruhe, die mir einen Schauer über den Rücken laufen lässt. »Ich habe nämlich absolut keinen Schimmer, was eigentlich los ist.«

»Dann lass es mich klarer formulieren: Unser kleines Spielchen ist vorbei, also bemüh dich nicht weiter. Du kannst endlich zurück zu Cora und mit ihr glücklich werden. In Paris, Mailand oder Vanuatu. Das ist mir völlig wurscht! Schließlich will ich einem aufstrebenden Talent wie dir nicht im Wege stehen, das ist sicher auch in deinem Sinn. Von daher, alles Gute.«

David runzelt irritiert die Stirn. »Wovon, um Himmels willen, sprichst du?«

»Oh bitte«, entfährt es mir mit einem tiefen Aufstöhnen. »Erspar mir diese Unschuldsnummer.«

David fährt sich mit Daumen und Zeigefinger über beide Augenbrauen. Er holt tief Luft und schüttelt mehrmals den Kopf. Der Frust steht ihm ins Gesicht geschrieben. »Ich habe zwar keine Ahnung, was Cora dir gesagt hat, aber ich bin nicht und war nie mit ihr zusammen. Und wie kommst du darauf, dass ich aus Wismar weggehen will? Das ist der größte Schwachsinn, den ich seit langem gehört habe.«

»Findest du, ja?«, schnappe ich zurück, meine Unterlippe bebt vor Zorn.

»Sag mal« – David tritt einen weiteren Schritt auf mich zu, sein Mund ist meinem plötzlich so nahe, dass ich seinen Pfefferminzatem riechen kann –, »kann es sein, dass ich dir keineswegs gleichgültig bin? Miriam Behrens, bist du eifersüchtig?«

»Pah, wieso sollte ich?« Ich spüre, wie mir das Blut ins Gesicht schießt und ich knallrot werde. Auweia.

»Erklär du es mir«, fordert David. Er drängt mich in die Enge. Keine Chance, ihm zu entwischen, ohne ihm eine anständige Antwort auf seine Frage zu geben.

Allein Davids körperliche Nähe bringt mich um den Verstand. In seiner Gegenwart stelle ich fast komplett das Denken ein. Ein Notstromaggregat hält mein Gehirn am Laufen. Sämtliche Zellen in meinem Körper schreien, sehnen sich danach, dass David seine Arme um mich schlingt. Eine einzige Berührung, mehr bedarf es nicht, damit ich den Verstand verliere. Aber das Notstromaggregat erfüllt seinen Zweck. Noch. Noch denke ich mit dem Kopf. Und nicht mit dem Herzen. Zum Glück.

»*Miriam.*« Schon allein, wie er meinen Namen ausspricht, macht mich ganz wuschig. Melodiös und verspielt.

»Ich … äh … ich weiß nicht, was du meinst«, entgegne ich herablassend und nutze Davids kurze Verblüffung, um mich unter seinem Arm hindurchzuducken.

David dreht sich zu mir um, die Hände in den Taschen seiner Hose vergraben. Er grinst. »Wir sind mit diesem Gespräch noch nicht fertig, Schatz, noch lange nicht.«

»Hmpf«, mache ich und trabe wutschnaubend ins Esszimmer. Aufgeblasener Vollidiot!

»Hoffentlich haben Sie Appetit mitgebracht, David.«

Meine Mutter reicht die Platte mit dem Rinderbraten an David. Er lächelt höflich und nimmt sich wie zur Bestätigung eine große Scheibe, die er in ordentlich Soße ertränkt.

Ich kann mir ein Stöhnen nicht verkneifen. Meine Hoffnung, dieses Essen im Schnelldurchgang über die Bühne zu bekommen, zerschlägt sich mit einem lauten Knall.

Das Universum ist momentan echt nicht auf meiner Seite! Von meinen Eltern ganz zu schweigen, die wie ein paar aufgekratzte Bienen auf Speed um David herumschwirren und ihn nötigen, ordentlich zuzugreifen. Als ob David vom Fleisch fallen würde. Eltern können sooooo peinlich sein!

»Schmeckt es dir nicht, Schatz?«, fragt mein Vater und deutet auf meinen Teller, wo eine einzelne Kartoffel in einem Klecks brauner Soße badet.

»Ich habe keinen Hunger.«

»Miriam!«, zischt meine Mutter angespannt.

»Sie ist nur nervös wegen heute Abend«, erklärt David meinen Eltern mit seinem perfekten Schwiegersohn-Lächeln und drückt beruhigend meine Hand.

Wenn Blicke töten könnten, dann befände sich auf dem Stuhl neben mir jetzt ein Aschehäuflein.

Meine Mutter lacht geziert. »Unsere Tochter befürchtet,

wir blamieren sie vor Ihnen. Als ob wir das jemals täten! Wir wollen schließlich nur das Beste für sie.« Mein Vater nickt bekräftigend. »Wenn ich da nur an Miriams frühere Freunde zurückdenke. Ach herrje! Aber bei Ihnen brauchen wir uns ja zum Glück keine Sorgen zu machen.«

Danke, Mama! Ich hatte schon Angst, die Peinlichkeiten müssten bis zum Dessert warten.

Verbissen presse ich die Zähne zusammen und stochere lustlos in meinem Essen herum. Wieso tue ich mir das eigentlich an?

Statt meinen Eltern hier und jetzt klipp und klar die Wahrheit zu sagen, spiele ich dieses absurde Spielchen weiter mit. Als ob alles in Butter wäre. Dabei ist nichts in Butter. Absolut nichts.

»Sagen Sie, David, wie kommt es, dass Sie ausgerechnet in Wismar ein Fotoatelier eröffnet haben?«, will mein Vater wissen, während er Wein nachschenkt. »Das ist für jemanden in Ihrem Alter recht ungewöhnlich. Normalerweise verlassen die jungen Leute Wismar, und nicht umgekehrt.«

»Keine Sorge, Papa. David wird Wismar bald wieder verlassen. Ist es nicht so, Bärchen?«, flöte ich und klimpere unschuldig mit den Wimpern.

David legt das Besteck zur Seite und zieht hörbar die Luft ein. Die Halsschlagader pumpt verdächtig, die linke Hand ist zur Faust geballt. Er ist wütend. Stinkwütend.

Für einen Moment befürchte ich, dass er aufsteht und die Sauciere über meinem Kopf ausgießt. Als Revanche für die Torte von heute Nachmittag. Aber natürlich ist David dazu viel zu diszipliniert. Einen Wimpernschlag später hat er sich bereits wieder voll unter Kontrolle.

»Das sollte eine Überraschung werden, Schatz«, meint er vorwurfsvoll und schüttelt enttäuscht den Kopf. Er spielt seine Rolle perfekt. Nicht einen Moment lässt er sich von mir aus der Ruhe bringen, was mich tierisch auf die Palme bringt.

Verärgert schmeiße ich meine Serviette auf den Tisch. »Eine Überraschung? Ach, so nennt man das also!«

Meine Eltern tauschen verunsicherte Blicke aus.

»In der Tat. Ich wollte mit dir nächstes Wochenende nach Berlin fahren, aber die Überraschung hast du mir gründlich verdorben.«

»Äh …« Mit offenem Mund starre ich ihn an. Das verschlägt mir die Sprache.

»Dass du immer so neugierig sein musst«, klagt meine Mutter mit einem tiefen Seufzen, »schon als Kind waren die Weihnachtsgeschenke nie vor dir sicher.«

»Mama!«

»Unsere Miriam ist Miss Marple. Daran müssen Sie sich in Zukunft gewöhnen, David«, bestätigt mein Vater mit einem Grinsen und nimmt einen Schluck Wein aus seinem Glas.

»Sie überrascht einen täglich. Mit Miriam wird es nie langweilig«, schmunzelt David und streicht mir verliebt über meine Wange. »Nicht wahr, Schatz?«

Ja, du mich auch, du Blödmann. Memo an mich: David nach dem Essen erwürgen.

»Um auf Ihre Frage zurückzukommen, Herr Behrens, mein Onkel Paul war ebenfalls Fotograf in Wismar. Als ich klein war, verbrachte ich regelmäßig meine Sommerferien bei ihm – vorzugsweise in der Dunkelkammer.« David lacht. Ein kehliges Lachen, das mir durch und durch geht. »Paul ist sozusagen schuld daran, dass ich Fotograf geworden bin. Das Weihnachtsfest, an dem ich meine erste Kamera von ihm bekommen habe, verflucht mein Vater bis heute.«

»Und dann?« Wie jemand freiwillig nach Wismar ziehen kann, übersteigt nach wie vor meinen geistigen Horizont.

»Natürlich war mein Berufswunsch meinem Vater ein Dorn im Auge. Denn gemeinsam mit meinem älteren Bruder Jonathan sollte ich die Firma übernehmen, aber dagegen habe ich mich immer gesträubt. Gegen den Willen meines Vaters begann ich eine Ausbildung zum Fotografen und habe nebenher an Fotowettbewerben teilgenommen, was mir erste Achtungserfolge einbrachte. Das hat selbst meinen Vater nach einer gewissen Zeit beeindruckt.« David nippt an seinem Wein. Er wirkt vollkommen relaxt, aber ich kann mir denken, dass es ihn damals eine Menge Kraft und Nerven gekostet hat, sich gegen seinen Vater zu stellen.

»Nach der Ausbildung habe ich dann für diverse Magazine und Zeitungen gearbeitet und bald einen gewissen Bekanntheitsgrad in der Szene genossen«, fährt David fort. Er lehnt sich zurück, die Hände locker auf den Oberschenkeln abgestützt. »Allerdings habe ich bald gemerkt, dass dieses unstete Leben nichts für mich ist. Die Nachricht vom Tod meines Onkels habe ich als Zeichen empfunden, mein Leben zu ändern. Ohne groß darüber nachzudenken, habe ich mein gesamtes Leben nach Wismar verfrachtet und hier mein eigenes Fotostudio eröffnet. Mein Vater hat gekocht vor Wut. Dass ich meine Karriere einfach weggeschmissen habe, um in die Provinz zu ziehen, trägt er mir heute noch nach. Aber es war die richtige Entscheidung. Statt irgendwelche Promis oder abgemagerte Models zu fotografieren, wollte ich lieber das richtige Leben mit der Kamera einfangen. So wie mein Onkel es einst getan hat. Ich habe diesen Schritt bis heute nicht bereut.«

»Alle Achtung«, meint mein Vater anerkennend. »Dazu gehört eine gehörige Portion Mut.«

Ich blinzele erstaunt. Das ist ja höchst interessant.

David winkt ab. Die Situation ist ihm offenkundig unangenehm. »Ich wusste, was ich wollte. Mein Vater ist bis zum heutigen Tage alles andere als glücklich über meine Entscheidung, aber er hat sich damit arrangiert. Weitestgehend«, fügt er mit einem schiefen Grinsen hinzu.

»Ja, ja, wenn die Kinder andere Pläne haben als von den Eltern vorgesehen, das ist hart«, gesteht mein Vater nachdenklich.

Ungläubig glotze ich ihn an. Ich glaub es einfach nicht! David erntet für seine Rebellion gegen die Pläne des Vaters Lob, wohingegen ich mir all die Jahre Vorwürfe anhören darf? »Tja, der tolle David«, stichele ich erbost, »schade, dass man ihn nicht gegen mich eintauschen kann.«

»MIRIAM!« Mama schaut mich mit schreckgeweiteten Augen an. Papa verschluckt sich an dem letzten Bissen des Rinderbratens.

»Im Gegensatz zu mir hat er einen festen Job und lebt glücklich und zufrieden im Märchenland Wismar. Was für eine Idylle!« Ich speie die letzten Worte förmlich aus. Zu gerne würde ich mich übergeben. »Aber wisst ihr was? Das stimmt gar nicht! Der tolle David will nämlich raus aus diesem Kaff. Wismar ist dem Starfotografen zu langweilig geworden, so sieht es aus!«

»Es reicht, Miriam!«, kommt es scharf von David. Seine Worte haben die Wirkung einer Ohrfeige.

»Ich fange gerade erst an!«

»Sollen wir euch vielleicht allein lassen?«, wagt meine Mutter vorsichtig einzuwerfen.

David ergreift meinen Oberarm, der Griff ist fest, aber nicht schmerzhaft. Er sieht mich finster an. Ich wage kaum zu atmen. »Du bringst dich in Teufels Küche, also halt jetzt besser den Mund!«, herrscht David mich an. Sein ganzer

Körper ist angespannt, wie auf dem Sprung. Ein Bollwerk an Kraft und Gefährlichkeit, das mich kurzzeitig einzuschüchtern droht.

Wütend reiße ich mich von ihm los. Das Geschirr klirrt verdächtig. »Was dann?«, frage ich herausfordernd, das Kinn angriffslustig nach vorne gereckt.

»Überleg dir, was du tust.«

»Ha, das sagst ausgerechnet du!« Ich muss unkontrolliert auflachen.

»Verdammt noch mal! Hör endlich auf, mir eine Affäre mit Cora anzudichten! Ich hab's dir schon mehrmals gesagt, Cora interessiert mich nicht. Unser Verhältnis ist rein geschäftlich. Genauso wie bei uns. Oder muss ich dich erst an die Einzelheiten unseres Arrangements erinnern?«, ergänzt David kühl.

Oh Gott, er wird doch wohl nicht …

»Geschäftlich, verstehe. Das sah gestern Nacht allerdings ganz anders aus«, schnappe ich zurück und versuche, mir nicht anmerken zu lassen, wie sehr mich seine Worte getroffen haben. Tapfer kämpfe ich gegen die aufsteigenden Tränen an. Bloß nicht vor David und meinen Eltern das große Heulen kriegen. Alles, nur das nicht.

»Komm, Miriam. Du hast dich doch nur mit mir abgegeben, um vor deiner Familie nicht als Versagerin dazustehen. Ich war quasi zur rechten Zeit am rechten Ort. Ein nettes Mitbringsel, mit dem du für ein paar Stunden angeben konntest. Ansonsten war ich dir herzlich egal und konnte bleiben, wo der Pfeffer wächst. Und ich war auch noch dumm genug, mich auf dieses Spielchen einzulassen.«

»Das stimmt überhaupt nicht!«, entgegne ich mit schwacher Stimme und merke selbst, wie kleinlaut ich klinge. Weil David recht hat. Weil ich anfangs genau das beabsichtigt hatte. Aber wie hätte ich denn ahnen können, dass sich unsere »Geschäftsbeziehung« verselbständigt?

Das ist allein Davids Schuld! Hätte er sich von Anfang an daran gehalten, mich nach der Geburtstagsfeier in Ruhe zu lassen, dann wäre das alles nicht passiert. Es war nicht geplant, dass wir anschließend so viel Zeit miteinander verbringen.

Und vor allen Dingen war nie vorgesehen, dass ich mich in David verliebe.

»Hör auf, dir etwas vorzumachen!«, fordert David energisch, aber der Kampfgeist macht allmählich Resignation Platz. »Du vertraust mir kein bisschen. Andernfalls würdest du nicht diesen Unsinn glauben, den Cora dir erzählt hat. Das zeigt nur, dass ich irgendwer für dich bin. Dass ich dir gleichgültig bin.«

Ich gucke betroffen auf das Tischtuch. Ich weiß wirklich nicht, was ich sagen soll. David hat mich durchschaut. Mit einer Leichtigkeit, die mir Angst macht. Aber mir auch deutlich vor Augen führt, dass er mich viel besser kennt, als ich geglaubt habe. In einem Punkt hat er jedoch unrecht. Im wichtigsten. Er ist mir nicht gleichgültig! Alles andere als das.

Bevor ich David das sagen kann, erhebt er sich. Ich schaue ihm entgeistert dabei zu, wie er die Hand meiner nicht minder perplexen Mutter schüttelt.

»Vielen Dank für das wunderbare Essen, es war köstlich. Die Fotos können Sie sich morgen abholen. Schönen Abend noch.«

Im nächsten Moment höre ich die Haustür scheppernd ins Schloss fallen. Während mein Herz in hundert Einzelteile zersplittert.

26

»Miriam Henrietta Behrens! Was geht hier vor?«

Schuldbewusst blicke ich meine Eltern an. Mama sieht aus, als würde sie gleich in Ohnmacht fallen. Papa ist knallrot. Er bläht die Nasenflügel auf und pumpt wie ein Maikäfer. Ungeduldig tippt er mit den Fingern auf die Tischplatte, was an meinen zum Zerreißen gespannten Nerven zerrt.

»Ich warte, Fräulein.« Ich hasse es, wenn mein Vater mich so nennt. Schließlich bin ich kein dummes kleines Kind!

»Das ist schwierig zu erklären«, druckse ich kaum hörbar. »Können wir darüber vielleicht morgen reden?« Meine Stimme ist nur noch ein Fiepen. Ich möchte mich in Luft auflösen, damit mir dieses Gespräch erspart bleibt. Sinnlos, ich weiß. Aber ich stehe diesen Riesenkrach heute nicht mehr durch. Nicht, nachdem David mir offiziell das Herz gebrochen hat. Am liebsten würde ich mich in meinem Zimmer vergraben, stundenlang R.E.M. hören und heulen. Ein bisschen die Welt verfluchen. Meine Gefühle verfluchen. Und David verfluchen. Den sowieso.

»Du verlässt diesen Tisch nicht eher, bis du uns eine anständige Erklärung geliefert hast.« Mein Vater haut zur Bestätigung mit der Hand auf den Tisch. Mama fährt erschrocken zusammen.

Genau. Denn ich halte meine Beine ja unter seinen Esstisch, nicht wahr?

»Schön«, erwidere ich patzig, »David ist nicht mein Freund. Er war es nie und wird es auch nie sein. Zufrieden?«

»Ja, aber, David und du … ihr habt gesagt … ein Paar …« Meine Mutter schaut ratlos meinen Vater an. Sie ringt sichtlich mit der Fassung.

»Er hat meinen Freund nur gespielt.« So! Nun ist es raus. Mögen die Spiele beginnen.

Eine Weile herrscht betretenes Schweigen.

Mama ist die Erste, die mühsam ihre Worte wiederfindet. »Aber, Miriam! Was ist denn nur in dich gefahren?« Blankes Entsetzen steht ihr ins Gesicht geschrieben. Wahrscheinlich überlegt sie zum tausendsten Mal, was bei meiner Erziehung schiefgelaufen ist.

Mein Vater ist da weniger zurückhaltend. »Unsere Tochter hat offensichtlich den Verstand verloren!«

»Keineswegs«, entgegne ich mit übertriebener Freundlichkeit, »ich habe es bloß satt, für alle Ewigkeit als das schwarze Schaf der Familie zu gelten, für das sich jeder schämt. Ich bin nun einmal nicht perfekt wie Eva. Oder Luisa. Damit müsst ihr euch leider abfinden. Ich bin ich. Mit allen Fehlern und Macken. Und ich habe keine Lust mehr, mir bei jeder Gelegenheit vorhalten lassen zu müssen, was für eine Enttäuschung ich bin. Miriam, die nichts im Leben auf die Reihe kriegt. Miriam, die beruflich eine Null ist. Miriam, die unfähig für jede längere Beziehung ist. Es steht mir bis zum Hals!«, rufe ich und bin selbst erschrocken, wie laut ich geworden bin.

»Und da hast du dir gedacht, spiele ich meinen Eltern lieber eine Komödie vor«, höhnt mein Vater. Er hört gar nicht mehr auf, den Kopf zu schütteln.

»Ja, weil ich wusste, dass ich mir andernfalls genau diese Vorwürfe hätte anhören dürfen. Kein Freund, keine Karriere, nichts. Versagt auf ganzer Linie. Darauf konnte ich verzichten. Also habe ich David gebeten, meinen Freund zu spielen, um ein einziges Mal nicht als Versagerin dazustehen, dic von allen bemitleidet wird.«

Mein Vater schenkt sich Wein nach und trinkt das Glas in einem Zug aus. »Unglaublich. Unglaublich! Wir sind ja einiges von dir gewohnt, aber das toppt alles bisher Dagewesene.«

»Ich verstehe dich nicht, Miriam. Wirklich nicht«, schaltet sich meine Mutter seufzend ein, »uns zu belügen ist eine Sache, aber dass du David in solch eine unmögliche Lage bringst, ist unverantwortlich.«

»Das lass mal meine Sorge sein!«

»Merkst du eigentlich nichts?«

»Hm?«

Mama verdreht die Augen. »David hat offenkundig Gefühle für dich. Oder warum glaubst du, hat er dieses Spiel sonst mitgespielt?«

»Quatsch!«

Meine Mutter zieht vielsagend die Augenbrauen hoch. Sie schweigt, aber ihr Blick spricht Bände.

»Was soll das eigentlich heißen, du hast keine Karriere?«, hakt mein Vater misstrauisch nach. »Ich denke, du arbeitest bei der Zeitung in Hannover.«

Auweia. Jetzt kommt der schwierigste Teil. Davor fürchte ich mich am meisten. »Nein, tue ich nicht.«

»Nicht?«, kommt es von meiner Mutter. »Und was machst du stattdessen?«

»Studieren.«

»Wie bitte?« Mein Vater erstickt fast an diesen zwei Worten. Er starrt mich an, als ob ich ein pinkfarbenes Marsmännchen mit fünf Köpfen und zehn Händen und Füßen bin, das *Cheri, Cheri Lady* trällert.

»Konrad, beruhige dich doch«, wirft meine Mutter zaghaft ein und greift nach seiner Hand. »Denk an deinen Blutdruck.«

Der gutgemeinte Ratschlag stößt bei meinem Vater auf taube Ohren. Seine Gesichtsfarbe ist mittlerweile ins Dunkelrote übergegangen. »Jetzt ist das Maß voll!«, tobt er, die Hände zu Fäusten geballt, »ich habe weiß Gott für vieles Verständnis, aber was zu viel ist, ist zu viel! Die Bäckerei wolltest du nicht. In Ordnung. Damit konnte ich mich arrangieren, da ich der festen Überzeugung war, dass du deine eigenen Ziele verfolgst. Aber nun muss ich erfahren, dass du in der ganzen Zeit beruflich nichts vorzuweisen hast. Ich fasse es nicht! Hast du bisher überhaupt einen Gedanken an deine Zukunft verschwendet? Willst du die nächsten zwanzig Jahre studieren, oder wie stellst du dir das vor?«

Trotzig knabbere ich an meiner Unterlippe. »Natürlich nicht! Aber das ist alles nicht so einfach.«

Er schnaubt verächtlich. »Du hast immer noch den Kopf in den Wolken und glaubst, es wird sich irgendwie alles von selbst regeln. Miriam, du bist keine zehn mehr. Wach endlich auf! Du musst dein Leben in die Hand nehmen, das tut niemand für dich.«

»Das ist mir klar! Darum werde ich mich in den nächsten Tagen für die Prüfungen anmelden.« Ich bin im ersten Moment selbst über meine Worte überrascht. Doch ich meine das völlig ernst. Sobald ich in Hannover bin, gehe ich zum Prüfungsamt. Keine Ausreden mehr. Keine Aufschiebungen mehr. Zeit, Nägel mit Köpfen zu machen. Papa hat recht, ich muss endlich die Kurve kriegen und mein Leben in die richtige Bahn lenken, statt mich selbst zu bedauern und die Schuld bei anderen zu suchen.

»Ich verstehe nicht, warum du nicht früher mit uns gesprochen hast. Du hättest dir und uns eine Menge Kummer erspart«, entgegnet Mama.

Ich schneide eine Grimasse. »Ich hatte Angst, euch die Wahrheit zu sagen. Nach dem Streit vor fünf Jahren war unser Verhältnis nicht das beste, und ich habe befürchtet, dass ich mir erneut Vorwürfe anhören darf, wenn ich gestehe, dass es mit der Karriere nicht geklappt hat. Ich gelte ohnehin als der Reinfall der Familie.«

»Red nicht solchen Blödsinn!«, widerspricht mein Vater unwirsch.

»Miriam, wir lieben dich doch. Ganz gleich, was war oder noch kommt.«

»Ich weiß, Mama«, gebe ich zerknirscht zu und drücke ihre Hand, die sie mir über den Tisch entgegenstreckt.

»Was wird nun aus David und dir?«, fragt meine Mutter zaghaft.

»Gar nichts. Die Sache ist gelaufen.«

»Das sehe ich anders.«

»Ich aber nicht.«

Plötzlich klingelt es an der Haustür. Ich setze mich kerzengerade auf. In meinem Kopf herrscht nur ein Gedanke. David! Das muss David sein. Er hat es sich anders überlegt. Alles war nur ein Missverständnis. Wir werden uns aussprechen, und alles wird gut. Es muss einfach so sein!

Wie auf Wolken fliege ich zur Tür und reiße sie freudestrahlend auf. Aber es ist nicht David. Vor der Tür steht meine Schwester mit meinem Schwager Fabrizio. Und beide grinsen mich wie Breitmaulfrösche an.

Das vorbereitete Lächeln entgleist mir. »Eva.« Meine Enttäuschung ist nicht zu überhören. »Was machst du denn hier?«

»Ich bin schwanger!« Und dann reißt sie mich ohne Vorwarnung in die Arme und drückt mir sämtliche Luft aus der Lunge. »Ist das nicht phantastisch?«

»Hältst du das für eine gute Idee?«

»Für die beste seit langem.«

»Du machst einen Fehler.«

Ich werfe meiner Schwester einen entnervten Blick von der Seite zu und widme mich weiter dem Packen meines Koffers. Seit ich beim Frühstück ganz nebenbei habe verlauten lassen, dass ich heute zurück nach Hannover fahre, ist schlechte Stimmung angesagt. Die Tatsache, dass die kleine Schwester Hals über Kopf ihre Zelte in Wismar abbricht, stößt auf alles andere als Begeisterung. Im Gegenteil.

Dabei fing der Tag ganz harmlos an. Die Wogen hatten sich nach dem Aufruhr gestern Abend geglättet. Mama und Papa hatten sich nach meiner Offenbarung, dass das mit dem Studium nicht so lief wie geplant, weitestgehend mit dieser Angelegenheit abgefunden – was blieb ihnen auch anderes übrig?

Selbst mein Vater machte mir keine Vorwürfe mehr, was ich ihm hoch anrechne. Ich vermute, dass die Nachricht von Evas Schwangerschaft keinen unerheblichen Anteil an der Stimmungsaufbesserung nach dem desaströsen Abendessen hatte. Meine Mutter betütelt Eva seitdem wie eine Glucke und redet ununterbrochen auf sie ein, was meine Schwester mit einem nachsichtigen Lächeln geduldig über sich ergehen lässt. Und Papa, Fabrizio und Alex beglückwünschen sich gegenseitig zu dem Stammhalter – Eva ist klug genug, nicht zu erwähnen, dass es ebenso gut ein Mädchen werden könnte.

Sosehr ich mich für meine Schwester und Fabrizio freue, diese Heiterkeit ertrage ich keine Minute länger. Ebenso wenig wie die vorwurfsvollen Gesichter, sobald das Thema David zur Sprache kommt.

Meine Mutter hat Eva selbstredend die ganze Angelegenheit noch gestern Abend brühwarm erzählt. Dass meine Schwester eigentlich die Schuld an diesem Desaster trägt, verschweige ich wohlweislich. Den Schwarzen Peter bekomme ich ohnehin zugeschoben.

Wieso meine Familie mir mein Verhalten gegenüber David dermaßen nachträgt, übersteigt meinen Horizont. Ich war mit David weder verheiratet noch sonst irgendwas. Er hat nur meinen Freund gespielt. Nicht mehr und nicht weniger. Warum kann mich meine penetrante Familie nicht endlich in Frieden lassen und den Namen David in meiner Gegenwart nicht mehr erwähnen? Ist das zu viel verlangt? Scheinbar schon, denn meine Schwester und meine Mutter werden nicht müde zu erwähnen, dass ich auf Davids Gefühlen herumgetrampelt sei. Ha, und dass er mir das Herz gebrochen hat, das interessiert keinen, wie? Selbstverständlich verkneife ich mir diese Antwort tunlichst – ich bin ja nicht komplett sadistisch veranlagt.

David ist Geschichte. Es spielt keine Rolle mehr, was zwischen uns war. *It's over now.*

In wenigen Stunden bin ich endlich wieder in Hannover. Dann werde ich mich mit Feuereifer auf mein Studium konzentrieren und mich am Morgen über Moritz' wechselnde Liebschaften ärgern. Alles wie immer. Normalität. Genau das, was ich jetzt brauche.

Mit einem Ruck ziehe ich den Reißverschluss zu. Das war's. Das Ende einer turbulenten Woche, die mein bisheriges Leben gehörig durcheinandergewirbelt hat. Nichts ist mehr wie zuvor. In Bezug auf mein Studium bin ich froh, dass meine Eltern Bescheid wissen und auch relativ gelassen damit umgehen. Der Rest wird sich finden. Irgendwie.

»Du machst es dir zu leicht«, sagt Eva. Sie schlägt ihre

langen Beine grazil übereinander und betrachtet mich intensiv. »Findest du nicht, dass du noch einmal mit David reden solltest?«

»Nein.« Erstens habe ich oft genug mit ihm geredet und rausgekommen ist nichts dabei, zweitens halte ich ein weiteres Gespräch dieser Art nicht mehr aus. »Zwischen uns ist alles gesagt.«

»Wenn es um Beziehungen geht, musst du noch einiges lernen, Schwesterherz«, seufzt sie theatralisch.

Ich rolle mit den Augen, als Eva die große Schwester mit der noch größeren Erfahrung raushängen lässt.

»Du magst David, sehr sogar«, fährt Eva ungerührt fort. Sie lässt keinen Zweifel aufkommen, dass sie an meinem Geisteszustand zweifelt.

»Das steht hier nicht zur Debatte. Und selbst wenn, David und ich, wir hatten nie eine Chance.«

Eva zieht bedeutungsvoll ihre Augenbrauen hoch. Und dann sagt sie das, wovor ich mich die ganze Zeit insgeheim gefürchtet habe. »Gib zu, dass du Wismar lieben gelernt und für einen Moment mit dem Gedanken gespielt hast, zurückzukommen und mit David glücklich zu sein.«

»So ein Unsinn!«, empöre ich mich gereizt. »Das Kleinstadtleben ist echt das Letzte. Oder warum denkst du, bin ich damals geflohen?«

»Damals gab es andere Gründe, das weißt du genau. Wenn du wirklich gewollt hättest, wärst du längst abgehauen. Bist du aber nicht. Du kannst zwar aus Wismar davonlaufen, vor deinen Gefühlen aber nicht, und das weißt du!«

»Tja«, meine ich nur, »vielleicht, aber daran lässt sich arbeiten.«

»Miriam, du weißt, ich liebe dich, aber dass du jetzt wegläufst, das kann ich nicht verstehen.«

»Ich weiß«, flüstere ich mit schwerer Stimme. Eva ist auf dem besten Weg, mich meine Entscheidung überdenken zu lassen. Das darf nicht geschehen. Unter keinen Umständen.

»Willst du dich nicht wenigstens von Olli und Lissy verabschieden?«

Ich schüttele vehement den Kopf. »Mit Olli und Lissy werde ich telefonieren, die beiden haben momentan eh genug mit sich selbst zu tun.«

Eva atmet tief durch. Resigniert. »Ich hoffe, du weißt, was du tust.«

Das hoffe ich auch.

Mit einem wehmütigen Lächeln drücke ich meine große Schwester an mich, ehe ich mit meinem Koffer nach unten trotte, wo Fabrizio bereits auf mich wartet, um mich zum Bahnhof zu fahren.

* * *

27

»Musst du dich nach der heißen Nacht abkühlen?« Mit gerunzelter Stirn betrachte ich meinen halbnackten Mitbewohner, der, nur mit Boxershorts bekleidet, vor der offenen Kühlschranktür steht. Er hält einen Tetrapack Milch in der Hand und guckt mich unschlüssig an.

»Du bist schon zurück?« Moritz stellt den Milchkarton in den Kühlschrank zurück und zündet sich eine Zigarette an.

»Wie du siehst.«

»Wie lief es im Prüfungsamt?«, will er wissen und fläzt sich in einen Korbstuhl, die Beine auf den Rand der Spüle gelegt. Ich rümpfe vielsagend die Nase. Moritz macht eine Unschuldsmiene und stößt einen dicken Rauchkringel aus.

»Alle Unterlagen sind abgegeben. Jetzt warte ich auf den Bescheid, wann ich offiziell mit meiner Magisterarbeit beginnen kann.« Der ganze Papierkram hat mich die letzten Tage Millionen von Nerven gekostet. Zeugnisse raussuchen, Kopien der Leistungsnachweise machen, Studienbericht verfassen. Ich bin schon vor dem ersten Wort meiner Magisterarbeit fix und fertig.

»Streberin.«

»Du solltest dir an mir ein Beispiel nehmen.«

»Und das grandiose Studentenleben aufgeben? Keine Chance.«

»Faule Socke«, erwidere ich grinsend. »Wie du mit dieser

Einstellung deinen Abschluss bekommen willst, ist mir schleierhaft.«

»Ich sag ja, Streberin.« Moritz drückt seine Zigarette im Aschenbecher aus und öffnet die Kühlschranktür ein zweites Mal. »Hatten wir nicht irgendwo Sprühsahne?«

»Wozu brauchst du frühmorgens Sprühsahne?«

Moritz schaut mich mit diesem verführerischen Don-Juan-Blick an, bei dem ihm sämtliche Frauen zu Füßen liegen. Außer einer. Ich breche jedes Mal in haltloses Gackern aus, weil Moritz absolut albern aussieht.

»Bitte keine Details«, flehe ich und halte mir vorsichtshalber die Ohren zu.

Moritz hebt gleichgültig die Schultern. Aus einem Seitenfach fischt er schließlich die Sprühsahne hervor und hält sie triumphierend in die Luft. Ich verdrehe entnervt die Augen. Moritz wird wirklich nie erwachsen!

»Du hast übrigens Post bekommen. Ich habe sie dir in dein Zimmer gelegt.«

Ich nicke gedankenverloren, während ich Teewasser aufsetze.

Moritz legt den Kopf schief und betrachtet mich mit sorgenvoller Miene. »Was ist los, Miriam?«

»Nichts. Alles bestens.«

Er verschränkt die Arme vor der Brust, sein Blick spricht Bände. »Seit du aus Wismar zurückgekehrt bist, bist du wie ausgewechselt. Ist irgendwas passiert? Mit deinen Eltern?«

»Nein. Alles prima. Könnte nicht besser sein«, entgegne ich. Sonderlich überzeugt hört sich das nicht an.

Mein Mitbewohner guckt zweifelnd. »Auch wenn du dir noch so viel Mühe gibst, ich sehe dir an, dass du Kummer hast.«

»Es ist wirklich alles in Ordnung«, bekräftige ich und

ringe mich zu einem halbwegs überzeugenden Lächeln durch.

Moritz seufzt ergeben. »Du bist eine miserable Lügnerin, Miriam! Aber gut, wenn du jemanden zum Reden brauchst, du weißt, wo du mich findest.« Dann schnappt er sich die Sprühsahne und schlurft in sein Zimmer, wo Miss Donnerstag garantiert sehnsüchtig auf ihn wartet.

Seufzend gieße ich meinen Tee auf. Moritz hat ja recht. Seit meiner Rückkehr aus Wismar vor gut eineinhalb Wochen sind meine heiteren Glanzpunkte in der Tat rar gesät. Allerdings muss ich meinem Mitbewohner zugutehalten, dass er sich bisher nicht einmal deswegen beschwert hat, sondern meine Launen mit einer nahezu stoischen Ruhe erträgt. Ich mache es ihm aber auch leicht. Die meiste Zeit des Tages verkrieche ich mich in meinem Zimmer, beschalle mich mit diversen Independent- und Alternative-Platten, die Moritz abfällig als Friedhofsmusik bezeichnet, und tue mir selbst furchtbar leid. Die Welt hat mich nicht lieb, alle sind gegen mich, keiner versteht mich und überhaupt …

Ein Gutes hat meine miese Laune, ich habe mein Versprechen wahr gemacht und endlich meinen Hintern für die Abschlussprüfungen hochgekriegt. Ewig an der Uni rumzuhängen ist ja nun auch nicht das Gelbe vom Ei – selbst in meinem momentanen Depri-Zustand nicht. Mein Vater kommentierte meinen Entschluss gestern Abend am Telefon mit den aufatmenden Worten: »Na endlich!« – was mich kurzzeitig zum Schmunzeln brachte. Die positive Stimmung verschwand jedoch sofort, als meine Mutter wissen wollte, ob ich etwas von David gehört hatte. Nein, hatte ich nicht. Und ich bat sie inständig, diesen Namen mir gegenüber nicht mehr zu erwähnen. Die Antwort war ein langer, tiefer Seufzer.

Aber nicht nur meine Mutter erkundigt sich gefühlte zehnmal am Tag nach David – trotz Maulkorb. Auch Olli und Lissy rufen täglich deswegen an. Und jedes Mal darf ich mir eine Standpauke wegen meines unangemessenen Verhaltens David gegenüber anhören. Ja, besten Dank auch. Gebt mir ruhig alle die Schuld. Ich fühle mich noch nicht mies genug.

Als Lissy mir dann wenige Tage später genüsslich mitteilte, dass David Olli bei einem Bier erzählt hatte, dass er nie im Leben was mit Cora angefangen hätte und ihr das deutlich zu verstehen gegeben habe, erreichte mein schlechtes Gewissen einen neuerlichen Höhepunkt. »Cora hat bestimmt Gift und Galle gesprüht. Sie ist dann mit ihrem tollen Manager nach Hamburg, um endlich groß rauszukommen«, berichtete Lissy mit hörbar ironischem Unterton. »Dabei hat sie sich so viel Mühe gegeben, sich bei David einzuschmeicheln, damit er seine alten Kontakte spielen lässt. Und dann lässt er sie einfach abblitzen, weil er dich lieber mag. Köstlich.«

Na gut, *das* halte ich für ein Gerücht. Denn nach wie vor ist nicht ganz klar, woran ich bei David eigentlich bin. Nicht, dass ich darüber sonderlich nachgedacht habe. Nur etwa gefühlte vierundzwanzig Stunden am Tag.

Ich habe wirklich geglaubt, dass der Abstand zu Wismar und vor allem zu David und der ganzen verfahrenen Situation mir guttun würde, aber genau das Gegenteil ist der Fall. Je öfter ich mit Lissy und Olli oder meinen Eltern telefoniere, umso häufiger muss ich an David denken. Ich bin emotional total von der Rolle und mit allem überfordert. Auch deswegen will ich das Projekt Abschluss entschlossen durchziehen, damit ich nicht an gewisse braune Augen denke oder über der Frage »Was wäre wenn?« brüte.

Ob ich es mir nun eingestehen will oder nicht, aber ich

vermisse meine Heimatstadt. Den Alten Hafen, wo man sich so herrlich in der Sonne entspannen kann und wo David mich im Riesenrad beinahe geküsst hätte, den Marktplatz, wo ich mit Lissy Cocktails geschlürft habe, den Strand und das Wellenrauschen, als Olli und ich bei der alten Strandweide saßen. Im Nachhinein betrachtet ist Wismar wirklich nicht so furchtbar und langweilig, wie ich es in Erinnerung hatte. Es hat durchaus seine schönen Ecken, man muss sie nur erkennen. Auch wenn ich vor fünf Jahren anderer Meinung gewesen bin – Familienstreit hin oder her. Manchmal muss man eben eine Zeitlang woanders »zu Hause sein«, um sein eigentliches Zuhause wieder lieb zu gewinnen.

Aber noch mehr als Wismar vermisse ich David. Vor allem nachts, wenn ich allein in meinem Bett liege und die Zeit in Wismar wie ein Film vor meinem inneren Auge abläuft. Unsere erste Begegnung am Strand, als ich ihn für einen Touristen gehalten habe. Mittlerweile muss ich darüber selbst lachen. Meine Güte, war ich verblendet! David, der mich gekonnt über die Tanzfläche wirbelt und wo ich kurz davor stand, ihn vor meiner gesamten Familie und halb Wismar zu küssen. Der Abend im Regen. Und schließlich unsere Übernachtung am Strand. Ich spüre immer noch Davids Lippen auf meinen, leicht rau vom Seewind, und seine kratzigen Bartstoppeln. An manchen Tagen bilde ich mir ein, dass ich sogar noch das Salz auf seinem Mund schmecke. Und auch wenn ich versuche, gegen diese Erinnerungen anzukämpfen, am Tag funktioniert es bedeutend besser, so verliere ich nachts diesen Kampf. Jede Nacht. Dann kann ich fast wieder Davids verschmitztes Lachen hören, gepaart mit diesem unwiderstehlichen Blick, bei dem ich regelmäßig den Verstand zu verlieren drohte. Mehr als einmal habe ich davon geträumt, dass David vor meiner Tür steht, die Mundwinkel leicht nach oben gezogen, herausfordernd und sinnlich. Die Augen wie Kohlebriketts, durchzogen von Leidenschaft. Ungläubig starre ich ihn dann an. Er umfasst mein Gesicht mit beiden Händen, sein Mund kommt meinem immer näher, bis er mich endlich küsst, dass mir die Luft wegbleibt. Leider ist das immer nur ein Traum, aus dem ich letztlich schweißgebadet wieder aufwache. Mit der Erkenntnis, dass jede Zelle meines Körpers sich nach seiner Berührung sehnt. Oh Gott, ich vermisse ihn so schrecklich, dass es weh tut.

Aber obwohl ich mich so einsam und allein fühle wie noch nie in meinem Leben, für den ersten Schritt, den Lissy andauernd von mir fordert, bin ich zu feige. Ich kann doch nicht einfach wieder nach Wismar fahren, zu David, als sei nichts gewesen! Wer sagt mir denn, dass er mich überhaupt noch sehen will? Da können mir meine Freunde sonst was erzählen.

Mehr als einen Kuss und eine Nacht am Strand hat es schließlich nie gegeben. Und so wichtig kann ich David ja auch nicht sein, sonst hätte er sich sicher bei mir gemeldet. Oder? Oder wartet er etwa auf ein Zeichen von mir?

Schon von weitem sehe ich das große flache Paket auf meinem Bett liegen. Neugierig trete ich näher und betrachte es von allen Seiten. Es ist bestimmt fünfzig auf dreißig Zentimeter groß und mit braunem Packpapier umwickelt. Kein Absender. Seltsam.

Gut, dann mal her mit der Schere! Hach, das fühlt sich an wie Weihnachten. Himmel, bin ich aufgeregt!

Hastig durchtrenne ich die Paketschnur und reiße das Papier weg. Zum Vorschein kommt ein gerahmtes Bild. Ein riesiges Schwarzweißporträt.

Mir verschlägt es für einen Moment den Atem.

Das auf dem Foto, das bin ich!

Die langen nassen Haare kleben an meinen Wangen, mit einer Hand versuche ich, sie wegzustreichen. Meine Augen wirken unendlich groß und blicken geradewegs in die Kamera, eine ungeheure Tiefe liegt in ihnen. Der Teint makellos schön, von einem geheimnisvollen Schimmer überzogen. Entrückt. Mysteriös. Wunderschön.

Ungläubig starre ich auf die Fotografie, eine Hand fest auf den Mund gepresst. Mir fehlen die Worte.

Das bin ich, aber gleichzeitig auch wieder nicht.

Plötzlich sehe ich die Szene wieder vor mir. Wie ich aus dem Wasser stapfe und einen übereifrigen Touristen zusammenstauche. Einen Touristen, der sich später als Fotograf entpuppt und mir mein Herz raubt. Und der die SIM-Karte behalten und nur den internen Speicher seiner Kamera gelöscht hat.

Dieses Schlitzohr!

Überrascht spüre ich, wie mir eine Träne die Wange herunterläuft. Ich bin völlig überwältigt, nicht nur wegen der Gefühle, die ich für den Fotografen hege. Das Bild ist das schönste, das jemals von mir gemacht worden ist.

Mein Herz fühlt sich auf einmal schwebend an, es klopft ganz aufgeregt gegen meine Brust. Ein vertrauter Rhythmus. David. David. David.

Oh mein Gott!

Ich blinzele die Tränen weg, schniefe laut vor mich hin und werfe einen letzten fassungslosen Blick auf das Foto. Ich möchte hysterisch auflachen, weil ich es nicht früher gemerkt habe.

Das hier ist die Antwort auf alle Fragen.

Ein Zeichen.

Auf einmal weiß ich, was ich zu tun habe. Das hätte ich längst tun sollen.

Ich hole meinen Koffer vom Schrank, schmeiße wahllos Sachen aus meinem Kleiderschrank hinein, plündere mein Badezimmerregal und stürme mitsamt dem Koffer in Moritz' Zimmer – ohne vorher anzuklopfen.

Moritz starrt mich an wie eine Fata Morgana. Hinter ihm taucht eine Blondine mit Mandelaugen und Pfirsichteint auf, die hektisch darum bemüht ist, sich das Bettlaken vor die Brust zu halten.

»Ich muss weg«, stoße ich schwer atmend hervor. Ich keuche wie nach einem Marathonlauf. Mein Herz klopft so laut, dass ich nahezu meine eigenen Worte nicht mehr verstehe.

»Jetzt?«, fragt Moritz erstaunt und fährt sich durch die verstrubbelten Haare.

Ich nicke heftig.

Moritz grinst wissend. »Also doch die männliche Mutter Teresa.« Ich lache befreit auf. »Viel Glück«, ruft er hinter mir her, ehe die Zimmertür ins Schloss knallt.

Ich bin schon fast aus der Tür, als ich noch einmal umkehre und Moritz' Tür ein zweites Mal aufreiße. Die Blondine stößt einen spitzen Schrei aus und wischt sich eilig die Sahne von der Wange.

»Wenn der Brief vom Prüfungsamt kommt, ruf mich an.« Ohne Moritz' Antwort abzuwarten, stürze ich aus der Wohnung.

Zum Hauptbahnhof.

28

Vielleicht war dieser überstürzte Entschluss, nach Wismar zu reisen, doch keine so gute Idee.

Zum zweiten Mal innerhalb kurzer Zeit stehe ich auf dem Wismarer Bahnhof und überlege, wie es nun weitergehen soll. In Hannover erschien mir mein Plan noch absolut großartig. Aber nach drei Stunden Zugfahrt bin ich mir meiner Sache alles andere als sicher. Was, wenn David mich gar nicht sehen will? Wenn er mich womöglich rausschmeißt? Ich könnte es ihm nicht mal verdenken, so unmöglich, wie ich mich bei diesem katastrophalen Abendessen bei meinen Eltern ihm gegenüber aufgeführt habe.

Nervös knabbere ich an meiner Unterlippe. Die ganze Fahrt hierher war ich ein nervliches Wrack, aber jetzt ist es richtig schlimm. Der anfängliche Mut verpufft mit jeder Sekunde, und wenn auf Gleis 2 der Zug nach Bad Kleinen stünde, ich glaube, ich würde auf der Stelle umkehren. Aber beide Gleise sind leergefegt. Ausgestorben. Wie damals, als meine kleine Welt noch einigermaßen in Ordnung war. Bevor ein Wirbelsturm namens David hindurchgefegt ist.

Ist das wirklich erst zwei Wochen her?

»He, Behrens, du willst doch hoffentlich nicht kneifen?«, ruft eine vertraute Stimme über den halben Bahnsteig.

Ich drehe mich um und sehe, wie Olli gemächlichen Schrittes auf mich zutrabt.

Ein breites Grinsen. »Hast schließlich lang genug für diese Einsicht gebraucht!«

Ich laufe auf ihn zu und werfe mich in seine ausgestreckten Arme. Olli drückt mich fest an seine Brust, der vertraute Duft aus Moschus und Meer hüllt mich ein wie eine Wolke. Augenblicklich beruhigt sich mein Herzschlag.

Er streicht mir eine schweißgetränkte Haarsträhne aus der Stirn, seine Augen funkeln vergnüglich. »Manchmal bist du wirklich schwer von Begriff.«

Ich knuffe ihn in die Seite. »Du musst dich melden! Fährst du mich zu David?«, komme ich gleich zum Punkt und halte aufgeregt die Luft an. David. Fünf Buchstaben, die meine Nerven zum Flattern bringen.

Ollis Miene verdüstert sich. Ich spüre, wie mir das Herz in die Hose rutscht. »David hat einen Termin außerhalb, vor heute Abend ist er nicht zurück.«

»Oh.« Es gelingt mir wie durch ein Wunder, mir die Enttäuschung nicht allzu sehr anmerken zu lassen. Oh Mann, jetzt soll ich bis heute Abend warten? Und dann? Bringe ich nach der ganzen Warterei überhaupt noch den Mut auf, um mich diesem Gespräch zu stellen? Ich bin bereits jetzt das reinste Nervenbündel. Wie soll das erst heute Abend werden? Seien wir realistisch: Ohne Ollis Auftauchen säße ich mit meinen kalten Füßen längst wieder im Zug nach Hannover. Vorausgesetzt, es wäre einer da gewesen. Ich könnte höchstens in einer Viertelstunde nach Tessin flüchten. Aber nein, ich ziehe das jetzt durch! So.

Olli hakt sich bei mir unter und zieht den Trolley hinter sich her in Richtung Ausgang. »Du könntest mir einen Gefallen tun.«

Ich gucke ihn argwöhnisch an. »Was für einen Gefallen?«

»Wir sind in der Redaktion momentan etwas knapp besetzt. Ein Mitarbeiter liegt seit heute früh mit Sommergrippe flach, und eine andere Kollegin befindet sich im Mutterschaftsurlaub. Wir stehen daher alle unter Zeitdruck. Eigentlich soll ich heute für ein Interview zum Campingplatz fahren, aber gleichzeitig müsste ich zur Goldenen Hochzeit von Lieschen und Heinz Fritsche.«

»Du nimmst mich auf den Arm.«

»Das ist mein Ernst, ich schwör's!«, beteuert Olli. »Könntest du nicht das Interview mit dem Campingplatz-Menschen führen? Du wirst natürlich für den Artikel bezahlt – und hey, du würdest für immer in meiner Schuld stehen«, versucht er, mir die Angelegenheit schmackhaft zu machen.

Ich runzele die Stirn und verziehe den Mund. »So war das aber nicht geplant, Herr Wegener!«

Aber Olli sieht dermaßen niedergeschlagen aus, dass ich seufzend zustimme. Für ein paar Stunden nicht an David zu denken hat ja auch was Gutes. Denn so lange kann ich mich noch der Illusion hingeben, dass alles gut wird. Irgendwie. Vielleicht schaffe ich es ja, mich so für das alles entscheidende Gespräch mit David ein wenig zu beruhigen. Nicht sehr wahrscheinlich, aber einen Versuch ist es wert. Und wer weiß, möglicherweise wird das Interview ja ganz interessant und macht mir sogar Spaß.

Eine Dreiviertelstunde später ist meine anfängliche Euphorie Ernüchterung gewichen.

Ich stehe vor dem Verwaltungsgebäude des Campingplatzes »Schöne Aussicht«, neben mir der Eigentümer Bernd Palaske, und fühle mich komplett unvorbereitet. Um nicht zu sagen, total eingerostet. Ich wusste schon, warum ich Olli gleich zu Anfang gesagt habe, dass ich als Reporterin nicht tauge, aber er wollte ja nicht auf mich hören. Das hat er nun davon.

Seit zehn Minuten textet mich Bernd Pallaske im schönsten Berlinerisch mit allerhand wichtigen und unwichtigen Informationen über den Platz zu, ohne ein einziges Mal Luft holen zu müssen. Mit dem Diktiergerät in der Hand, das Olli mir dankenswerterweise überlassen hat, stehe ich daneben und weiß nicht, was ich tun oder fragen soll – falls Bernd Pallaske mich irgendwann doch mal zu Wort kommen lässt.

Der Campingplatz-Eigentümer ist ein kleiner Mann mit Halbglatze, der aussieht wie eine Kugel und schnauft wie ein Walross. Er trägt ein buntes Hawaiihemd, eine schlabbrige kurze Hose und Badelatschen. Seine speckigen Haare hat er so gekämmt, dass diese die lichten Stellen auf dem Kopf kaschieren, was ihm allerdings nicht sonderlich gut gelungen ist.

»Sind Sie denn bisher mit der Auslastung des Campingplatzes im Vergleich zum Vorjahr zufrieden?«, versuche ich, meine erste richtige Frage zu stellen, als Pallaske kurz innehält, um sich die verschwitzte Stirn mit einem Taschentuch abzutupfen.

Er glotzt mich an, als ob bei mir eine Schraube locker wäre, und deutet auf die vollgestellten Wohnwagenplätze und den dicht bevölkerten Zeltplatz links von uns in Richtung Strand. »Dit sehn Se doch, Meedchen!«, bemerkt er mit einer jovialen Geste, ich möchte am liebsten auf der Stelle im Erdboden versinken. »Oda wolln Se jenaue Zahln?«

Und ehe ich mich's versehe, zieht Pallaske ein Büchlein aus seiner Hemdtasche und rattert die bisherige Auslastungsstatistik von diesem und letzten Jahr herunter, dass mir nur so der Kopf schwirrt. Spätestens nach der zehnten Zahl und etlichen Querverweisen habe ich den Faden restlos verloren. Allmählich keimt in mir der Verdacht, dass es völlig wurscht ist, was ich in den Artikel schreibe, solange ich den Namen Bernd Pallaske oft genug erwähne. Der Mann ist dermaßen von sich eingenommen, das geht auf keine Kuhhaut. Wahrscheinlich hält er sich für den größten Womanizer auf diesem Planeten, so oft, wie er schon auf mein Dekolleté gestiert hat. Alter Schmierlappen.

»Wolln Se denn jetze dit Foto machn?«

Ich schaue Bernd Pallaske verständnislos an. »Was für ein Foto?«

Er lacht schallend und haut sich dabei auf die dicke Bierwampe, die unter seinen Lachanfällen bebt. »Sie ham Humor, Meedchen, dit jefällt mir.«

»Entschuldigen Sie, Herr Pallaske, ich bin für einen Kollegen eingesprungen, ich weiß daher nicht, was Sie mit ihm abgemacht haben.«

Pallaske blinzelt verblüfft. »Sie wolln ma damit jetze nich sagn, dat Se keen Fotoapparat dabeiham, oda? Nee, nee, Meedchen, so nich! De Kolleje hat mir dit Foto zujesichert.«

Ich lasse kleinlaut die Schultern sinken und überlege angestrengt, wie ich dem aufgebrachten Campingtypen am besten verklickere, dass es kein Foto geben wird. Zumindest heute nicht.

»Dit is ne Frechheit, is dit! Ick werd mir über Sie beschwern, Meedchen«, poltert Pallaske lautstark und schlägt mit der Faust Löcher in die Luft.

Gerade als ich zu meiner Verteidigung ansetzen will, höre ich, wie sich uns ein Auto nähert. Der schwarze Golf hält direkt vor uns an. Bernd Pallaske hopst vor Schreck zur Seite, was ein wenig Ähnlichkeit mit einem missglückten Wurf beim Boule hat.

Die Tür des Golfs öffnet sich. Für einen Moment vergesse

ich zu atmen, als ich erkenne, wer aus dem Wagen klettert. David.

Oh mein Gott!

Ich glaube, ich werde ohnmächtig.

Pallaske rollt wutschnaubend auf ihn zu. Seine Schimpftirade verpufft jedoch sofort, als er die Kameratasche bemerkt, die über Davids Schulter baumelt.

»Tut mir leid, ich wurde aufgehalten«, höre ich David sagen, während er die fleischige Hand von Pallaske schüttelt, der wie ein Gummiball um ihn herumhüpft.

Mich lässt David links liegen. Kein Blick. Kein Wort. Nichts.

Stattdessen lauscht er angestrengt Bernd Pallaske, der ihm Instruktionen gibt, wie er sich das mit dem Foto für den Zeitungsartikel vorgestellt hat.

Ich stehe wortlos da und versuche, mein immer stärker werdendes Herzklopfen zu ignorieren. Wie gut David aussieht. Die Haare leicht verwuschelt, das dunkle Hemd bis zu den Ellbogen hochgekrempelt. Eine Menge nackter Haut, die mich komplett aus der Fassung bringt. Miriam, bleib cool. Du hast hier einen Job zu erledigen. Alles andere kann warten. Und du siehst ja, dass David nicht gerade begeistert von deiner Anwesenheit ist.

Während ich dabei zuschaue, wie David den hyperaktiven Bernd Pallaske ein gutes Dutzend Mal vor dem Schild »Schöne Aussicht« fotografiert, fallen mir Ollis Worte von vorhin wieder ein. Hatte der nicht behauptet, dass David nicht vor dem Abend zurück sei, weil er einen Termin außerhalb hätte? Wie kommt es dann, dass David urplötzlich an genau dem Ort auftaucht, an dem ich mein erstes Interview seit langem führe? Zufall? Oder hat da vielleicht jemand seine Finger im Spiel?

Olli.

Das Zusammentreffen mit David, das hat Olli eingefädelt. Er will mich mit David verkuppeln! So wie ich meinen besten Freund kenne, hat er das von Anfang an geplant. Vermutlich gibt es gar keine Goldene Hochzeit bei den Fritsches. Bestimmt sitzt Olli mit Lissy in einem Café in der Innenstadt, schlürft kalten Eiskaffee und gratuliert sich zu seinem fabelhaften Plan. An ihm ist definitiv ein unverbesserlicher Romantiker verloren gegangen.

Allerdings habe ich leichte Zweifel, ob Ollis Plan von Erfolg gekrönt sein wird. David und mich an einem neutralen Ort rein zufällig aufeinandertreffen zu lassen, ist mit Sicherheit clever. Ich kann mich nicht vor dem Gespräch mit David drücken, und David kann mir nicht die Tür vor der Nase zuknallen. Höchstens die Autotür – und mich damit wie ein begossener Pudel zurücklassen. Vor den Augen von Bernd Pallaske. Keine besonders prickelnde Vorstellung.

David würdigt mich nach wie vor keines Blickes. Mit eiserner Miene erledigt er professionell seinen Job. Die Lippen fest zusammengepresst, die Augen zu dunklen Schlitzen verengt; der ganze Körper angespannt, wie unter Strom. Er sieht aus, als ob er sich lieber umbringen würde, anstatt mit mir zu reden.

Unruhig kaue ich an meinem Fingernagel. Ob das wirklich so eine gute Idee war, wieder nach Wismar zurückzukehren? Aber David hat mir das Foto geschickt! Das muss doch ein Zeichen sein, oder? Selbst wenn das mit uns beiden nur ein Wunschtraum meinerseits ist, ich will zumindest erreichen, dass David wieder mit mir redet. Dass wir diesen furchtbaren Streit aus dem Weg räumen und wieder wie normale Menschen miteinander umgehen können. Auch wenn das leichter gesagt als getan ist.

»David, ich …«, beginne ich zögernd, weil ich nicht recht

weiß, wo ich anfangen soll. Davids konstantes Ignorieren meiner Person ärgert mich zunehmend. Er könnte wenigstens etwas sagen. Und wenn es nur ein Wort ist!

David verstaut kommentarlos seine Ausrüstung auf dem Rücksitz. Er tut so, als ob ich gar nicht da wäre. Keine einzige Regung kann ich ihm entlocken.

Aus purer Verzweiflung werfe ich mich zwischen Autotür und David, um ihn am Einsteigen zu hindern und daran, aus meinem Leben davonzubrausen. Er starrt mich halb verwundert, halb verärgert an. Aber nicht mit mir! Ich bin schließlich nicht umsonst nach Wismar gekommen, verdammt noch mal! Selbst wenn alles vorbei ist, bevor es angefangen hat, ich will das hier und jetzt zwischen uns klären, damit ich wieder halbwegs mein Leben in den Griff bekomme. Ich muss wissen, woran ich bin.

»Danke schön«, wispere ich zaghaft und weiche seinem bohrenden Blick aus, der mich mit jeder Sekunde mehr einzuschüchtern droht.

»Wofür?«

»Das Foto.«

David nickt und schiebt mich ein Stückchen zur Seite. Fassungslos schaue ich ihn an. Das kann doch nicht alles gewesen sein! Ich nehme all meinen Mut zusammen.

»Das ist das schönste Foto, das je von mir gemacht worden ist.«

Ein winziges Lächeln huscht über seine Lippen. »Schön, dass es dir gefällt.«

»Es tut mir so leid, wie das zwischen uns abgelaufen ist.«

»Das muss es nicht«, blockt David ab.

»Nein, wirklich. Das musst du mir glauben. Ich weiß auch nicht, was in mich gefahren ist. Aber als ich dich an dem Nachmittag mit Cora gesehen habe, ist bei mir eine Sicherung durchgebrannt. Ich kenne Cora, und irgendwie erschien es mir auf einmal so viel plausibler, dass du und sie … also, dass ihr … ein Paar seid. Ich meine, was findet jemand wie du schon an mir? Egal, ich habe mich dir gegenüber unmöglich aufgeführt. Statt dir dankbar zu sein, dass du meinen Freund spielst, haue ich dich vor meiner Familie in die Pfanne. Ich bin so ein Idiot!« Ich atme tief durch. Jetzt kommt der schwerste Teil. »Du hattest recht mit allem, was du gesagt hast. Du hast mich von Anfang an verstanden, mich gewissermaßen durchschaut. Ich wollte es mir nur nie eingestehen, aber dank dir habe ich erkannt, dass Wismar meine Heimat ist und ich das nicht länger leugnen kann oder will. Und dank dir weiß ich nun, dass ich auch hier glücklich werden kann.«

»Miriam …«

»Nein, lass mich ausreden. Und auch wenn es absolut albern und unrealistisch ist, aber ich muss das endlich loswerden, bevor ich daran ersticke. Ich … also ich … ich glaube … ich habe mich in dich verliebt.«

David sieht mich lange an, und ich merke, wie sich seine Gesichtsmuskeln anspannen.

Augenblicklich treten mir die Tränen in die Augen. Nach diesem Geständnis habe ich weiß Gott mit einer anderen Reaktion gerechnet. Stattdessen Stillschweigen.

»Jetzt sag doch endlich was!«, schniefe ich verzweifelt. Ich kann mich kaum noch auf den Beinen halten. Jede Sekunde breche ich zusammen. Ein Häuflein Elend mit gebrochenem Herzen.

David schüttelt den Kopf. Ein Lächeln, zaghaft und kaum wahrnehmbar, überzieht seine Mundwinkel. Er kommt einen Schritt auf mich zu und ergreift meine Hand. Mir klopft das Herz bis zum Hals. Ich wage kaum zu atmen.

»So, du bist also in mich verliebt. Du hast eine merkwürdige Art, das zu zeigen.«

»Ich schätze, ich muss, was Beziehungen angeht, eine ganze Menge lernen.«

»Offensichtlich, denn sonst hättest du viel früher gemerkt, dass ich in dich verliebt bin.«

Verstohlen wische ich mir eine Träne ab und lächele. »Bist du das?«

»Sollte ich meinen Anruf-Joker ziehen?«

Ich lache befreit auf. Ein tiefes Lachen, ganz tief aus dem Bauch heraus.

David nimmt meine Hand und streicht mit seinem Daumen über meine Handinnenfläche. »Und was wirst du nun tun?«, will er wissen. Sein Mund kommt meinem immer näher.

»Na, mein Studium beenden«, entgegne ich mit zunehmender Schnappatmung, obwohl ich genau weiß, was er meint.

»Und dann?«, fragt er herausfordernd. Seine Lippen streifen mein Ohrläppchen.

»Hm, vielleicht sollte ich es danach doch mal mit einem Job bei der Zeitung probieren.«

»Und dann?«

»Darüber denke ich noch nach.« Ich lächele ihn an. Es dauert eine weitere, ewig lange Minute, bis David mich endlich, endlich in seine Arme zieht und mich küsst. Ein Kuss, der mir fast wieder die Schuhe auszieht. Fast.

Am Ende weiß ich nicht, wie er es angestellt hat, aber plötzlich hält er eine Pocketkamera auf uns beide und murmelt: »Zuckerguss!«

»David, nicht, ich bin nicht fotogen.« Panisch vergrabe ich mein Gesicht an seiner Schulter.

»Du scheinst eine Phobie gegen das Blitzlicht zu haben.«

»So in der Art.«

»Daran sollten wir arbeiten.«

Und ehe ich darauf etwas erwidern kann, hat er den Auslöser gedrückt und ich schaue vermutlich wie ein verschrecktes Kaninchen im Scheinwerferlicht drein.

»Siehst du.«

Ich muss lachen. Eigentlich will ich David widersprechen, denn vermutlich ist das eines der schlimmsten Fotos, die je von mir gemacht wurden. Der neue Spitzenreiter. Noch vor dem Frühlingsrollendesaster. Aber er grinst schelmisch übers ganze Gesicht, also lasse ich ihm den Spaß. Denn eines weiß ich, egal wie unmöglich ich auf diesem besagten Foto später aussehen mag, David findet mich trotz allem wunderschön. Und er liebt mich so, wie ich bin. Ob mit verschrecktem Kaninchenblick oder ohne.

Das zu wissen, ist das beste Gefühl, das man haben kann!

Dank an

… meinen Agenten Dr. Harry Olechnowitz, dessen Begeisterung und Engagement für dieses Projekt dazu geführt haben, dass mein Traum wahr wird.

… meine Lektorin Wiebke Bolliger, die durch ihren scharfen Blick erst das Beste aus dieser Geschichte herausgeholt hat; sowie an das gesamte Team der Ullstein Buchverlage, die mich mit offenen Armen aufgenommen und »Zuckerguss« eine so wunderbare Heimat gegeben haben.

… Karoline Koch für die Hilfe beim Berlinerisch.

… Ina, Julia und Bernd, meine unerschrockenen Testleser von der Büchereule. Eurem Zuspruch ist es mit zu verdanken, dass es dieses Buch gibt. Ein großes Dankeschön auch an alle Eulen, die sich mit mir und auf dieses Buch gefreut haben.

… Ana, die stets die richtigen Worte zur richtigen Zeit hatte.

… meine Eltern, die nicht einmal mit der Wimper gezuckt haben, als ich ihnen erklärte, dass ich Bücher schreiben will – sondern mich von Anfang an bei diesem Vorhaben unterstützten. Danke, dass ihr stets an mich geglaubt habt. Selbst als ich schon nicht mehr daran glauben wollte.

Anica Schriever
Wismar, im Oktober 2012